KB122481

여자는 거기에 있어

**THE LAST LIE**

# 여자는 거기에 있어

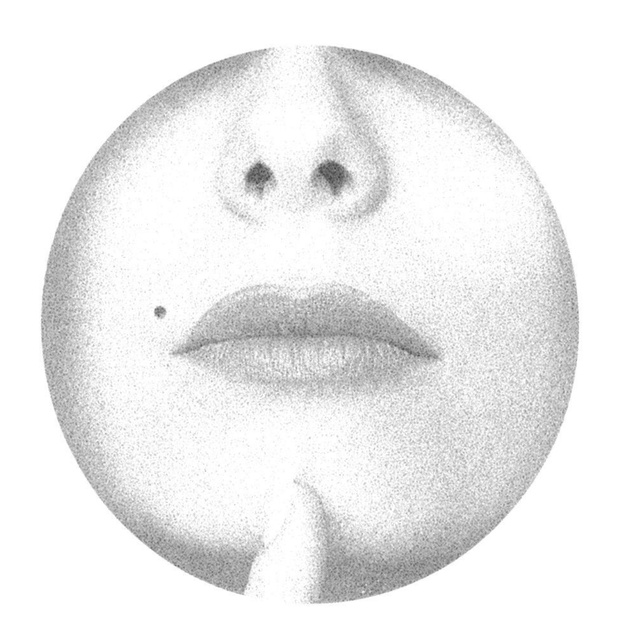

알렉스 레이크 장편소설

박현주 옮김

토마토
출판사

◆ 일러두기

본문 속 괄호 안의 내용은 모두 옮긴이의 주입니다.

폴 폰더에게

## 차례

# 프롤로그

운전하던 여자는 히치하이커를 태우자고 차를 세우지 않아야 한다는 정도는 알 만큼 사리 분별력이 있었다. 어쩌면, 수십 년 전이라면 태워줄까 생각해봤을 수도 있다. 그때는 요새랑 달랐으니까. 사람들에겐 선의가 있었다. 애들은 예의가 발랐고 어른을 공경했다. 후드 티나 입고 거리를 어슬렁거리면서 행인을 위협하거나 하지는 않았다. 그때의 히치하이커들은 목적지까지 얻어 타는 것 말고는 다른 걸 노릴 가능성이 별로 없었다. 그래, 몇 년 전만 해도 태워줬으리라.

하지만 그것도 상황이 맞아떨어질 때만이다. 누구랑 같이 있다면. 낮이라면. 히치하이커가 점잖아 보인다면.

옛날이라 해도 홀로 차를 타고 가고 있을 때, 밤에, 황량한 시골의

고요한 도로 위에 있을 때, 도롯가에 반쯤 굽은 나무들과 높은 덤불이 늘어서 있을 때라면 태워줬을 리가 없었다.

그러니 지금에 와서 굳이 할 마음은 없었다.

그래도 어색하기는 했다. 히치하이커를 스쳐 지날 때 굳이 그 존재를 아는 척하고 싶진 않았다. 그랬다가는 내가 그 사람을 도와줄 만큼 너그럽지는 않다는 사실을 인정한다는 뜻이니까. 거리에서 본 거지를 그저 지나치는 거나 비슷했다. 그 사람들을 보고 싶지 않았다. 그 사람들이 돈을 달라 구걸했을 때 '싫어요'라고 말하는 민망한 상황을 겪고 싶진 않았다. 그래서 앞만 똑바로 보고, 그들이 그 자리에 없는 양 뚜벅뚜벅 계속 걸어갔다.

다른 사람들이 주위에 있고, 눈길을 돌릴 만한 게 있는 분주한 거리에서라면 쉬웠다. 하지만 밤에 시골길에서? 그건 훨씬 어려웠다. 다른 데 정신이 팔렸다고 핑계 댈 만한 것도 없었다. 히치하이커를 보았다는 건 분명했다. 못 볼 수가 없으니까.

가까워지자 히치하이커가 젊은 여자라는 걸 알 수 있었다. 적어도 그렇게 생각했다. 멀리서 보았을 때는. 긴 머리, 가녀린 체구. 순간 결심이 흔들렸다. 어쩌면 태워줘야 할지 몰라. 여자가 이런 데 홀로 있어서는 안 될 일이니까. 하지만 다음 순간 몸이 굳어버렸다. 이런 유의 속임수에 대해서 들어본 적이 있었다. 순진하고 위협적이지 않은 여성을 저 자리에 놓아둔다, 그래서 운전자가 멈춰서면, 사내가, 사내 무리들이 뛰어나와 차를 훔치고 자기를 버려두고 간다. 홀로.

아니, 더 심할 수도 있다. 강간당한다. 죽는다.

여자는 젊은 여자가 뛰어들거나 길로 쓰러질 때를 대비해서 빙 돌아갈 태세를 했다. 그런 속임수도 들어봤다. 아니면 취했을지도 모른다. 놀랄 일도 아니었다. 요새 젊은 여자들은 늘 취해 있다. 밤에는 통행금지 구역인 시내 중심가로 나온다. 야생 짐승 같은 젊은이들이 서로 주먹다짐하고 술 마시고 섹스할 작정으로 나와 바글거리는 곳, 토사물이 여기저기 널린 교전 지역으로.

히치하이커가 자동차 소리가 나는 쪽으로 머리를 돌렸다. 젊은 여자는 손을 들었다. 기이할 정도로 힘없는 몸짓이었다. 망설였다. 머뭇거렸다. 거의 겁에 질렸다. 운전하던 여자는 머리를 흔들었다. 절대로 멈추지 않을 것이었다. 이 젊은 여자는 술에 취한 건 물론, 약에 취했을지도 몰랐다.

그리고 그때, 헤드라이트의 빛이 젊은 여자를 비추었고, 운전하던 여자는 숨을 헉 내뱉었다.

히치하이커는 젊은 여자였다. 20대 후반, 아니면 30대 초반일지도 몰랐다.

또한 완전히 알몸이었다.

하지만 그 여자에게 가장 충격적인 점은 그것이 아니었다.

가장 충격적인 점은 운전하던 여자가 그 사람이 누군지 알 수 있었다는 것이었다.

어디서 봤는지 알아차리기까지는 잠깐 시간이 걸렸지만, 다음 순간 운전자는 다시 한 번 헉 놀랐다.

그 여자는 히치하이커가 아니었다. 물론 차를 얻어 타야 할 사람인 건 분명했지만. 그 여자는 완전히 다른 사람이었다.

운전자는 브레이크를 밟았고, 차는 젊은 여자를 몇 미터 지나쳐 멈춰 섰다. 그런 다음 운전자는 문을 열었다.

젊은 여자는 운전자를 응시했다. 눈을 크게 뜨고 있었으나 아무것도 보지 못했다. 머리카락은 엉겨 붙어 있었고, 흙이 잔뜩 묻었다. 여자는 차 쪽으로 한 걸음 내디뎠고, 운전자는 움찔하며 그늘 속에 누가 숨어 있지 않나 주위를 힐끔거렸다.

아무것도 없었다. 그저 덤불과 달과 밤의 고요뿐.

운전자는 다시 젊은 여자 쪽으로 눈길을 돌렸다.

"당신……." 운전자는 입을 열었다가, 잠깐 뜸을 들였다. "당신 그 여자예요?"

# 1부

—

# 알피와 클레어

# 클레어

클레어 다니엘스는 욕실 타일 바닥 위에 서서 거울을 들여다보았다. 자기를 도로 바라보는 얼굴을 찬찬히 살폈다. 얼굴의 모든 특징과 주근깨와 윤곽을 알아볼 수 있었다. 이미 천 번은 본 얼굴이었다. 그보다 더 많이. 수천 번. 이 얼굴은 자기 것이었다. 무척 익숙했다.

하지만, 몇 분 후면 완전히 새 사람이 될지도 모른다.

이따금, 사람은 순식간에 새로운 사람으로 변할 수 있다. 클레어에게도 두 번 일어났던 일이었다. 엄마가 죽던 날, 알피를 만났던 날. 한 번은 나쁜 방향으로, 한 번은 좋은 방향으로. 그리고 오늘은—오늘 아침은—세 번째로 일어날 것이었다.

첫 번째는 끔찍했다. 끔찍하다고 할 수 있는 이상이었다. 열네 살

때, 방과 후 라크로스 연습을 하고 막 돌아오던 길이었다. 제일 친한 친구 조디의 엄마가 클레어를 집에 데려다주었고, 돌아오는 길에 클레어는 자기들끼리만 콜드플레이 콘서트에 가도 되냐고 물었다. 조디의 엄마는 자기가 데려다주고 데리러 와야겠지만, 어른들 동행 없이 콘서트를 봐도 된다고 했다.

*고맙습니다, 피어스 아주머니.* 클레어가 말했다. *그러면 정말 좋겠네요.*

*앤지라고 불러주렴.* 조디 엄마가 말했다. *하지만 너희 부모님 허락은 먼저 받아야만 해.*

집으로 뛰어 들어갈 때 클레어는 그럴 계획이었다. 아빠는 출근했겠지만, 거실에서 텔레비전 소리가 들렸으니 거기 엄마가 있을 것이었다.

물론, 엄마는 거기 있었다. 거실의 크림색 가죽 소파 위에 늘어져서. 처음에 클레어는 엄마가 자고 있다고 생각했지만, 다음 순간 엄마의 콧구멍에서 똑똑 떨어지는 핏방울과 청바지에 묻은 토사물, 아무 데도 바라보지 않는 흐릿한 유리알 같은 눈빛을 알아챘다.

엄마는 죽어 있었다. 클레어는 엄마를 본 순간 바로 알았지만, 그렇다고 해도 멈추지 않고 엄마를 깨우려고 찰싹 때리고, 껴안아도 보고, 다시 찰싹 때려보기도 했다. 그다음으로 일어난 일들은 마치 소용돌이 같아서, 후에 몇 번씩이고 다시 생각해보았지만 순서대로 나열할 수가 없었다. 아빠에게 전화를 했고, 곧이어 사이렌이 울렸고, 구급대원, 경찰이 왔다. 의사가 클레어에게 뭔가 약을 주어서, 클레어는 잠이 들었지만, 다음 날 깨었을 때 공포심은 여전했다.

엄마는 클레어가 콜드플레이 콘서트에 가도록 허락해주지 못했다. 엄마는 다시는 그 무언가도 허락해주지 못했다.

헤로인 때문이야. 며칠 후 아빠가 말해주었다. 엄마는 약물 과용이었다. 20대부터 시작된 중독 증세는 이겨내려고 애썼지만, 40대에 다시 돌아와 반격하며 엄마를 다 태워버렸다.

그 사건으로 클레어도 파괴되었다. 클레어의 마음은 텅 비었다. 거울 속에서 자기 모습을 볼 때마다 다른 사람이 보였다. 길을 잃고, 웃지도 않고, 변해버린 사람. 클레어의 한가운데에 구멍이 뚫렸다. 그리고 그 구멍은 알피를 만났을 때서야 메워졌다. 클레어는 첫 번째 데이트 후에 집에 왔을 때를 기억했다. 오후에 커피나 마시자고 시작한 데이트가 저녁 식사가 되고, 술이 되고, 센트럴 런던을 가로지르는 한밤의 산책이 되었다. 클레어는 거울에 비친 자기 얼굴을 힐끔 보았다. 반사상 속 무언가가 시선을 끌었고, 클레어는 잠깐 멈칫한 후 다시 들여다보았다가 새로운 여자를 보았다. 다시 자기 자신을 만났다.

그리고 그 하룻밤 만에 자신이 변해버렸다는 것을 알았다. 엄마의 죽음으로 들어가 버린 구멍에서 다시 나오기 시작했다는 것을.

시작되었다. 결혼하고 3년이 흐른 후에도, 3년의 행복한 세월 후에도 여전히 뭔가 빠진 게 있었다. 그리고 희망사항이긴 해도 마지막 퍼즐 한 조각은 곧 들어맞을 것이었다. 바라는 대로 이루어진다면, 거울을 들여다보았을 때 다시 한 번 새로운 사람을 볼 수 있을 것이다.

엄마.

적어도, 미래의 엄마.

헤로인 과용으로 죽지 않고 딸을 홀로 내버려 둘 일이 없는 엄마. 아이를, 아이들을 사랑하고 소중히 여길 엄마. 절대로 아이들에게 상처를 내지 않고서도 자기 상처는 스스로 치유할 수 있는 엄마.

그런 후에는 가서 남편을 깨울 것이었다. 처음 만난 순간부터, 그 후로도 매 순간마다 클레어가 따뜻하고 안전하며 온전하다고 느끼게 해준 남자. 그에게 자기가 임신했다고 말할 것이다. 요 몇 달간 노력한 끝에, 마침내, 부모가 될 거라고, 새로운 이름, 새로운 역할을 얻게 될 거라고 말할 것이다.

클레어와 알피, 딸과 아들, 아내와 남편.

엄마와 아빠.

클레어는 눈을 깜빡이며 욕실 장을 열었다. 임신진단기를 꺼냈다. 두 개들이 포장을 처음 꺼내 쓰는 것이었다. 아홉 달 전, 곧 쓸모가 있겠지 기대하며 사두었던 건데, 생리는 달마다 꼬박꼬박 찾아왔다. 클레어와 알피는 모든 걸 제대로 했다. 배란기에는 꾸준히 섹스를 했고, 그렇지 않을 때도 충분히 했지만 그건 중요하지 않았다. 필연적으로 정해진 때가 되면 클레어는 몸이 붓고 나른해졌으며, 생리를 시작했다.

하지만 이번 달은 아니었다. 이번 달에는 이틀 늦었다. 꽉 채운 이틀이. 클레어는 생리가 늦는 데는 여러 이유가 있을 수 있다는 건 알았지만 개의치 않았다.

클레어는 임신했다. 느낄 수 있었다.

그리고 이번 주말은 클레어의 생일이었다. 클레어는 금요일 퇴근 후 술 약속이 있었고, 토요일에는 아빠의 집에서 파티를 할 계획이었다. 이건 완벽한 선물이었다. 모두 맞아떨어졌다. 너무 제대로 맞아 들어가서 현실이 아닐 리가 없었다.

클레어는 종이 포장에서 진단기를 꺼내 변기에 앉았다. 진단기를 다리 사이에 대자, 몇 초 후 뜨뜻한 오줌 줄기가 하얀 플라스틱 위로 흘렀다. 클레어는 오줌이 멎을 때까지 그대로 두었다가 세면대 옆에 놓았다. 쳐다보지도 않았다. 그녀가 갈망하는 선은 1분 정도 지나야 나타날 것이므로 거기에 모든 운을 걸고 싶었다.

손을 씻을 때 심장이 질주하고 배가 조여왔다. 클레어는 자기가 침실로 들어가 알피를 흔들어 깨우는 모습을 상상했다. 소식을 전한다. 남편이 미소 짓는 걸 바라본다. 아니, 클레어는 자제했다. 설레발쳐서는 안 된다. 아빠는 이걸 해설자의 저주라고 불렀다. 해설자가 어떤 축구팀이 점수를 내려고 한다든가 어떤 선수가 잘하고 있다는 말을 하는 바로 그때, 나쁜 일이 일어난다.

하지만 이건 진짜였다. 클레어는 확신했다. 선이 보일 거고, 클레어는 임신일 것이었다. 만약 일이 잘못돼도, 어떤 문제가 생기더라도, 자기가 임신할 수 있다는 건 알게 될 거고, 그것만으로 충분할 것이었다. 임신이 되기는 할까 의심하고 걱정하고 고민하는 것보다는 훨씬 더 나으리라.

클레어는 진단기를 들었다. 돌려보았다. 작은 창이 있는 진단기 끄트머리로 눈길을 옮겼다…….

아무것도 없었다.

아무 선도 없었다. 선의 희미한 흔적조차 보이지 않았다.

클레어는 흔들어보았다. 진단기를 세면대 옆에 놓고 1, 2분 남짓 기다렸다. 그런 후에 다시 들어보았다.

선은 없었다.

클레어는 휴지통 페달을 밟아 뚜껑을 열었다. 마지막으로—확인하기 위해—쳐다본 후 음성 결과가 나온 진단기를 쓰레기통에 처넣었다. 나중에 알피에게 치워달라고 할 것이다. 자기는 하고 싶지 않았다. 자기 실패를 상기시켜주는 어떠한 물건도 원치 않았다.

# 알피

알피 다니엘스는 침대에 누워 아내가 화장실에서 돌아다니는 소리에 귀를 기울였다. 아내가 아무 말도 하지 않았지만, 뭘 하고 있을지는 알았다. 그는 아내의 생리 주기가 언제인지 알았고, 이번에는 시작하지 않았다는 것도 알았다. 클레어가 눈물이 그렁그렁한 눈으로 거실로 들어오지도 않았고 생리가 시작했다며 슬픈 이모티콘과 함께 문자를 보내지도 않았기 때문이었다.

아홉 달 동안 그럴 때마다 알피는 아내를 안아주고 결국에는 임신하게 될 거라고 약속도 했었지만, 아내의 희망이 한 달 동안 쌓였다가 다시 무너지는 걸 볼 수밖에 없었다.

그리고 이번에는 날짜가 지났고, 클레어가 드디어 됐다고 확신한다는 걸 알 수 있었다. 지난 이틀 동안 그녀가 조용한 성찰과 초조한 흥분 상태를 오가는 모습을 보았다. 클레어는 자신이 임신했다고 생각했다.

클레어가 털어놓았다면, 그는 그렇게까지 희망을 키우지 말라고 조언했겠지만 지금은 그러기엔 너무 늦었다. 아내의 희망은 높이 날아 미래의 꿈으로 변해버렸고, 그걸 끌어내릴 수 있는 건 단 한 가지뿐이었다.

이런저런 소리로 봐서는 막 그렇게 되어버린 듯했다. 흥분해서 외치는 소리나 그에게 좋은 소식을 전하러 뛰어오는 발소리도 없었다. 오로지 욕실 문이 쾅 닫히는 소리와 침실로 향하는 느리고 무거운 발걸음. 문이 열리더니 클레어가 들어왔다. 그녀는 굳은 얼굴로 미소도 없이 침대 옆에 섰다.

"어이." 알피는 말했다. "무슨 일이야?"

"생리가 늦어져서. 임신 테스트를 해봤어."

알피는 팔꿈치를 세우고 일어나 앉았다. "그런데?"

눈물이 눈가에 맺히더니 뺨을 타고 흘러내렸다. 클레어는 고개를 저었다.

"미안해." 알피는 두 손을 내뻗었다. "이리 와."

"아니야." 아내는 말했다. "나는 혼자 있고 싶어. 샤워할게."

"그건 아닌 것 같은데. 한 번 안아주고 가기 전에는 안 돼."

"나는 괜찮아."

"당신을 위한 게 아니야. 나를 위한 거지. 나도 실망했거든."

분명히, 해서는 안 되는 말이었다. 아내의 입술이 떨리더니 눈에 눈물이 고였다. 그녀는 요란하게 괴로운 울음소리를 내며 침대 가장자리에 털썩 주저앉아 남편의 목에 얼굴을 묻었다.

"희망을 가지지 않으려 했는데." 클레어가 말했다. "희망을 키우지 말자고 나 자신에게도 말했는데 그렇게 안 되는 거야. 너무나 원하니까."

"나도 그래." 그는 말했다. "그리고 언젠간 될 거잖아. 많은 사람들에게 시간이 필요한 일이야."

"나도 알아." 아내는 대꾸했다. "하지만 우리가 그런 일이 절대로 일어나지 않는 사람들이 되면 어떡해? 그때는 어떡해?"

"우린 거기까지 한참 남았어." 알피가 말했다. "한참."

"하지만 만약에?" 클레어가 말했다. "우리한테 애가 생기지 않으면 어떡해?"

"그런 생각은 하지 마."

아내는 고개를 끄덕였다. "안 할게. 샤워하고 올게."

돌아왔을 때 클레어의 눈가는 붉었다.

"기분이 별로 안 좋아?" 알피는 말했다.

"이번에는 분명히 임신인 줄 알았거든." 그녀가 말했다. "어쨌든 느낌이 달랐어. 그리고 그동안엔 주기가 꽤 규칙적이었으니까. 주기가 갑자기 늦어진 이유는 모르겠네."

"스트레스 받으면 그럴 수 있지." 알피가 말했다. "당신한텐 힘든 시기잖아. 우리한테."

클레어는 눈물을 닦았다. "울음이 멈추지 않아. 상실감이랄까? 임신이 아니었는데도, 그러니까 잃어버릴 건 없었는데도 잃은 듯 생각해버리게 돼. 부모로서 우리가 함께 하는 미래를 벌써 상상하고 있었거든. 그런데 그것도 사라졌네."

"지금만 그런 기분일 거야." 알피가 말했다. "결국엔 우리도 성공할 텐데. 나는 알아."

그는 아내를 꼭 껴안고 일어나 앉았다.

"출근 준비 해야겠다." 그가 말했다. "아침 회의가 있어서."

욕실에서 알피는 옷을 벗었다. 그는 전신 거울을 들여다보았다. 가슴 근육을 늘려보고, 옆으로 돌아선 후 편편한 배에 감탄했다. 머리의 억센 갈색 털과는 달리 가슴과 등은 매끈하게 제모를 했다. 그는 체형을 유지하고 있었다. 어쩔 수 없는 건 얼굴에 얽은 자국뿐이었다. 10대 때 심했던 여드름이 남긴 흉터였다.

그는 샤워를 켜고 그 아래 섰다. 뜨거운 물이 몸을 타고 흐르도록 그냥 놔두었다. 알피는 머리를 감으며 샴푸를 두피에 문질렀다. 그가 쓰는 샴푸는 1병에 30파운드가 넘었지만 그럴 만한 가치가 있었다. 단골 미용사 말에 따르면, 머리카락은 영화배우 급이었다. 헤어 모델이 될 수도 있겠네요, 라고 여자 미용사는 말했고, 좋은 샴푸에 돈을 더 쓸 가치가 있었다. 그렇게 그는 자기를 소중히 여겼다.

게다가, 그들은 그럴 만한 여유가 있었다. 클레어의 아버지는 부유하고도 너그러웠으니까.

샤워를 마치자 허리에 수건을 감고 면도기를 집었다. 그가 막 면도를 시작했을 때 욕실 문이 열렸다.

"휴지통 좀 비워줄래?" 클레어가 말했다. "진단기가 그 안에 있어. 난 그 근처도 가기 싫어."

알피는 고개를 끄덕였다. "그래."

"그리고 고마워." 클레어는 말했다. "늘 내 편이 되어줘서. 당신이 있다니 난 정말 운이 좋아. 그리고 우리는 임신할 거야, 언젠가."

그는 미소를 띠었다. "그렇게 될 거야. 그렇게 될 거란 거 알아."

클레어가 문을 닫자 미소가 그의 얼굴에서 싹 사라졌다. 그는 거울 속의 자기 모습을 보며 고개를 저었다.

멍청한 년.

클레어는 그에게 휴지통을 비워달라고 했다. 물론 그렇겠지. 너무 유아적이라 음성 결과가 나온 임신진단기 하나 처리하지 못해서 자기 대신 남편이 처리해줘야 하니까. 진단기가 무슨 비단뱀이라도 되는 양. 한심했다.

저 여자의 전형적인 행동이었다.

'자기'라고 말하는 대신 '우리'를 쓰는 것도 그랬다. '우리는 임신할 거야, 언젠가.'라니. 그는 그 '우리'를 싫어했다. 그 상황의 생물학적 진실을 받아들이기를 거부하는, 신물 나게 달달한 태도가 싫었다. 임신하는 건 그 여자 아닌가. 자기가 아니라.

역설적인 건 클레어가 무슨 단어를 쓰든 틀렸다는 것이었다. 그는 거기서 대단한 기쁨을 느꼈다. 그들은—그 여자는 곧 임신할 리가 없었으니까. 사실상 영원히.

클레어가 모르는 건 남편은 아이를 가질 의도가 없다는 사실이니까. 아이는 그가 절대로 원하지 않는 존재였다. 여러 이유가 있었지만, 주된 이유는 아이가 생기면 그가 조심해서 짠 계획이 모두 무산되기 때문이었다.

아이는 있어 봤자 저 징징대는 년에게 그를 영원히 묶어놓기만 할 것이었다. 그러니 절대로 그런 일이 생기게 놔둘 수는 없었다.

하지만 저 여자는 그가 아이를 원하지 않는다는 사실을 알아낼 수는 없었다. 아직은, 어떤 일이 있어도. 당분간은 여전히 저 여자가 필요했다. 그래서 그렇게 금방은 임신할 리 없다는 이유를 말해주지 않았던 것이었다. 그럴 계획도 없었다.

그는 정관절제술을 받았다.

두 사람이 결혼하고 1년쯤 후에 해버렸다. 지금은 2년이 다 되어 갔다. 아내가 진지하게 아이를 갖는 얘기를 꺼내는 시점부터였다. 그는 의사에게 가서 자기가 원하는 바를 이야기했다. 그가 참으로 젊었기에 의사는 놀라워했고 설득해서 그만두게 하려고 했지만, 어쨌든 그러거나 말거나 그는 의사에게 맡겼고, 그리하여 어느 날 아침, 알피는 병원에 가서 수술을 받았다.

그날 오후 자기 책상으로 돌아와 앉아 일할 수 있을 정도였다. 약간 쓰리긴 했으나 괜찮았다.

그리고 그 일은 그의 작은 비밀로 남았다.

알피는 쓰레기통을 힐끔 보았다. 음성 결과가 담긴 진단기는 그 안에 놓여, 그를 가리키며 비난하고 있었다.

"씨발." 그는 욕설을 뱉은 후, 얼굴에서 면도 크림을 닦아냈다.

## 클레어

클레어는 침대 옆 탁자에 놓인 전화를 들고 시간을 슬쩍 보았다.

오전 10시.

그녀는 심한 숙취로 지끈거리는 머리를 베개 위에 도로 뉘었다. 금요일은 늘 끔찍했지만, 적어도 금요일이었다. 그녀는 동료들과 웨스트엔드에 있는 바에 가서 임신 진단의 실망을 술로 날려버렸다. 두통 따위는 신경 쓰이지도 않았다. 결국 그 덕분에 정신을 다른 데 쏟을 수 있으니까.

그렇지만 생리통은 신경 쓰였다. 생리가 시작됐고, 생리통은 한동안 그랬던 것보다 훨씬 심했다. 매번 생리통이 올 때마다 무슨 일이 있었는지 떠올릴 수밖에 없었다.

클레어는 돌아누워서 머리를 베개 밑에 묻었다. 문이 열리는 소리가 먹먹하게 들렸다. 커피 향이 났다. 그 냄새에 속이 뒤집혔다.

"어이." 알피가 말했다. "돌아다니는 소리 들린 것 같은데? 아침 식사 침대로 가져왔어."

클레어는 머리를 내밀고 남편을 보았다. 그는 뭔가 담긴 그릇과 커피 머그잔이 놓인 쟁반을 들고 있었다.

"이럴 필요는 없었는데." 그녀는 말했다.

"물론 해줘야지!" 알피가 말했다. "오늘 당신 특별한 날이잖아! 생일 축하해, 자기."

클레어는 끙 신음했다. 오늘이 자기 생일이라는 것도 잊고 있었다.

나중에 아빠 집에서 열리는 파티에 가야 한다는 것도 잊어버렸다.

클레어는 어릴 적 쓰던 방의 침대 위에 앉았다. 분홍과 자주색 담요가 덮인 싱글베드였다. 침대 옆 벽에는 블루택 접착 찰흙의 희미한 흔적이 남아 있었다. 벽에 걸었던 포스터들에서 떨어져 나온 것이었다. 데이비드 베컴, 로비 윌리엄스, 평범한 10대 여자애들이 좋아하던 사람들. 파티까지는 한 시간이 남았다. 숙취는 사라졌다. 이부프로펜 두 알과 낮잠으로 날려버렸다. 그리고 알피는 오는 길이라고 문자를 보냈다. 남편은 그날 오후 골프 치러 갔었다. 새롭게 생긴 취미로 주말 오후는 여러 번 골프장에서 보내곤 했다. 그는 같이 가자고 클레어를 설득해보기도 했지만, 클레어는 오후에 아무런 할 일이 없대도 과하게 큰 정원에서 공을 치며 돌아다니는 것보다는 뭐든 더 낫다고 생각했다.

클레어는 이 파티가 생일 말고도 다른 것도 축하하는 파티가 되기를 바랐었다. 이처럼 일찍 모두에게 임신을 알리진 않았겠지만, 자기와 알피, 아빠는 아이가 태어날 것이라는 사실을 알고 그날은 서로에게 비밀스러운 미소를 나누고 싶었다. 너무나 중차대하여 무시할 수 없는 정보를 나누기를. 자기가 와인 잔을 들고—그렇지만 마시진 않고— 있는 모습을 그려 보기도 했다. 그러면 그녀가 임신했다는 걸 그 누구도 짐작도 못하겠지만, 아이는 무사히 나올 테니까.

이제 파티가 그렇게 될 일은 없었다. 그건 그저 생일 파티였고 그 이상은 없었다.

하지만 클레어는 교훈을 배웠다. 희망으로 너무 들뜨지 않아야 한다는 것. 그래봤자 실망으로 이어질 뿐이며, 그녀에게는 새롭고 반갑지 않은 충격만 될 뿐이라는 것. 클레어는 이제까지는 원치 않았던 일을 맞닥뜨릴 필요 없이 살아왔다. 부모는 북동부의 가난한 집안 출신이었지만, 둘이 함께 부동산 체인을 일구어낼 수 있었다. 두 사람은 그러기 위해 오랫동안 함께 일했고, 엄마의 경우에는 스트레스에 대처하는 불건전한 방식까지 키워 갔다. 엄마가 죽은 후, 아빠는 그 사업에 더욱더 몸을 던졌고 집에 잘 들어오지 못하는 데에 대한 죄책감은 호화스러운 선물들로 누그러뜨리려 했다.

세월이 흐르면서 선물은 점점 더 호화스러워졌다. 클레어와 알피가 같이 사는 풀럼의 집에서부터 최근에 칸에서 보낸 휴가, 그들이 모는 레인지로버까지. 사실, 클레어는 아버지의 후한 씀씀이가 약간 부담

스러웠다. 몇 번이고 클레어와 알피는 아버지에게 도움이 필요 없다고 말씀드릴까 논의해봤지만, 알피는 받아도 별로 해될 건 없지 않느냐며 클레어를 설득했다. 또, 그렇게 하면 아버님이 기뻐하신다는 점을 짚었고, 그렇게 아버지의 선물을 계속 받았다.

클레어의 직업 말고는. 직업은 클레어가 유일하게 아버지의 도움을 거절했던 분야였다. 그녀는 디자인 회사의 파트너였고, 그곳은 아버지가 전혀 알지 못하는 세계였다. 그래서 클레어는 바닥에서부터 혼자 힘으로 올라갔다.

하지만 지금은, 모든 자존심을 제쳐놓고라도, 아버지가 내미는 도움을 받아야 할지도 몰랐다. 하지만 아버지가 해줄 수 있는 건 아무것도 없었다. 그녀는 살아가는 데 유리한 모든 것을 갖고 있었다. 사랑을 쏟는 아버지, 멋진 남편, 직업. 영리하고, 운동 능력도 좋았고, 건강했다.

그리고 클레어는 어머니가 될 수 있다면 이 모든 걸 내놓을 수도 있었다.

하지만 어머니가 된다는 건 이 우주가 그녀에게 허락하지 않는 한 가지 같다는 느낌은 떨칠 수가 없었다. 자기가 동화에 나오는 사람 같다는 기분까지 들었다. 모든 걸 가졌지만 가장 원하는 것 한 가지는 얻을 수 없는 행운의 공주.

클레어는 걱정 때문에 병들고 있다는 사실을 알았다. 몸무게가 계속 줄고 있었다. 그 때문에 세상으로부터 숨어버리고 싶기까지 했지만, 파티를 위해서 용감한 표정을 지어야만 했다. 사람들이 클레어와 알피는 가족을 만들 계획을 세우고 있느냐고 물으면 웃으면서 *아, 저희는 너무 바빠서 아직 그런 건 생각하지 못했어요*, 라고 말해야만 했다.

클레어는 청바지와 스웨터를 벗고 커다란 종이 상자를 열었다. 새 옷을 보내주는 인터넷 회사에서 온 것이었다. 어떤 옷은 계속 갖고, 어떤 옷은 돌려보내는지에 따라 무슨 옷을 좋아하는지 파악하는 회사였다. 하지만, 조디 말에 따르면 사람이 맞히는 게 아니라 일종의 알고리듬일 거라고 했다, 그 알고리듬이 뭐든지 간에. 그걸 하는 게 누군지, 뭐가 됐든지, 으스스할 정도로 정확했다.

클레어는 소매 없는 남색 드레스를 꺼냈다. 한쪽 어깨만 가리는 네크라인이었고 치맛자락은 비대칭이었다. 그 드레스를 입고 어깨 너머로 뒤를 돌아보았다.

침실 문을 두드리는 소리가 들렸다.

"안녕." 살짝 열린 문틈으로 알피가 말했다. "옷 다 입었어?"

"들어와." 클레어는 대답했다. "드레스 입어보고 있었어."

알피는 부드럽게 휘파람을 불었다. "와우. 근사한데."

"맘에 들어?"

그는 고개를 끄덕이며, 클레어의 뒤로 돌아와 두 손으로 허리부터 엉덩이를 쓸더니 배 위에 감았다. 그는 입술을 클레어의 목에 댔다.

"아주." 그는 한 손을 내려 드레스를 걷어 올리더니 허벅지 뒤편을 살살 쓸었다.

"알피." 클레어의 목소리는 낮고 가빴다. "우리 안 돼. 나 생리 중이잖아."

그는 클레어의 몸을 돌려 키스했다.

"나는 상관없는데." 그가 말했다. "당신을 너무도 원해."

"안 돼." 그녀는 말했다. "나도 원해, 하지만 안 돼. 며칠이면 되잖아."

"좋아." 그가 말했다. "기다릴 수 있지. 파티 준비 하자. 당신이 깜짝 놀랄 선물이 있어."

"정말?" 클레어는 깜짝 선물을 받을 기분이 아니었다. "무슨 깜짝 선물?"

"보면 알지." 남편은 말했다. "보면 알아."

## 알피

난롯가 앞에 서서 알피는 포크 손잡이로 잔을 톡톡 쳤다. 빈티지 샴페인이 가득 든 크리스털 잔으로, 그가 좋아하는, 정말로 좋아하는 물건이었고, 포크는 고풍스러운 은제였다. 그는 대화가 잦아들며 사람들이 머리를 돌려 그를 향하는 모습을 바라보았다. 방이 조용해지자, 그는 미소를 지으며 입을 열었다.

"이렇게 특별한 날을 축하하러 와주셔서 모두 감사합니다. 제 아내는," 그는 클레어를 돌아보며 미소를 지었다. "3년이 지났지만 이렇게 부를 때면 아직 전율이 느껴지네요. 제 아내는 서른 살 생일을 맞았습니다. 파티가 시작되기 전에 아내에게 특별한 선물을 준비했다고 말했는데요, 정말로 그렇습니다."

그는 조디에게 손짓했다. 조디는 손님들 앞으로 나와 그에게 기타를 건넸다. 클레어가 그의 지난 생일에, 약간 노골적인 힌트를 받아 생일 선물로 사준 마틴 D50이었다. 어린 시절 내내 꿈꿔왔던 악기였으나, 클레어를 만날 때까지는 애통하게도 손에 닿을 수 없는 물건이었다. 애통하게도 대부분 사람들의 손에는 닿지 못하는 물건이었다.

"알피." 클레어가 말했다. "뭘 하려는 거야?" 그녀는 눈썹을 치키며 조디를 바라보았다.

조디는 클레어를 향해 두 손을 펼쳐서 들었다. "나는 시킨 대로 한 것뿐이야."

"고마워요, 조디." 알피는 클레어에게로 돌아섰다. "당신을 위해 노래를 한 곡 썼지." 그는 기타 끈을 목에 걸치고 오른손을 들었다. "압니다, 이거 신파에 정도가 지나치다는 거. 그런들 어떻습니까. 나는 세상에 살아 있는 사람 중에 가장 운이 좋은 남자고, 모든 사람에게 알리고 싶은 걸. 자, 그럼 갈까요. 노래 제목은 〈처음부터〉입니다."

그는 E 코드를 퉁기며 노래를 시작했다.

처음부터
당신을 만난 날부터
처음부터
사랑할 줄 알았지

그는 노래를 나머지까지 다 불렀다. 나름, 꽤 괜찮았다. 많이 들어본 것 같고, 기본 코드에, 음악가의 재능은 최소한으로만 필요한 노래였지만, 가사와 연주, 노래는 대부분의 사람들 수준을 훌쩍 넘어섰고, 중요한 건 그것이었다. 노래를 마치자, 그는 손님들의 반응이 엇갈린다는 걸 알 수 있었다. 여자들은 알피가 날것의 감정을 내비쳤다는 데 감동했고, 남자들은 그 대신 살짝 민망해하는 것 같았다.

그건 좋았다. 그는 사람들에게 바로 그런 느낌을 주고 싶었다. 모든 이에게 자기가 아내를 얼마나 사랑하는지, 자기가 또 다른 남자들과는 얼마나 다른지 보여주고 싶었다.

클레어는 예상대로 눈에 눈물을 머금었다. 박수 소리가 잦아들자, 클레어는 그를 안으며 뺨과 귀, 입에 키스했다.

"고마워." 그녀는 속삭였다. "그거 아름답더라. 사랑해."

"나도 사랑해." 그는 말했다. "생일 축하해."

노래가 끝난 후, 클레어의 아버지인 믹이 연설을 시작했다. 믹은 딸에게 눈물겨운 축하 인사를 보내며 그의 아내이자 클레어의 엄마인 페니가 여기 있었다면 딸을 얼마나 자랑스러워했을지 이야기했다. 믹은 알피의 이름이나 노래는 언급하지 않았다. 보통 있는 일이었다. 믹이 연설을 끝내자, 손님들은 술이 불콰하게 올라 시끄러운 대화로 돌아가서 정치나 스포츠, 쥐뿔도 모르는 다른 화제를 나누었다. 알피는 부엌으로 슬쩍 빠져나왔다.

그는 재킷을 입었다. 체스터필즈 담배 한 갑과 성냥이 있었고, 슬쩍 빠져나가 눈에 띄지 않는 장소를 찾을 계획이었다. 믹의 너른 뒷마당 구석에는 적당해 보이는 벤치가 있었다. 거기 가면 불을 붙이고 조용히 담배를 피울 수 있었다. 민트 한 갑도 챙겼다. 결혼 전에 어쩌다가 그는 클레어를 위해서라면 뭐든 하겠다고 말해버렸고, 클레어는 그에게 금연하라고 했다. 그를 위해서라고, 클레어가 말했다. 그를 너무도 사랑하니까, 그가 스스로 독에 중독된다는 생각만 해도 참을 수 없다고. 시시한 감상에 약해빠진 년. 그리고 자기가 거짓말했다는 걸 클레어에게 들키고 싶지 않았다.

알피는 부엌을 지나 테라스로 향하는 뒷문을 열었다. 뒤로 발소리가 들렸다.

그는 돌아섰다. 믹이었다. 믹은 커다란 위스키 잔을 들고 있었다. 얼굴은 고혈압과 과음이 겹쳐 불그스레했다.

"믹," 알피가 말했다. "파티 열어주셔서 고맙습니다. 멋진 파티예요."

"뭐 이런 걸 가지고. 내 귀여운 딸을 위해서라면 뭐든 하지." 믹은 테라스를 향해 고개를 까닥했다. "나가는 거야?"

"신선한 공기 좀 마시면 괜찮을 거 같아서요."

"여기 안이 너무 덥나?" 믹은 창문을 힐끔 보았다. 하늘에 여전히 낮게 걸린 달이 보였다. "밖은 어두운데."

"여기 안도 괜찮습니다." 알피는 미소를 지었다. "그저 산책 좀 할까 해서요. 하지만 꼭 해야 하는 건 아니에요."

믹이 한 손을 들었다. "아니, 뭐든 하고 싶은 대로 해. 그저 물어본 것뿐이야. 하지만 정말 자네랑 얘기 좀 하고 싶네."

"아?" 알피는 말했다. 믹과 그는 사이가 가까웠던 적이 한 번도 없었다. 그와 클레어가 만난 이후로 두 사람이 1대 1 대화를 나눈 건 두 세 번밖에 되지 않을 것이었다. 믹은 자기 딸과 같이 자는 남자에게 따뜻하게 대해주는 그런 아버지는 아니었다. 확실히 그는 알피를 사냥에 데려가서 실수로 양쪽 총을 사위에게 쏴버릴 수 없나 하는 환상을 품고 있을 것이었다. 알피는 그런들 별 상관없었다. 그 자신도 똑같은 생각을 하고 있었으니까. 그는 이 늙은 꼰대를 참을 수가 없었다.

하지만 믹의 돈은 좋았다.

믹이 클레어에게 준 돈. 적어도 여러 투자처에 2백만은 있을 것이고, 상속세를 피하기 위해 클레어의 이름으로 돌려서 신탁기금으로 옮겨졌을 것이었다. 클레어는 그런 얘기를 하는 것을 좋아하지 않았지만, 알피는 그런 돈이 있다는 것을 알았다. 믹은 알피를 혼전 계약서에 서명시키려고 했기 때문이었다.

뭐, 클레어를 시켜서 알피가 혼전 계약서에 서명하게 하려 한 거지만. 아버지가 혼전 계약서를 쓰는 게 좋겠다고 한다는 말을 클레어가 꺼냈을 때, 알피는 동의했다.

*그게 필수적이라고 자기가 생각한다면야. 난 우리 사이에 그런 게 있는 걸 원치는 않지만. 나는 당신을 완전히 신뢰하는데.*

클레어는 불편해하는 티가 역력히 났다. *나도 당신을 신뢰해. 하지만 아빠가 우기시니까.*

*그럼 해야지. 당신 아버지는 우리가 오래 가지 않을 거라고 생각하시는 게 분명해. 아니면 당신도 아버지와 같은 생각이든가.*

클레어는 하지 않았다. 클레어는 몇 주 후에 혼전 계약서는 쓰지 않을 거라고 말하고, 다시는 그 말을 꺼내지 않았다. 최소 두 달이 지나서야 믹은 알피에게 다시 말을 걸었고, 믹이 그렇게 나오자 알피는 마음에 들었다. 믹은 지는 걸 좋아하지 않았다. 알피는 이기는 것을 좋아했다.

믹은 헛기침했다. "자네 노래에 감동받았다는 말을 하고 싶네. 내가 절대 할 것 같지 않은 일이고, 그 문제로 말하자면 내가 아는 누구도 할 것 같지 않은 데다가, 약간 터무니없는 것 같기도 하단 말은 해야겠지만, 클레어가 좋아했으니까. 중요한 건 그거지, 뭐."

믹이 하기 힘든 말이라는 건 분명했다. 차라리 알피가 럭비에서 해트트릭을 기록했다거나 크리켓에서 처음으로 100점을 달성했다거나 왼손 훅을 세게 날려서 정통으로 맞혔다는 걸 축하하는 편을 더 선호했겠지만, 낭만적인—신파조의—노래로 만족해야만 했다.

"고맙습니다, 믹." 알피는 말했다. "정말 큰 의미가 있는 말씀이네요."

"자네도 아마 짐작은 했겠지만," 믹이 말했다. "자네를 처음 만났을 때 나는 자네를 썩 높이 평가하진 않았어. 솔직히 말하면 약간 기회주의자라고 생각했지. 추진력이나 야망이 부족하달까. 그래서 혼전 계약서를 쓰자고 한 걸세. 그리고 계속 밀고 나갔어야 했는진 모르지만, 자네가 클레어를 행복하게 해주고 있으니까. 내 생각에 자네가 내 딸에 적합한 남자인지 아닌지, 이런 건 중요하지 않다는 걸 깨달았네. 클레어가 살고 싶은 인생을 같이 할 사람을 찾아냈다는 게 기쁘네."

믹은 꽤 취했다는 것을, 알피는 눈치챘다. 어쩌면 고의적일 수도 있었다. 여하튼 그것만이 믹이 막 입으로 꺼낸 말을 밀어낼 수 있는 유일한 방법이었을 테니까.

"클레어가 저를 행복하게 해주기도 하니까요." 알피가 말했다.

"잘됐네." 믹은 알피의 기분이 어떤지는 관심이 없다는 건 확실했다. "그럼 이제 자네는 클레어가 정말로 원하는 걸 줘야만 하겠지." 믹은 음흉하게 씩 웃었다. "내 어린 딸을 두고 어떤 남자에게 이런 말을 할 줄은 생각도 못 해봤지만, 지금은 바쁘게 움직여야 할 때니까! 클레어는 아기를 원해. 그러니 시간 낭비할 이유가 없지."

*당신 어린 딸은,* 알피는 생각했다. *가끔은 침대에 수갑으로 묶이고 눈가리개하는 걸 좋아한다고.* 클레어는 짜증나는 년이었지만, 기분만 맞으면 침대에서는 좋았다. 알피는 믹이 알면 어떻게 생각할지 궁금했다. 어쩌면 그의 어린 딸이 무슨 장난을 하는지 볼 수 있게, 사진 몇 장을 슬쩍 찔러줄까도 싶었다.

"저희도 노력 중입니다." 알피가 말했다. "곧 소식이 들렸으면 좋겠네요."

믹의 눈이 가늘어졌다. 알피는 자기가 너무 말이 많았다는 것을 깨달았다. 클레어는 분명히 자기들이 시도하고 있다는 얘기는 하지 않은 게 분명했다.

"이상 없는 거지?" 믹이 물었다. "문제가 있나?"

"아뇨." 알피는 말했다. "아무 문제없습니다. 아직 일러서요. 그게 다죠."

"좋아. 행운을 비네." 믹은 손을 앞으로 뻗어 알피의 어깨를 두드렸다. "그리고 내 딸을 잘 돌봐줘."

"그러겠습니다." 알피가 말했다. "믿으셔도 됩니다."

# 클레어

클레어는 잔에 든 샴페인을 다 마셔버렸다. 그러고는 알피를 찾아 방을 둘러보았다. 노래 후, 그리고 아버지의 연설 후, 남편은 사라져버렸다. 한참, 아마도 20분 정도 시간이 지난 듯해서 남편이 어디로 갔는지 궁금했다.

공교롭지만 남편이 없다는 사실이 기뻤다. 남편이 노래를 끝마쳤을 때 그에게 키스하며 귀에 대고 *고마워, 그거 아름답더라*, 라고 속삭였지만, 솔직히 자기 기분이 어떤지는 확실히 알 수 없었다. 아름답고 감동적인 행동이라는 생각과 약간, 뭐 약간 남세스럽다는 생각 사이에서 휘청거렸다. 알피가 부드럽고 낭만적인 사람이라는 것을 알고 있었고, 그런 점을 사랑하긴 했으나, 그 노래는 클레어가 듣기에는 약간 지나치게 부드럽고 낭만적이었다. 지나치게 공공연한 표현이라는 건 말할 것도 없었다.

가끔은 알피가 자기를 오해하는 게 아닌가 하는 생각이 들 때도 있었다. 남편의 친절함과 너그러움을 사랑했지만, 그가 자기를 연약하고 애지중지 다루어야 한다고 생각하는 인상을 받기도 했다. 클레어는 그런 사람이 아니었다. 물질적으로 혜택받은 삶을 살았을지는 모르지만, 10대 때 어머니를 잃었고, 아무리 멋진 휴가와 옷과 자동차가 있대도 그 사건이 남긴 날카로운 기운은 없어지지 않았다. 그런 면모는 클레어의 사생활에서 드물게만 나타났고, 결혼 생활에서는 거의 보이지 않았지만 직장에서는 심지가 굳고 진지한 프로로 소문이 났다. 알피는 클레어의 일에 대해 진지하게 이야기한 적이 없었다. 그는 아내의 일을 심심풀이 정도로 여긴다는 인상을 받았지만, 그것과는 완전히 거리가 멀었다. 언젠가는 남편에게도 설명할 것이었다.

잔을 다시 채우러 웨이터에게로 걸어갔다. 이미 벌써 셋, 어쩌면 네 잔을 마셨지만, 샴페인을 더 많이 마셔야만 파티에서 버틸 수 있었다. 웨이터에게로 손을 뻗었을 때, 누군가 그녀의 어깨를 살짝 두드렸다.

뒤를 돌아보았다. 휴라는 남자가 이쪽을 향해 미소 짓고 있었다. 빨간 바지에 디자이너 브랜드의 카디건을 입은 남자였다. 숱이 적어지는 머리는 짧게 쳤고, 눈빛은 흐리멍덩했다. 클레어와는 기억도 안 나는 오래전부터 알고 지낸 사이였다. 휴의 부모님이 클레어의 엄마 아빠와 친구였고, 몇 년 동안 생일 파티나 결혼식 등 가족 행사에도 초대를 받았다. 휴는 클레어보다 몇 살 연상이었고 한동안 양가 부모님들은 때가 되면 두 사람이 사귀지 않을까 하는 미련을 버리지 못했다. 휴도 분명히 그런 생각이 있었던 듯했다. 클레어의 열다섯 살 생일에 휴는 클레어에게 키스하려고 했고, 클레어가 몸을 비틀어 빠져나가려 하자 두 손으로 젖가슴을 움켜쥐었다. 클레어는 얼어붙었고, 휴는 그 충격을 이용해서 클레어의 치마 속 속옷 안으로 손을 집어넣었다.

클레어는 무슨 일이 일어났는지 깨닫자마자, 아버지에게 휴가 한 짓을 고할 마음으로 아래층에 뛰어 내려갔으나, 막상 아래층에 가니 아버지가 휴의 아버지 빌과 함께 서서 무언가 웃으며 얘기 중이었다. 클레어는 엄마가 죽은 후로 아빠가 그렇게 웃는 모습을 처음 보았고, 그래서 멈춰 섰다. 아버지가 언짢아질 일을 하려니 갑자기 마음이 내키지 않았다.

그래서 아무 말도 하지 않았다. 그 후로도 아무 말 하지 않았다. 그러나 휴를 볼 때마다 속이 메슥거렸다.

"안녕." 휴는 한 손으로 그녀의 팔을 쓸며 팔꿈치에 댔다. "근사한 파티야."

클레어는 어깨를 움츠리며 그의 손에서 떨어졌다. "와줘서 고마워." 목소리는 차가웠다.

"그러지 마." 휴가 말했다. "우리 서로 못 본 지 한참 됐잖아. 결혼식부터인가?"

"그런가 봐." 클레어가 말했다.

"요새 뭐 해?" 휴가 물었다.

"이것저것."

"기분 안 좋을 때 잡은 건가? 말해 봐. 우리처럼 오래된 사이가 없잖아."

"아니야." 클레어는 말했다. "알피를 찾고 있었어. 사라졌길래."

"알피라." 휴가 말했다. "그 사랑스러운 알피 말이지. 이런 말 그렇지만, 노래 꽤 대단하던데. 꽤 대단한…… 소동이랄까."

클레어는 잠깐 휴를 쳐다본 후에 대답했다. 이제는 알피의 노래 때문에 창피하지 않았다. 그 노래는 알피가 가진 모든 장점, 순수하고 점잖으며 솔직한 모든 점을 상징했다. 알피가 휴와 구분되는 모든 점.

"그래." 클레어는 말했다. "그랬지. 근사했어." 그녀는 미소 지었다. "그런 걸 할 수 있는 남자는 아주 적잖아. 휴, 그렇게 생각 안 해?" 대답은 기다리지 않았다. "난 가봐야겠다. 그리고 희망사항인데, 우리가 다시 만날 때까지는 또 3년 정도 흘렀으면 좋겠어." 클레어는 술을 마신 후, 덧붙였다. "더 길어도 좋겠고. 훨씬 더."

클레어는 방 저편으로 걸어갔다. 어디로 가야 할지는 몰랐지만 그저 휴에게서 멀어지는 것만이 기뻤다. 아버지가 거실 안으로 들어오는 모습이 보였다. 아버지는 눈을 맞추더니 이리 오라고 손짓했다.

"잠깐 시간 있냐?" 아버지가 물었다.

"그럼요."

"지금 알피랑 잠깐 얘기를 했는데." 아버지는 말했다. "너희 둘이 행복해서 내가 참 기쁘다는 말을 했지……."

클레어는 한쪽 눈썹을 치켰다. 이런 유의 대화는 아버지와 사위 사이에서는 흔한 일은 아니었다.

"안다, 알아." 아버지는 말했다. "아빠도 나이가 드니까 마음 약해지는구나. 어쨌든 알피가 아이를 가지려고 노력한다는 말을 하던데." 아버지는 클레어를 바라보며 시선을 고정했다 "다 괜찮은 거지?"

클레어는 고개를 끄덕였다가, 잠시 후 고개를 저었다. "한참 됐어요."

아버지는 난롯가 옆에 서 있는 남자를 가리켰다. 백발이 단정하고 키가 큰 남자였다. "저 사람은 토니 스코트야. 내 친구이고, 의사이지. 저 친구에게 좋은 불임 전문 의사를 추천해달라고 말해놨는데……."

"아빠!" 클레어가 말했다. "난 동네방네 소문내고 싶진 않아요."

"그럴 린 없어. 저 친군 의사니까. 혼자 알고 있을 거다. 그리고 누굴 추천해줬어. 싱 박사라고, 할리 스트리트에 있다는구나. 그 의사에게 전화해서 토니 스코트에게 추천받았다고 해. 널 진찰해줄 거야."

클레어가 고개를 저었다. "우린 괜찮을 거예요. 아직 의사를 만날 때는 아니에요."

"아둔하게 굴지 마라." 아버지가 말했다. "의사를 만나서 검사를 받아. 이상이 없으면 마음이 편해질 거 아니냐." 아버지는 두 손을 딸의 어깨에 얹었다. "알았지? 할 거지?" 아버지는 슬픈 미소를 지었다. "네 엄마는 아빠가 뭐든 할 수 있는 대로 도와주길 바랄 거야. 엄마는 널 사랑했다, 클레어. 엄마가 문제가 있었다는 건 알지만, 그래도 좋은 엄마였어. 엄마가 바란 건 네가 행복해지는 것뿐이었지. 아빠가 원하는 것도 그뿐이다."

"난 행복해요, 아빠." 클레어가 말했다. "해볼게요. 고마워요."

아버지는 고개를 끄덕이더니 웨이터에게로 향했다. 클레어는 아버지가 떠나는 모습을 보았다. 이 세상 누구든 바랄 만큼 훌륭하고 자상한 아버지였다. 아버지와 알피를 두었으니, 클레어는 인생에서 얻을 수 있는 최고의 남자 두 명을 가진 셈이었다.

## 알피

알피는 돌 벤치에 앉아 담배를 빨았다. 집은 적어도 50미터 떨어져 있었고, 그의 모습은 덩굴시렁에 가리어져 보이지 않았다. 집을 돌아보며, 누가 자기 쪽으로 오지 않나 경계했다. 필요하면 담배를 쉽게 끄고 덤불숲으로 사라지면 되었다.

담배 하나 피우자고 숨어 있다니 황당했다. 이제 성인 아닌가. 하지만 아내의 전형적인 행동이었다. 그들이 결혼한 날인지 그쯤부터 담배를 끊으라고 줄곧 잔소리를 해댔다.

*내가 바가지 긁는다는 건 아는데, 알피. 하지만 당신을 사랑해서 그러는 것뿐이야. 당신이 자기 몸 해치는 거 참고 볼 수가 없어. 그리고 우리 애들은 어떡해? 아빠 없는 애들로 자라게 하고 싶지는 않아.*

자꾸, 또 자꾸. 마침내 그가 두 손 들고 끊겠다고 약속할 때까지. 지킬 마음은 없는 약속이었기에, 그는 이제 숨어서 해야만 했다.

그가 멍청한 아내 때문에 어떤 덫에 걸렸는지를 보여주는 완벽한 상징이었다.

두 사람은 이런 집에서 처음 만났다. 클레어의 동창인지 하는 친구의 사치스러운 결혼식에서였다. 꽤 대단한 파티였다. 손님들을 즐겁게 해주는 마술사들, 작은 축제 마당, 진탕 마실 수 있는 온갖 술. 샴페인 분수 하나만 해도 아마도 알피의 한 달 수입을 넘을 것이었다. 석 달 치 정도 되었으려나.

그가 그 샴페인을 마셨던 건 아니었다. 클레어는 손님으로 왔다. 알피는 일꾼이었다.

구체적으로 말하면, 그는 악단에서 베이스를 연주했다. 알피는 최근에 들어간, 시간제 멤버였다. 이 밴드는 2000년대 초반 소소하게 성공을 거둬 차트 20위권에 드는 히트 곡을 몇 개 냈으나, 인기가 시들면서 점점 더 작은 공연장에서 연주하다 이제는 부잣집 결혼식에서 다른 빅 히트 곡들을 커버하는 신세가 되었다. 시간이 흐르자 멤버 구성도 바뀌어서 오로지 가수와 드러머만이 남았다. 빈자리를 채우느라 임시 뮤지션들을 데려왔고, 알피는 그중에서도 가장 나중에 합류했다.

그는 클레어의 존재를 일찍부터 알아챘다. 처음에는 왜인지 잘 몰랐지만, 무언가 때문에 클레어는 다른 사람과 달라 보였다. 외모만은 아니었다. 비싼 옷을 걸치고 태닝을 하고 요가로 가꾼 몸을 한 20대 중반의 다른 여자들에 비해서 특별히 튀는 것도 아니었다. 이런 비싼 옷들과 전문가 화장, 잘 어울리는 헤어스타일이 어떤 효과를 불러오는지 보면 놀라웠다. 그들 모두가 천연 미인이든 아니든 모델처럼 보였다. 어쨌든 랜드로버 광고에서 봤을 법한 모델.

알피는 그들이 매혹적인 동시에 혐오스럽다고 생각했다. 그들이 이런 유의 파티, 이런 유의 부가 세상이 원래 그런 것이라는 듯, 모두 당연히 여기는 모습이 싫었다. 다른 사람들, 알피와 같은 사람들이 어떻게 사는지는 알지도 못하고 알려 하지도 않았다. 그들은 자기 무리들하고만 어울렸고, 자기 아이들에게는 거기 속해 있다는, '우리 중 한 명'이라는 표시가 되는 이름을 지어주었다.

그렇지만 동시에 그들에게서 눈을 뗄 수 없었다. 질투가 났고, 그 사실이 또 싫었다.

하지만 그 무엇보다도 그는 이 사람들이 자기를 절대 받아들여주지 않을 거라는 사실이 싫었다.

그러나 이상하게도, 바로 그 때문에 그는 클레어에게 끌렸다.

그녀는 연약해 보였고, 친구들과는 약간 동떨어져 있었다. 경계심이 있었다. 후에 클레어가 어렸을 때 엄마가 죽었고, 그래서 다른 사람들을, 미래를, 세계 전반을 신뢰할 능력을 잃어버렸기 때문임을 알게 되었다. 적어도 심리치료사가 그렇게 말했다. 하지만 그 순간 그녀를 무대에서 바라봤을 때는 어째서 그런지는 신경 쓰이지 않았다.

그 여자가 춤을 추자며 손을 잡고 끌어내는 시끄러운 금융계 종사자 남자들에게서 떨어져 나왔다가, 그들이 관심을 다른 사람들에게 돌리자, 거의 서글픈 눈길로 바라보는 모습에 신경이 쓰였다. 그들이 자기를 가만히 놔두어서 기쁘지만 또한 실망한다는 것도 알 수 있었다. 그 여자가 필요한 건 제대로 된 한 사람, 그녀의 불안정을 이해하고 그녀가 얼마나 연약한지 알아주는 사람이었다.

알피는 그 여자가 위협적이지 않은 누군가를 필요로 한다는 걸 알 수 있었다. 뭐, 자기가 될 수도 있겠지. 그는 그 여자가 원하는 것이면 뭐든 될 수 있었다. 그게 이런 결혼식에 손님으로 오게 된다는 뜻이라면.

클레어의 남자 친구 같은 사람으로 사는 삶에 따라오는 다른 모든 혜택은 말할 것도 없었다. 버젓한 주소, 버젓한 휴가, 다시는 돈 걱정이 없는 삶. 그러면 그래, 그 여자가 원하는 게 무엇이든 그는 될 수 있었다.

한참 연주하던 중간에, 밴드 휴식 시간이 있었다. 그는 무대 뒤에서 마리화나 한 대 피우자는 제안을 거절하고 클레어가 술을 마시는 바로 걸어갔다.

*물 한 잔 주세요.* 그는 이렇게 말하고는 클레어를 향해 고개를 끄덕였다. *안녕하세요.*

*안녕하세요.* 클레어는 말했다. *밴드에 있어요?*

*네. 연주가 괜찮아야 할 텐데요.*

가까이서 보니 그녀는 무척 예뻤다. 대부분의 다른 손님들과는 달리 그녀는 값비싼 치장이 필요하지 않았다.

*당신들 대단해요! 당신들 노래 좋았어요. 그 뭐죠, 그거…….* 클레어는 자기가 밴드의 히트 곡명을 기억하지 못한다는 것을 깨닫고 얼

굴을 붉혔다. 알피는 미소를 띠었다.

걱정 마요. 나도 그때는 밴드에 없었으니까. 지금 잠깐 돕는 거예요.

그게 당신이 하는 일이에요? 밴드를 돕는 거?

뮤지션이긴 하죠, 네. 그걸 물어본 거라면. 난 뭐든 하죠.

와. 클레어가 말했다. 나도 악기 연주할 수 있더라면 좋았을 텐데.

할 수 있죠. 노력하면.

아주 친절하시네요. 하지만 그럴 거 같진 않아요. 난 음치거든요. 그녀가 웃었다. 내 노래 들어봐야 하는데.

듣고 싶은데요. 그리고 누구든 배울 수 있어요.

난 아니에요!

바텐더가 알피에게 물을 건넸다.

술은 안 마셔요? 클레어가 말했다. 당신 뮤지션들은 거침없는 줄 알았는데.

집까지 운전해야 해서. 내일 일이 있어요.

다른 결혼식?

알피는 고개를 저었다. 개인 교습요. 저작권료만 받아가지고 먹고 살기 힘들어서요.

저작권료요? 클레어의 눈이 밝아졌다. 음반도 낸 적 있어요?

꽤 냈죠. 적어도, 몇 곡에는 이름이 있어요.

내가 들어본 것도 있을까요?

아닐걸요.

그녀의 미소가 옅어졌다. 예술가인 척하는 애들만 듣는 얼터너티브 인디 같은 거예요?

애들이 듣는 노래인 건 확실한데, 얼터너티브 인디 쪽은 모르겠네요.

그럼 됐죠. 하나만 말해줘요.

뭐, 알피가 말했다. 가장 최근 곡은 발라드였어요. 정원 바닥에 사는 벌레의 이야기인데, 그 이름은 위글리-우. 이전에 어린이집에서 배웠던 거 기억날 수도 있는데. 난 〈대롱대롱 허수아비〉에서 피아노를 쳤었죠.

클레어는 웃음을 터뜨렸다. 애들 노래를 불러요?

그래요. 뭐가 그렇게 웃기죠? 음악은 아동 발달의 중요한 부분인데.

나도 알아요. 하지만 그게…… 뭐, 나는 그냥 섹스와 약물, 로큰롤, 그보다 좀 더 심한 걸 생각했죠.

기저귀랑 물티슈랑 노래 따라 부르기? 알아요. 굳이 따지면 인생을 한껏 누리며 사는 건 아니죠. 그는 어깨를 으쓱했다. 하지만 난 즐기니까요. 게다가 생활비도 되고. 게다가 애들이 어린 시절부터 고품격 음악에 접하는 건 중요하다고 생각하니까요. 〈반짝반짝 작은 별〉뿐일지라도, 그렇게 엉망일 필요는 없잖아요.

나도 같은 생각이에요. 클레어가 말했다. 그리고 존경스럽네요. 무척 인상적인데요.

그는 무대를 힐끔 쳐다보았다. 밴드의 다른 멤버들이 다시 모습을 드러냈다. 그는 냅킨을 집고 주머니에서 펜을 꺼냈다.

여기. 그는 자기 전화번호를 적었다. 나중에 전화해줘요. 내 이전

*목록에서 뽑아서 몇 곡 연주해드릴 테니.*

그는 전화번호를 건네고 무대로 돌아갔다. *전화할 거야.* 그는 생각했다. *나보다 우월하다고 느낄 테니 전화할 거야. 더 강하다고. 나는 애들이나 상대하는 연예인이고, 그런 거 하는 사람은 누구든 안전하니까. 약하니까. 그 여자를 떠나지 않을 테니까. 그리고 그게 그 여자가 원하는 거니까.*

그래서 그는 그 바람대로 되려는 것이었다. 다음 날 동요 CD를 몇 개 사야겠다고 마음속으로 기억해두었다. 살면서 애들 CD 같은 건 연주해본 적 없었으나, 자기가 그런 CD에 이름을 올렸다고 말해놓았다. 클레어는 차이점을 모를 것이었다.

무대로 돌아가서, 밴드가 〈와일드 띵〉의 첫 마디를 연주할 때 그는 자기 베이스를 잡았다. 클레어를 흘깃 보았다. 밴드 쪽에 등을 돌린 친구랑 이야기 중이었지만, 그가 쳐다보자 클레어도 그를 올려다보았다. 그는 살짝 손을 흔들었다. 클레어도 답례로 손을 흔들었다.

그때 그걸로 일은 다 됐다는 걸 알았다.

그리고 정말 그렇게 됐다. 그들은 데이트를 나갔고, 알피가 그런 게 있는지도 몰랐던 장소에서 사 먹을 여유가 없는 식사를 했다. 클레어의 친구들과 남편들의 대화를 들었고, 그들이 말하는 방식에 귀를 기울인 후 자기 억양을 그들에게 맞추고 그들이 하는 행동을 본떴다. 자신감 있고, 매력 있게. 클레어는 그와 사랑에 빠졌다. 홀딱. 그는 클레어가 제공해주는 삶과 사랑에 빠졌다.

다른 방식으로는 알피가 얻을 수 없는 삶이었다. 이따금 일은 했지만, 그렇게 성공적이진 못했다. 그의 잘못은 아니었다. 그도 이 세상 사람들만큼 능력은 있었지만, 배경이 좋지 않았다. 어느 시점에는 어쩌다 마케팅 회사에 들어가기도 했지만, 표준어로 발음하고 워릭이나 더럼, 옥스퍼드의 예술사 학위를 가진 대학 졸업자들이 잘난 척하며 승진을 독차지하는 꼴을 보는 게 역겨워졌다. 그들이 싫었고, 어쩌다가 좋은 학교, 좋은 대학을 가고, 연줄이 좋은 아버지와 좋은 옷을 입고 다니며 거지같은 새끼들에게 오렬이나 해주는 엄마를 둔 멍청이 새끼들에게서 명령을 받는 것도 싫었다.

그렇지만 어쩔 도리는 없었다. 그는 아무것도 가진 게 없고, 아무 데도 갈 수가 없었다.

하지만 클레어가 그의 문제를 해결해주었다. 클레어는 돈이 있었고, 연줄도 있었다. 그리고 처음에는 알피도 클레어를 꽤 좋아했기 때문에, 그에게는 더할 나위 없이 좋았다. 그는 진정으로는 그 누구도 좋아하지 않았다. 확실히 다른 사람들이 주장하는 방식으로는 그 누구도 사랑해본 적이 없었다. 사실, 누구든 다른 사람에게 그렇게 의존적이 될 수 있다는 건 그에게는 참 어리석게만 보였다. 그런데, 클레어인들 안 될 게 뭔가? 좋아하지 못할 게 뭔가? 예쁘고, 조용하고, 그 여자랑 얘기하는 게 지루해질 때면 언제든지 섹스가 있었다. 대부분의 새로 사귄 애인들처럼 그들도 섹스를 많이 했다.

하지만 이제는 모든 게 변해버렸다. 이제 그는 그녀를 싫어했다.

담배를 다 피우고, 라이터와 담배를 도로 재킷 주머니에 넣었다. 그러면서 손가락이 허락받지 못한 담배와 함께 넣어두는 전화기에 스쳤다. 그의 아이폰이 아니었다. 그건 바지 뒷주머니에 넣어두었으니까.

이건 그의 다른 전화기였다. 뒷골목 전자제품 가게에서 산 선불 결제 안드로이드 전화.

알피는 그걸 꺼내서 화면을 슬쩍 보았다. 부재중 전화가 네 통이고 메시지가 세 건이었다. 화면을 밀어 메시지를 읽어보았다. 첫 번째는 그날 아침에 온 것이었다.

**안녕! 보고 싶다! 전화 좀 해! 일주일이나 됐잖아! 피파 X**

그러고 몇 시간 후

**내 문자 씹어? 장난 친 거야. 하지만 전화 해! 핍스.**

몇 분 전에 새로 온 문자도 있었다.

**헨리! 무슨 일이야? 연락 좀 해줘. 제발?**

바로 이 '제발?'이 결정타였다. 이 여자가 너무 집착하고 있다는 감을 잡았고, 이게 확정적 증거였다. 게다가 어쨌든 피파 데이비스-헌트는 이제 질리는 중이었다. 그 여자가 주는 전율은 초반에 쫓아다닐 때 느꼈던 게 대부분이었다. 그 여자는 튕기는 법을 알았고 일단 그와 한 번 자도록 허락해주면 신비감이 사라지고 신선함이 닳아 없어진다는 걸 이해하고 있었다.

그리고 그 여자 생각이 맞았다. 두 사람 사이는 따라다니는 과정에 있는 전율이 다였다. 고등교육을 받고 부유하고 날씬하고 예쁜 여자였지만 침대에서는 실망스러웠다. 뻣뻣하고 반응이 없었다. 뭐, 고분고분하기는 했다. 노력도 해보고 자기의 흥미도 유지하기 위해서 그가 세 번째로 같이 자던 날에 가벼운 결박 플레이를 제안하자 피파는 순순히 따랐고, 그가 피파의 목을 졸라 켁켁거리게 했을 때도 불평하지 않았다. 하지만 그건 농장 동물의 멍청한 순종이었다. 이 여자는 그런 데서 아무런 쾌락도 느끼지 못하는 것 같았고, 음울한 필수 요소처럼 여기는 듯했다. 남자 친구를 얻으려면 치러야 하는 대가, 남자 친구와 여자 친구가 하는 짓 정도. 이 여자는 연기하는 것 같았고, 알피－헨리는 이 여자에게 싫증이 났다.

그래, 헨리는 싫증이 났다. 헨리 브라이언트, 잘생기고 속을 터놓지 않는 의사, 피파 같은 사람들이 남자를 만나러 가는 웹사이트의 단골 손님, 알피의 주머니에 든 안드로이드 전화의 주인은 이제 더는 그 여자에게 관심이 없었다.

그리고 그것만이 일을 해결하는 방법이었다. 반창고는 단번에 확 떼어버려야 했다. 끝을 내야만 했다. 즉시, 돌이킬 수 없이. 지금 하는 편이 나을 수도 있었다. 여자는 몰랐지만, 시작부터 이렇게 될 일이었다. 이 여자에 관한 한, 그는 헨리 브라이언트이고, 의사이고, 독신이며, 자기 일에 열심이기 때문에 가끔은 며칠 동안이나 연락이 되지 않았다. 그가 결혼했다는 사실도, 알피 다니엘스라는 이름인 것도, 자기

꿈을 산산이 깨어버릴 작정이라는 것도 몰랐다.

**미안.** 그는 문자를 쳤다. **바빴어. 나도 생각을 해봤는데. 이렇게는 잘 될지 자신이 없네. 끝내는 게 나을 것 같아. 문자로 이래서 미안해. 하지만 내가 약간 겁이 많아.**

*마지막에 겸손하게 군 건 훌륭한 솜씨였어,* 그는 생각했다. *약간의 유머도 있고. 충격을 완화시켜 주겠지.*

답장이 곧장 왔다.

**야, 너 씨발 진심이야?! 얘기 좀 해, 헨리. 이런 식으로 끝낼 순 없어.**

그는 킥킥 웃었다. 이 여자에겐 상냥하게 굴어봤자 소용이 없었다. 이 여자를 상대해야 하는 건 이번이 마지막이니, 그가 얼간이 자식이라고 생각하게 놔두는 편이 나을 것 같았다. 그게 이 여자가 극복하는 데 도움이 될 것이었다.

**끝낼 순 없긴, 지금 막 했는데. 미안. 끝났어. 다신 연락하지 마.**

그는 전송을 누른 후, 주머니에서 민트를 꺼내 입에 집어넣었다. 돌아가야 할 시간이었다.

문자가 오자 전화 화면이 켜졌다. 또 다시 피파였다. 젠장. 문자 받고 꺼지면 되는 것을.

나쁜 새끼. 너는 세상 나쁜 새끼야. 나한테 이런 짓을 할 순 없어! 그렇게 놔두진 않을 거니까. 난 당신 사랑해, 헨리! 마지막으로 한 번만 만나서 이 얘기 좀 해보자. 내가 당신 편한 시간에 병원으로 갈게. 알았지?

망할. 쉽게 포기할 것 같지 않았다. 하지만 상관없었다. 이 여자는 알피의 진짜 정체를 모르고, 그가 일한다고 말해준 병원에 온들, 직원 중에는 헨리 브라이언트라는 의사는 없다고 알려줄 것이었다. 알피는 그 생각을 하고 미소를 지었다. 그때 되면 진짜 충격을 받겠지. 어쨌거나 그와는 아무런 상관이 없었다. 피파 데이비스-헌트와는 끝났으니까. 그는 메시지를 삭제하고 집으로 향했다.

# 클레어

조디, 클레어의 가장 오래된 친구가 거실로 들어왔다. 클레어가 어렴풋이 알아볼까 말까 한 남자와 함께였다. 아마 대학 동창인지도 몰랐다. 조디는 클레어에게로 와서 동행을 손짓으로 가리켰다.

"트레버 기억하지?" 조디가 말했다. "작년 버니의 결혼식에서 만났을지도 모르겠네?"

트레버는 클레어의 손을 잡고 악수했다. "이렇게 생일 파티에 쳐들어와서 미안합니다. 하지만 오늘 오후에 조와 데이트를 했거든요. 그건 그렇고 생일 축하합니다."

클레어는 미소를 지으며 조디를 힐끔 쳐다보았다. 조라고 부르는 사람은 아무도 없었다. 조디는 눈을 살짝 흘겼다. *이 남자를 떨칠 수*

*가 없네,* 라고 하는 표정이었다.

"천만에 말씀을요." 클레어는 말했다. "만나서 반가워요."

"알피는 어디 있어?" 조디는 물었다.

"나도 잘 모르겠어. 술 가지러 갔겠지? 근처에 있을 거야."

"아까는 꽤…… 대단한 공연이었어." 조디가 말했다.

"다정했지." 클레어는 대답했다. 약간 방어적인 기분이 들었다. 특히 휴의 발언을 들은 후에는. "너도 알피 알잖아. 그게 그 사람의 원래 성격이니까."

"그럼, 나도 전적으로 동감이야." 조디가 말했다. "부정적인 뜻은 아니었지만, 세상 모든 남자가 아내의 생일에 노래를 불러주진 않잖아? 나는 실제로 정말 멋지다고 생각했어."

"남편분 목소리가 정말 좋으시던데요." 트레버가 말했다. "그게…… 인상적이더군요."

"이전에 밴드에 있었어요." 클레어는 트레버를 보며 말했다. "그렇게 우리가 처음 만났죠."

"관중 속에서 클레어를 골라낸 겁니까?" 트레버가 말했다.

"꼭 그렇진 않아요. 알피가 있었던 밴드가 결혼식에서 연주했고, 그는 잠깐 휴식 시간이었어요. 알아요, 이런 거 진부한 사연으로 들린다는 것. 하지만 알피는 극성팬들을 노리는 그런 바람둥이가 아니에요. 무척 점잖게 굴었죠. 무척 느긋하고. 나한테 아이들 노래 부르는 일을 한다고 얘기해줬어요. 어떤 남자들은 그러면 부끄러워할 법도 한데, 그는 그렇지도 않았어요."

“애들 노래를 불러요?” 트레버가 물었다.

“이전에요.” 클레어가 말했다. 자기 목소리에 날 선 기운이 서렸다는 걸 의식했지만, 알피를 소심하고 하찮은 남자로 생각하는 사람들에게 질려가고 있었다. 그가 허풍 떨며 돌아다니지도 않고, 맥주를 벌컥벌컥 들이켜는 남자가 아니란 이유로. “하지만 슬프게도 이젠 부르지 않네요.”

“뭐.” 트레버는 어디에 시선을 두어야 할지 어려워하는 것 같았다. “그건…… 음, 그건 아이를 갖게 되면 유용한 기술이죠.”

조디가 클레어의 시선을 살폈다. 조디는 부부가 노력을 했으나 허사로 돌아갔다는 사실을 알고 있었기에 화제를 바꿨다.

“대단한 파티야.” 조디가 말했다. “데렉 프리처드 봤어. 호주 갔다 왔더라. 그 사람 혹시…….” 조디의 말은 전화벨이 울리는 소리에 끊겼다. 그녀는 화면을 보았다. “맙소사. 이 전화는 받아야 해. 친구에게 온 건데, 걔 요새 힘들거든.” 조디는 전화를 귀에 갖다 댔다.

“피파?” 조디는 말했다. “괜찮니?”

클레어는 친구의 눈이 커지는 것을 보았다.

“나쁜 새끼.” 조디가 말했다. “정말 끔찍하다.” 조디는 클레어와 트레버를 보더니 고개를 저었다. “핍스.” 그녀는 말했다. “여기 너무 시끄러워. 나중에 다시 전화할게, 알겠지? 5초만 기다려.”

“괜찮아?” 클레어가 물었다.

“별로.” 조디가 대답했다. “친구 남자 친구가 문자로 찼대. 너도 한 번 만난 적 있는 거 같은데. 피파 데이비스-헌트?”

"그래." 클레어가 말했다. 머리가 무척 길고 키가 큰 여자가 어렴풋이 기억났다. "누군가의 크리스마스 파티였든가?"

"데이비드 채플." 조디가 말했다. "그 남자가 개랑 한동안 데이트했었거든. 어쨌든 앤 새 남자가 자기에게 딱 맞는 남자라고 확신했었는데, 난 의심이 있었지. 종종 잠수 탔었거든, 알지? 자기 일 때문이라고 핑계 대면서. 의사래."

"너도 그 사람 만난 적 있어?" 클레어가 물었다.

"아니, 하지만 얘가 그 남자 얘기하는 걸 들어보니 인상이 안 좋은 거야. 어쨌든, 이제 그 남자에게 차여서 얘 아주 넋이 나갔어. 사실은, 피파는 약간……." 조디는 관자놀이에 손가락을 갖다 대고 빙글빙글 돌렸다. "그런 애인 데다가 이런 종류의 일을 잘 받아들이지 못해. 나한테 와달라고 하는데. 가봐야겠다."

"그래야지." 클레어가 말했다. "지금 가야만 해?"

"한 30분쯤 있다가." 조디가 말했다.

"잘됐네." 트레버가 웃었다. "내가 가서 술 좀 가져올게. 샴페인?"

두 여자는 그가 걸어가는 모습을 보았다. "저 사람……" 클레어가 운을 뗐다. "너는?"

조디는 고개를 저었다. "저 사람이 뜬금없이 전화해서 커피나 한잔하자고 하더라고. 저 사람 버니의 파티에서 만났던 게 기억나서, 커피 한잔한들 뭐 큰일 있겠나 싶었지. 그런데 이제 저 사람을 떨칠 수가 없어. 내가 네 생일 파티에 가야 한다니까 자기 혼자 따라온 거야."

"적어도 이제 네가 피파랑 단둘만 있어야 한다는 핑계는 댈 수 있겠네."

"맞아." 조디는 말했다. "그게 엄청 재미있을 것 같지 않지만. 애 정말 화가 나서."

"놀랄 일도 아니지. 문자 이별이라니 너무 냉혹하잖아."

"너야 그런 걱정 안 해도 되지." 조디는 대답했다. "알피는 아무 데도 가지 않을 테니까."

"그러겠지." 클레어가 대답했다. "그가 그럴 일이 있을까 모르겠다. 안정감을 주는 사람과 함께 있다는 건 참 안심이 돼. 다른 모든 연애에서는 늘 누가 됐든 나를 정말로 사랑하긴 하는 걸까 생각했었고, 그렇다고는 해도 그 사람들이 사랑하는 게 과연 나일까, 이런 생각도 했어. 내가 마음 놓을 수 있는 증거를 끊임없이 찾아다니는 과정이었지. 하지만 알피와 있으면, 그가 나를 사랑한다는 거 알아. 우리는 깊은 레벨까지 연결되어 있어. 우리는 마치 서로를 위해 태어난 것 같아. 그리고 그건 참 사랑스러운 감정이야."

"너는 정말로 운이 좋아." 조디는 말했다. "나도 결국에는 너랑 같은 입장이 됐으면 좋겠다."

"하지만 트레버는 아니지."

"그래, 트레버는 아니야. 그리고 지금은 그렇게 잘 되고 있지 않은 걸 나도 알지만, 넌 곧 임신할 거고, 너희 둘은 완벽한 부모가 될 거니까. 너희 애들은 이 근방에서 가장 운 좋은 애들이 될 거고."

클레어는 그런 말을 하고 싶진 않았지만, 뜻은 같았다. 그게 클레어가 알피에게 끌린 이유의 한 부분이기도 했다. 클레어는 자기 아이들에게 애정과 사랑을 표시하는 법을 보여줄 수 있는 아빠, 울거나 감정을 표현해도 괜찮다는 걸 가르쳐주고, 아기였던 시절이 한참 지난 후에도 안아주고 키스해주고 얼러주는 아빠와 함께 자라게 되리라는 것을 알았다. 클레어는 자기와 알피, 두 아이가 레이크 디스트릭트에서 야영하거나 숲에서 자전거를 타거나 밤에 가족끼리 영화를 보면서 팝콘을 먹는 장면을 그려 보았다. 이것이 그녀가 바란 모든 것, 알피가 바란 모든 것이었다. 그리고 이런 일이 일어나지 않을 수도 있다는 생각은 참을 수가 없었다.

"그렇게 되었으면 좋겠다." 클레어는 말했다. "그렇게 안 되면 내가 무슨 짓을 저지를지 나도 모르겠으니까. 그리고 알피도 그걸 힘들어할 거야. 그 사람은 나보다도 더 간절하게 아이를 바라는 것 같으니까."

조디는 트레버를 향해 손짓했다. 그는 샴페인 병을 들고 그들에게로 걸어오고 있었다. "뭐." 조디는 말했다. "임신하지 않아서 좋은 점은 하나 있네. 술을 한 잔 더 마셔도 되니까."

# 알피

알피는 집으로 도로 향했다. 테라스에서는 한 무리의 사람들이 담배를 피우고 있었다. 완벽하네. 잠깐 거기 서서 잡담을 나누다 들어가면 클레어가 그에게 남은 담배 냄새를 혹여나 감지하더라도 핑계를 댈 수 있었다.

“안녕하세요.” 그는 말했다. “좋은 밤이죠.”

모두 다섯 명이었다. 남자 네 명은 잘 모르는 얼굴이었고, 여자는 알 듯 말 듯 했다. 여자의 얼굴엔 홍조가 올랐고, 눈이 약간 흐릿했다. 결혼반지는 끼고 있지 않았고, 남자 친구는 없을 것이었다. 그러기에 여기 바깥에 서서 남자들 무리와 담배나 피고 있는 것이었다. 남자들은 여자가 빠져줘서 자기들끼리 풋볼이나 럭비, 파티에 온 다른 여자들 얘기를 하고 싶은 눈치가 빤한데. 알피는 예의의 선을 넘을 듯 말듯 몇 초간 길게 여자를 바라보았다. 여자는 이제 아무리 해도 떨칠 수 없는 살이 붙고 있었고, 있었을 때도 별로 매력은 되지 않았을 청춘도 잃어가기 직전이었다. 여자도 그 사실을 알았다. 여자가 남자들을 보고 미소를 짓고 그들의 농담에 너무 크게 웃을 때는 뭔가 필사적인 기운이 있었다.

알피는 정욕이 찔러오는 것을 느꼈다. 그는 이런 유의 연약함에 저항하지 못할 매력을 느꼈다. 하지만 점잖게 행동해야만 했다. 아내의 생일 파티에서 다른 여자를 꼬여낼 수는 없었다.

"담배 필요해요?" 남자 중 한 명이 말했다. 키가 크고 붉은 머리는 숱이 많았으며, 목소리는 가늘고 거슬렸다.

"아니, 됐어요." 알피가 말했다.

그는 테라스를 가로질러 집으로 갔다. 창문을 통해 클레어가 보였다. 아내는 조디와 키 큰 남자와 함께 샴페인 잔을 짤랑 부딪치며 건배 중이었다. 조디에게 남자 친구가 있었어? 그렇다면 질투가 날 것 같았다. 그는 잠깐 조디를 바라보았다. 그 여자랑 섹스하라면 기꺼이 할 것 같은데. 두 해 여름 전 그들은 생트로페에서 조디와 함께 주말 휴가를 보낸 적이 있었다. 조디는 하얀 비키니를 입었고, 그는 머무르는 동안 내내 선글라스 너머로 훔쳐보았으며 클레어와 섹스하는 동안에도 조디를 생각했다.

클레어. 더 심각해지고 있었다. 그가 안으로 더 들어서자마자 클레어는 어디 갔었는지 물을 것이고, 그는 *아무 데도, 그저 산책하고 왔*

*어,* 라고 대답할 것이었다. 진짜 하고 싶은 말은 *씨발 신경 꺼,* 인데도. 그는 줄곧 관찰당하는 느낌이 싫었다. 집 근처를 방랑하다 잡혀서 이제 애완동물이 되어버린 야생동물처럼 덫에 걸린 느낌이었다. 그는 클레어를 바라볼 때마다 깊은 곳에서부터 쌓여가는 분노를 느꼈다.

탈출구가 없기 때문이었다. 더 심각한 건 처음부터 그 여자랑 그렇게 사랑에 빠진 척 연기를 했기 때문에 선례를 세워버렸고 결과적으로는 그런 끔찍한 노래를 부르는 짓들을 하는 처지가 됐다. 그는 고개를 저었다. 너무 굴욕적이었다. 그러나 선택의 여지가 없었다. 완전히 과장해서 하지 않으면 가면이 벗겨지고 클레어가 자기 진정한 감정들을 보게 될까 봐 걱정이 되었다. 그렇게 되면, 그 모든 것, 차와 집과 휴가와 돈들 모두가 사라져버릴 것이었다. 그는 그런 일이 벌어지도록 놔둘 마음이 없었다. 특히, 그 맛을 본 지금에서는 그럴 수 없었다. 그가 필요한 건 탈출구였다.

그래서 바로 거기에 헨리 브라이언트가 들어서는 것이었다. 처음에는 가짜 이메일 주소로 시작했다. 멋졌다, 정말로. 헨리 브라이언트라는 이름으로 지메일 계정만 열면 되는 것이었고, 그러자 짠! 갑자기, 그 인간이 존재하게 되었다. 사람들과 소통을 나눌 수도 있고, 대화방에 로그인 할 수도 있고 신문 기사에 댓글을 달 수도 있고 페이스북이나 트위터 계정을 만들 수도 있었다.

그래서 한동안 그렇게 했다. 대화방에서 대화에 끼어들거나 댓글을 달았는데, 그중 하나가—어느 건지는 모르지만— 그에게 불륜의 혼외 관계를 함께 추구하는 사람들이 있는 앱으로 인도해주었다.

사진, 나이, 관심사를 올리면 이 앱은 그에 맞는 상대를 제안해주었다. 서로 메시지를 주고받다가 둘 다 합의하면 만났다.

첫 번째 여자는 올라온 사진과는 전혀 닮지 않았다. 사진 속에서는 30대 초반으로 보였고 그럭저럭 몸매가 괜찮았다. 현실에서는 열 살은 더 많고, 20킬로그램은 더 나가 보였다.

알피는 개의치 않았다. 정상적인 환경에서라면 이런 여자에게는 끌리지 않았겠지만, 그건 중요한 점이 아니었다. 이건 정상적인 환경도 아니었고, 그는 알피 다니엘스도 아니었다.

그가 고른 두 번째 후보자는 금발에, 꼬챙이처럼 마른 여자로 30대 후반에 세 아이의 엄마였다. 이건 일종의 임상적인 매매 과정 같았다. 후에, 알피는 여자에게 다시 만나고 싶으냐고 물었다. 여자는 원치 않았다. 하지만 세 번째 여자는 원했다. 그녀는 헨리 브라이언트에 대해 더 알고 싶어 했다.

그래서 알피는 그 여자에게 더 알아갈 정보를 주었다.

그건 일종의 게임이 되었다. 그가 얼마만큼 버틸 수 있는지 알아볼 수 있는 게임.

그리고 그는 가능하다고 생각한 이상으로, 훨씬, 훨씬 더 많이 버텨냈다.

그는 주소, 사서함 주소를 하나 얻어서 은행 계정을 얻는 데 썼다. 그와 함께 은행 계정을 만들고, 다음으로는 신용카드를 내고, 페이팔 계정도 냈다. 페이팔 계정으로는 이베이에서 팔고 살 수 있었고, 헨리 브라이언트는 수입을 얻었다. 그가 판 물건들—초판본, 희귀 음반,

다른 수집품들—이 알피가 샀던 물건이라는 사실은 이렇든 저렇든 상관 없었다. 그의 고객 중 누구도 알려고 들지 않았고, 알 수도 없고, 알지 못했다. 그는 그저 헨리 브라이언트에게 돈을 좀 얻어줄 수단이 필요했을 뿐이었다.

그래서 그렇게 생긴 돈으로, 암흑의 인터넷을 통해 불법적으로, 놀랄 만큼 싸게 물건들을 입수했다. 출생증명서, 여권, 국민 보험 번호. 그건 헨리 브라이언트는 가능한 모든 의미 있는 방식으로 실재한다는 뜻이었다. 집도 살 수 있고, 취직도 할 수 있고, 국경을 넘을 수도 있었다. 원하는 건 모두 할 수 있었다.

헨리는 그저 어쩌다가 존재하지 않게 된 것뿐이었다.

알피에게는 완벽했다. 그렇게 그가 원하는 모든 것을 얻어낼 수 있었다. 클레어와 함께 하는 삶에서의 해방, 다양한 여자들과 불륜 관계를 맺으며 섹스하는 흥분, 무엇보다도 체제를 이기고, 주변의 모든 사람을 재치로 속여 넘겼다는 감각. 그리고 그와는 아무런 연결 고리가 없었다. 전화, 은행 계좌, 모두. 그 모든 게 헨리 브라이언트로 이어졌다.

기이했다. 그런 삶이 더 오래 지속될수록, 점점 더 자기 자신과 헨리 브라이언트는 다른 사람인 것처럼 느껴지기 시작했다. 인터넷에서 만난 여자들과 함께, 클레어나 그 친구들 무리는 절대 오지 않을 런던의 동네 술집 구석에서 있을 때면, 그는 헨리 브라이언트였다. 진짜로 죄책감을 느끼지도 않았지만, 약간씩 치미는 불안은 그걸 저지른 사람은 자기가 아니라는 생각으로 누그러들었다.

그건 헨리 브라이언트였다.

심지어 브라이언트 정체성을 개발해내기까지 했다. 기교적인 태도, 잘난 척하는 말버릇, 입을 꾹 다물고 모음을 길게 뽑아내기. 이런 건 오직 헨리일 때만 했다. 약간 걱정스러운 증상인데, 어떤 면에서는 헨리가 더 좋기도 했다. 더 웃기고, 더 여유가 있었다. 더욱이, 알피 다니엘스가 그런 척하듯이 부드럽고 위협적이지 않은 인간이 될 필요도 없었다.

원하는 건 모든 할 수 있었고, 그렇게 했다. 약속 바로 직전에—나가는 게 너무 위험이 높다 싶은 경우에는—취소하기도 했고, 원할 때는 술을 진탕 마시기도 했으며, 침대에서는 거칠게 굴었다. 무엇보다 그는 사과하지 않았으며, 바보처럼 웃지도, 상냥하게 속삭이지도 않았고, 망할 멍청한 노래를 부르지도 않았다.

근사했다. 그리고 그가 제정신으로 살 수 있게 해주는 유일한 방식이었다.

문득 창문을 두드리는 소리가 느껴졌다. 그는 고개를 들었다. 클레어가 안에서 그에게 신호를 보내고 있었다.

젠장, 거의 까먹고 있었다. 그는 조디의 엉덩이에 시선을 주었다. 그 여자는 아주 딱 달라붙는 청바지를 입고 있었다. 그는 그 바지를 벗기고 비싼 속옷을 드러내는 장면을 그려 보았고, 그 이미지 덕택에 얼굴에 미소를 억지로 띨 수 있었다. 그는 클레어에게 손짓하고 손 키스를 날려 보냈다. 클레어는 키스를 잡은 척하고 뺨에 갖다 붙였다.

구역질이 났다.

안으로 들어가자, 그는 클레어에게 진짜로 키스한 후, 조디를 포옹하며 자기 가슴에 와 닿는 그녀의 젖가슴의 촉감을 즐겼다. 조디는 함께 서 있던 남자를 손짓으로 가리켰다.

"이쪽은 트레버예요."

알피는 악수했다. 이쪽 남자는 굳은 얼굴로 얼빠진 웃음을 지었다. 이 얼간이가 조디랑 섹스하고 있다면, 받아들일 수가 없을 것 같았다.

"우리는 막 나가는 중이에요." 조디가 말했다. "난 가서 친구 만나야 해서. 몸이 별로 안 좋대요."

"아." 알피는 말했다. "괜찮은 거죠?"

"남자 친구 문제죠." 조디는 전화기를 꺼냈다. "가기 전에 사진 한 장 빨리 찍어도 되겠죠?"

조디는 전화기를 트레버에게 건넸고, 그는 조디가 자기랑 같이 사진을 찍으려 하지는 않는다는 걸 알고 불쾌한 표정을 지었다. 어쩌면 조디랑은 별로 잘 안 되는 사이일 것도 같았다.

세 사람이 한 줄로 서자, 트레버가 스냅사진을 몇 장 찍었다. 사진을 다 찍은 후에, 트레버는 전화기를 조디에게 도로 주었다.

"만나서 반가웠어요." 알피가 말했다. "그리고 친구 일도 잘 해결되기를요. 난 가서 술 좀 가져와야겠네요."

그들에게서 떨어져 걸어갈 때, 주머니에 들어 있는 헨리 브라이언트의 전화기가 울렸다. 또, 피파였다. 확실히, 그가 아무리 명확하게 뜻을 전해도, 이 여자는 그 의미를 받아들이지 못했다. 나중에 답장해서 이 여자를 완전히 떨쳐버리기로 했다. 이 여자가 문제가 되기 전에.

헨리 브라이언트는 절대로 이 여자가 문제가 되도록 놔두지 않을 것이었다. 헨리는 여러 문제들을, 결단력 있게 처리했다. 알피가 참고 사는 것들을 헨리는 절대 참지 않았을 것이었다. 클레어를 처리할 방법을 찾아냈을 것이었다.

그리고 알피도 그래야만 했다. 그저 어떻게 해야 할지 알 수가 없었다.

## 클레어

싱 박사는 클레어의 반대편에 앉아 진료 노트를 살폈다. 그는 60대 정도로 작고, 정확해 보이는 생김새였다. 클레어는 박사를 구글에서 검색해보았다. 아빠가 말한 대로, 박사는 정말로 불임 치료 분야에서 전문가였다. 수없이 많은 치료법을 시도하고 괄목할 만한 결과를 낸 선구자였고, 그게 어쩌면 아버지가 낸 진료비를 설명해줄 수 있으리라.

그날은 의사를 두 번 만났다. 아침에 의사는 클레어에게 질문을 한아름 쏟아냈고 목표에 대해 논의한 다음 옆방으로 보냈다. 그 방에선 간호사가 피를 뽑고 초음파 검진을 한 후 엑스레이를 몇 장 찍었다.

*결과는 금방 나와요,* 간호사는 말했다. *하지만 싱 박사님이 시간이*

*있어서 검사 결과를 같이 확인해주셔야 환자분도 볼 수 있어요.*

싱 박사는 그날 오후 시간이 있었고, 클레어는 직장에 갔다가 의사를 다시 만나러 왔다. 잡혀 있던 회의 두어 개를 옮겨야 했지만, 파트너로서 그런 정도의 융통성은 발휘할 여유가 있었다. 게다가 종일 진찰 결과만 생각하고 있었기에 의사가 무슨 말을 할지 말고는 다른 일에는 집중을 할 수도 없었다.

"음……." 그는 미소 지었다. "지금까지는 좋은 소식이에요."

"'지금까지는'이라는 게 무슨 뜻이세요?" 클레어가 물었다.

"제 말은 우리가 한 검사에서는 비정상이 나타나지 않았다는 거죠, 하지만 할 수 있는 검진이 더 남아 있어요. 하지만 지금 상태에서는 보증된 방식인지 자신할 순 없네요. 지금 이상은 보이지 않아요."

의사는 파일에서 A4 크기의 종이를 꺼내 클레어에게 건넸다. "이게 환자분의 자궁 난관 조영술 결과입니다. 이름은 거창한데 자궁과 나팔관을 찍은 엑스레이라는 거죠. 보시다시피, 아무것도 나오지 않았어요."

클레어는 검사서를 찬찬히 들여다보았다. 글이 많았지만, 오직 자기에게 중요한 단어에만 눈길이 갔다.

*비정상: 없음*

"다른 검사는요?" 클레어는 물었다. "난자에 대한 건?"

"난소 예비력 검사라고 하는데요." 싱 박사는 말했다. "그것도 괜찮아요. 저장된 난자도 정상적이고 모두 질이 좋습니다." 그는 두 손을 깍지 끼고 몸을 내밀었다. "지금 말씀드릴 수 있는 건 클레어의 임신에는 아무런 문제가 없다는 겁니다. 촬영술은 좀 더 해볼 순 있죠. 복강경 검사도."

"그건 뭐죠?"

"자궁 안쪽을 들여다보는 검사예요. 배꼽 부분에 절개를 하고, 거기로 카메라를 넣습니다. 뭔가 이상한 일이 있으면, 자궁내막증이라든가 상처라든가, 그걸로 보일 겁니다. 하지만 말씀드린 대로 뭔가 있을 거라고 믿을 만한 이유가 없습니다."

클레어는 그와 시선을 맞췄다. "그러면 어째서 제가 임신하지 못하는 거죠?"

"가끔은 시간이 걸립니다." 싱 박사가 말했다. "그리고 걱정하느라 스트레스를 받으면 더 어렵게 될 수도 있죠. 느긋하게 여유를 갖고 있으면 도움이 될지 모릅니다."

클레어도 이미 이 사실은 알았다. 임신과 출산에 관한 수많은 웹사이트 모두가 그렇게 말했다. *반드시 느긋한 상태를 유지해야만 합니다. 스트레스를 받으면 신체는 더욱 임신하기 어려워져요. 여유로운 신체는 아이를 가질 준비가 된 신체입니다.* 모두 좋은 얘기다. 문제는 느긋한 여유를 가지려고 노력할수록 느긋해지는 걸 방해한다는 것이었다. 코끼리를 생각하지 말라고 말하는 거나 똑같았다. 그렇게 말하는 순간, 코끼리가 마음속에 튀어나온다.

"어려워요." 클레어는 말했다. "뭔가 잘못되었다는 걱정을 그만둘 수가 없어요."

"제가 볼 수 있는 이상은 없어요." 싱 박사는 손가락 사이로 펜을 돌렸다. "적어도 클레어 쪽은요. 그렇지만 탐색해볼 수 있는 다른 길은 있죠."

"어느 쪽요?"

싱 박사는 안경을 벗었다. "남편분은 정자 검사를 받으셨습니까?"

클레어는 고개를 끄덕였다. "두 달 전에요. 괜찮았어요."

노력을 시작하고 첫 몇 달 후에도 임신이 되지 않자, 알피는 가서 검사를 받겠다고 선언했었다.

*나는 시간을 더 낭비하고 싶진 않아.* 그는 말했다. *뭔가 이상이 있으면 알아야 고치지.*

클레어는 자기도 검사를 받아야 할 것 같으냐고 그의 생각을 물었다.

*아직은 아니야. 당신도 의사에게 가봐야 할 수도 있겠지. 나는 집에서 검사할 수 있으니까. 쉬워. 그리고 내가 괜찮다는 마음의 평화를 얻고 싶으니까.*

그리고 정말 그랬다. 클레어는 남편이 검사를 할 때 직장에 있었지만, 퇴근하고 돌아와 보니 그는 환한 표정이었다. 정자 수는 정상이었다. 클레어는 남편을 위해서는 기뻤지만, 자신의 기분은 더욱 나빠지기만 할 뿐이었다. 그럼 문제가 있다면, 그건 클레어 쪽이지, 남편 쪽이 아니라는 거니까.

"남편분은 어디서 검사를 받았죠?" 싱 박사가 말했다. "제가 물어봐도 괜찮다면 말입니다. 물론 대답하시지 않아도 됩니다."

"가정용 자가진단 키트로 했어요."

"아." 싱 박사는 입술을 다물었다. "이런 키트는 제대로만 쓰면야 완벽하게 정확하긴 합니다만, 오차 범위가 있습니다. 혹시 그걸 갖고 있을까요?"

"그럴 것 같진 않아요. 버렸을 것 같은데. 저는 본 적이 없어요."

"음, 뭐 생각해볼 점이긴 합니다만, 남편분에게 저한테 와서 검사를 받아보라는 말을 해보면 어떨까요. 좀 더 종합적인 불임 진단을 해볼 수 있습니다. 완전히 확신할 수 있게요."

"그게 틀렸을 가능성도 있다고 생각하세요?"

"언제나 가능성은 있죠. 잘못된 검사도 있고, 사용자 실책도 있고. 남편분에게 와보라고 하면 어떨지 생각해보세요."

"생각해볼 필요도 없죠. 남편은 하려고 할 거예요. 지금 예약해도 되나요?"

"남편분에게 먼저 확인하지 않아도 된다는 것, 확실합니까?" 싱 박사가 물었다.

클레어는 고개를 끄덕였다. 알피는 뜻을 같이 해줄 것이었다. 클레어는 그에 대해서는 한 점의 의심도 없었다.

## 알피

알피는 집 앞 거리로 접어들었다. 그들은 그 거리 중간쯤에 있는 이중전면(문이 가운데 있고 양쪽에 창이 대칭으로 배치된 형태)의 빅토리아 양식 빌라에 살고 있었다. 천천히 집 쪽으로 걸어갔다. 오후 7시가 약간 넘은 시각이었다. 배터시에 집을 보여주러 갔다 오는 길이었다. 보통 그는 되도록이면 집 구경을 피하려고 했다. 클레어와 결혼한 이후에는 일종의 직업이 필요하다는 느낌이 들었지만 뭘 해야 할지는 몰랐기에 믹이 부동산 중개인이 되어보는 건 어떠냐고 제안했을 때 그에 따랐다. 믹은 다른 업체에 일자리를 찾을 수 있도록 도와주었다. 믹은 가족과 사업적으로 얽히고 싶지는 않다고 주장했지만, 알피는 자기가 무능하다고 믹이 생각해서 자기 사업 근처에는 두고 싶지 않았던 거라고 확신했다. 그렇기는 해도, 부동산 중개는 꽤 잘 맞는 직업 선택임이 드러났다.

알피는, 자기 자신에 대해서 이렇게 말해도 될지 모르겠으나, 이 일에 엄청 솜씨가 있었다. 사람들은 환한 미소를 지은 사람이 지금 보고 있는 부동산이 뭐가 됐든 자기에게 완벽한 집이라는 확신을 주기를 바랐고, 알피는 그에 기꺼이 응했다. 이웃들이 소란스럽고 짜증나는 사람이며, 여름에는 늘 바퀴벌레 출몰로 문제가 있다는 걸 알아도 그는 사람들의 눈을 들여다보며, 여기서 아주 행복하게 살 거라고 말했다. 물론, 그 사람들에게는 개뿔 관심도 없었기에 그 일은 훨씬 더 쉬웠다.

다른 이익은—이쪽이 어마어마했다— 낮에 언제든 내키는 대로 오갈 수 있다는 것이었고, 더 좋은 건 이 중개소는 도시 전체의 온갖 빈 집의 열쇠를 갖고 있어서 인터넷으로 만난 사람들을 만날 때 쓸 수 있었다.

클레어가 문자를 보냈다. **의사가 다 괜찮다고 했어!** 그래서 그는 축하하기 위해 샴페인 한 병을 샀다.

"어이!" 그는 문을 열며 소리 높여 외쳤다. "집에 있어?"

"부엌에." 클레어가 대답했다.

그는 얼굴에 함박 미소를 띠우는 걸 잊으면 안 되겠다고 다짐하며 안으로 들어갔다. "당신 문자 봤어. 멋진 소식이던데. 의사가 아무것도 발견하지 않았다니 정말 기뻐."

"알아." 클레어가 말했다. "어떤 면에서는 안심이기도 한데, 다른 면에서는 좀 좌절스럽기도 해. 걱정도 되고. 적어도 이유가 있으면 의사가 고칠 수 있고, 고칠 수 없는 거라면 확실히 알아내서 다른 계획을 짤 수 있었잖아. 그런데 지금은 내가, 우리가 할 수 있는 일은 기다리는 것뿐이야."

"생길 거야." 알피가 말했다. "결국에는. 많은 사람들이 이런 똑같은 상황을 겪었잖아."

클레어는 무언가 말하려는 듯 보였지만, 망설였다. 약간 수줍어하는 것 같기도 했다.

"문제없지?" 알피가 말했다.

"박사님이 다른 거 하나 더 묻더라고."

"뭐였는데?"

"자기 검사. 집에서 한 거 있잖아."

"그게 뭐 어쨌는데?"

"한 번 더 받을 수 있겠냐고 하시더라고."

알피는, 순간, 할 말을 잃었다. 그는 그런 얘기를 듣게 되리라고는 기대하지 않았다. 그는 검사를 받았고—혹은 그렇게 클레어에게 말했고—, 그래서 모든 정자 수 관련 문제는 해결되었다고 혼자 짐작하고 있었다. 그가 절대 필요로 하지 않는 건 다른 사람의 개입이었다. "그 검사가 정확하지 않을 수도 있다고 의사는 생각하는 거야?"

"그런 말씀은 안 하셨어. 정확히는. 어쨌든. 박사님이 하신 말은, 그저 실수의 여지가 있다는 거지. 어쩌면 제대로 하지 않았을 수도 있다고."

알피는 웃었다. "그거 하는 게 뭐 엄청나게 어렵다고. 알잖아. 그냥 검사기를 겨냥해서 쏘기만 하면 되는 거. 그러면 그 구멍 사이로 선이 나와."

"그래도. 박사님 말로는 다른, 더 믿을 만한 검사가 있대."

"그러고 돈을 받겠지."

"우리한테 영업을 하려고 그러시는 것 같지는 않았어, 알피. 그저 제안을 하시는 것 같은데. 도와주시려고."

알피는 두 손을 들었다. "미안. 너무 냉소적으로 굴었던 거 같네."

"그럼 할 거지? 가서 박사님 만날 거야?"

알피는 마음속으로 재보았다. 알았다고 하고 단순히 미루면 된다. 약속을 취소할 이유를 찾는다. 마침내는 클레어도 잊을지 모른다.

"물론이지." 그는 말했다. "대단한 결과가 나올 것 같진 않지만, 못 할 것도 없지? 도움이 된다면 할게."

"당신이 꺼려 하지 않을 줄 알았어." 클레어는 미소를 지었다. "그래서 내가 약속을 잡아놨어. 이번 목요일 오전 7시야."

이번 목요일 오전 7시라고? 씨발 멍청한 년. 지금 무슨 짓을 저지른 거야? 이 여자가 전형적으로 하는 짓이었다. 씨발, 꼭 그렇게 끼어 들어야겠다는 건가. 자기가 검사 결과 괜찮다고 말했는데, 그 말을 믿기는 한 걸까? 아니, 제 아빠가 돈을 내준 개인 의사한테 가서 주저리주저리 늘어놨겠지. 보건소 같은 데는 자기 수준에 안 맞으니까. 그런데 가서는 실제로 알피 대신에 약속을 잡고 왔다. 그가 가야만 하는 실제의 망할 약속을. 오전 7시에 그가 할 일이 있을 리 없을 테고, 이 여자도 그 사실을 알았다.

하지만 그는 갈 수 없었다. 돌팔이 의사라도 그의 정자 수치가 낮지 않다는 건 금방 알아내리라. 아예 정자가 없을 테니까. 그리고 정관절제술 흉터를 보게 되리라. 작지만, 그 사람들이라면 그게 뭔지 정확히 알아볼 테니까. 그러면 그는 끝장이다.

완전히 끝장이다.

목요일 아침에 일어나서 아프다고 할 수도 있었다. 하지만 그러면 클레어는 새로 스케줄을 잡겠지.

그는 덫에 갇혔다. 망할, 망할, 망할. 빠져나갈 길이 필요했다. 빠르게.

"괜찮아? 알피?"

그는 클레어를 향해 미소를 지으며 전화기를 꺼냈다. 그의 아이폰이지, 헨리 브라이언트의 전화기가 아니었다. 헨리 브라이언트라면 이 여자에게 허튼짓 말고 꺼지라고 말하고도 남았을 것이었다. 벌써 검사를 받았으니 내가 한 말을 믿는 게 좋을 거라고. 하지만 그는 달력 앱을 켰다.

"무슨 요일이라고?" 그의 목소리는 고요하고 차분했다. 그는 클레어의 와인 잔을 집어 한 모금 마셨다. 단번에 벌컥벌컥 마시고 싶은 충동과 싸웠다.

"목요일 아침 7시. 싱 박사님 말로는 당신을 위해서 일찍 여시겠대."

그는 고개를 끄덕였다. 가야만 했다. 이 일을 처리할 다른 길을 찾아야만 할 뿐이었다. 이건 진짜 문제였다.

해내지 못한다면. 싹을 잘라낼 길을 찾아내지 못한다면. 생각의 실마리가 보이기 시작했다. 어쩌면 결국에 할 수 있는 일이 있을 것이었다. 마음이 가라앉는 것을 느꼈다.

"갈게." 그는 말했다.

## 클레어

지하철이 역에서 빠져나올 때 클레어의 몸이 휘청거렸다. 시계를 휙 보았다. 알피는 지금쯤이면 싱 박사와 같이 있을 것이었다. 남편과 같이 가고 싶었지만, 8시에 고객과 회의가 있었다. 새로운 보온병 제품 출시를 두고 작업 중이었는데, 아직도 디자인을 결정하지 못했다. 프로젝트가 늦어지고 있어서, 원래 디자이너들과 계약을 해지하고 클레어의 회사로 온 것이었다. 문제의 일부는 제품 요약서였다. 그들은 도시적이면서도 매끈하면서, 동시에 튼튼하고 거친 것을 원했다. 이 모든 것들을 어떻게 통합해야 할지 즉각적으로는 분명하지 않았지만, 클레어는 구상이 있었다.

목표하던 지하철역에 내렸을 때 전화가 울렸다. 조디였다.

"안녕." 클레어는 말했다. "무슨 일이야?"

조디는 대답하지 않았다. 대신에 좌절에 빠진 사람이 하듯이 양 볼에서 바람 빠지는 소리를 냈다.

"그 정도야?" 클레어는 말했다. "얘기해 봐."

"피파 때문이야. 걔 때문에 미치겠어."

이름을 듣고도 누군지 금방 알아채지 못했지만, 다음 순간 생각났다. 피파는 남자 친구에게 문자로 이별 통고를 받은 친구였다. "어떻게 지내?"

"우리 집으로 이사 왔어. 혼자 있는 건 못 견디겠대. 그런데 하는 얘기라고는 그 헨리 브라이언트라는 새끼뿐이야……."

"그 남자가 문자로 이별하자고 한 남자지?"

"바로 그 사람. 그 남자 이름 다시 듣고 싶지도 않아. 지난밤에는 새벽 1시까지 잠도 잘 수 없었어. 피파가 자기가 그 남자 얼마나 사랑했다느니, 그 남자가 자기의 이상형이라는 걸 확신했다느니, 자기가 뭘 잘못했는지 몰랐다느니, 그 남자가 하룻밤 사이에 그렇게 확 변한 걸 그냥 이해할 수 없다느니, 나보고 그거 이상하지 않냐느니 이런 얘기만 했어. 그 사람에게 뭔가 다른 일이 있을지도 모르겠다나. 자기 문자나 전화에 답을 안 하니까. 아프거나 뭔가 나쁜 일이 일어나서, 그게 자기를 찬 진짜 이유가 아니겠냐는 거지. 그래서 어쩌면 두 사람이 결국에는 다시 합칠 가능성도 있다고." 조디는 잠깐 말을 멈추고 심호흡했다. "이해해, 클레어. 난 정말로 이해한다고. 걔 상황 안타까워. 차이다니 얼마나 끔찍해. 우리 모두 겪어봤잖아. 내가 이래서 망쳤나,

저래서 망쳤나 생각해보기 시작하면 그 회로에 빠져서 갇히게 되잖아. 하지만 이건 너무 극단적이야. 내 말은 얘가 이런 식이면 그 남자가 도망가고 싶어진 것도 놀랍지 않단 거지."

"혹은 문자로 한 것도 놀랍지 않지." 클레어가 말했다. "어쩌면 걔가 그런 식으로 반응할 걸 알았을지도. 그렇다고 그게 핑계가 되는 건 아니지만. 직접 만나서 말했어야지."

"그럼, 그랬어야지. 하지만 그래봤자 나한테 도움은 안 됐을 거야. 걔 오늘 아침 5시에 일어났잖아. 그 말인 즉, 나도 그때 일어나서 헨리 브라이언트가 걔랑 헤어지려고 한 이유를 추측하는 걸 몇 시간 동안이나 들어줄 각오를 했어야 한단 거야. 나 어쩌면 좋니?"

"지나가겠지. 걔도 극복하지 않을까."

"하지만 그동안엔 고문이야."

"데리고 나와. 새 남자들을 소개하자."

"걔 같은 골칫거리를 남자들에게 떠넘기다니 죄책감이 느껴진다."

클레어는 웃었다. "그러면 그냥 친절하고 은근한 방식으로 집에서 나가게 할 수밖에 없겠네. 좀 더 너의 집에 머물러도 좋지만, 일이 바쁘고 너만의 공간이 필요하다고 말해. 하지만 문자로는 하지 말고."

조디는 냉소적으로 웃었다. "어쩌면 그래야겠다. 그게 효과가 있을지도. 아니면 내가 출장 가야 하니, 너희 집에 가서 묵으라고 해야 할지도."

"그래. 너 필요한 대로 해." 클레어는 전화기의 시간을 확인했다. "어쨌든 나 서둘러야 해. 회의가 있거든."

"그래. 그리고 충고 고마워. 하지만 해결책에 더 가까워진지는 모르겠다. 그래도 답답한 거 분출하니까 기분이 훨씬 나아졌어. 그건 그렇고, 파티에서 우리 찍은 사진 잘 나왔더라. 보내줄게."

두 사람은 전화를 끊었고, 잠시 후, 클레어의 전화기가 울렸다. 조디가 생일 파티에서 찍은 사진 두 장을 보낸 것이었다. 하나는 클레어와 조디, 알피가 함께 서 있는 사진이었고, 다른 하나는 알피가 자작곡을 부르고, 아버지가 배경에 서서 약간 질색한 표정으로 남편을 보고 있는 사진이었다.

**여기 있다.** 문자에는 이렇게 쓰여 있었다. **너네 아빠 좀 봐! 아저씨가 이 노래 어떻게 생각하는진 모르겠다! 알피를 좋아하시는 건 분명해 보이던데, 하지만 두 사람이 완전 딴판이니까. 어쨌든, 이거 보고 재미있어할 것 같아서.**

클레어는 웃으며 사무실로 걸어갔다. 헤이마켓 쪽으로 돌아갈 때, 거리에서 버스킹하는 가수가 〈파더 앤 선〉(캣 스티븐스의 곡)을 부르고 있었다. 클레어는 노래를 들으려 걸음을 멈췄다. 알피에 대해선 잊고 있었지만, 그 노래를 들으니 남편이 어디 있는지 떠올랐다. 좋은 징조, 예약된 진료가 잘되고 있다는 신호였다. 지금 가진 현금은 20파운드짜리 지폐 한 장뿐이었다. 순간 망설였지만, 곧 몸을 숙여, 돈을 기타 케이스에 넣었다. 그래야만 했다. 그녀는 갑자기 모두 연결되었다는 감각이 들었고, 알피가 싱 박사와 함께 있는 이 시점에 거리 가수가 아버지에 관한 노래를 한다는 사실을 무시할 수가 없었다. 받기 위해서는 줘야만 했다.

가수는 흩어진 동전 사이에 놓인 지폐를 보았다. 그는 클레어를 보고 환히 웃었다.

"고맙습니다." 그는 말했다. "그리고 행운을 빌어요."

그녀는 몸을 돌려 거리를 올라갔다. 어찌나 환히 웃고 있었는지 입이 아플 지경이었다.

*바로 이거야. 모든 것이 제자리로 찾아들어가는 날이야.*

# 알피

싱 박사는 팔짱을 끼고 알피를 보았다. 얼굴에는 당혹스러운 표정이 떠올라 있었다.

"그래서," 박사는 말했다. "결과가 나왔습니다. 논의하기 전에 약간 놀랐다는 말씀은 드려야겠네요."

알피는 박사가 놀라고도 남았으리라는 생각은 했지만, 얼굴을 찌푸렸다가 걱정스러운 듯 눈을 크게 떴다. "어떤 놀라움이신지요?"

싱 박사는 의자에 기댔다. "다니엘스 씨," 그는 말했다. "정자 수가 0입니다. 정자가 전혀 없어요."

알피는 입을 떡 벌렸다. "하지만," 그는 더듬거렸다. "검사를 받았는데요. 이상 없었어요."

"어떻게 그랬는진 모르겠군요. 결과를 잘못 본 게 아니라면. 말씀해 보세요, 여기 오기 전 지난 48시간 동안 섹스나 자위를 참으셨겠죠?"

알피는 고개를 끄덕였다. 그는 클레어에게 당신을 거부하는 게 얼마나 힘든 줄 아냐며 과장해서 요란을 떨기까지 했다.

"그러면 의심의 여지가 없네요. 정자를 생산하지 않는 겁니다."

"믿을 수가 없네요." 알피가 말했다. "정말로 믿을 수가 없어요."

환자를 대하는 박사의 태도는 좀 손 볼 필요가 있겠네, 알피는 생각했다. 한 남자가 절대로 아버지가 될 수 없다는 뉴스를 그냥 불쑥 내뱉는 게 아닌가. 알피가 그 사실을 벌써 알고 있다는 사실을 박사는 알 리가 없었다. 싱 박사가 아는 한, 알피의 충격은 순수했다.

"환자분하고 다른 걸 의논하고 싶습니다." 싱 박사는 말했다. "우리가 탐사해볼 수 있는 다른 길들이 있어요."

"오?" 알피가 말했다. "부디, 뭐든 부탁드립니다."

"보통, 우리는 일정 기간 동안 생산된 정자의 질과 양을 제대로 파악하기 위해서 두세 가지 검사를 합니다만, 이 경우에는 정자가 전혀 없으니, 소용이 있을지 모르겠군요."

"알겠습니다. 알피가 말했다. "전혀 없다면, 저는 기회가 없는 거군요." 그는 고개를 숙이고 손톱에 집중했다. "이렇게 되다니 믿을 수가 없네요. 가망이 전혀 없어보이는데요."

"어쩌면 아닐 수도 있습니다." 싱이 말했다. "추가 검사를 해보고 싶습니다. 정자가 고환에서 정액으로 나오지 못하도록 어디 막혀 있을 수도 있거든요. 사실상, 정자가 전혀 없다면, 이걸 확인해보고 싶습니다."

"어떻게 그럴 수 있죠?"

"첫 단계로는 초음파를 할 수 있습니다. 원하신다면 지금 해보실까요? 결과가 바로 나옵니다."

알피는 박사를 바라보았다. 박사에게 격렬한 증오를 느꼈지만, 깨물어 삼켰다. 침착하게 있어야만 했다. 박사에게 허락이라도 했다간, 정관절제술을 받았다는 게 분명해질 것이었다. 거짓말을 해도 똑같이 분명해질 것이었다. 싱 박사는 조용히 입을 다물고 있어야만 했다. 비밀 유지 조항 때문에 클레어에게는 그 무엇도 폭로할 수 없었다. 그래도, 누구에게도 들키지 않는 편이 나았다.

알피는 고개를 저었다. "그래도 소용없습니다." 그는 말했다. "그래봤자 내가 정자가 없다는 것만 확인 사살하지 도움이 되지 않을 테니까요."

"아, 도움은 될 겁니다." 싱 박사가 말했다. "엄청난 큰 변화를 일으킬 겁니다."

알피는 의자에 앉아서 허리를 쭉 폈다. "아? 어떻게요?"

"막힌 부분이 있다는 건 건강한 정자를 충분히 생산하고 있을지도 모른다는 뜻이 되니까요. 어느 쪽이든 치료하기만 하면, 전통적인 방식으로 임신을 하거나 그런 정자를 채취해서 체외 수정이나 다른 치료 방법으로 쓸 수 있기 때문입니다."

"잘 모르겠군요." 알피가 말했다. "그냥 놔두는 편이 더 나을지도 모르겠습니다. 상황을 받아들여서요."

싱 박사가 얼굴을 찡그렸다. "다니엘스 씨! 이건 아주 간단한 치료고 모든 걸 바꿀 수 있습니다. 적어도 아내분과 의논은 해보셔야죠. 아내분은 이 방안에 적극 찬성하시리라고 생각합니다."

"아내가 알 필요는 없지 않을까요?" 알피가 말했다. "제 말은 박사님이 아내에게 이런 얘기를 뭐든 하실 수는 없지 않습니까?"

싱 박사는 한참 대답하지 않았다. 입을 열었을 땐, 그의 목소리는 나직했고 경계심이 어려 있었다. "그렇죠. 제가 할 수는 없습니다."

"잘됐군요. 그럼 하지 말아주시길 바랍니다."

"제가 뭐 하나 물어봐도 될까요, 다니엘스 씨?"

알피는 고개를 끄덕였다.

"아내분께 정자 검사 결과, 모든 게 정상이라고 말씀하실 작정이십니까?"

알피는 잠시 생각했다. "네, 그렇습니다. 하지만 박사님은 아무 말도 하실 순 없죠."

"할 수 없죠." 싱 박사는 말했다. "제가 할 순 없습니다. 하지만 아내분의 치료를 중단할밖에 다른 도리가 없겠네요."

알피는 그를 바라보았다. 그건 문제가 될 수 있었다. "왜죠?"

"제가 비록 말은 하지 않는다고 해도, 아내분이 임신하지 못하는 진짜 이유는 남편분의 정자 때문이라는 걸 알고 있기 때문입니다. 그걸 아는데, 문제가 아내분에게 있는 양 계속 행동할 수는 없습니다. 효과가 없을 걸 아는 치료를 해드리고 돈을 받는 게 윤리에 문제가 된다는 건 말할 필요도 없겠죠."

"아내에게 뭐라고 말씀하실 겁니까?"

"윤리적 우려가 발생해서 더는 주치의가 될 수 없겠다고 할 겁니다."

"아내는 이유를 알려고 할 텐데요."

"이유는 말할 수 없다고 하겠습니다."

알피는 천천히 고개를 끄덕였다. 클레어에게 자기 정자가 정상이라고 말할 거라는 얘기는 하지 말 걸 싶었지만, 그랬다간 싱 박사는 알피가 이미 말했으므로 자신도 클레어와 그런 점을 논의할 수 있다고 생각했을 것이었다. 그래서 클레어에게는 숨겨야만 했다.

그래서 알피에게는 선택이 없었다. 이제 앞으로 일어날 일이 훤했다. 의사가 무슨 윤리적 우려가 있다고 하면, 클레어는 뭔가 심하게 잘못됐다고 생각해서 곧장 다른 의사에게 갈 것이었다. 알피도 함께 가게 할 것이고, 매번 약속마다 그 자리에 같이 있겠다고 우길 것이다. 그 의사가 무정자증을 발견해서, 막힌 상태가 어떤지 초음파 촬영을 해보자고 제안하면, 그 순간 정관절제술 사실이 드러나고 그의 결혼은 물론, 그에 따라왔던 생활 방식도 모두 끝나버릴 것이었다.

문제가 서로 층층이 쌓여가 마침내 모든 게 무너질 지경이 되자 그에게는 단 한 가지 선택만이 남아 있었다. 헨리 브라이언트가 할 법한 선택.

"좋습니다. 아내에게 사실을 말하겠습니다. 정자가 없다고요." 알피가 책상 위를 톡톡 두드렸다. "그러면 어떻게 하시겠습니까?"

"남편분이 정자가 없다는 게 사실이며 이유는 알 수 없다고 말하겠죠. 남편분이 더 이상의 치료는 원치 않으셔서 이 시점에서 내가 도와드릴 수 있는 게 없다고."

"음." 알피가 말했다. "제가 정자가 없는 이유는 직접 말씀드리겠습니다. 환자 대 의사로서. 저는 정관절제술을 받았습니다. 그리고 물으시기 전에 답부터 말씀드리면 클레어는 모릅니다. 클레어는 알아내지 않을 것이고요. 그럼 이렇게 하는 겁니다. 제가 아내에게 정자가 없다고 말하겠습니다. 그래서 아내가 박사님에게 물어보면, 그 말이 사실이라고 하시겠죠. 그럼 그게 답니다. 다른 말은 한 마디도 하지 않으시는 겁니다."

싱 박사의 눈이 가늘어졌고, 그는 집게손가락을 알피의 가슴을 향해 가리켰다. "난 그런 위협에 겁먹지 않습니다, 다니엘스 씨. 비밀은 지켜드리죠, 하지만 치료는……."

알피의 한 손이 불쑥 뻗어 나오더니 박사의 손가락을 붙들었다. 그는 의사를 노려보며 천천히 손가락을 뒤로 꺾었다. 싱 박사는 고통으로 몸을 움찔했다.

"내 말 잘 들어." 알피는 나직한 목소리로 말했다. "내 말 잘 들어, 더러운 파키스탄 놈. 아내한테는 네가 더는 해줄 수 있는 게 없다고 해, 그러면 그 여자는 슬픈 기분으로 여길 떠날 것이고, 너는 다시는 그 여자를 못 볼 거야. 그렇게 안 하면, 의사-환자 사이 기밀 유지 조항을 깨는 걸 걱정할 때가 아닐 걸. 내가 너의 역겨운 갈색 목을 부러뜨려 놓는 걸 걱정해야 할 거야."

"경찰 부르겠소." 싱 박사는 이를 악물며 말했다. "이건 폭행이야."

알피는 고개를 저었다. “아니, 못할걸.” 그는 말했다. “폭행의 증거는 없으니까. 그리고 경찰이 여기 오면, 나는 네가 나를 진찰하면서 추행했다고 할 거야. 모든 사람에게 그렇게 말할 거야. 사람들은 내 말을 믿을걸. 왜냐하면 사람들은 이런 유의 일들은 아주 잘 믿거든.”

그는 손가락을 더 꽉 쥐며 목소리를 더욱 낮춰 속삭였다. “그리고 난 널 죽일 거야. 어느 날 밤, 네가 집에 혼자 있을 때, 자다가 깨서 집에서 나는 소리가 뭘까 생각할 때, 소리가 진짜 나긴 했나 싶을 때 고개를 들어보면 내가 네 침실에 있을걸. 그리고 그게 네가 본 마지막 모습이 되겠지. 알겠어?”

박사의 눈에 어린 공포심을 볼 수 있었다. 알피는 여유를 찾았다. 이렇게 자기 뜻대로 되고 있었다.

“너한테 물었잖아.” 알피는 말했다. “대답해, 쓰레기 같은 이민자 새끼. 알.겠.어?”

싱 박사는 고통을 누르기 위해 입술을 꽉 문 채로 고개를 끄덕였다.

“알겠소.” 박사는 말했다.

“좋아.” 알피는 대답하며 손가락을 놓아주었다.

# 클레어

전화기가 징 울리자, 클레어는 화면을 슬쩍 쳐다보았다. 알피에게서 온 문자였다. 회의가 한창 진행 중이었지만, 남편의 문자를 읽을 수밖에 없었다.

**전화 좀 해줄래?**

위장이 뭉치는 기분이었다. 그 문자에는 뭔가 잘못된 듯한 점이 있었다. 남편도 지금쯤은 결과를 받았을 것이었다. 클레어는 경쾌한 '이상 무'라든가 '아래쪽은 다 괜찮대'라는 문자를 기대했지만, 이런 건 기대하지 못했다. 전화 해달라는 요청은. 클레어는 답장을 쳐나갔다.

**곧 전화할게**. 하지만 제대로 다 치기 전에 회의실이 고요하다는 걸 깨달았다. 클레어는 고개를 들었다. 회사의 시니어 파트너이자 창업자인 비키 터너가 그녀를 마주보고 있었다.

"클레어?" 비키가 말했다. "마지막 질문에 대한 생각은?"

클레어는 침을 삼켰다. 마지막 질문이 뭔지도 알지 못했다.

"죄송합니다." 클레어는 사과했다. "질문을 파악하지 못했습니다."

비키 터너는 키가 큰 50대 후반의 여성으로, 머리카락은 빗어 흐트러지지 않도록 틀어 올리고 펜슬스커트와 비싼 재킷을 입고 다니는 사람이었다. 비키는 클레어의 전화기를 가리키듯 눈길을 주더니 천천히 말했다.

"질문은 고객과의 관계에 대한 것이었어요. 우리가 친숙한 관계를 맺고 있다면 법적 조치를 취하지 않고서도 이 문제를 해결할 수 있지 않을까 하는 것. 클레어가 이 계약을 담당하고 있다면, 그 문제에 대한 의견을 주지 않을까 했지."

"맞습니다." 클레어가 대답했다. "물론이죠." 할 말을 찾아보았지만, 머릿속이 멍해졌다. 목과 뺨에서 열기가 올랐고, 얼굴이 붉어지는 것이 느껴졌다. 황당했다. 클레어는 성인 여성인데도, 여기서는 정신이 얼어붙어 이런 꼴이었다.

"그건……." 클레어는 말을 시작했다. "괜찮다고 생각합니다. 아뇨, 그 이상이죠. 좋다고 생각합니다."

비키는 고개를 끄덕였다. "우리가 법적인 길로 가지 않고도 이 대금 분쟁을 해결할 수 있을 거라고 생각해요?"

"저는 아니…… 뭐, 그럴 수도 있을 것 같습니다." 클레어는 미소를 지었다. "어쩌면 그쪽 사람과 제가 얘기를 해볼 수도 있겠죠. 분위기를 살피면서요."

"좋아요." 비키가 말했다. "그렇게 해봅시다. 어쩌면 오늘 퇴근 시간 전까지, 괜찮겠어요?"

"문제없습니다." 클레어가 말했다. "오늘 퇴근 시간 전까지요."

다시 자기 자리로 돌아와서는 전화기를 들고 알피에게 전화를 걸었다. 그는 벨이 울린 지 두 번 만에 받았다. 좋은 소식이 아님은 즉시 알 수 있었다.

"알피." 그녀는 말했다. "무슨 일이 있었어?"

긴 침묵이 흘렀다. "결과가 나왔는데." 그는 마침내 말했다. "문제는 나야."

"무슨 말이야?"

"그게." 알피는 대답했다. "정자 수치가 아주 낮대."

"하지만 자기 검사를 받았잖아! 괜찮잖아."

"알아. 나도 그렇게 생각했어. 하지만 오류가 있었나 봐."

"괜찮아." 클레어가 말했다. "하늘이 무너져도 솟아날 구멍이 있잖아. 정자 수치가 낮아도 의사들이 할 수 있는 일이 있어. 우리도 그런 걸 시도하면 돼."

"내 경우는 아니야." 알피가 말했다. 그의 말투는 클레어가 들었던 어느 때보다도 더 심각하고, 단조로웠으며 지친 듯했다. "난 정자가 없어, 클레어. 전혀. 불가능해."

"아니야." 클레어가 말했다. "그럴 리가 없어! 싱 박사님과 내가 얘기해볼게. 혹시나……."

"클레어!" 알피의 목소리는 외침이나 다름없었다. "필요 이상으로 일을 더 나쁘게 만들지 마. 이제 넘어갈 때야."

클레어는 반박하려 했지만, 말이 입술에 걸려버렸다. 지금은 때가 아니었다. 게다가, 알피도 분명히 싱 박사와 모든 가능성을 타진해봤겠지. 그러니 알피가 불가능하다고 하면 그런 게 확실하다. 알피도 자기만큼 아이를 애타게 원했으니까. 남편이 방법 하나하나를 다 짚어보지 않고 놔두었을 리가 없었다.

"알았어." 그녀는 말했다. "미안해, 자기. 당신 기분 알아."

"나는 어찌되어도 괜찮아. 당신이 문제지. 이건 당신 꿈이잖아. 당신은 더 나은 사람 만나야 하는데."

"더 좋은 사람은 없어." 클레어가 말했다. "그리고 이 검사 결과는 당신에 대한 내 마음을 조금도 바꾸지 못해. 나는 당신을 여전히 사랑해. 아니, 이전보다도 더. 이건 오직 우리 두 사람을 더 가까이 묶어줄 뿐이야."

"고마워." 알피가 말했다. "그런 말 해줘서 고마워. 큰 의미가 있어. 사랑해."

클레어는 시계를 보았다. 오전 10시였다. "오늘 밤에 보자. 저녁에 몇 시에 들어와?"

"잘 모르겠어. 일이 조금 밀려서. 하지만 너무 늦게까지는 있지 않으려고. 나도 당신을 만나야 하니까."

"되는 대로 빨리 돌아와. 술 한잔하면서 이 일을 어떻게 대처할지 얘기해보자. 알겠지?"

알피는 그러겠다고 했고, 클레어는 책상 위에 전화를 놓았다. 그녀는 전화를 치워버리고 관자놀이를 문질렀다. 그래, 클레어가 임신하지 못한 데는 이유가 있었고, 이게 바로 그 이유였다. 남편이 싱 박사에게 가서 진찰받기를 원하긴 했어도 문제가 있을 거라는 생각은 해보지 못했다. 다른 무엇보다 마음의 평화를 위해서였다. 그렇지만 이제 이런 일이 벌어졌다.

그 사실이 실감나기 시작하자, 눈물이 솟았다.

클레어는 고개를 저었다. 우는 건 나중에 해도 된다. 지금 당장은 생각을 정리할 필요가 있었다. 먼저, 알피도 충격을 받았을 테니, 그를 섬세하게 살펴야만 했다. 둘째로, 여전히 모색해볼 길은 있을 것이었다. 클레어가 자신의 피를 이은 아기를 갖고 싶다면, 정자기증자를 찾으면 되고 아니면 입양할 수도 있었다. 종종 그런 생각을 해본 적이 있었다. 자신의 애를 둘 정도 갖고 가족이 함께 살 집을 지은 후에는 아이를 입양하고 싶다고. 자신이 가진 걸 도움이 필요한 사람과 나눈다는 생각에 마음이 끌렸다.

뭐, 이제 그 일이 생각보다 더 빨리 일어날 수도 있을 것 같았다.

클레어는 랩탑 뚜껑을 닫았다. 커피가 필요했다. 자리에서 일어나려 할 때, 조디가 전화했다.

"안녕." 클레어가 말했다. "어떻게 되고 있어?"

"좋아." 조디가 대답했다. "너는? 오늘 밤에 만날래?"

"안 될 것 같아. 그리고 난 네가 피파의 세계에 갇혀 있는 줄 알았는데."

"그랬지. 하지만, 놀랍게도 걔 오늘 밤에 나간대. 우리 영화 보러 가기로 했었는데, 피파가 전화해서 자기 계획이 있다는 거야. 사실, 무척 기분 좋은 목소리였어. 어쩌면 데이트 신청을 받았는지도 몰라. 어느 쪽이든, 나는 이 기회를 이용해야겠다 생각하고 너 시간 있는지 물어보려고 했지."

"안타깝지만, 안 되겠다." 클레어가 말했다. "나도 알피랑 계획이 있어. 하지만 피파가 너의 손에서 떨어져 나갔다니 기쁘다. 적어도 하룻밤만이라도."

"나도 그래. 곧 보자."

클레어는 전화를 가방에 넣고 현관으로 향했다. 신선한 공기를 쐬고 올 필요가 있었다. 가까운 곳에 가서 커피라도 살 생각이었다.

건물을 나설 때 보니 거리의 가수는 사라지고 없었다.

## 알피

알피는 전화를 내려놓았다. 헨리 브라이언트의 전화. 그리고 사무실 창문을 응시했다.

그는 문제에 빠졌다. 큰 문제에.

클레어에게 나쁜 소식을 전하기 직전, 피파가 문자메시지를 보냈다. **얘기 좀 해.** 평소처럼 무시했다. 그러나 피파가 보낸 그다음 메시지는 무시할 수가 없었다. 거기에는 그의 이름이 들어 있었기 때문이었다. 진짜 이름이.

**이 문자에는 답장해야 할 텐데, 헨리.** 그렇게 쓰여 있었다. **아니면 알피라고 불러야 하나?**

피파는 그가 누군지 알았다. 어떻게 알았지, 전혀 감이 오지 않았지만, 피파가 알아냈다. 피파가 알고 있다면, 다른 사람도 알지 모른다. 그녀의 말이 맞았다. 그는 답장을 해야 했다. 그래서 전화를 했다.

*어머, 어머.* 피파가 말했다. *당신 목소리 들으니 좋네, 헨리.*

'헨리'라고 부를 때는 세게, 냉소적으로 강조를 두었다.

*이봐,* 그는 말했다. *설명할 수 있어.*

*할 수 있겠어?* 피파는 대꾸했다. *의심스러운데. 하지만 당신이 불행한 결혼 생활에 갇혀 있고 헨리 브라이언트는 탈출구였겠지?*

*그래.* 그는 말했다. *진부하게 들리겠지만 사실이야. 그리고 이것도 사실이야. 나는 당신에게 너무 깊이 빠져서, 이 관계를 계속하면 문제가 생길 줄 알았어. 그래서 끝내야 했던 거야.*

*문자로 했잖아.* 피파가 말했다. *심지어 전화로 할 예의도 챙기지 않더라.*

*전화하면 당신이 날 설득할까 봐 그랬지. 난 약해, 피파. 당신에 관한 일이라면. 당신 목소리를 들었다면 끝내지 못했을 거야.*

피파는 잠시 말이 없었고, 그는 그녀가 누그러지고 있다는 걸 알았다. 그는 피파가 듣고 싶은 말을 하고 있었다. 그렇게 하면 사람들이 얼마나 쉽게 믿는지, 늘 놀라웠다.

*피파.* 그는 말했다. *우리가 함께 있으면 결국에는 당신과 내 결혼 사이에서 선택해야 한다는 걸 알았어. 그러면 당신을 선택했겠지. 하지만 그럴 수는 없어. 내 아내는 복수심이 강하거든. 이혼은 엉망진창이 될 거고, 아내는 나를 무일푼으로 만들 거야. 그뿐만이 아니야…… 그 여자는 폭력적이야. 뭘 할 수 있을지 말할 필요도 없겠지. 그래서 나*

*는 그렇게 되도록 할 순 없었어.*

*내가 당신을 도울 수도 있었어.* 피파가 말했다. *우리가 함께라면 잘 지냈을 거야.*

*당신은 그 여자를 막을 수 없어. 그 누구도.*

*그런 건 중요하지 않았을 거야. 우리가 서로의 것인 한, 그 밖의 다른 것들은 모두 상관없었을 거야.*

오, *피파.* 그는 진정한 갈망을 목소리에 주입했다. *당신 보고 싶어. 만날까? 오늘 밤?*

*모르겠어.* 피파는 말했다. *당신이 내게 상처를 줬잖아.*

이제 피파는 자기가 운전대를 잡았다고 생각했다. 밀당을 시작했지만, 오직 그뿐이었다.

*제발.* 그는 말했다. *당신이 그리워.*

*나도 당신이 그리워.* 피파의 목소리는 속삭임에 가까웠다.

*만나줄 거지?* 그는 간청했다.

*그래, 만나줄게.*

*오늘 밤?*

*오늘 밤.*

그래서 두 사람은 나중에 만나기로 약속을 잡았다. 클레어는 남편이 집에 오기를 기대하고 있겠지만, 그는 늦게까지 밖에 있을 이유를 지어내야만 했다. 지금 당장은 피파가 우선이었다. 어떻게 해야 할지 생각은 없었지만, 피파가 어떻게 알아냈는지, 또 누구에게 말했는지를 알아내야만 한다는 건 알았고 그러면 이 문제를 어떻게 해결할지 생각이 나기 시작할 것이었다.

알피는 사무실 주차장에서 차를 빼서 반스 지구로 갔다. 그곳 술집에서 만나기로 약속을 해놓았다. 두 사람이 포옹했을 때, 알피는 이런 감정적인 재회에서도 피파가 자신을 껴안는 태도가 참으로 활기 없고 수동적이라는 데 충격을 받았다. 혐오의 전율이 몸을 훑고 갔다.

두 사람은 와인 두 잔을 주문해서 구석 탁자에 앉았다.

"그래," 알피는 말했다. "당신 다시 보니 좋네. 어떻게 지냈어?"

피파는 그를 보았다. 커다랗게 뜬 눈에는 두려움에 가까운 빛이 가득 찼다. "좋지 않아." 그녀가 말했다. "난 약간 미쳐가고 있었어."

"나도 그랬어. 하지만 나 지금 여기 있잖아."

"그리고 당신은 헨리 브라이언트가 아니라며. 나한테 거짓말했어."

"오직 그것뿐이야. 당신에 대한 내 감정은 아니고."

"내가 그걸 어떻게 알아? 당신을 다시 신뢰하기는 너무 어려울 것 같아."

*어려울 것 같아.* 그는 그 말에 주목했다. *이 여자 마음속에선, 벌써 두 사람은 다시 만나는 사이네.*

"미안해." 그는 사과했다. "정말로 미안. 그리고 이게 중요한 건 아니긴 한데, 어떻게 알아냈어?"

피파는 교활한 미소를 띠었다. "친구한테."

망할. 그럼 아는 사람이 또 있었다. 사태가 심각해졌다. "어떤 친구?"

"조디."

그는 얼어붙었다. 조디가 안다면, 클레어에게 말하는 건 이제 시간 문제였다. 그들은 제일 친한 친구였다. 조디가 벌써 전화하지 않았다는 게 놀라웠다. "조디는 어떻게 알아냈대?" 그는 물었다.

"걘 몰라. 정확히는."

"그럼 어떻게 된 거야?"

"조디가 걔 전화기에 있는 사진을 몇 장 보여줬어. 그런데 걔랑 자기랑 같이 찍은 사진이 한 장 나오더라. 당신 부인하고. 참, 나도 이전에 당신 부인 만난 적 있었지. 그리고 당신이 노래 부르는 사진도 한 장 있었어. 낭만적인 노래 같던데, 내 보기엔. 물론, 나는 당신을 보고 무척 놀라서, 누구냐고 물어봤더니 조디가 말해주더라고. 알피 다니엘스. 사랑스러운 클레어의 남편."

"그 여자는 그렇게 사랑스럽진 않아." 알피는 고개를 저었다. "그리고 그건 낭만적인 노래도 아니었어." 그가 필요한 중요한 정보가 있었다. 가장 중요한 정보. "조디에게 우리 사이 말했어?"

피파는 고개를 저었다. "아니, 당신하고 먼저 얘기하고 싶었지."

알피는 안도감으로 소리치고 싶은 마음과 싸웠다. "다른 사람에게 말했어?"

"아니, 말한 대로, 당신에게 먼저 당신 쪽 입장을 얘기할 기회를 주고 싶었어."

"고마워." 그는 말했다. "아주 공정한 행동이야. 그리고 그게 이유 중 하나지……. 내가 당신을 사랑하는 이유."

피파는 눈을 깜박였다. 마침내 나왔다. 모든 것을 바꿔놓는 짧은 세 단어.

내가. 당신을. 사랑한다.

“오, 맙소사.” 피파는 말했다. “나도 당신을 사랑해, 알피 다니엘스.”

피파의 말을 듣자 알피에게도 모든 것이 바뀌었다. 하지만 사랑한다고 했기 때문이 아니었다. 그의 이름을 불렀기 때문이었다.

그 말을 듣자 피파가 자신의 정체를 알고 있으며, 결과적으로 두 손에 그의 운명을 쥐고 있다는 현실이 새삼 떠올랐다. 그러자 모든 것이 분명해졌다. 자기가 해야 할 일을 정확히 알게 되었다.

“가자.” 그는 말했다. “차를 가지고 왔어. 호텔을 예약할 수 있을 거야. 더는 기다릴 수 없어.” 그는 피파의 두 손을 잡고 두 눈을 빤히 들여다보았다. “그런 후에 클레어에게 끝났다고 말할게. 오늘 밤.”

피파는 눈을 빠르게 깜박거리며 입술을 꼭 다물었다. “약속해?”

알피는 고개를 끄덕였다. “약속해.”

알피는 피파에게 턴브리지 웰스에 염두에 둔 호텔이 있다고 말했다. 그에게는 특별한 호텔이고, 차를 타고 한참 가야 하지만, 결국 이런 특별한 날에는 그럴 만한 가치가 있는 곳이었다. 거기 있는 어떤 호텔에도 갈 마음이 없었지만, 말은 근사하게 들렸다. 피파 같은 여자들이 불륜의 밀회가 일어난다고 상상할 만한 곳이었다. 아이폰은 껐다. 나중에 클레어에게는 뭐라고 말할지 계획을 세워두었고, 거기에는 클레어가 자기에게 연락하지 못하게 하는 것까지 포함되어 있었다.

턴브리지 웰스에 가까워졌을 때 그는 동쪽으로 향하는 B 로드로 들어섰다. 피파가 그를 힐끔 쳐다보았다.

"이 길이 맞아?"

"응. 거긴 조용하고 아담한 데야. 시골에 있거든. 거기 아는 사람은 거의 없어."

그 말은 모두 사실이었다. 두 사람의 목적지에 대해서 아는 사람이 있을 리가 없었다. 그가 언급하지 않은 유일한 사실은 거긴 호텔이 아니라는 것뿐이었다.

10분 후, 알피는 갓길에 차를 댔다. 빽빽한 숲 가장자리에 있는 곳이었다. 그는 시동을 끄고 한 손을 피파의 무릎 위에 얹었다. 청바지는 부드럽고 비싼 물건이었다. 그는 한 손을 쓸어 올리며 그녀의 가랑이 사이에 댔다.

"알피." 피파가 말했다. "뭐 하는 거야?"

"너무 급해서." 그가 말했다. "더는 기다릴 수 없어. 당신을 원해. 지금."

"호텔이 얼마나 먼데?"

"그렇게 멀진 않아. 하지만 내 생각은……." 그는 몸을 돌려 두 손을 그녀의 양 볼에 대고 자기 쪽으로 끌어당겼다. "좀 더 일찍 시작하면 어떨까."

피파는 앉은 자리에서 몸을 틀어 그에게 키스했다. 피파가 그러는 순간, 그는 두 손을 그녀의 양 볼에 댄 채로 얼굴을 잡았다. 피파가 가볍게 신음소리를 내자, 아주 찰나의 순간, 그는 망설였다.

다음 순간 그는 두 손으로 피파의 얼굴을 쓸어내리면서 목을 감았다. 그리고 그 목을 조르기 시작했다.

"알피." 피파는 헐떡거렸다. "뭐 하는 거야?"

그는 더 세게 목을 졸랐고, 피파는 압박이 높아지자 끽끽거렸다. 숨통이 좁아지기 시작했다.

"멍청한 년." 그는 중얼거렸다. "내가 정말로 너랑 사랑에 빠졌다고 생각했어? 그럼 내 생각보다도 멍청하네. 하지만 나한테는 잘됐지. 이 일이 더 쉬워졌으니까."

그는 피파를 바라보았다. 그녀의 눈알이 구멍에서 튀어나오려고 했다. 이상하게도, 그는 아무런 감정도 느끼지 못했다. 그저 깊은 고요뿐이었다. 그는 더 세게 누르며 살이 파고드는 감각을 느꼈다.

"네가 헨리 브라이언트와 알피 다니엘스가 같은 사람이라는 걸 아는 한 돌아다니게 놔둘 수는 없어." 그는 말했다. "그 정도는 이해하지?"

피파의 눈을 보고, 그 여자도 자신이 곧 죽을 목숨임을 알아챘다는 걸 알 수 있었다. 피파는 그의 손목을 잡고 떼어내려고 했다. 놀랄 정도로 힘이 셌다. 그 여자도 필사적이라는 생각이 들었다.

알피는 될 수 있는 한 세게 그녀의 목에 압박을 주는 데만 집중했다. 차츰 그의 손을 떼어내려는 움직임이 약해졌다. 그의 손에는 나중에 설명을 지어내야 할 필요가 있는 할퀸 자국들이 생겼다. 마침내 피파의 저항은 완전히 멈춰버렸다. 천천히 그는 손에서 힘을 빼면서, 살짝 미동이라도 있으면 다시 목을 조일 준비를 했다.

아무 동작도 없었다. 그는 피파의 얼굴을 살폈다. 크게 뜬 눈, 힘없이 늘어져 벌어져버린 입.

그 여자는, 의문의 여지없이, 죽어버렸다.

그리고 알피의 기분은 더할 나위 없이 좋았다.

## 클레어

클레어는 전화기의 통화 기록을 보았다. 퇴근하고 집에 온 후로 알피에게 열한 번이나 전화를 걸었다. 열한 번 걸었지만, 한 번도 연결되지 않았다. 남편이 집에 와 있을 거라고 기대했었다. 둘이 어떤 선택 사항이 있는지 이야기하면서 조용한 밤을 함께 보낼 거라고.

텅 빈 집과 연결되지 않는 열한 번의 전화를 기대하진 않았었다. 점점 깊어지는 강렬한 걱정도. 그에게 무슨 일이 생긴 건지, 모든 경우를 상상해보았다. 차에 치었을까, 강도를 당했을까, 일에 묶였을까.

자살이라면.

그 생각을 하니 등골에 식은땀이 흘렀다. 알피처럼 예민하고 자상한 남자가 자기 자식을 가질 수 없다는 걸 알게 되었다. 그가 그 무엇보다도 갖기 원했던 것인데. 남편은 어린 시절에 대해서 별로 많이 말하지 않았지만, 클레어는 양친이 돌아가시기 전에도 그렇게 행복했었다는 인상은 받지 못했다. 이것이 알피가 그렇게나 아버지가 되기를 바랐던 이유 중 한 부분이었으리라고 클레어는 생각했다. 클레어처럼, 알피도 자신의 삶에서 잘못된 부분을 바로잡으려 했다.

그러니 알피가 자살했을 가능성도 꽤 높았다. 클레어는 남편을 사랑했지만, 그가 아주 강한 남자는 아니라는 것을 알았기에 이 상황은 한층 더 걱정이 되었다.

클레어는 전화를 들고 시간을 보았다. 자정이 다 되었다. 이걸로 됐다. 한 번만 더 걸어보고 그가 전화를 받지 않으면 경찰에 전화를 할 것이었다.

결국에는 경찰에 전화를 할 필요는 없었다. 5분 후 남편은 돌아왔다. 현관으로 비틀비틀 걸어 들어오는 사람이 남편인 것 같았다.

거실로 들어오는 문이 열렸다. 클레어는 알피가 셔츠 맨 위 단추 두 개를 풀어헤치고 들어오는 모습을 보았다. 머리카락은 헝클어졌고 얼굴은 벌겠다. 독한 위스키 냄새가 그에게서 파동처럼 흘러나왔다.

클레어를 응시하는 알피의 입매가 불행해보였다. 눈물을 쏟기 직전이었다. 클레어는 분노가, 걱정과 함께, 녹아내리는 것을 느꼈다.

"대체 어디 있었던 거야?" 클레어의 어조는 지난 몇 시간 동안 상상했던 것보다 훨씬 부드러워졌다.

"술 마시러 갔었어." 알피가 말했다. 혀가 꼬여서 불분명했다. 평소에 술을 많이 마시는 사람이 아니라서, 클레어는 남편의 이런 모습을 단 한 번도 본 적이 없었다.

"혼자서?"

알피는 고개를 끄덕였다.

"어디로?"

"여기저기."

"어째서, 알피?"

그는 어깨를 으쓱했다. "어째서라고 생각해?"

"전화했어야지. 걱정했잖아."

"미안." 그는 클레어에게서 고개를 돌렸다. 시선에는 초점이 없었다. "당신 얼굴을 마주할 수가 없었어. 당신을 실망시킨 것 같아서."

"알피!" 클레어가 말했다. "당신이 나를 실망시키는 일은 없어! 이건 당신의 잘못이 아니야. 누구의 잘못도 아니라고. 그냥 그런 일들이야. 슬프지만. 물론 그래, 나도 엄청난 충격을 받았으니까. 그렇지만 당신을 비난하진 않아. 당신을 더 나쁘게 생각하는 일은 없다고. 당신은 내 남편이고 나는 당신을 사랑해. 결혼 서약 기억해? 기쁠 때도 슬플 때도 함께한다는? 그래, 이게 바로 '슬플 때도' 부분이야." 클레어는 남편을 보고 미소를 지었다. "난 내 서약을 지켜, 알피."

알피는 울기 시작했다. "고마워." 그는 조용한 목소리로 말했다. "고마워."

클레어는 두 팔을 뻗었다. "이리 와. 나 좀 안아줘."

그는 살짝 휘청거리며 클레어에게로 걸어가서 소파에 푹 주저앉았다. 그녀는 남편을 끌어당겨 꼭 끌어안았고 그는 얼굴을 그녀의 어깨에 묻었다.

"술을 얼마나 마신거야?" 그녀가 물었다. "정말 냄새가 독해."

"많이."

"차는 사무실에 놔두고 왔지?"

그는 고개를 저었다.

"알피! 음주운전한 건 아니지?"

"어딘가에 놔두고 왔어."

"맙소사." 클레어가 말했다. "어디에?"

"풀럼인 거 같아."

"어째서 운전을 한 거야?"

알피는 대답하지 않았다. 눈은 감기기 직전이었고 숨은 깊어졌다. 클레어는 남편의 이마에 키스했다. 그는 땀을 흘리고 있었다. 기름지고 알코올에 젖은 땀. 클레어는 남편과 함께 잠자리에 들고 싶었다. 둘이 꼭 껴안고 모든 게 잘될 거라고 서로 다독여주면서. 하지만 좀 더 기다려야만 할 것 같았다. 그는 소파 위에서 정신을 잃고 쓰러졌다.

이처럼 이기적으로 구는 건 그답지 않았다. 남편이 슬프다는 건 이해했지만, 클레어도 마찬가지였다. 남편이 자기를 혼자 남겨두고 밖에 나가 슬픔에 잠겨버리고 만 행동은 실망스러웠다. 이전에는 보지 못한 면이었다. 클레어는 그것이 남편의 섬세한 성격의 대가라고 생각했다.

클레어는 일어서서 남편이 밤에 구토라도 할 경우를 대비해 모로 돌아 뉘었다. 이번만은 그를 용서해주리라. 그리고 아침에 두 사람은 선택지를 놓고 의논할 수 있을 것이었다.

클레어는 5시 전에 잠에서 깼고, 6시에는 커피를 마시며 아침 식사 탁자에 앉아 있었다. 그때 알피가 비척비척 부엌으로 들어왔다.

"맙소사." 그는 끽끽대는 목소리로 말했다. "기분이 거지같네."

"당신 별로 더 나아진 것 같지 않네. 지난밤엔 정말 상태가 심했어."

"미안." 그는 말했다. "정말 미안해. 내가 이기적이었지. 하지만 당신을 실망시킨 것 같은 기분이 들었어. 당신 얼굴을 볼 수가 없었어."

클레어는 고개를 저었다. "당신은 누구도 실망시키지 않았어. 어젯밤에 말했잖아. 당신은 어쩌면 기억하지 못할지 모르지만. 난 더는 듣고 싶지 않아, 알피. 그건 사실이 아니니까. 그래봤자 도움이 안 돼. 그리고 난 지난밤 일은 용서했어. 하지만 제발, 그런 짓은 앞으로 하지 마."

"그럴 계획은 없어."

"오늘 출근할 거야?"

그는 고개를 저었다. "전화해서 병가를 내야겠어. 어쨌든 출근해도 별 소용은 없을 거야."

"나는 11시까지는 회의가 없어. 그러니 오늘 아침에는 둘이 시간을 같이 좀 보내자. 커피 줄까?"

"그러면 좋지. 하지만 물부터 먼저 마셔야겠다." 그는 찬장을 열고 작은 하얀 약병을 더듬어 찾았다. "그리고 이부프로펜하고. 머리 아파 죽겠어."

"그럼." 클레어는 말했다. "이제 앞으로는 우리 계획대로는 안 되겠네."

"그렇겠지. 그건 너무 미안해."

"알피." 클레어는 한 손을 들었다. "사과는 더 하지 마. 이건 당신 잘못이 아니야. 어느 면에서도 그렇고 아무리 상상력을 발휘해도 그렇지 않아. 난 당신이 다시는 미안하다는 말 하는 것 듣기 싫어. 접수됐지?"

"접수됐어. 고마워."

"내가 지금 하고 싶은 건, 앞으로 어떻게 할지 집중하는 거야. 우리는 여전히 몇 가지 선택지가 있어."

알피는 커피를 홀짝 마셨다. 그 냄새가 아직도 남편에게 달라붙어 있는 독한 위스키 냄새와 뒤섞였다. 희미하고 순간적인 역한 느낌이 클레어에게 찾아들었다. 그녀는 남편을 보고, 처음으로 자기가 그를 떠나면 어떻게 될까 궁금해졌다.

*좀 더 강한 남자를 찾아. 우리가 앞으로 겪어야 할 모든 일 없이도 아이를 가질 수 있는 남자.*

클레어는 그런 생각을 했다는 데 충격을 받아 자기를 다잡았다. 알피는 이보다 더 나은 대접을 받을 자격이 있었고, 더욱이 그녀는 남편을 사랑했다. 그리하여 두 사람에게는 약간의 도전이 생긴 것이었다. 두 사람이 인생의 남은 기간 동안 운이 좋다면 이 정도로 불평할 수 없을 것이었다.

"우리에게 어떤 선택지가 있는지 모르겠네." 남편이 말했다. "그런 이유 때문에 어제처럼 그렇게 기분이 좋지 않았던 거야."

클레어는 고개를 저었다. "물론 선택지가 있지! 선택지는 언제나 있어. 다른 의학적 방법을 시도해볼 수도 있고……."

"가령 어떤?" 알피가 말했다. "말했잖아. 나는 정자 생산이 안 된다고. 전혀 없어. 우리가 할 수 있는 일은 없어."

"입양할 수도 있어." 클레어가 말했다. "아니면," 클레어는 이런 얘기를 꺼내기 적당한 때인지는 확신할 수 없었지만, 자신이 말하는 대상이 알피라는 것을 새삼 상기했다. 남편은 가족을 이루기 위해 할 수 있는 방법에는 뭐든 열린 마음을 보일 것이었다.

"아니면 뭐?" 알피가 말했다.

"아니면 정자기증자를 써볼 수도 있잖아. 어쩌면 그런 방식으로는 임신할 수 있을지도 몰라."

알피는 머그잔을 입술로 반쯤 가져가다 말고 아내를 응시했다. "정자기증자라고." 목소리는 단조로웠다.

"그냥 한 가지 선택지일 뿐이야. 우리가 해야 한다는 말은 아니야. 하지만 하나의 가능성이지."

그는 고개를 끄덕였다. "그렇겠지. 나는 정말로 생각해본 적은 없지만, 하나의 가능성이긴 해."

"그럼 고려해볼 거야?"

"물론 그래야지." 그는 아내에게 엷은 미소를 보냈다. 클레어는 억지로 꾸민 미소라는 걸 알 수 있었고, 남편이 하는 노력에 대해서 한 층 더 감사한 마음이 들었다. "당신을 위해서라면 뭐든 고려해볼게."

클레어는 남편이 그러리라는 것을 이미 알았지만, 확인을 받으니 더욱 좋았다. 심지어 지난밤 같은 일이 있었던 후에도, 여전히 이런 사람과 함께 있어서 운이 좋다는 기분이었다.

클레어는 남편에게로 가까이 가서 그의 허리에 손을 얹었다. 남편은 기운을 북돋아줄 일이 필요했다. 그는 당혹스러운 눈길을 보냈다.

"정말 하고 싶어?" 그는 말했다. "내가 이런 꼴인데도?"

클레어는 고개를 끄덕였다. "하지만 먼저 양치질과 샤워부터 하면 어떨까?"

# 알피

섹스는 좋았다, 그 정도는 인정해야 했다. 그도 구미가 당기는 기분이었다. 힘든 밤을 지난 후에 아침에 하는 섹스가 그처럼 매혹적이라니 이상했다. 숙취 발기인가, 그런 표현을 들은 적이 있었다.

샤워실에서 나왔을 때, 클레어는 팔꿈치를 세워 머리를 받치고 그녀가 평소 눕는 쪽에 누워 있었다. 자기가 그녀를 이제 완전히 다른 사람으로 보고 있다는 생각이 머리를 치고 지나갔다. 부엌에서 얘기할 때는 그 여자에게 경멸 외에 아무것도 느끼지 않았는데, 이제 침대 위에 누워 있는 그녀에게는 완전히 다른 감정이었다. 여전히 좋아할 순 없었지만, 그 여자는 그가 원하는 점을 가지고 있었다.

알피는 클레어에게로 걸어갔다. 그녀는 일어나 앉으며, 그의 타월을 벗긴 후, 오럴을 해주기 시작했다. 클레어는 그의 고환을 두 손으로 감싸며 부드럽게 마사지했다. 순간, 그녀의 손가락이 정관절제술로 남은 흉터의 옅은 홈에 머무르는가 싶더니 옮겨가 버렸다. 자기 손에 닿은 게 뭔지 그녀가 모른다는 것은 좋은 일이었다. 그런 생각을 한 건 처음은 아니었지만, 지금은 그 어떤 때보다도 더 중요했다.

일이 끝났을 때, 알피는 클레어가 옷을 입고 출근하는 모습을 보았다. 섹스는 반가운 기분 전환이긴 했으나, 그에겐 문제가 있었다.

그리고 그의 문제는 선택지였다.

알피는 클레어가 그 망할 선택지 얘기를 하고 싶어 하다니 믿을 수가 없었다. 입양 제안을 하지 않을까 기대하긴 했으나 그에 대해 너무 걱정하지는 않았다. 시간을 조금 두면 그걸 피할 방법을 찾아내리라는 자신이 꽤 있었다. 어쩌면 사소한 범죄로 체포되거나 마약 습관이 생기거나. 그러나 아내가 정자기증자를 원하리라는 생각은 해보지 못했다.

맙소사, 그 여자는 정말로 자기가 다른 놈 새끼를 키울 거라고 생각하는 건가? 클레어는 정말 그렇게 보였고, 그건 그 여자가 자기를 얼마나 모르는지, 그가 자신의 진정한 모습을 얼마나 잘 숨겨왔는지 보여주는 척도였다.

그리고 그렇게 보인다는 건 클레어가 진짜로 그렇게 생각한다는 것이었다. 그는 생각해보겠다고 말했고, 그건 곧 그렇게 하겠다고 말한 것과 다름없었다. 클레어 같은 응석받이 계집애는 아빠가 생각해보겠다고 말하면 해준다는 뜻으로 이해하는 데 익숙했다.

침대 옆에 물 잔이 놓여 있었고, 그는 잔을 들어 다 마셔버렸다. 입 안이 역겨웠고, 위스키 신물이 위에서 솟아올라서 게워버리고 싶은 기분이었다.

이런 짓은 오래전에 끝내버렸다고 생각했었다. 정관절제술이 아이를 가질 가능성을 다 무너뜨려버렸다고 생각했지만, 클레어는 도를 넘어서 싱 박사를 만나러 가라고 강요했다. 그 문제는 이미 처리해버렸지만, 이제 클레어는 다른 문제를 일으키고 있었다. 그가 따르지 않겠다고 거절하면, 그 여자는 그의 인생을 불행의 나락으로 빠뜨릴 것이다. 아니면 클레어와 이혼을 할 수도 있었지만, 아버지라는 노친네가 분명히 그를 무일푼으로 만들어버릴 것이었다.

어느 쪽이든 원하지 않는 결과였다.

그래서, 궁극에는, 정자기증자를 찾을 것이고, 그다음에는 임신을 할 것이었다. 그렇다면 그는 마지막에는 더 큰 문제에 휘말려버릴 것이다.

아이. 그의 인생을 망치고, 그를 영원히 클레어에게 묶어놓을 망할 아이. 그런 일이 생기게 둘 순 없었다. 결혼했다는 사실만으로는 그가 하고 싶은 일을 못하도록 발목을 잡을 순 없었다. 그것도 충분히 안 좋은 일이었지만, 헨리 브라이언트의 도움을 받아 그럭저럭 해낼 수 있었다. 그 여자와 결혼했다는 건 그런 일이었다. 그는 아내를 싫어했다. 그 여자의 모습도 싫고 그 여자가 말하고 행하고 읽고 보는 모든 것이 싫었다. 그 여자가 자기를 너무나 사랑하고 그의 관심을 원한다는 것도 싫었고 계속 그 여자를 벌줘야 하는 상황을 만들어내야 하는 것도 싫었다.

하지만 무엇보다도, 그 여자가 자기를 약하다고 생각한다는 사실이 싫었다. 연약하다고. 물론, 그 여자가 그렇게 생각하도록 만든 건 자기이기 때문에, 탓할 사람도 자기뿐이지만, 어쨌든 그 때문에 상황이 악화되었다.

그렇게 그는 꼼짝달싹 못하게 되었다. 침실 창밖을 내다보았다. 비교해보면 피파 쪽이 처리하기가 수월했다.

아주 쉬웠지. 그 여자가 자기 말고 다른 사람은 모른다고 말하자마자, 그가 해야 할 일이 명확해졌다. 그 몇 마디가 피파의 사형집행 명령장이 되었다.

그는 그녀를 죽일 수 있었고, 아무도 알아내지 못할 것이었다. 순간, 두 손을 그 여자의 목에 감았을 때, 그는 자기가 해낼 수 있을지, 한 사람의 목숨을 끊을 수 있을지 의문이 들었다. 목숨을 끊는다는 건 어떤 것일까. 충격적일 만큼 쉬웠다. 빛이 그 여자의 눈에서 떠나가는 장면을 보고, 그 여자의 육체가 늘어지는 걸 느끼고, 더는 숨 쉬지 않자 그 여자를 놓아주었을 때의 기분은 무척 매혹적이었다.

더는 살아 있지 않다.

매혹적인 것 이상이었다. 즐거웠다. 심지어 도취된 기분이었다. 이전에는 이런 걸 해본 적이 없다니 믿을 수 없었다. 다시 하고 싶어지기까지 했다.

그리고 너무도 간단했다. 심지어 시체 유기도 쉬웠다. 피파는 지금 타플린 천에 싸인 채로 수몰된 폐채석장 바닥에 가라앉아 있을 것이었다. 타플린 천은 B&Q 주택 용품점에서 현금으로 샀다. 피파의 동반자는 무거운 돌 몇 개뿐이었다.

피파가 물에 떨어질 때 났던 쾅 소리가 기억났다. 물이 어마어마하게 튀며, 물둘레가 푸르스름한 회색이 도는 물 위로 번져나갔지만, 몇 초 후에 수면은 다시 잠잠해지며, 피파는 사라졌다.

그냥 그렇게.

물론 피파의 친구들이 그녀가 어디 갔을지 궁금해하기는 할 것이었다. 심지어 헨리 브라이언트라는 이름을 알 수도 있었다. 하지만 절대로 그를 찾지는 못할 것이었다. 피파는 헨리가 실은 알피 다니엘스라는 것을 알아내고서도 누구에게도 그 얘기는 하지 않았고, 다른 연결고리는 존재하지 않았다.

그것이 바로 헨리 브라이언트가 문제를 해결하는 방식이었다. 결단력 있게. 헨리는 그렇게 할 수 있었다. 그 누구도 헨리를 찾을 수 없으니까. 그것도 역시 존재하지 않는 삶의 이점이었다.

하지만 클레어는 같은 식으로 처리할 수는 없었다. 아무리 그러고 싶어 좀이 쑤실 지경이라고 해도. 경찰이 가장 먼저 의심할 사람은 그가 될 것이었다. 그건 지나치게 위험했다.

그건 불만스러웠다. 그는 자신의 문제에 대한 해결책을 알았다. 그 여자를 죽인다.

그렇지만 할 수 없었다.

그는 헨리 브라이언트처럼 할 수 없었다.

천장을 올려다보았다.

다만.

다만 방법이 있다면. 한 가지 생각이 천천히 나타났다. 그는 마음속에서 그 생각을 굴려보며 모든 각도에서 살폈다.

그는 미소를 띠었다. 정말 영리한 생각이었다.

좀 더 완전히 살펴보기는 해야 하겠지만, 언뜻 보기에는 그 방법이 제대로 먹힐 것만 같았다.

그리고 그렇게 된다면 그의 모든 문제가 풀려나갈 것이었다.

## 클레어

책상에 앉아서, 클레어는 전화를 받았다. 조디였다.

"좋은 아침." 조디가 말했다. "어때? 알피가 어젯밤 집에는 왔니?"

"왔어. 마침내. 술에 잔뜩 취해 왔더라."

"알피답지 않네."

"나쁜 소식을 들었거든."

잠시 말이 끊겼다. "아? 무슨 일인데."

"너한테 이 얘기를 해야 할진 모르겠어." 클레어가 대답했다. "알피도 괜찮다고 할 것 같긴 한데, 너 비밀 꼭 지킨다고 약속해. 만약에 대비해서."

"물론. 내 짐작으로는 아기랑 관계 있는 일 같다."

"그래. 알피가 의사 선생님한테 갔었어. 그 사람 정자가……음, 정자가 없대. 아무것도 없대."

"정말? 이전에 검사했는 줄 알았는데."

"그랬지. 하지만 어떤 식으로 오류가 있었나 봐. 싱 박사님이 재검사를 해봤는데, 정자가 없대."

"하나도?"

"하나도. 알피는 아주 심란해 하고 있어."

"왜 아니겠어." 조디가 말했다. "네 남편 일 안타깝다. 너희 둘 다."

"너도 알잖아." 클레어는 말했다. "그렇게 나쁜 상황은 아니야. 우린 다른 선택지에 대해 얘기했고, 알피도 다 열려 있어."

클레어는 진실을 말했다. 정자 검사가 실망스럽긴 했어도, 클레어는 행복했다. 세상이 따뜻한 빛으로 뒤덮인 듯 보였다. 어렸을 때의 크리스마스 추억 같았다. 모든 게 따뜻하고 밝으며 평화로웠다.

자신이 얼마나 운이 좋은 사람인지 알기 때문이었다. 어떤 남자들은 정자기증자라는 생각만 해도 위협을 받을 수도 있었다. 남성적 자존심은 아내가 다른 남자의 아이를 임신한다는 생각을 받아들일 수 없었다. 그건 정자기증자인 남자가 아내와 직접 섹스를 한다는 뜻이 아닌데도 그랬다. 그런 남자들은 입양이나 아이 없이 사는 편을 선호했다. 클레어도 알피에게 그런 점을 보긴 했으나, 그는 자존심은 걷어치우고 살펴본다는 데 동의했다. 정자기증을 받겠다는 뜻은 아니지만, 그런 때가 오면 남편이 동의하리라고 클레어는 확신했다.

그리고 바로 이게 알피의 본질이었다. 이타적이고, 생각 깊고, 결혼에 충실한 사람. 그날 아침 클레어가 집을 나설 때, 남편은 그녀를 안아주며 자기를 이해해주고, 집에 늦게 온 걸 용서해주어 고맙다고 인사했다. 몇 시간 전만 해도 정신이 나갈 충격적인 소식을 들은 남자였는데, 그가 맨 먼저 한 생각이 아내에게 감사하는 것이었다. 그는 대단한 사람이었다. 정말로 그랬다.

클레어는 구글에서 정자기증자를 검색해서 결과를 읽어보았다. 과정은 무척 간단했다. 본질적으로는 기증자의 특질에 기반을 두고 정자를 선별하며, 그 후에는 병원이나 집에서 삽입하기만 하면 되었다.

클레어는 어떤 특질을 골라야 할지 궁리해보았다. 신장, 인종, 눈 색깔? 아니면 IQ, 운동 능력, 사회 계급? 클레어는 상관없다는 결론을 내렸다. 무슨 선택을 하든, 알피에게 가장 가깝게 일치하는 특질들을 고를 것이었다. 그런 식으로 하면 그들이 낳았을지도 모르는 친자식에 가장 가까운 아이를 얻게 될 것이었다. 클레어는 알피와 다른 사람을 찾지도 않을 것이고, 향상된 유전자를 구하지도 않을 것이었다. 그럴 필요가 없었다. 그는 이미 완벽했다.

그리고 어쩌면 그의 정자로 인공수정 하는 방법이 있을 수도 있었다. 싱 박사가 할 수 있는 다른 검사가 있을지도 모르고, 알피의 정자를 얻을 다른 치료법이 있을지도 몰랐다. 어쩌면 정자기증자가 필요 없을 수도 있었다. 어느 쪽이든 가능성이 있었고, 클레어에겐 무슨 노력이 필요하든 다 열려 있는 남편이 있었다. 그 모든 어려움에도 앞으로 나갈 수 있다니 기분이 좋았다.

클레어의 사무실 문이 열렸다. 파트너 중 한 명인 클로디아로, 아까 클레어에게 어디 있냐고 묻는 문자를 보냈었다.

"저기." 클레어는 조디에게 말했다. "난 끊어야겠다. 나중에 얘기해."

## 알피

알피는 소파에 앉았다. 한 손에는 생 브로콜리와 병아리콩이 든 대접을 들고 다른 손에는 클레어의 노트북 컴퓨터를 들었다. 그는 점점 상태가 나아지고 있었지만, 그렇게 술을 잔뜩 마셨으니 해장할 필요가 있었다. 클레어의 매끈한 새 맥북은 몇 달 전 자기 자신을 위한 선물이라며 산 것이었다. 그때, 알피는 그 컴퓨터가 아폴로호가 달 착륙 임무를 행할 때 썼던 것보다도 더 광대한 계산 능력이 있다는 내용은 설명서를 읽어서 알고 있었지만, 클레어가 그걸로 친구들이 페이스북에 올린 멍청한 동영상이나 보면서 시간 낭비하는 것밖에 보지 못했다.

사람들은 정말로 턱수염 난 힙스터가 뉴욕 부랑자의 배낭에 몰래 20달러짜리 지폐를 넣어주는 동영상을 보면서 감동을 받는 걸까? 동영상에서는 나오지 않는 거래지만, 그 돈은 금방 메타암페타민 마약이나 싸구려 보드카로 바뀔 거라는 걸 꿈에도 모르는 걸까? 그런 걸 모르는 사람들이라면 알피와 같은 사람들에게 그렇게 쉽게 조종당하는 것도 놀랄 일이 아니었다.

그리고 그것은 쉬웠다. 일찍이 그는 일하고 싶지 않다는 결론을 내렸다. 아니 할 수가 없었다. 단순히 할 수가 없었다. 자기 마음대로 시간도 쓸 수 없고, 쥐꼬리만 한 월급으로는 클래펌의 손바닥만 한 아파트나 사는 게 고작인 쓰레기 같은 일은. 그래서 그는 일을 하지 않을 방법을 찾아냈다. 그는 클레어를 보았고, 기회를 만났고, 그걸 잡았다. 이제 그는 일은 선택적으로 해도 되는 삶을 얻었다. 오로지, 클레어의 아버지가 자기를 게으름뱅이라고 생각하지 못하도록 일을 할 뿐이었지만, 승진하려고 애쓰지도 않았고 월급을 얼마 받든 걱정하지도 않았다. 아파트, 차, 휴가 비용 모두 장인 영감에게서 나왔다.

그가 커다란 쾌감을 얻는 부분도 그것이었다. 알피는 그 영감탱이의 돈을 써버리는 게 좋았다. 멍청한 딸년이 그랬듯이 영감도 알피의 연기에 속아 넘어가는 모습을 보는 게 좋았다. 믹은 알피가 별 볼 일 없는 녀석이라고 생각했지만, 역설적이게도 믹은 그게 바로 알피의 뜻에 놀아나는 것이라는 걸 꿈에도 몰랐다. 참 달콤한 역설이었다.

하지만 그 대가가 이제 꽤 높다는 것이 드러나고 말았다. 그는 자기가 클레어에게 품는 증오가 이 정도로 커질 줄 모르고 과소평가했다. 하지만 이제는 해결책이 있었다.

헨리 브라이언트.

클레어의 노트북을 열어 비밀번호를 쳤다. 클레어는 비밀번호를 남편과 공유하고 있었다. *나는 당신에게 숨길 게 없어, 자기.* 그녀는 말했다. 신뢰와 같은 것들이 얼마나 사람을 취약하게 만드는지 보여주는 또 다른 예였다.

웹브라우저를 열고 웹사이트를 찾았다. 그가 익숙한 사이트, 이전에도 수십 번 썼던 사이트지만, 알피 다니엘스로는 아니었다.

그 사이트는 헨리 브라이언트가 불륜의 밀회를 찾는 여자를 만나러 가는 사이트였다.

헨리가 클레어를 찾을 곳이었다.

하지만 먼저, 클레어의 이름으로 이메일 계정을 만들어야만 했다. 그는 뭔가 익명의 계정을 생각했다. DIRTYFLIRTY77@whatever.com 같은. 하지만 그건 클레어의 성격에 어긋났다. 클레어가 인터넷에서 만남 상대를 찾는다는 것도 그만큼이나 어울리지 않는다는 건 알았지만, 그건 어쩔 수 없는 점이었다. 그래서 그는 클레어의 머리글자, CHD에 임의의 숫자열을 붙여서 아웃룩 계정을 만드는 것으로 만족했다.

그런 후에는 클레어의 사진을 골랐다. 지난 휴가 때 비키니를 입고 찍은, 햇볕에 그을린 피부와 날씬한 몸매가 잘 보이는 사진. 클레어는 올리브 나무 그늘 아래 서서 왼쪽을 보고 있었다. 얼굴은 거의 보이지 않았으므로 이것 또한 완벽했다. 이런 웹사이트에서는 전형적인 사진이었으므로, 꽤 많은 관심을 끌 것이었다.

그는 클레어의 프로필—서른 살, 25~49세 사이의 남자에게 관심

있음, 애인 없음—을 만들어서 제출했다. 그런 후에는 웹사이트를 닫고 방문 기록에서 지웠다.

그러면 컴퓨터에서는 제거될 것이었다. 적어도 클레어와 같은 사람이 생각할 방법이었다. 그녀는 방문 기록을 지우기만 하면, 웹사이트의 모든 흔적이 컴퓨터에서 완전히 사라진다고 잘못 오해할 만한 사람이라는 인상을 줄 것이었다.

하지만 더 수완이 있는 사람이라면 어디를 찾아봐야 할지 알 것이었다.

그들은 쿠키를 열어 찾아보겠지. 쿠키는 많이는 알려주지 않지만, 충분히는 알려줄 것이다. 누가 가서는 안 될 사이트에 갔었는지를 알려줄 것이다.

그리고 때가 오면 알피에겐 그걸로 충분했다.

# 클레어

클레어는 싱 박사의 사무실에 전화를 걸었다. 접수원이 전화를 받았다. 키가 크고 머리카락이 붉은 20대 초반의 배우 지망생으로 애셔라는 이름이었다.

"안녕하세요." 클레어가 말했다. "클레어 다니엘스입니다."

"안녕하세요." 애셔가 대답했다. "다니엘스 부인. 뭘 도와드릴까요?"

"약속을 잡을 수 있을까 하는데요?"

"물론이죠. 언제로 생각하세요?"

"되도록 빨리요. 이상적으로는 이번 주 언제쯤?"

"흠." 애셔가 말했다. "모르겠군요. 박사님, 예약이 많으셔서."

"그렇게 오래 걸리진 않을 거예요. 전 그저 대화만 하면 되니까요. 박사님께 여쭤보고 싶은 질문이 있어요." 클레어는 망설였다가, 목소리를 낮췄다. 이러긴 싫었지만, 자기가 진료소에 갔을 때 접수원이 자기를 쳐다보는 걸 눈치챘고, 이 남자가 자신에게 연상의 여인을 향한 환상을 품고 있지는 않은지 의심했었다. "정말로 도움이 될 거예요, 애셔. 뭐든 해주면 정말로 감사할게요."

긴 침묵이 흘렀다. "그럼," 그가 말했다. "금요일 오후 4시에 15분 동안 넣어드릴게요."

애셔의 목소리에는 추파를 던지는 느낌이 있다는 건 오해의 여지가 없었다. 클레어는 그를 그런 식으로 유도해서 기분이 좋지 않았고, 그의 환상, 적어도 자기를 향한 환상이 짓밟히게 되어 안타까웠다. 놀랍게도, 아주 잠깐 생각해보기까지 했다. 그러면 클레어는 어쨌든 임신할 수 있고, 그는 자기가 무척 섹시한 사람이라는 자신감을 갖지 않을까. 하지만 클레어는 그 사람에게는 관심이 없었다. 알피에게 그런 짓을 하지는 않을 것이었다. 할 수가 없었다. 아내에게 그렇게 헌신하고, 그들에게, 그들의 결혼에 그렇게 헌신하는 남자에게 그럴 순 없었다.

"고마워요, 애셔." 클레어는 말했다. "그때 봐요."

전화를 끊을 때, 조디에게 메시지가 온 것을 알았다.

**오늘 밤 만날래? 피파는 남자 친구랑 나갔어. 다시 사귀나 봐, 어쨌든 데이트 이후로 여긴 안 들어와.**

잘됐네, 클레어는 생각하고 답장을 쳤다.

그래. 이따가 봐.

좋아. 이따가 시간과 장소 문자로 보낼게. 알피랑은 다 괜찮지?

그래. 지금은 약간 기분이 나아졌어.

네 남편 안됐다. 안타깝네.

알아. 우리 오늘 아침에 다른 선택지에 대해 얘기했어. 알피는 좀 망설임이 있는 것 같은데 그래도 괜찮다고 하더라. 나중에 자세히 말해줄게. 가봐야겠다. 늦었고, 밀린 일이 많아.

클레어는 전화를 내려놓았다. 피파 일은 기뻤다. 일이 잘 풀리기를 바랄 뿐이었다. 모든 사람들이 자기처럼 연애 관계에서 행복하기를 바랐다.

# 알피

알피는 부동산 회사로 들어갔다. 여전히 숙취의 흔적이 남아 있었지만, 사무실에는 가야 했다. 집에서는 하고 싶지 않았고, 점점 심각해지는 지금은 더 아니었다.

“알피.” 접수원 빅토리아가 말했다. “병가 낸 줄 알았는데요?”

“몸이 좋아져서.” 그가 말했다. “빅토리아는 어때요?”

여자는 그를 보고 웃었다. 자기 안부를 물어봐줘서 흐뭇해하는 기색이 역력했다. 이런 게 바로 그의 모습이었다. 겸손하고, 같이 일하기 좋고, 위협적이지 않은 사람. 당신의 일자리도, 당신의 프로젝트도, 당신의 아내도 원하지 않았다. 그저 친절하고, 회사를 위해 제대로 일을 하려고 할 뿐이었다.

그는 중앙 사무실을 지나 뒤편으로 갔다. 일반 중개인들은 앞문에 가까운 책상에 앉았다. 알피와 다른 관리자급 중개인인 레이철은 뒤편 모서리 사무실을 차지했다. 장인어른이 낙하산으로 넣어준 알피와는 달리 레이철은 자기 힘으로 그 자리까지 온 것이었다.

책상에 앉자, 그는 헨리 브라이언트의 전화기 전원을 켰다. 한순간 피파에게서 필사적인 문자가 홍수처럼 쏟아지리라 기대했으나, 다음 순간 기억해냈다. 피파는 이제 수몰된 채석장 바닥에 있으니 문자를 보낼 입장에 있지 않다.

그는 데이팅 앱을 켜고 클레어와 비슷한 나이 대와 지역인 사람의 프로필을 검색해서 스크롤했다. 수백 명은 있었다. 다수는 자기들을 기혼이라고 표시해두었다. 처음에는 알피도 아연실색한 사실이었다. 이런 사람들이 옆으로는 딴짓을 하러 다니고 있다니 짐작도 해본 적이 없었다. 아늑하고 가정적인 삶을 살면서, 아침에는 아내나 남편에게 출근 키스를 하고 아이들을 학교에 내려다 준 후에, 아무도 모르게 웹사이트에 로그인 해서 더러운 섹스 약속을 잡는다니.

사람들은 온갖 비밀스러운 욕망을 가지고 있고, 잡히지 않고 그를 충족할 기회만 주어지면 언제든지 그 기회를 잡았다.

프로필들을 클릭해보았다. 흥미로워 보이는 사람이 몇 있었다. 거대한 가짜 젖가슴을 과시한 사진을 올려놓은 키 큰 금발, 그에게도 새로운 경험이 될 수 있을 것 같은 보디빌더처럼 보이는 여자, 하지만 그들을 무시해버렸다. 그런 건 나중에 할 시간이 있으리라. 지금 이 순간 그는, 그러니까 헨리 브라이언트는 마음속에 특정 목표물이 있었다.

그리고 그녀가 나왔다. 클레어. 하얀 비키니를 입고. 그는 클레어가, 의문의 여지없이, 이 사이트에서 가장 매력적인 여자 중 한 명이라는 건 인정할 수밖에 없었다. 헨리는 경쟁자가 꽤 많을 것 같았다.

잠시 동안 클레어가 직접 프로필을 올리고 자기가 우연히 마주친 환상을 누렸다. 아내가 자기처럼 혼외정사에 대한 취향이 있다는 걸 발견한 남편. 그건 꽤 스릴이 있었다. 아내가 다른 남자와 섹스를 하고, 자기가 방 한구석에서 그걸 보고 있다는 생각에 자기도 모르게 진짜 흥분을 느끼자 그조차도 놀라고 말았다.

그는 코웃음을 쳤다. 클레어가 그런 짓을 할 리가 없다. 그녀는 섹스를 영적인 교환, 한 사람과 다른 사람 사이의 결합의 상징, 아이라는 선물로 이끌어주는 신성한 행위로 보았다. 알피를 배신하지 않듯이 자신의 신념도 배신할 여자가 아니었다.

그렇다고 그 여자의 사진을 본 사람이 그 사실을 다 알 리는 없었다. 그 사람들은 클레어가 세속적인 삶에 갇혀서 뭔가 양념을 쳐줄 수 있는 것을 찾아 나선 또 한 명의 필사적인 유부녀라고 짐작할 것이었다. 손목을 긋지 말라고 의사가 던져준 약물로 생긴 무기력에 넘어가지 않도록 삶의 활기를 찾으려는 여자.

그 프로필을 클릭했다. 메시지 상자가 떴다.

**안녕하세요, 사진 참 멋지네요. 그쪽과 더 잘 알고 싶습니다. 저에 대해서 약간. 의사고 30대 초반입니다. 미혼. 근무 시간이 길지만**

**일하지 않을 때는 즐겁게 살고 싶습니다. 미식, 극장, 시골 산책. 그리고 인정할 수밖에 없는데 당신 같은 여성들과 만나는 것도요. 어쨌든 연락 기다리겠습니다.**

**-헨리 B**

메시지를 보내고 전화를 책상 서랍 속에 넣었다. 피파와의 경험에서 조심해야 한다는 것을 배웠다. 피파 때는 실수해서, 헨리 브라이언트가 알피 다니엘스에게 너무 가까이 접근하도록 놓아두고 말았다. 그런 일은 다시 일어나지 않을 것이었다. 그 말인 즉, 브라이언트의 그 무엇도 집에 두지 않을 것이었다. 알피는 자기가 정말로 헨리를 다른 사람으로 여기고 있다는 것을 깨달았다. 출근 가방이나 재킷 주머니에 전화기를 두는 일도 앞으론 없다. 전화기는 여기에 있을 것이었다.

그와 함께 다른 전화를 하나 더 구해야 했다. 클레어가 쓸, 아니, 그가 클레어인 척할 때 쓸 전화.

하지만 먼저 클레어가 헨리에게 답장을 보내도록 해야 했다. 그렇게 하려면 클레어의 노트북이 필요했다. 벽시계를 보았다. 점심시간이었다. 사무실 뒤에는 테라스로 나가는 문이 있었다. 그쪽으로 빠져나갈 수 있을 것 같았다.

그는 코트 주머니에서 열쇠를 꺼내 책상 서랍을 잠그고 밖으로 나갔다.

집에 도착하자, 그는 침실에 있는 책상으로 가서 클레어의 노트북을 열었다. 사무실에서 오는 데 30분 정도 걸렸으니 그가 없다는 걸 누가 알아차리기 전에 돌아갈 수 있을 것이었다. 그 누가 신경을 쓸지나 모르겠지만. 직장에선 언제나 그렇듯이 그가 집 구경을 시켜주러 나갔다고 생각할 것이었다.

그는 클레어의 계정에 로그인했다. 바로 와 있었다. 헨리 브라이언트의 메시지. 17통의 다른 메시지와 함께.

17통이라니. 여기 사이트의 모든 여자들이 이렇게나 받는 건가? 모두 남자들에게서 메시지가 쇄도하는 건가? 그는 그중 몇 개를 읽어보았다가 역겨워져서 고개를 흔들었다.

몇몇은 그저 단체로 보내는 일괄적인 메시지가 분명했다.

**안녕하세요, 저는 전문직 남성으로 깨끗하고, 43세이지만 인생을 젊게 살고 있죠. 만나고 싶은데요. 메시지 해줄래요?**

다른 사람들은 필사적이었다.

**나를 이해해줄 수 있는 소울메이트를 찾고 있습니다. 그게 당신일지도 모르겠네요. 연락하고 지내요.**

다른 사람들은 노골적으로 천박했다.

**안녕, 섹시하네요. 같이 놀래요? 몸매 죽이는데. 내 물건 길이 20센**

티미터에 포경은 안 했고 어떤 유의 플레이도 환영.

소름끼쳤다. 헨리 브라이언트는 목표물을 선별했고 접근도 신중했다. 그는 뭐라고 말해야 할지, 특정인의 마음을 어떻게 끌어야 할지 고심했지만 이 사람들은 음담패설을 마구잡이로 보내는 것 같았다. 세계는 정말로 끔찍한 인간들로 가득했다.

클레어를 대신해서, 두 개만 남겨놓고 모든 메시지를 삭제했다. 하나는 헨리에게서 온 것이고, 다른 하나는 그럭저럭 점잖아 보이는 기혼 헬스 트레이너에게서 온 것이었다. 그런 후에 클레어의 답변을 작성했다.

헨리 B. 연락 주어서 고마워요. 무척 흥미로운 분이니 좀 더 알고 싶어지네요. 어쩌다 보니 저는 이런 게 처음인데요. 보통은 어떻게 하나요?

전송을 눌렀다. 생각보다 더 쉬울 것 같았다.

# 클레어

클레어는 계약서를 탁자 위에 내려놓았다. 그 위에 펜을 놓고 팔짱을 꼈다.

“이건 제가 기대하던 것과는 조금 다른데요.” 그녀는 말했다. “드릴 말씀은 두 가지입니다. 먼저, 대금이 더 낮게 책정되어 있네요.”

클레어가 몇 달 동안 착수 작업을 하던 혁신 기술 회사의 사주인 더그는 고개를 흔들었다.

“더 낮은 게 아니죠.” 그는 말했다. “다르게 배분한 겁니다. 우린 운영 측정 기준이 맞춰지면 대금을 지불합니다. 그쪽 회사의 디자인 작업이 보조를 해주면…….”

“더그.” 클레어가 말했다. “계약서에 쓰인 내용이 뭔진 나도 이해해요. 또, 그쪽에서 세운 측정 기준은 증명하거나 반박하는 게 불가능하다는 것도 알고요. 그 말인 즉, 때가 되면 그쪽에선 우리가 그 기준을 맞추지 못했다고 말할 거고, 그럼 우리는 대금을 받지 못한다는 거죠. 말한 대로, 대금은 낮게 책정된 거예요."

"내 생각은 다른데요. 대금은 같아요."

"우리 의견이 다른 것 같네요." 클레어가 말했다. "그럼, 다른 말씀을 드리죠." 그녀는 뒤에서 보좌하는 대학원생 인턴 에린에게 눈짓을 주었다. 후에 이 부분이 중요한 순간이라는 걸 말해줄 작정이었다. "저의 다른 의견은 대금 축소가 있든 없든 이건 우리가 합의한 부분이 아니란 겁니다."

"모든 걸 다 서면에 표기할 수 없죠." 더그가 말했다. "이건 협의 과정이니까요."

"아뇨." 클레어가 말했다. "이건 계약서 검토입니다. 협의는 모두 마쳤습니다. 저는 그쪽 회사에 일을 해드리기로 합의했고, 그쪽은 그에 맞는 대금을 지불하기로 했어요. 이제 가격이 바뀌었는데 일은 바뀌지 않았죠. 지금 그쪽은 적게 주고 더 많이 받아가려는 거예요. 저는 아직 그런 준비는 되어 있지 않은 것 같네요."

더그는 어깨를 으쓱했다. "그러면 거래는 성사되지 않은 거죠."

"그렇게 보입니다." 클레어는 두 사람 사이에 그 말이 가만히 걸리도록 놔두었다. 더그는 클레어의 시선을 받아치다가 탁자 위에 놓인 전화를 들었다.

"이 모든 일들은 그냥 허사로 돌리는 건," 더그가 말했다. "아까운 거 같은데요."

"이 모든 일들은 합의를 했어요." 클레어가 말했다. "저는 그걸 계약으로 봤습니다. 그리고 저는 저의 계약을 지킬 거고요. 제 사업상 파트너들도 똑같이 해주길 기대할 뿐입니다."

"뭐……." 더그는 일어섰다. "당신과 사업을 같이 해서, 같이 할 뻔해서 즐거웠습니다."

"이쪽도 마찬가집니다."

"아시겠지만," 더그는 자리를 뜨려고 몸을 돌리며 말했다. "융통성 없다는 평판이 나면 좋을 게 없어요."

"그럴 수 있겠죠." 클레어가 말했다. "하지만 정직하다는 평판은 소중하죠."

그가 회의실을 나서자, 에린이 클레어를 응시했다. "저렇게 그냥 가게 놔두실 거예요?"

"그래." 클레어가 대답했다. "저 사람이 우리가 원래 했던 거래가 양측 모두에게 좋다는 걸 알기 때문에 돌아오거나 돌아오지 않거나 둘 중 하나지. 돌아오지 않아도 그건 그대로 괜찮아. 고객은 많아, 에린. 같이 일하는 사람을 신뢰할 수 있어야만 하지."

에린의 얼굴에서 깊은 인상을 받았다는 걸 알 수 있었다. 클레어는 알피도 그 자리에 있어서 이 광경을 볼 수 있으면 얼마나 좋을까 싶었다. 남편에 대한 불만이 있다면, 가끔 자기를 말랑하게 보는 듯한 인상이 있다는 것이었다. 편안하고 호사스러운 삶 때문에 버릇없이 자랐다고 믿는 표정. 클레어는 그렇지 않았다. 클레어는 아버지가 커다란 성공을 거둔 업계와는 전혀 상관없는 분야에서 직업을 개척해왔고, 자기 일에도 능했다. 헌신적이고, 전문적 지식이 있고, 정직하며, 필요할 때는 날카로운 기세가 있었다. 역설적으로 부동산이나 건설 같은 더 거친 세계에서라면 잘해냈을지도 모른다. 클레어도 자기 아버지의 딸이었으니까. 하지만 알피는 그런 점을 보지 못했다. 언젠가 남편에게 보여줄 기회가 있을지도 몰랐다.

클레어의 전화가 울렸다. 조디에게서 온 메시지였다.

**소식이 좀 있어. 퇴근 후에 술 한잔할 마음 여전히 있어?**

클레어는 답장을 보냈다.

**궁금한데. 피콜리노에서 6시?**

그래, 조디에게 소식이 있다 이거지. 여러 종류일 수 있었다. 승진, 로또 당첨, 마라톤 출전. 내기를 걸어보자면, 인생에 나타난 새 남자와 관련이 있는 쪽에 돈을 걸겠다.

클레어는 전화기를 들어 알피에게 문자를 보냈다.

**오늘 밤 퇴근 후 J와 외출해. 늦진 않을 듯. 9시까진 귀가. 괜찮지? 사랑해.**

답장이 금방 왔다.

물론. 재밌게 보내. 나도 사랑해. A xxx

## 알피

알피는 아내의 문자메시지를 읽었다. 오늘 밤 남편만 집에 두고 외출한다고 한다.

근사한 소식이었다. 첫 번째, 아내 얼굴을 볼 필요가 없으니까. 제멋대로 뭐든 할 수 있었다. 다른 때에는 누군가의 프로필을 보고 만남을 잡아보겠지만, 지금은 그럴 때가 아니었다. 조심하는 동안에는 아니었다. 오늘 밤에는 포르노나 보면서 혼자 만족해야 했다.

알피로 말하자면, 하드코어 포르노의 접근 용이성이 인터넷 시대에서 가장 반가운 발전이었다. 아이였을 땐, 포르노를 구하는 게 하늘의 별 따기였다. 신문 가판대 주인의 매 같은 눈초리를 피해 훔치거나 운이 좋으면 동네 공원의 어두운 모퉁이에서 찾아내곤 했다. 그렇게 해도 지금 마우스 버튼 하나 클릭하면 얻을 수 있는 것에 비해 꽤 약한 것들이었다. 지금은 생각할 수 있는 건 무엇이든 있었다. 알피가 제일 좋아했던 유는 치욕을 당하는 여자들이 나오는 비디오였다. 길에서 만나, 써먹고, 길가에 버린다. 그는 그런 유를 사랑했다.

그리고 두 번째, 아내가 늦게 온다는 게 좋은 소식인 이유는 그게 자기 아내를 두고 세운 계획에 딱 맞아떨어지기 때문이었다. 조디와 외출한다고 했지만, 알피 쪽에서는 확실히 알 수 없는 일이었다. 그가 근거로 삼을 수 있는 건 아내가 보낸 문자메시지뿐이었다. 사실상 클레어는 어디든 갈 수 있었다.

어쩌면 해서는 안 될 일을 하러, 만나서는 안 될 사람을 만나는지도 모르지.

그는 헨리 브라이언트의 전화를 책상 서랍에서 꺼내 앱을 열었다. 클레어의 프로필을 찾아서 눌렀다.

**안녕하세요. 너무 급작스럽긴 한데 오늘 밤 시간이 있어서요. 근처에 있으면 만날까요? 실물을 보고 싶습니다. 헨리.**

다시 클레어의 노트북이 필요했다. 사무실에서 나가기엔 이른 시간이었지만, 중요하지 않았다. 그는 일어서서 문으로 향했다. 문에 다다르자, 망설였다. 나중에 이 모든 일들을 멈출 수 있긴 해도, 지금은 현실이 되는 순간이었다. 지금 이 시점부터는 자체의 생명을 얻게 될 것이었다.

아니. 망설일 수는 없었다. 헨리 브라이언트는 피파를 처리할 필요가 있을 때는 망설이지 않았다. 그는 행동했다. 알피가 헨리에게서 배운 교훈이었다. 기회가 생겼을 때, 잡았다.

그리고 이것이 기회였다. 그는 문을 열고 미소를 지었다.

한 시간 후, 그는 침실 탁자에 앉아 클레어의 노트북을 열었다.

그는 답장을 쳤다.

> 퇴근 후에 친구를 만나기로 했는데, 8시 이후엔 시간이 될 것 같아요. (그냥 만나서 인사만 하는 거예요. 다른 건 말고. 당신이 아주 운 좋으면 얘긴 다르지만.) 배터시에 있는 스탠더드에서 만날까요? 알려줘요. Cx

좋은 메시지였다. 알피는 무척 자랑스러웠다. 추파를 던지면서도 새침한 느낌이 정확히 섞였다. 아주 클레어다웠다.

전송을 누르고 의자 등받이에 기댔다. 조각이 모두 움직이며 말없이 제자리에 맞아 들어갔다. 하지만 이걸 아는 사람은 오직 그뿐이었다.

온몸에 전율이 느껴졌다.

9시가 좀 지난 후에 문이 열리는 소리를 들었다. 클레어는 거실로 들어와서 그의 옆 소파에 앉았다. 그는 와인 냄새가 나는 클레어에게 키스하고 아내가 신발을 벗고 발을 문지르는 모습을 보았다.

"내가 해줄게." 그는 아내의 발을 잡고 무릎에 얹었다. "당신은 쉬어."

"세상에, 아니야." 클레어가 말했다. "발에서 고약한 냄새 나."

"상관없어." 그가 말했다. "당신의 고약한 발도 사랑해."

"좋아. 그렇게 말한다면."

그는 클레어의 엄지발가락 아래 굵은 근육을 마사지했다. 클레어는 고개를 뒤로 젖히고 눈을 감았다.

"기분 정말 좋다." 그녀는 말했다. "고마워."

"무슨 말씀. 그리고…… 좋은 풍경도 보이니까."

클레어는 한 눈을 뜨고 그를 보았다. "내 치마 속 들여다보는 거야?"

"물론이지. 내가 정말로 땀 찬 발이나 만지고 싶어서 이러는 줄 알았어? 나한테도 뭐가 떨어져야지."

그의 손이 클레어의 다리를 따라 무릎을 훑으며 올라가 다리를 벌렸다.

"이제 알겠네." 클레어의 숨이 가빠졌다. "난 당신이 그냥 다정한 남편 노릇 하려는 줄 알았지."

"난 다정한 남편 노릇 하고 있는 거야." 그가 말했다. "하지만 그냥 다정한 남편이 아니지. 감추어진 동기가 있는 남편이지."

"이제 당신의 동기가 뭔지 알겠는데."

"확실해? 어쨌든 보여줄게."

일이 끝난 후에, 그들은 소파에 누웠다. 클레어는 머리를 남편 어깨에 기대고 눈을 감았다

"그래." 알피가 말했다. "어디 갔다 왔어?"

"피콜리노에." 클레어가 대답했다. "사람 꽉꽉 찼더라."

"조디는 어때?"

"잘 지내. 새 소식이 있더라고."

"어? 뭐 신나는 거야?"

"꽤 신나는 거지. 남자 친구 생겼대."

"누군데?"

"조시 킹이라는 남자야. 변호사인데. 온라인에서 만나서 몇 번 데이트했대. 별 다른 얘긴 안 했어. 당신도 조디 알잖아. 걘 비밀을 혼자만 꽁꽁 감추는 거. 하지만 이제 좀 더 공식적인 관계가 된 거 같아."

"대단하네. 그런데 변호사라고? 조디는 괜찮대?"

"변호사가 다 나쁜 사람은 아니잖아." 클레어가 말했다. "그 사람에게 꽤 열렬한 것 같더라. 알지, 나는 온라인에서 만난 사람과 데이트하는 거 진짜 용감하다고 생각해. 그 사람들에 대해서 아무것도 모르잖아. 나중에 보니까 연쇄살인범일 수도 있잖아. 우리 같진 않지. 우리는 우연히 만났고, 우리끼리만 만나기 전에 당신이 어떤 사람인지 따져볼 기회가 있었으니까."

"지금이야 그렇게 생각하지. 나를 잘못 따져볼 수도 있었던 거 아니야. 내가 당신을 두고 불길한 계획을 세웠을 수도 있는데."

클레어는 고개를 저었다. "아니, 당신은 나한테 동요 CD를 만드는

음악가라고 했잖아. 살인을 저지르러 돌아다니는 살인자가 하는 방식은 아니지. 그런 사람들은 헤지펀드 운용자나 국제적 유명 사업가인 척해."

*아니면 동요 음악가인 척하겠지*, 알피는 생각했다. *그게 바로 여자들이 원하는 위협적이지 않은 남자라는 걸 안다면.* 헨리 브라이언트라면 알피를 자랑스러워했을 것이다. 그는 기회를 보았고, 잡았다. 거짓말을 했어야 했고, 동요 몇 곡을 구해서 클레어에게 연주해주며, 자기가 녹음한 곡이라고 우겨야 했다. 그가 그렇게 하자, 그녀는 그를 보고 비웃었다. 이 오만한 계집이.

알피는 똑똑히 기억했다. 클레어는 웃음을 터뜨렸다. 그런 후에는 진정하고 나서 별로 웃기지 않다고, 특이하고 정말 정말 마음에 든다고 했다. 하지만 이 여자는 그를 비웃었다.

그건 참으로 싫었지만, 그만큼 원한 것이기도 했다. 그가 필요로 한 것이었다.

"당신 말이 맞아." 그는 말했다. "대부분의 사람들은 〈버스 타고 달려요〉의 기타리스트라는 걸 인정하지 않겠지. 그걸 내세우는 건 고사하고. 대신에 변호사인 척할 거야."

"내 말이 바로 그 말이야."

"조디는 조심하는 편이 좋겠네."

"그런 말 하지 마!" 클레어는 끙 신음했다. "이제 걱정이 되잖아."

"그 사람들을 이번 주말 저녁 식사에 초대하면 어때?" 알피가 말했다. "그렇게 해서, 이 남자가 못된 짓을 꾸미고 있다면, 우리가 그 남자를 만날 수 있잖아. 우리가 그 사람을 실제로 직접 만나면, 조디의 목을 졸라서 채석장에 내던지는 게 훨씬 힘들어지겠지."

"세상에." 클레어가 말했다. "너무 끔찍한 생각이다. 나는 그런 일 때문에 걔들을 초대할 생각은 해보지 않았는데."

"토요일 저녁? 내가 요리할게." 알피가 클레어에게 키스했다. "그건 그렇고, 그 친구는 어떻게 됐대? 아직도 조디랑 같이 산대?"

"피파? 아니, 조디도 걔한테 소식을 듣지 못했나 봐. 만나던 남자랑 다시 합친 게 아닌가 하던데. 하지만 다시 자기네 집으로 들어온다고 할까 봐 조디도 굳이 연락해보려고는 안 했대."

"아." 알피가 말했다. "잘됐네. 모든 게 잘 풀렸다니 다행이다."

# 클레어

클레어는 프로필을 보았다.

대니 본드.

머리가 벗겨져가고, 약간 과체중인 남자가 맥주병을 들고 해변 어딘가에 서 있다. 그 사람이 올린 글로 봐서는 풋볼과 오토바이 경주, 서로 위험한 장난을 치는 사람들 비디오에 빠져 있다고 했다. 또, 딸이 둘이고 켈리라는 아내가 있었다.

대니 본드. 알피가 어린 시절 친구라고 유일하게 언급한 이름.

무슨 다른 목적이든 간에 클레어가 알피의 페이스북 계정을 들여다볼 수 있는 건 아니었다. 알피는 페이스북을 하지 않았다. 한참 전에 가입해보면 어떠냐고 클레어가 권했을 때도 그는 고개를 저었다.

*내 취향이 아니야,* 그는 말했다. *유용한 건 알겠는데, 나한테는 안 맞아.*

인터넷에는 알피의 흔적이 별로 없었다. 두 사람이 만났을 때 클레어는 그를 구글에 검색해보았었다. 알피 다니엘스는 물론 그가 고향이라고 한 동네 이름까지 넣어 '알피 다니엘스', '루턴'도 쳐보았다. 그다지 나오는 게 없었다. 페이스북도 없고, 트위터도 없으며, 지역 신문 기사도 없었다. 그의 이름은 결혼식에서 연주한 밴드와 관련해서 나오긴 했으나, 그게 다였다. 마치 온라인에서 존재감을 최소한으로 두려고 노력하는 것 같았다. 클레어는 그런 얘기를 조디에게 했고, 조디는 그건 불길한 신호라고 했다. *그 사람 뭘 숨기는 거래니?* 하지만 지금은 알피가 그냥 그런 사람임을 알았다. 그는 뭔가 숨기는 게 아니었다. 그는 이목을 끌기 싫어하는 사람이었다.

클레어는 그의 과거에 부모의 죽음 이상의 무슨 트라우마라도 있지 않나 생각해보았다. 부모님은 1년 간격으로 돌아가셨다고 했다. 아버지는 심장마비, 어머니는 유방암이었다. 그 후 얼마 지나지 않아, 그는 영원히 루턴을 떠났다.

알피는 부모님에 대해서 이야기하지 않았지만, 클레어는 이름을 알고 있었다. 마사와 이언. 두 사람이 함께 살기 시작했을 때 알피가 집으로 가져온 서류함에 들어 있던 출생증명서에서 보았기 때문이었다. 그 상자에는 알피의 과거에 대해서 알 수 있는 기록들이 들어 있었지만 별로 많지는 않았다. 출생증명서와 더불어, 아기 때 사진 두어 장, 여덟 살 때 철자 대회 나가서 받은 상장, 성적표 몇 장, 오려낸 신문 기사 한 장이었다. 그 기사는 루턴에 있는 어떤 학교에서 기물파손 범죄가 일어나 개들을 다 죽이고 그 사체가 여름 내 학교에서 썩도록 놔두었다는 내용이었다. 클레어는 어째서 남편이 그런 신문 기사를 오려서 가지고 있는지 묻고 싶었지만, 자기가 훔쳐봤다는 걸 알리고 싶지 않았고 그래서 그것은 영원한 수수께끼로 남았다.

이제 남은 건 대니 본드뿐이었다. 알피는 자기와 대니에 관한 이야기를 두어 가지 했다. 클레어는 알피가 어머니가 죽고 며칠 후 루턴을 떠난 후에는 대니와의 연락이 끊긴 게 아닐까 추정했다.

클레어는 알피가 대니를 다시 만나고 싶지는 않을까 생각했다. 특히 대니는 아버지가 되었으니까. 대니가 누구든 간에, 그는 알피 과거의 한 부분이었고, 알피는 그걸 아이와 나누고 싶을지도 몰랐다. 클레어는 화려한 시계나 새 차, 다른 물질적인 선물 말고 남편에게 해줄 수 있는 일을 찾으면서, 이 점을 한동안 생각해보기도 했다.

*나와 대니는 같이 어울려 다녔지.* 알피는 이렇게 말했었다. *한때 밴드를 시작해볼 생각도 했는데, 걔가 기타 연주를 포기하더라고.*

어쩌면 이제 두 사람이 다시 밴드를 결성해야 할 때인지도 몰랐다. 알피가 불평한 적은 없었지만, 클레어는 남편에게도 가까운 친구가 필요하다고 생각했다. 클레어와 조디의 사이처럼 함께 나눌 수 있는 친구가 알피에겐 없었다. 지금 당장은 문제가 아닐지 모르지만, 미래에는 그런 관계가 필요할지도 몰랐다.

클레어는 남편에게 자기가 신경 쓰고 있다는 것을 보여주고 싶었다. 남편이 하는 말에 귀를 기울이고 남편의 삶이 한껏 좋아지게 할 방법을 궁리했다는 걸 알리고 싶었다.

그리고 어쩌면 대니 본드가 정답일지도 몰랐다.

클레어는 대니와 알피가 만나서 각자의 아이를 서로 소개하며 술을 나누는 광경을 상상했다. 친구를 만나서 기뻐하며 이 만남을 주선해 준 아내에게 감사하는 알피를.

아니, 아내에게 기분 나빠할지도 몰랐다. 끼어들었다고 화를 낼지도. 클레어는 어떻게 해야 할지 확신이 없었다. 심지어 이 사람이 자기가 찾는 대니 본드가 맞는지도 확신할 수 없었다.

뭐, 그렇다면 쉽게 수정할 수 있으니까. 클레어는 그에게 친구 요청을 보내며 물었다. 실제로 이 대니는 자기와 알피가 친구가 아니었다고 대답할 수도 있었다. 아니면 알피를 보고 싶지 않다고 할 수도 있었다.

어느 쪽이든, 클레어는 그 무엇에도 너무 목을 매진 않을 것이었다. 그녀가 할 일은 다만 이것이 선택지가 될 수 있는지, 그렇게 해도 해될 것이 없는지 알아내는 것뿐이었다.

그녀는 전화기를 두드려 소개말을 써내려가기 시작했다.

# 알피

알피는 고개를 숙이고 조용한 거리를 따라 걸었다. 하수구의 희미한 악취가 패스트푸드 냄새와 뒤섞였다. 이스트 런던의 이쪽 지역은 아직 시티 지구를 강타한 고급 주택화 효과를 아직 맛보지 못했다고 말해도 될 것이었다.

바로 그래서 알피는 여기로 왔다.

그는 어떤 가게 진열장 밖에 멈춰 섰다. 유리창은 더럽고, 진열품들도 거의 보이지 않았지만, 일련의 구형 전자 제품들을 구별해낼 수 있었다. 텔레비전, DVD 플레이어, 컴퓨터. 하지만 그걸 사러 온 건 아니었다. 그와 클레어는 각 방마다 개별적으로 구역화되고 조절되는 스피커가 딸린 최신식 뱅앤울룹슨 영상 음악 기기를 갖추고 있었다.

그가 거기 온 건 거기서는 전화를 팔기 때문이었다. 구체적으로는 미리 요금을 가득 충전해놓고 질문 없이 현금으로 거래하며 몇 분 만에 작동되는 선불 스마트폰을 팔았다. 이 거리에는 CCTV가 없었고, 가게 주인이야 안전 목적으로 자기 나름 카메라를 설치해놓았겠지만, 경찰력에 강한 혐오, 거의 알레르기를 가진 소규모 사업자였다. 알피 다니엘스의 인상착의에 맞는 남자가 전화기를 사갔느냐는 질문을 받아도, 경찰에 대한 순수한 증오심만으로도 *그런 남자는 내 구역에 들어온 적이 없어요, 순경 아저씨. 거짓말이면 내 손에 장을 지지지,* 라고 말해줄 거라 믿을 수 있는 사람이었다.

그렇다고 경찰이 거기 올 일도 없었다. 경찰이 알피나 헨리를 이 가게에 엮을 만한 방법도 없었고, 그렇다고 해도 이 전화기는 헨리나 알피가 쓸 것도 아니었다.

클레어를 위한 것이었다.

첫 번째 만남 후—적어도 메시지가 암시한 바에 따르면 그 주초에 있었다고 하는 만남 후에—헨리는 데이팅 웹사이트를 통해 메시지를 보냈다.

클레어, 정말 멋졌어요. 좋은 음식, 그보다 더 좋은 대화, 그리고 그저 환상적인 섹스. 언제든 당신 편리할 때 다시 하고 싶은데. 그렇지만 이런 생각 한번 해봤는데, 당신이 만나고 싶다면 이 웹사이트로 소통하는 건 그만두는 게 어떨까요. 남편이 볼지도 모르는 노트북을 쓰고 싶지 않다면서요. 전화를 하나 사야 해요. 가게에 가서 선불

**폰을 사요. 일단 그걸 켜고 나한테 문자를 보내요. 지금부턴 그걸로 연락할 수 있으니까.**

그래서 지금 알피는 전화를 사러 온 것이었다. 부츠나 아스다, 다른 상점으로 갈 수도 있긴 했다. 클레어가 실제로 이런 짓을 한다면 그렇게 했을 테니까. 하지만 그는 계정을 만들고 싶지 않았다. 알피는 들킬 경우를 대비해서, 이 전화를 추적하지 못하게 하고 싶었다.

문을 열고 안으로 들어갔다. 머리를 민 땅딸막한 남자가 그를 올려다보았다. 주인은 잠깐 알피를 살피더니 고개를 끄덕였다. 알피가 자기가 다루지 못할 만큼 위협적이어 보이진 않았는지 기분 좋은 듯했다.

"어서 오쇼." 그는 말했다. "뭘 도와드릴까?"

"전화기요." 알피는 말했다. "가장 간단한 기종. 문자랑 이메일 보내는 것만 쓸 거니까."

남자는 머리 뒤의 플라스틱 상자로 손을 뻗었다. "이거면 되겠네."

"안 돼요." 알피가 말했다. "이미 설정 다 된 거 줘요."

남자는 천천히 고개를 끄덕였다. "뭐에 쓰시려고?"

"뭐 사업에." 그는 한 손을 주머니에 넣어 20파운드짜리 지폐 다섯 장을 꺼냈다. 그는 돈을 카운터 위에 놓았다. "이 정도 가격 하는 게 필요한데. 그런 거 있어요?"

"있을지도."

"있는 사람을 알고는 있겠죠?"

"손님 짭새는 아니지?"

알피는 고개를 젓고는 그의 시선을 맞받아쳤다. "아니, 경찰은 아니죠."

남자는 알피를 위아래로 훑어보았다. 한 번, 두 번. "경찰 같이 생기진 않았군. 옷을 너무 빼입었어." 그는 킁킁 냄새를 맡더니 코를 톡톡 쳤다. "그리고 베이컨 냄새가 안 나. 난 베이컨 냄새에는 개코인데." 그는 한 손을 20파운드 더미 위에 놓았다. "이거 곱절." 그는 말했다. "깎아주는 거요. 당신 신은 신발 가격 정도니까."

알피는 주머니에서 20파운드 다섯 장을 또 꺼냈다. 지갑을 바로 꺼내지 않을 정도의 눈치는 있었다.

"좋아요." 알피는 말했다. "하지만 이걸로 끝이야."

남자는 고개를 끄덕이더니 현금을 받았다. 그는 몸을 돌려 뒤에 있는 문으로 들어갔다. 알피는 금속 서랍이 열렸다 닫히는 소리를 들었다. 남자는 문간에 다시 나타났다. 전화기 두 대를 들고 있었다. 그는 전화기들을 카운터 위에 올려놓았다.

"둘 중 하나 뽑아요." 주인이 말했다. "각각 50파운드어치 들어 있소. 다 쓰면, 이 전화는 쓸모가 없어요."

알피는 하나를 골랐다. 어느 쪽이든 상관없었다. 오래 쓸 필요도 없었으니까. 전원을 켜자 화면에 불이 들어왔다.

"잘될걸." 남자가 말했다. "내 표준 보증서가 따라가는 거지." 그는 씩 웃었다. 앞니 두 개가 빠지고 없었다. "활성화된 날부터 보증은 끝이고 다시는 얼씬도 하지 마요."

알피는 전화가 확실히 작동될 때까지 기다렸다가 고개를 끄덕였다.
"고마워요." 알피는 인사하고 가게를 떠났다.

차는 근처에 세워놨었다. 다시 차로 돌아갔을 때 시계를 쓱 보았다. 한낮이었다. 서둘러야만 했다. 그날 밤 저녁을 요리해야 할 처지였고, 나가서 재료를 사오기로 되어 있었다. 차와 전화기를 사무실에 놔두고 보로 마켓으로 가서 관자와 굴, 늘 요리하는 사슴 고기를 살 계획이었다. 클레어를 처음 만났을 때 그는 요리를 잘한다고 말했고, 그건 거짓말이었지만, 그가 신뢰할 수 있는 유의 남자라는 클레어의 의견을 뒷받침하는 데는 도움이 되었다. 여자가 요리와 청소를 해다 바치는 데 익숙한 헤지펀드 유형의 남자들과는 다르니까.

문제는 그가 실제로는 물도 제대로 끓일 줄 모른다는 것이었다. 그래서 알피는 클레어에게 자기는 몇몇 요리만 잘하는 요리사라고 말해놓고 클레어를 위해 요리하기 전에 한 가지 요리법만 완전히 익혔다. 사람들이 자주 하지 않는 요리를 골랐다. 사슴 고기처럼. 그러면 대체 어떤 것이 나올지 알 수가 없고, 굴이나 관자처럼 재료 자체가 특징이 되는 요리라서, 망치지만 않으면 무난했다.

하지만 장 보러 가기 전에 해야 할 일이 있었다. 그는 새 전화를 꺼내서 문자메시지를 쳤다.

**헨리, 클레어예요. 되도록 빨리 만나요. 토요일 밤에는 저녁 식사 약속이 있지만, 일요일 오후에는 빠져나올 수 있을 것 같은데요? A는**

**골프 치러 간대요.**

골프, 참으로 유용한 스포츠였다. 클레어에게서 떨어져 나쁜 짓을 꾸밀 수 있도록 몇 시간 동안 사라지고 싶을 때 완벽한 핑계가 되었다. 이제는 클레어가 똑같은 짓을 할 수 있는 기회를 주는 스포츠이기도 했다.

그가 전송을 누르자마자, 주머니에선 다른 전화가 울렸다.

헨리 브라이언트가 문자메시지를 받은 것이었다.

## 클레어

클레어와 조디가 더 어렸을 때 두 사람은 비밀 신호를 개발해놓았다. 바나 클럽에 있을 때 남자들이 말을 걸면서 접근해올 때 속마음을 주고받기 위한 것이었다. 왼쪽 눈썹을 쓱 쓸면, *이 남자 날 귀찮게 하니까 너 화장실 가겠다고 하면 내가 따라갈게*. 오른쪽 눈썹을 쓸면 *저 사람들이 술 한잔 사게 놔두고 떨쳐버리자*였다. 그리고 귓불을 잡아당기면 *이 남자 핫하네*였다.

알피가 요리한 사슴 고기 요리를 다 먹었을 때—요리할 줄 아는 남편이 있다니 얼마나 다행인지, 친구 남편들이 현대적인 남자라고 자처해놓고 요리는 '여자의 일'이라고 밀어버리지만, 알피는 그런 사람과 달라서 안심이었다—클레어는 탁자 너머로 친구를 넘겨다보고 손을 들어 귓불을 잡아당겼다. 조시 킹은 멋진 남자였다. 조디는 살짝 고개를 끄덕였다.

*나도 알아.*

클레어는 친구의 연애가 순조롭게 흘러가서 기뻤다. 조시는 조디와 함께 있을 때 느긋하고 편안해보였고, 입술에 줄곧 미소를 띠고 있었다. 두 사람은 서로를 바라보았고, 시선은 마치 떨어지기 싫다는 듯 약간 필요 이상으로 오래 마주쳤다. 클레어는 자기와 알피가 그 자리에 없었다면, 조디와 조시는 저녁 따위는 개의하지 않았으리라는 인상을 받았다. 적어도 두 사람이 좀 더 급박한 허기를 채울 때까지는.

클레어는 두 사람의 모습을 보고 알피를 처음 만났을 때를 떠올렸다. 두 사람은 서로에게서 손을 뗄 수가 없었다. 가끔은 주말 내내 침대에만 있을 때도 있었다. 토요일 아침에 늦게 깨어나서 거기 누워서 섹스하고 이야기하고 좀 더 섹스하고 먹고 이야기하고 더 섹스 한 후 잠이 든 후 그다음 날 반복하는 것 말고는 다른 할 일은 아무것도 하고 싶지 않을 때도 있었다. 월요일이 오면 현실 세계가 끼어들어 충격을 받곤 했다. 그들은 억울해 하면서도 침대에서 빠져 나와 옷을 입고 사무실에서 귀중한 몇 시간을 써야만 했다. 하지만 그 시간도 얼마나 있어야 서로에게 돌아갈 수 있을까 하는 생각으로 가득 차 있었다.

그 관계에 흠뻑 도취되었다. 클레어는 이전에도 남자 친구를 사귄 적이 있었고, 그들과 사랑에 빠졌다고 생각도 했지만, 그 감정이 무엇이었든 지금 알피와의 사이에 있는 감정의 그림자일 뿐이었고, 처음부터 그 사실을 알았다. 이전에 결혼식 악단이나 동요 CD에서 연주하는 약간 멍청한 음악가에게 관심이 생기겠느냐고 누가 물었다면, 클레어는 절대 그럴 사람 찾을 일 없다고 대답했을 것이었다. 하지만 그때 알피를 만났을 때 클레어는 그가 바로 자기가 찾던 그 사람이라는 걸 알았고, 그 발견이 클레어의 삶을 바꾸었다. 그는 클레어를 위해 만들어진 사람인 것만 같았다.

그리고 지금 클레어는 조디에게도 똑같은 일이 일어나는 광경을 보았다.

클레어는 마지막 남은 사슴 고기 한 점을 먹고 알피를 보았다. "맛있었어."

"정말요." 조시가 와인을 홀짝거렸다. "재능이 있으신데요, 알피."

"아뇨." 알피가 말했다. "저는 그저 요리법을 따라하는 걸 잘하는 거죠. 그리고 늘 같은 요리만 하기 때문에 그것만 실력이 느는 거죠. 저한테 수플레를 구우라고 하거나 맑은 콘소메 수프를 만들라고 하지 마세요. 성공할 일이 없으니까."

"한번 해봐." 클레어가 말했다. "스스로도 깜짝 놀랄 수 있잖아. 자기에게 있는지도 몰랐던 면을 발견하는 거지."

"그게 바로 내가 두려워하는 거지." 알피가 말했다. "나의 진짜 모습을 당신이 볼 수도 있으니까."

"그게 뭐죠?" 조디가 말했다.

"성공할 때까지는 가짜로 그런 척하는 남자." 알피가 말했다. "지금 당장은 제가 겸손을 부리고 있다고 생각하겠지만, 내가 밍밍하고 맛없는 수플레를 내놓는다면, 그래, 저 사람 요리사 재능은 없네, 라고 생각할 걸요. 저는 그런 환상을 깨고 싶진 않아요. 이제까지 그 환상을 쌓느라고 내가 얼마나 고생했는데!"

"그건 겸손이 아니야, 알피." 클레어가 말했다. "거짓 겸손이지. 당신은 정말 대단하다고 우리가 말해주길 바라는 것뿐이잖아."

알피는 두 손을 들었다. "딱 걸렸네. 인정해야겠어."

"어느 쪽이든요." 조시가 말했다. "식사는 훌륭했습니다. 고마워요." 조시는 조디의 접시를 들었다. "상 치우는 거 도울게요."

알피가 클레어의 접시를 들었다. "내가 같이 하죠. 그리고 와인 한 병 더 가져올게요."

두 사람은 부엌으로 걸어갔다. 그들이 방을 나가자 클레어는 조시가 알피에게 어디서 사슴 고기를 샀는지 묻는 소리를 들었다.

"보로 마켓이요." 알피는 대답하고는 어느 상점에 가는지를 설명하기 시작했다.

"뭐." 클레어가 말했다. "좋은 남자네. 귀여운 남자야."

"그런 사람이야." 조디가 말했다. "인터넷 데이트는 약간 로또 같은 거지만, 난 운이 좋았어."

"저 사람 언제 만났어?"

"2주 전에."

"잘도 숨겼네." 조디는 보통 남자를 만나면 클레어에게 시시콜콜 털어놓곤 했다. 대부분은 재밌었고, 몇몇은 철저히 재난에 가까웠다. 하지만 조시 얘기는 겨우 며칠 전에야 했다.

"알아." 조디가 말했다. "그 사람은 다른 사람들보다 좀 더 오래 만날 거 같은 느낌이 들어서, 징크스에 걸릴까 봐 아무 말도 하지 않았지."

"뭐, 성공한 것 같은데." 클레어는 몸을 앞으로 내밀었다. "너희 둘 했어? 뭔 말인지 알지?"

조디는 고개를 끄덕였다. "멈출 수가 없더라고. 우리가 여기 시간 맞춰온 게 다행인 줄 알아. 이런 식으로 말해야 하나. 제대로 준비하고 올 시간이 없었어."

"나도 그런 때가 있었단 게 기억나네." 클레어가 말했다. "아직도 그런 때이긴 하지만. 약간은."

"너 좀 아는구나." 조디가 말했다. "이런 말 하기는 좀 이르긴 하지만, 이 사람이 바로 내가 찾던 그 사람이라는 느낌이 들어. 그게 뭔진 몰라도, 알 수 있어. 우리 둘이 함께, 결혼해서, 아이를 키우는 모습이 그려진다. 이전에는 한 번도 그런 느낌 없었어."

"나랑 알피가 딱 그랬어." 클레어가 말했다. "처음부터 알았지. 모두 알 수 있었어. 결혼, 아이, 모든 게. 그러니까 일이 그런 식으로 풀리더라. 아이 쪽은 정확히 그렇게 되진 않았지만, 언젠가는 가질 거니까. 그리고 불평할 순 없지. 알피는 정말 좋은 사람이니까."

"그렇게 될 거야." 조디는 클레어의 손을 꼭 쥐었다. "알피랑이든, 정자기증자이든, 입양을 하든. 하지만 그렇게 될 거야."

"그랬으면 좋겠다." 클레어가 말했다. "때가 되면 너한테는 더 쉬웠으면 좋겠고 우리 둘 다 빨리 엄마가 됐으면 좋겠어. 어쩌면 알피와 조시가 친구가 되어서 애들 데리고 공원에 함께 산책 나갈지도 모르지."

"상상할 수 있어?" 조디가 말했다. "그렇게 될까? 조시가 내 아이들의 아빠가 되면?"

두 사람의 대화는 알피가 방 안으로 들어오는 바람에 끊겼다.

"그런 생각하기엔 좀 이르지 않아요?" 알피가 말했다. "조시가 듣지 못하게 해요. 그러면 겁먹고 도망갈 수도 있으니."

"그저 생각만 해본 것뿐이에요." 조디가 말했다. "그게 다예요."

"내가 저 사람에게 알려줘야겠는데요. 그의 아이를 원하는 스토커가 있다고 경고해줘야겠어요."

조디의 눈은 짐짓 화난 척 커졌다. "어떻게 그래요! 당신 죽여버릴 거예요."

"알았어요." 알피가 말했다. "조디 비밀은 안전히 지켜주죠."

"그 사람 어디에 있어?" 클레어가 물었다.

"화장 좀 고치러 갔어." 알피는 화장실을 가리켰다. "그래, 이거 말고 다른 일들은 어때요, 조디?"

"좋아요. 일은 똑같고요. 상사는 여전히 늘 소름끼치고." 조디는 와인을 삼켰다. "하지만 피파 걱정은 좀 되네요. 데이트하러 나간 이후에 소식을 못 들었어요."

"그게 언제였는데요?"

"목요일요."

"아직 이틀밖에 안 됐네." 클레어가 말했다. "그리고 그 남자가 피파에게 딱 맞는 남자였다면 다른 일로 바쁠 수도 있는 거잖아."

"어쩌면. 하지만 솔직히 점점 걱정이 되네."

"그 남자 이름이 뭐래?" 클레어가 말했다.

"헨리 뭔데. 잠깐만 기다려 봐. 전에 받은 문자에 있어." 조디가 전화를 꺼내 문자를 쭉 내렸다. "헨리 브라이언트." 조디가 말했다. "의사래."

"검색해 봐." 클레어가 말했다. "그 사람이 의사라면, 나올 거야."

조디는 화면을 톡톡 두드렸다. 몇 초 후, 그녀는 얼굴을 찡그렸다.

"이상하네." 조디가 말했다. "헨리 브라이언트라는 이름이 몇 개 있는데. 모두 미국에 있어. 여기 사는 사람은 안 보이네."

"어쩌면 인터넷에 없을지도 모르잖아요." 알피가 말했다. "모든 사람이 나오는 건 아니니까."

"그렇죠." 조디가 말했다. "그럴 거란 생각은 안 해요. 하지만 그래도요. 뭔가 있다는 생각이 들잖아요." 조디는 전화기를 내려놓았다. "약간 이상해요. 내일 다른 친구들에게 피파 소식을 들어봤는지 물어봐야 할 거 같아요."

조디가 그 말을 끝냈을 때 조시가 들어왔다. 그는 화이트 와인 한 병을 들고 있었다. "부엌에 이걸 두고 가셨더라고요." 조시가 말했다. "한 번 더 돌릴까요? 누구 드실 분?"

## 알피

알피는 책상 서랍을 열어 헨리 브라이언트 전화기를 꺼냈다. 클레어는 니콜과 테이트 모던 갤러리에서 열리는 전시회에 가고 없었다. 니콜은 클레어의 대학 동창으로, 부모가 재산이 넉넉했고 딸이 조각가가 되겠다는 망상을 품어도 다 받아줄 정도로 너그러운 사람들이었다. 알피는 언젠가 니콜의 개인전에 간 적이 있었다. 전시회를 자기 스튜디오에서 열었는데, 그 어떤 갤러리도 니콜이 만들어내는 모양 없는 쓰레기 덩어리랑 연관 짓고 싶지 않았기 때문이 아닐까 짐작했었다.

니콜이 알피와 클레어를 데리고 돌아다니며 자신의 창작은 인간 경험의 다양한 면모를 추상 표상한 거라는 묘사를 할 때, 알피는 푸훗

웃음을 터뜨리지 않으려고 애써야만 했다. 그는 고개를 끄덕이거나 참으로 아름답다거나 니콜이 참으로 재능이 있다는 말을 웅얼거렸다. 집에 오는 길에 클레어는 니콜이 성공할 가능성이 있는지 모르겠다며 회의를 보였지만, 알피는 재능 없는 평범한 인간들은 그런 쓰레기를 만들어 예술이라고 부르지 않을 거란 생각을 하면서도 자기는 마음에 든다고 말했었다.

*상업적으로 성공해야만 하는 건 아니야. 니콜은 자신의 예술적 비전을 실현하고 그게 중요한 거지. 난 니콜이 하는 일을 존경해. 진짜 재능을 가지고 있어.*

그때에도 알피는 자기가 대체 그런 헛소리를 어디서 들었는지 궁금할 지경이었지만, 그가 원한 효과를 내긴 했다.

*그게 바로 내가 당신에게서 사랑하는 점이야,* 클레어가 대답했다. *당신은 냉소적인 데가 없잖아. 너무나 너그럽지. 모든 사람들에게서 좋은 점만 보잖아. 우리 대부분은 전통적인 관점에서 성공을 봐. 잘 팔리거나 큰 전시회를 열거나, 아니면 의사나 변호사가 되거나. 하지만 당신은 다른 사람들과 똑같은 식으로 생각하지 않아.*

마지막 진술은 확실히 사실이었지만, 클레어의 생각대로는 아니었다. 그래서 바로 그가 일요일 아침 10시에 사무실에 있는 이유이기도 했다.

저녁 파티는 알피에게서 생기를 빨아먹었다. 조시는 속속들이 지루한 인간이었다. 여론 형성을 좌지우지하는 상류층 중에서도 중도 의견을 가진 인물로, 독창적인 생각이라고는 하나도 없는 정신을 갖고 있었다. 부엌에 서 있을 때, 그는 정부와 공공 부문 임금과 사회 정의, 그리고 조디가 얼마나 멋진 사람인지를 줄줄 늘어놓아서 알피는 저 녀석을 목 졸라 버리고 식당으로 가서 조디와 클레어에게 끔찍한 사고가 생겨 조시가 자기 정당성에 목 막혀서 죽어버렸다는 말을 할까 생각까지 하는 지경에 이르렀다.

물론, 클레어는 조시를 엄청 좋아했다. 조시는 상을 치우고, 기저귀를 갈고, 평화를 사랑하는 섬세한 남자였다. 클레어가 알피를 그렇게 여기듯이.

알피는 휴식이 필요했다. 그래서 자기는 아침에 일을 좀 해놓아야 오후에 깨끗한 양심으로 골프를 치러 갈 수 있겠다고 말해놓았다.

그는 둘 중 어느 것도 할 마음이 없었다.

클레어의 일을 처리하기 전까지는 새 사람을 만나지 않기로 결심은 했지만, 흥분할 게 필요했다. 색깔을 줄 만한 것. 클레어와 조디, 니콜, 그리고 개들처럼 칙칙하고 아무런 영감이라고는 없는 지루한 사람들이 인생이라고 여기는 것이 아닌 또 다른 무엇.

마치 테이트 모던 같은. 맙소사. 천 명의 사람들에게 자의식에 사로잡힌 평범성을 찬양하는 사원을 설계해보라고 했을 때, 테이트 모던만큼 딱 떨어지는 걸 만들어낼 수는 없었을 것이었다. 알피는 자기가 거기 있는 예술을 이해할 수 없다는 건 알았지만, 거기에는 이해할 수 있는 게 없는 이유도 알았다. 미술관은 거기 있는 예술이 불가해하고 지루하다고 생각했다는 걸 인정하면 남들이 자기를 어떻게 볼까를 너무 많이 걱정하는 사람들을 대상으로 저지른 사기였다.

그는 앱을 켰다. 이 앱에서 쓰는 사용자 이름은 조니 코웬이었다. 그건 좀 더 수상한 앱 중의 하나로, 그걸 사용하는 사람들은 부끄러움도 없이 섹스를 찾는 게 목적이었고, 그게 바로 그가 바란 것이었다.

그는 사용자들을 쭉 스크롤했다. 그중 한 명에게 멈췄다. 그래, 이 여자면 완벽하겠군. 그보다 나이가 많고, 일그러진 표정, 흡연으로 거칠어진 와중에 가짜 태닝까지 해서 더 망가져버린 피부. 보통보다 더 상스럽지만 완벽했다. 이 여자는 쉽고, 관심에 감사할 것이었다.

두 사람은 빅토리아역 근처 술집에서 만났다. 알피가 도착했을 때 여자는 먼저 와서 구석에 있는 탁자에 앉아 커다란 잔에 담긴 화이트 와인을 마시고 있었다. 끔찍할 정도로 싸구려인 샤도네이 와인일 것이었다, 아마도.

"안녕하세요." 알피는 말했다. 여자는 사진으로 짐작한 것보다도 더 나이가 많았다. 40대 후반. 어쩌면 50대 초반일 수도 있었다. "난 조니예요. 그쪽은 카팅카 맞죠."

*실제 이름이라면 참 빌어먹을 이름이네.*

여자는 그를 보았다. 알피는 여자가 다른 사람을 기대하고 있었다는 걸 알았다. 그 여자가 보통 만나는 사람은 젊지 않고, 잘생기지도 않았으며, 날씬한 체형도 아닐 것이었다.

"네." 여자가 말했다. "술 마실래요?"

그는 바텐더를 보았다. "진저에일 주세요."

"진저에일?" 여자가 말했다. "그건 술이 아니잖아요. 여기 위스키 넣어요."

"아직 나한텐 시간이 좀 일러서." 알피는 그 여자를 보며 미소를 지었다. "하지만 그쪽은 벌써 꽤 하신 것 같은데. 만나서 반가워요."

"당신도." 여자는 와인을 홀짝거렸다. "이거 자주 해요?"

"할 만큼 하죠." 그는 여자의 숨결에서 담배 연기 냄새를 맡았다. 이상하게 흥분이 되었다. 이게 바로 그가 필요했던 것이었다. "당신은?"

"때때로." 여자는 남자의 결혼반지를 쓱 보고 고개를 끄덕였다. "알겠네. 옆으로 딴짓하는 걸 좋아하는구나. 위험 없이."

"대략 사정이 그렇네요." 알피가 말했다.

"벌써 '사정' 얘기를 하다니." 여자는 진짜 흡연자다운 소리로 킬킬 웃었다. "당신네 젊은이들은 아주 진취적이네요."

이 여자는 정말로 역겨웠다. 순간 그는 이 여자가 자기와는 완전히 다른 종족, 어떤 유의 동물인 것 같은 이상한 느낌을 받았다. 동물 이하의 존재. 적어도, 개는 개의 성격에 맞는 존재가 아닌가. 이 여자는 인간의 하급 버전이었다. 그와 같은 사람들에게는 천박하고, 술독에 빠진 모욕거리나 다름없었다. 순간, 그는 이 여자를 죽이는 데 뭐가 필요할까 생각했다. 별로 힘이 들 건 없겠지. 머리에 한 방 날리거나 주름진 목을 그의 강한 두 손으로 한 번 조르기만 해도 끝날 것이다. 피파처럼. 첫 번째는 정말 스릴 있었다. 그는 다시 한 번 해보고 싶어 좀이 쑤셨다.

이 여자의 집에서 해치우고 욕조에 시체를 남겨두고 올 수도 있을 것이다. 그 누구도 그의 흔적을 찾을 순 없었다.

알피는 고개를 한 번 흔들었다. 할 순 있지만, 하진 않을 것이었다. 이 여자는 그의 다음 목표물이 아니었다. 다른 사람을 위해 비축해두어야 했다. 좀 더 특별한 사람.

"괜찮아요?" 여자는 얼굴에 근심스러운 표정을 띠고 물었다. 여자는 그의 고갯짓을 마음을 바꿨다는 신호로 생각한 듯했다.

"네." 그가 말했다. "그냥 일 생각하느라."

"뭐 그런 건 마음에서 치워버려요." 여자가 말했다. "당신이 마음을 쏟을 수 있는 다른 걸 찾아낼 거니까."

"그랬으면 좋겠네요." 알피는 그녀의 무릎에 한 손을 얹었다. 뼈가 도드라졌고 근육은 쇠약했다. "여기 있고 싶어요? 아니면 다른 데 갈래요?"

"어딜 마음에 두고 있어요?"

알피는 주머니 속 열쇠를 두드렸다. 그는 회사에서 세 놓은 가구 딸린 아파트를 골라 사무실에서 나올 때 열쇠를 가지고 왔다.

"내 집이 근처예요." 그가 말했다. "갈래요?"

# 클레어

클레어는 수요일 아침 약속을 잡을 수 있었다. 그녀가 뻔뻔하게 추파를 던졌는데도 애셔가 잡아줄 수 있는 가장 빠른 날짜였다. 클레어는 병원에 왔지만 상황이 좋지 않았다.

싱 박사는 클레어를 보고도 반가워하지 않는 기색이었다.

박사는 책상 가장자리를 손가락으로 톡톡 두드렸다. 박사는 클레어를 한 번 보고, 다시 컴퓨터 화면을 보았다.

*초조해하시네*. 클레어는 생각했다. *아니, 초조하신 게 아냐. 불편하신 거야. 신경이 날카로운 거지.*

이상했다. 보통은 무척 침착했기에. 이전에 박사를 볼 때마다, 박사는 진료실 문 앞에서 맞으며 의자에 앉으라고 손짓한 후 책상 위에 클레어의 환자 파일을 놓고 귀를 기울였다.

"그래." 박사는 딱딱하게 말했다. "어떻게 도와드릴까요."

"어," 클레어는 대답했다. "알피가 불임 검사를 받았다고 얘기했는데, 다른 선택지에 대해 얘기하고 싶어서요."

"흠." 박사는 서너 번 고개를 끄덕였다. "알겠군요." 긴 침묵이 흘렀다. "어떤 선택지를 생각하고 계시는지?"

클레어는 불안한 기분이 들기 시작했다. "입양요." 그녀는 말했다. "그렇지만 확실히 박사님이 그건 도우실 수는 없겠네요. 어쩌면 정자 기증도요. 박사님이 도와주실 수 있는 건."

"남편분이랑 이 얘기는 해보셨나요?"

"네, 짧게."

"남편분이 동의하시던가요?"

클레어는 고개를 끄덕였다. "그런 것 같아요. 제 말은, 아직 최종 결정에는 다다르지 않았는데, 남편은 별반 반대는 하지 않았어요." 클레어는 의자에 기댔다. "저는 사실 이것에 대해서는 별로 아는 게 없어요. 그래서 박사님과 이야기를 나눠보고 싶었던 거예요. 하지만 한 남자가 받아들이기에는 힘든 일일 수도 있다는 생각이 듭니다."

싱 박사는 고개를 끄덕였다. "네, 깨어지기 쉬운 남성 자존심이라는 게 그렇지요."

"맞아요. 하지만 싱 박사님이 알피에 대해서 이해해주셔야 할 건, 그 사람은 자기 자존심이 이 일로 인해 위협받는다고 느껴도 그건 뒷전으로 할 수 있는 유의 남자라는 거예요. 그 사람은 저만큼이나 가족을 갖기를 원하고, 그렇게 하기 위해서는 뭐든 할 거예요." 클레어는 고개를 저었다. "남편은 소식을 듣고 크게 충격을 받았어요. 엄청난 충격을 받았죠. 남편의 그런 모습을 이전에는 본 적이 없어요. 남편 때문에 정말 안타까워요."

싱 박사는 팔짱을 꼈다. "다니엘스 부인. 저는 그 문제에 관해선 부인께 충고를 드릴 입장에 있지 않은 것 같습니다."

"이해합니다." 클레어가 말했다. "알피의 정신 상태는 박사님과 의논할 일이 아니죠. 그건 의학적 문제도 아니니까요. 적어도, 불임 문제는 아니죠. 그렇지만 제가 온 건 그 때문이 아니에요. 저는 그저 시작점이 될 만한 생각들을 찾아보고 있어요. 어떤 과정이 있는지, 위험은 뭔지, 그런 유의 일들요."

"그게 바로 제가 하는 말입니다." 싱 박사가 대답했다. "제가 충고드릴 입장이 못 됩니다."

클레어는 어안이 벙벙했다. 무슨 말을 하는 건가? "어째서 못하신다는 거죠?"

"제가 말씀드릴 순 없을 것 같군요."

클레어는 고개를 저었다. 일이 점점 황당해지고 있었다.

"이해가 안 되네요. 어떤 이유로 정자기증 과정을 설명해주실 수 없다는 거죠? 어째서 제가 알면 안 되죠?"

"아셔도 되죠. 하지만 그 얘기를 상담하기에 제가 적합한 사람이 아니란 겁니다. 제가 동료를 추천해드릴 순 있습니다. 그 의사에게 부탁하면 잘해줄 겁니다."

클레어는 잠시 대답하지 않았다. 이건 괴상한 지경을 넘어섰다. 이제까지 박사는 클레어에게 마음의 문을 열고 이야기했는데, 이제 그는 문을 닫고 클레어를 내몰았다. 뭔가 일어난 것이 분명했고, 클레어는 한 가지밖에 생각할 수 없었다.

"싱 박사님께서 무슨 이유로든 저를 치료하고 싶지 않으시면요, 어쩌면 이 일을 도덕적이거나 종교적으로 반대하시는지도 모르죠, 그건 괜찮습니다. 하지만 그건 이상하네요. 애초에 박사님이 그런 데 반대하시면서 불임 치료 의사가 되셨으니까요. 그렇지만 부디 제게 이유가 뭔지 말씀해주세요. 제게 그런 설명을 들을 자격 정도는 있지 않나요?"

"저는 그런 이유로 반대하지 않습니다." 싱 박사가 말했다. "그랬다면 부인께 말씀드렸겠죠."

"그럼 저한테 무슨 문제가 있나요? 의학적 위험이라도? 저나 제 아이에게?"

박사는 고개를 저었다.

"그럼 뭐죠?"

싱 박사는 깊은 생각에 잠긴 듯 천장을 올려다보았다. 클레어는 그가 뭔가 말하기 직전까지 갔으나 할지 말지 마음을 정하지 못하고 있다는 분명한 인상을 받았다. 클레어는 박사가 입을 열기를 기다렸다.

"부인도 알고 계시죠." 박사는 조용한 목소리로 말했다. "의사-환자 기밀 유지 조항을요."

"물론이죠."

"제가 무척 심각하게 받아들이는 점입니다." 박사는 말을 이었다. "제 작업에는 중차대하죠. 제 환자들은 저를 신뢰할 수 있을지 알아야 합니다. 심각한 범죄가 있다고 의심하지 않는 한, 저는 이 조항을 절대 깨지 않습니다. 만약 제가 그랬다고 말이 퍼지면, 제 병원은 회복할 수 없을 만큼 해를 입을 것입니다."

"맞아요." 클레어가 말했다. "그건 알겠어요. 하지만 그렇다고 제가 무슨 일이 일어났는지 더 잘 파악하게 되진 않은 것 같은데요."

"제가 지금 부인께 말씀드리는 건," 싱 박사가 말했다. "제가 공유할 수 있는 최대입니다. 그러니 더 정보를 달라고 하진 마십시오."

"알겠어요." 클레어가 말했다. "묻지 않겠습니다."

"제가 지금 하려는 건 남성 불임의 영역과 관련된 의학적 정보입니다. 여기서 어떤 결론을 이끌어내든, 그건 전적으로 부인의 몫입니다. 그와 마찬가지로, 이 정보를 바탕으로 부인이 어떤 행동을 취한다고 할지라도, 남편과 관련해서 말이죠, 그것도 역시 부인 자신의 책임입니다. 저는 명확하게 하고 싶군요. 저는 어떤 기밀 유지 필수 조항도 어기는 게 아닙니다. 그리고 후에 제가 그랬다고 주장하지 않겠다는 데 부인이 동의해주셨으면 합니다."

"하지 않겠습니다." 클레어는 자꾸 꼼지락거리지 않으려고 양손을 맞잡아 무릎에 놓았다. 무슨 얘기가 되었든 좋은 소식이 아니라는 예감이 들었다. "그냥 말해주세요, 싱 박사님."

"제가 드리고 싶은 말씀은," 싱 박사가 말했다. "남자가 정관절제술을 받고 아무에게도 얘기하지 않아도 이걸 알아내긴 쉽다는 겁니다.

고환 양 옆에 작은 흉터가 있는지만 보면 되죠."

클레어는 박사를 보았다. "어째서 저한테 이런 말씀을 해주고 싶으신 건가요?"

박사는 고개를 저었다. "좋은 질문입니다." 그는 말했다. "그게 핵심 질문이죠. 하지만 대답은 스스로 찾으셔야 합니다. 저는 더는 말해드릴 수 있는 게 없습니다." 박사는 팔짱을 꼈다. 약속 시간이 끝났다는 게 명확했다.

박사가 암시하는 바도 명확해지고 있었다.

박사는 알피가 정관절제술을 받았다는 암시를 하고 있는 것이었다.

클레어는 지하철역을 향해 걸어갔다. 자동 주행 모드로, 정신은 알피와 섹스를 했던 때를 재생하고 있었다.

남편에게 오럴을 해주었던 때. 그녀는 분명히 기억했다. 그의 고환 옆에 흠이 있었다. 그때는 별다른 주의를 기울이지 않았다. 다른 데 집중하고 있었으니까. 하지만 기억했다.

그리고 그건 흉터일 수도 있었다.

그리고 그게 흉터라면, 알피는 정관절제술을 받은 것이었다.

그리고 그가 그랬다면, 그런 생각을 하긴 힘들었지만, 싱 박사는 아주 빠르게 알아챘을 것이었다. 박사는 그 사실을 알피와 의논했을 테고, 알피는 박사에게 말했으리라. 분명 그건 세상 그 무엇보다도 남편이 비밀로 유지했던 것일 테니까. 의사는 그에 갈등을 느꼈을 테고, 클레어에게 말할 방법을 찾아냈으리라.

그러면 이 모든 것이 설명된다. 딱 하나만 빼고.

어째서 알피는 그런 짓을 했을까? 그리고 왜 거짓말을 했을까? 그녀의 위가 뒤틀렸다. 그가 정관절제술에 대해 거짓말을 했다면 모든 것에 대해 거짓말을 할 수도 있었다. 집에서 받았다는 검사도. 싱 박사의 진료소에서 받았다는 검사도.

아이를 갖고 싶다는 욕망 자체도.

그들의 관계 전체도.

사실일 리 없었다. 그건 클레어가 알피에 대해 아는 모든 것에 어긋났다. 그들의 결혼이 상징하는 모든 것에 어긋났다. 그는 클레어가 사랑했던 남자와는 완전히 다른 사람이라는 말이고, 사실이 그렇다는 건 믿을 수 없었다.

분명 실수가 있을 것이었다. 싱 박사는 뭔가 오해했으리라.

바로 그거였다. 이 모든 것이 오해였다. 클레어는 알피와 이야기만 해보면 정확히 어떻게 된 건지 알아낼 수 있을 것이었다.

## 알피

알피는 책상에 앉아서 작고 쓴 에스프레소를 마셨다. 화면에는 새로운 물건이 있었다. 원즈워스에 있는 침실 네 개짜리 테라스 하우스. 작업은 좀 필요했지만, 여전히 족히 2백만 파운드는 나갔다. 우스꽝스러운 일이었다. 30년 전에는 거기 교사와 간호사들이 살았는데, 이제는 은행가와 변호사, 더러운 돈세탁을 하는 재벌이 살았다. 막대한 수입이나 가족 재산이 없는 사람은 그런 집을 살 기회도 없었다.

알피가 상관할 바는 아니었다. 그가 그런 교사나 간호사였다면 상관했겠지만, 그에게는 믹의 돈이 있었으니까.

그리고 그건 다행이었다. 그게 없다면, 그는 망한 인생이었으리라. 그의 부모는 돈이라고는 없었다. 그가 알고 있기로는 아직 살아 있지만, 클레어에게는 두 분 모두 자기가 20대 때 죽었다고 말했다. 클레어가 부모를 만나는 건 절대로 원하지 않았기 때문이었다. 어머니는 알피가 다니던 학교에서 청소를 했기 때문에, 이 똥통 중등학교에서 미친 듯 날뛰던 잔인한 학생들 사이에서는 '걸레'라고 불리었고, 알피에게는 '걸레 새끼'라는 별명이 붙었다.

그는 학교가 싫었고, 매일 매초가 싫었다. 그 이름과 그 웃음과 그가 어쩔 수 없이 거기 반응해서 화를 내고 '입 닥쳐!'라고 소리 질러야 하는 게 싫었다. 물론, 그렇게 항의를 해봤자 애들은 더 깔깔대고 웃을 뿐이고, 증오스러운 별명을 더 크게 외칠 뿐이었다.

그의 아버지는 도움이 되지 않았지만, 그것도 놀랄 일은 아니었다. 그는 알피가 이제까지 본 중에 가장 쓸모없는 남자였다. 아버지는 거의 늘 실업 상태였다. 주변에 일자리가 없어서가 아니라, 그중 하나라도 간신히 잡을 때마다 사장한테 완전히 무능하다는 걸 들키는 즉시 해고당했기 때문이었다. 아버지는 지각하거나 다른 장소로 갔고, 제자리에 있을 때도 지시사항을 제대로 못 알아듣거나 비품을 깼다. 심지어 핑계도 없었다. 술주정뱅이도 아니었고, 건강도 그럭저럭 괜찮았다. 아버지는 그저 바보였다. 과거였다면 동네 바보 취급을 받았으리라.

알피는 그런 사람이 아이의 아버지가 될 수 있었다는 것이 놀라웠다. 가끔은 정말 그랬던 것인지, 아니면 엄마가 다른 남자와 쾌락을 찾는 데 성공하여 그 짧은 시간의 산물로 자기가 태어난 것이 아닌지 궁금하게 여기곤 했다.

헨리 브라이언트 같은 남자. 알피는 그렇게 생각하고 싶었다.

어느 쪽이든, 알피는 학교에 다니는 내내 웃음거리가 되는 저주를 받았다. 하루하루 흘러, 마침내 그는 열여섯이 되자 쓸모없는 자격증을 한 움큼 쥐고 다시는 돌아가지 않겠다는 결심과 함께 학교에서 걸어 나왔다.

그리고 알피는 다시 돌아가지 않았다. 여름방학이 끝나자마자 그는 완전히 탈출해버렸으며, 그렇게 하기 전에 복수를 하고 나왔다. 데이비 앤드루스와 아놀드 맥파든, 이언 포터는 알피가 떠난 후 오랫동안 이 세 집의 개들이 모두 알피와 동시에 사라져버린 것이 단순한 우연 이상인지 궁금히 여겼으리라.

그해 늦여름쯤에는 아마 우연이 아니었음을 알게 되었을 것이었다. 학교 관리인이 5V 교실에서 뭔가 이상한 냄새가 나서 조사를 해보러 갔더니 썩어가는 개 시체 세 구를 발견하고 말았을 때는.

알피는 그 후 몇 년간은 별다른 일거리 없이 지냈다. 이 일자리에서 저 일자리로, 이 마을에서 저 마을로 떠돌아다니며, 이상한 공연, 하찮은 범죄, 이따금 심각한 범죄를 저질러 나오는 수입으로 먹고 살았다. 잠깐 동안 맹인들에게서 돈을 훔친 적도 있었다. 그들은 무척 털기 쉬웠으니까. 그러다 마침내 클레어를 결혼식장에서 만난 것이었다.

그리고 그는 클레어가 연약하다는 걸 알았다. 이 여자가 어떤 유의 남자를 찾는지 알았다. 그리고 스스로 그 남자가 되었다.

돈이 모든 걸 어떻게 바꿔놓는지, 참으로 놀라웠다. 사람들은 그를 다른 시선으로 바라보게 되었다. 성공을 보고 그에게 존경을 보냈다. 그는 부동산 사무실에 들어가 원즈워스에 있는 2백만 파운드짜리 집 거래를 의논하는 사람이었다. 그 누구도 그를 걸레 새끼라고 부르지 않았다. 그 누구도 그를 무어라 부르지 않았다. 사람들은 알피 다니엘스를 좋아했다. 그 주위에 얼쩡대려 했다.

그러니 그는 이 삶이 위협받도록 놔둘 수 없었다.

하지만 이제 위협을 받고 있다. 그가 실수를 저질러버렸기에. 잘못된 계산. 클레어를 처음 만난 날부터, 이 여자가 짜증스러운 사람이라는 건 알았지만 참을 수 있을 줄 알았다. 그 여자와 함께 있을 때는 가면을 쓰고 충실하고 성실한 남편인 척했고, 옆에 없을 때는 자기 하고 싶은 대로 했다. 문제는 점점 갑갑해진다는 것이었다.

짜증은 혐오가 되고 혐오는 증오가 되었다.

그리고 이제 클레어는 아이를 원했다. 그녀는 아이를 얻을 때까지 계속 할 것이었다. 정자기증자든, 입양이든, 다른 빌어먹을 방법이든 간에. 그러면 모든 걸 다 망치고 만다. 그는 영원히 갇힐 것이며, 빠져나갈 수 있는 유일한 방법은 이혼뿐이었지만, 그러면 그는 시작점으로 되돌아가고 말 것이었다.

다시 걸레 새끼로.

지금까지 그는 아무 해결책이 없었지만, 피파 덕분에 생각이 하나 떠올랐다. 피파는 헨리 브라이언트에게 문제였고, 그래서 헨리가 그 여자를 죽여버렸다.

그리고 헨리는 클레어에게도 똑같이 할 수 있었다. 이제 두 사람은 연인이었다. 주고받은 메시지에 따르면. 클레어가 실종되면, 혐의는 헨리에게 모일 것이었다. 그 연결은 매우 빨리 생길 것이었다. 그리고 실제로 헨리 브라이언트가 누군지 아는 사람은 아무도 없고, 알피와의 연결 고리도 없으므로, 알피가 할 일은 슬픔에 젖은 남편인 척 연기하며 아내의 돈을 차지하는 것뿐이었다. 그는 희생자가 될 것이었다. 사람들은 그를 동정하리라.

그래서 그는 클레어를 죽이려 하는 것이었다. 어쩌면 피파와 같은 방법으로. 어쩌면 그 여자도 똑같은 채석장에 던져버릴 것이다. 그건 중요하지 않았다. 시체들이 발견되면, 사람들은 단순히 이 헨리 브라이언트가 그런 식으로 피해자를 처리했다고 추정할 것이었다. 그리고 헨리는 이미 사라지고 없을 테니.

알피는 최근에 또 하나 알아챈 것이 있었다. 이것이 줄곧 그의 계획이었다는 걸. 헨리 브라이언트를 만들어내는 게 아니라—그를 사용하는 건 편의주의의 한 부분일 뿐이었다—클레어를 죽이는 것이. 알피는 미처 깨닫지 못했지만, 이것이 그들이 만난 이래로 줄곧 최후의 관건이었다.

그리고 이제 그는 그 일을 해낼 방법이 있고, 그 방법은 영리했다.

그는 책상 서랍을 열어 전화기 두 대를 꺼냈다. 하나는 헨리 브라이언트의 것이었고, 다른 하나는 클레어 다니엘스의 것이었다. 이제 클레어가 데이트 날짜를 잡을 시간이었다. 어쩌면 다음 주말쯤. 그리고 그건 클레어의 마지막 데이트가 되겠지. 그는 전화기를 주머니에 넣고 산책하러 나갔다.

공원으로 가서 알피는 작은 연못 옆 벤치 위에 앉았다. 백조 두 마리가 수면 위를 미끄러져 갔다. 그는 백조들은 평생 짝을 지어 살고, 그 중 한 마리가 죽으면 다른 한 마리는 너무 애타게 자기 짝을 그리워하여 먹지도 않고 서서히 쇠약해져 죽어간다는 말을 들은 적이 있었다. 이 말이 사실인지 아닌지는 몰랐지만, 알피는 설마 백조가 그렇게도 멍청하진 않을 거라 생각했다. 하지만 사람들이 백조들이 이런 식으로 행동하는 게 참 존경스럽다는 식으로 이야기한다는 사실은 당황스러웠다. 어떻게 인간이든 백조든 누군가가 다른 이의 존재가 없으면 살아갈 수 없을 정도로 꽉 묶일 수가 있단 말인가? 그는 결코 그럴 수 없을 것 같았다. 이 사람도 저 사람이나 썩 다를 바가 없다. 그는 다른 사람이 필요 없었다.

그는 전화를 꺼내 헨리가 클레어에게 보내는 문자를 작성했다.

**안녕, 예쁜이. 이번 주말에 만나요. 당신 만나야겠어요. 언제가 좋은지 말만 해줘요. 내가 맞출 테니.**

클레어의 전화가 울렸다. 잠시 후, 그는 그걸 사용해서 답장했다.

**나도 당신 만나야겠어요. 토요일 7시 어때요? A에게는 옛 친구를 만난다고 할게요. 우리 호텔에 갈 수 있겠네. 술집에서 시간 낭비하고 싶지 않아요.**

브라이언트는 그 후에 즉시 답장했다.

**우리 집은 어때요? 호텔보다 더 편할 테니. 피카딜리 지하철역에서 만나요. 거기서 걸어갈 수 있어요.**

이걸로 됐다. 이건 진짜였다. 이번 주 토요일에 그는 클레어를 죽일 것이었다. 오늘은 수요일이니 이제 고작 사흘 남았다. 그는 기다릴 수가 없었다. 그는 클레어를 차에서 때려눕혀 의식을 잃게 하고 피파를 죽였던 곳과 같은 갓길로 데려갈 것이었다. 클레어가 깨어날 때까지 기다릴 것이다. 그 순간이 고대되었다. 그의 손이 그 여자의 목을 꽉 졸라, 산소 공급을 끊어버릴 때 그 여자 얼굴에 떠오를 표정이 고대되었다. 자기가 얼마나 그 여자를 증오했는지 그리고 이걸 헨리 브라이언트에게 어떻게 덮어씌울지 얘기해주는 순간이 고대되었다. 그리고 그 여자의 시체를 치워버릴 것이다.

그 후에는 모든 게 간단하겠지. 하루를 기다렸다가 친구들과 가족들에게 전화해서 클레어를 보았느냐고 물어보면 된다. 못 봤다고 하면 경찰에 신고를 하고, 그들을 안내해서 과학 수사 요원이 클레어의 노트북을 샅샅이 훑게 하면, 경찰은 헨리 브라이언트에 대해 발견할 것이었다.

그럼 재빨리 피파에 연결될 이름이었다.

같은 남자를 온라인에서 만나고 동시에 실종된 두 여자. 오래지 않아, 그들이 죽었다는 추정이 사실로 굳어지겠지.

그러면 그는 슬픔에 젖은 홀아비가 되어 혼자 남게 된다.

그는 미소를 지었다. 계획을 세운다는 건 좋았다. 자리에서 일어섰다. 이제 사랑스러운, 그리고 곧 전처가 될 아내에게로 돌아갈 시간이었다.

집에 돌아왔을 때 클레어는 집에 있었다. "안녕." 아내는 말했다. "하루 잘 보냈어?"

알피는 고개를 끄덕였다. "응, 보고 싶었어." 그는 한 손을 아내의 엉덩이에 얹었다. "종일 당신 생각만 했지."

"나도 당신 생각을 했어. 함께 할 밤을 고대했지만, 사무실에 들어가 봐야 해."

"안 돼." 말은 그렇게 했지만, 아내가 간다니 안심이 되었다. "오늘 밤은 안 돼."

"가야 할 것 같아." 클레어는 그의 벨트에 손을 뻗더니 버클을 풀고, 자기 입술을 그의 입술에 갖다 댔다. "하지만 가기 전에 이거 할 시간은 있겠지."

키스할 때, 클레어는 그의 청바지를 끌어내리며 소파로 밀어붙였다. 그녀는 그의 옆에 앉더니 몸을 숙이고 그를 입으로 받아들였다. 알피는 눈을 감고 클레어 대신에 부동산 사무실의 접수원인 빅토리아를 상상했다. 빅토리아는 클레어가 떠난 이후의 공백을 채울 여자들 목록에서도 상위에 있었다.

그가 막 그 망상을 즐기려던 찰나 클레어가 멈췄다. 눈을 떠 보니 클레어가 일어나 앉아서 그를 쳐다보고 있었다.

"미안." 클레어가 말했다. "그만해야겠다."

"괜찮아?" 그가 물었다.

"별로 몸이 좋지 않네. 그리고 일도 끝내야 해서."

알피는 언짢은 기분이 솟구쳐 오르는 걸 느꼈지만, 도로 씹어 삼켰다. 그는 아내가 오럴을 하다 말았다고 불평하는 남자가 아니고, 아내가 나가면 포르노도 있었다. 그는 걱정스러운 표정을 지으려고 노력하며 얼굴을 찡그렸다.

"집에 있으면서 몸이 좋아지도록 쉬어야 하는 거 아니야."

클레어는 고개를 저었다. "괜찮아. 그냥 감기 기운이나 그런 게 있나 봐. 그리고 들어가 봐야 해. 중요한 일이야."

"그래." 알피가 대답했다. "그래도 몸 잘 챙겨, 자기."

목요일인 다음 날, 클레어와 함께 하는 인생의 마지막 목요일 아침에 잠에서 깨었을 때, 클레어는 가고 없었다. 클레어가 집에 왔을 때 그는 벌써 잠들어 있었다. 침대 옆에 쪽지가 있었다.

**일찍 출근해봐야 해. 오늘 밤에 봐. 테이크아웃 할래? 나 진 빠져서.**

알피는 샤워를 하고 옷을 입은 후 얼굴에 웃음을 띠고 아침을 먹었다. 최후의 계획을 세우자 가벼운 느낌이 들었다. 이제까지는 클레어가 얼마나 자기 기분을 끌어내렸는지 미처 깨닫지 못했었다. 구속당하는 감각에, 진정한 자기 자신이 될 수 없는 감각에 너무 익숙해져 있었다. 뭐, 곧 그런 건 걱정할 필요가 없게 될 것이었다.

그 생각만 해도 기분이 좋았다.

그날은 종일 사무실에서 빈둥거리면서 일에 집중하지 못했다. 그렇다고 딱히 신경 쓰이지도 않았다. 점심 먹은 후 두 시간은 공원에 갔다가 사무실로 돌아와서 유튜브에서 동영상을 봤다. 그날 밤에는 자기 책상에 앉아 퇴근하기 위해 짐을 쌌다. 그는 여전히 미소를 띠고 있었고, 자유를 얻으리라는 전망에 기분이 둥둥 떴다. 그때 클레어가 전화했다.

"안녕." 그는 말했다. "기분은 어때? 내가 먹을거리 좀 사갈까? 뭘 먹고 싶어?"

"당신이 골라." 클레어는 대답했다. "그래서 전화한 거야. 난 외식해야 해. 고객 접대가 있어서."

"그런 얘기 안 했잖아."

"한 시간 전에 알았어." 아내는 숨을 날카롭게 내쉬었다. "나도 정말 하고 싶지 않은데, 프로젝트가 바빠져서 선택의 여지가 없어. 가봐야겠다. 기다리지 마. 늦게 끝날 테니까."

"미안." 그가 말했다. "너무 오래 붙잡혀 있진 마."

"그러진 않을 거야, 사랑해, 알피."

알피는 전화를 끊으며 미소를 지었다. 완벽했다. 지나칠 정도로 완벽했다. 예고 없이 외출하다니. 이게 헨리 브라이언트와는 아무 상관이 없다고 해도, 불륜을 저지르는 여자의 이미지에는 맞아떨어졌다.

회식은 늦어졌다. 오후 9시가 되었다가 지나가고, 10시가 되었다가, 10시 30분이 되었다. 알피는 클레어의 휴대전화로 전화를 걸어보았다.

바로 음성 사서함으로 넘어갔다.

"안녕." 그는 말했다. "나야. 회식 잘되고 있지. 몇 시에 올 것 같아?"

11시에도 클레어는 전화에 답을 하지 않았다. 그는 문자를 보냈다.

**어이. 다 잘되고 있겠지. 난 곧 자려고 해. 당신이 필요할지 모르니까 전화기는 켜놓을게. 사랑해. Ax**

클레어에게는 특이한 일이었지만, 정확히 그가 바라던 바였다. 클레어를 죽인 후 며칠 뒤에 경찰에게 말할 때 도움이 될 것이었다.

*평소보다 외출이 잦았어요. 지난 목요일만 해도 갑작스레 고객 접대가 잡혔다고 하더라고요. 제가 자고 있을 때 돌아왔어요. 하지만 별로 대수롭게 여기지 않았죠. 다른 남자를 만나고 있다고는 상상도 못했어요.*

경찰은 클레어가 회식을 함께 했다던 고객들에게 확인을 할 것이고, 그러면 그들이 클레어의 얘기를 뒷받침해주겠지만 그건 중요하지 않았다. 중요한 건 이 일이 줄 인상이었다.

그는 누워서 눈을 감았다. 몇 년 동안 이처럼 빨리 잠든 적이 없었다.

알피는 천천히 깨어났다. 사무실은 9시까지는 열지 않았고, 보통 9시 30분까지는 출근하는 적이 없어서 알람을 설정해놓지 않았다. 클레어가 그보다 일찍 일어나기 때문에, 보통 클레어의 알람을 이용했다.

하지만 아내의 알람도 울리지 않았다.

그는 침대에서 아내가 눕는 쪽을 바라보고, 눈을 가늘게 떴다.

텅 비어 있었고, 베개는 머리받침에 단정히 쌓여 있었다.

거기엔 사람이 잔 흔적이 없었다.

침대 옆 탁자 위에 놓인 시계를 슬쩍 보았다. 오전 8시였다. 그는 일어나서 아내가 커피를 내리거나 옷을 입는 소리를 찾아 귀를 기울였다.

아무 소리도 들리지 않았다.

전화를 집어 보았다. 부재중 전화도, 문자도 없었다. 그는 클레어에게 전화를 걸었다. 바로 사서함으로 연결되었다.

젠장, 어디에 있는 거지? 그는 스크롤 해서 조디의 전화번호를 찾았다. 술에 취해서 조디의 집에 머물렀을 수도 있다. 클레어답지는 않았지만, 전혀 클레어답지는 않았지만 그럴 수는 있는 일이었다.

그는 번호를 눌렀다. 조디가 금방 전화를 받았다.

"안녕하세요." 조디가 말했다. "무슨 일이에요?"

"클레어 만났어요?"

"아뇨? 왜. 집에 없어요?"

"어젯밤 고객 접대에 간다고 했는데, 집에 돌아오질 않았어요. 전화도 받지 않고."

"어머, 세상에." 조디의 목소리에는 놀라운 기색이 섞여 있었다. "난 아무 연락도 받지 못했는데."

"그럼 또 어디 갈 데가 있을까요?"

"나야 모르죠!" 조디가 말했다. "친구들에게 전화는 해볼게요. 어딘가 있긴 하겠죠. 소식 듣는 대로 알려줄게요."

"알겠어요." 그는 말했다. "전 직장에 전화 해볼게요. 고마워요, 조디."

"그런 말 마세요. 연락주실 거죠?"

전화를 끊으면서 알피는 미소를 지을 뻔했다. 역설적이었다. 이건 바로 그가 기대한 일이 아닌가. 실종된 아내를 찾아 여기저기 전화를 걸어 물어보며 아내가 하룻밤 외출 후 집에 돌아오지 않아서 걱정한 척 연기하는 것.

하지만 그는 미소 짓지 않았다. 확실히는.

아직은 이렇게 이르게 벌어질 줄은 기대하지 않았기 때문이었다. 그리고 아내의 행방을 자기가 모를 줄은 기대하지 못했다.

그는 아내의 실종을 연막으로 쓰려고 계획했었다.

하지만 이건 현실이었다.

# 막간

"당신… 당신 그 여자죠?"

벌거벗은 여자는 질문에 대답하지 않았다. 여자는 먼 곳만 응시하며, 알몸을 감추려는지 두 손으로 가슴과 음모를 감추었다. 목욕을 해야 할 것 같았다. 여자의 피부에는 진흙이 묻어 있었다.

"당신……." 운전자는 말을 멈추었다. "당신 실종되었던 그 여자죠? 아니에요?"

벌거벗은 여자는 몸을 돌려 운전자를 바라보았다. 눈에 차츰 초점이 돌아오더니, 여자는 눈을 깜박였다.

"네." 그녀는 웅얼거렸다.

"음, 그러면 당신은 이제 괜찮아요." 운전자는 두 사람만 있는지 확인하려고 주변을 돌아보았다. "약속해요. 당신은 이제 괜찮아요. 나는 바버라예요. 이거 받아요." 바버라는 어깨를 흔들어 재킷을 벗어주었다. 일주일 전 버버리에서 여름 행사로 산 얇은 면 재킷이었다. 바버라는 그 옷을 벌거벗은 여자의 어깨에 둘러주었다.

잠시 동안 바버라는 경찰에 신고하고 그 자리에서 기다릴까 생각도 해보았다. 경찰이 원하는 증거나 뭐 그런 게 있을 수도 있으니까. 하지만 결국 그 생각은 일축해버렸다. 이 여자는 안전하고 따뜻한 곳으로 가야만 했다. 이런 상황에 경험이 있는 누군가가 이 여자를 대할 수 있는 곳. 게다가 다른 사람이 언제라도 나타날지 모른다는 불편한 감정이 들었다.

내심으로는 이 여자에게 가장 이로운 방향으로 일이 흘러가기를 원하지 않는 사람.

"가요." 바버라는 말했다. 그녀는 히치하이커를 차의 조수석 쪽으로 이끌며 문을 열었다. 여자는 차에 올라탔고, 바버라는 몸을 숙여 안전벨트를 채웠다.

바버라는 재빨리 운전석으로 가서 차에 시동을 걸었다. 두 사람만 있는 게 맞는지 확실히 보려고 거울을 확인한 후 차를 뺐다. 바버라는 경찰에 신고하려고 전화에 손을 뻗었다. 번호를 누르려고 할 때 그 여자가 입을 열었다.

"알피." 그녀는 꺽꺽대는 목소리로 말했다. "알피를 만나고 싶어요."

# 2부

—

# 알피

# 금요일

## 1

알피의 전화가 울렸다. 그는 부엌 카운터에 놓인 전화를 낚아채서 화면을 들여다보았다. 잠에서 깨어 클레어가 없다는 걸 알아챈 후로 한 시간이 흘렀고, 그는 여전히 클레어가 전화하기를 기다렸다.

믹이었다.

“어어.” 믹이 말했다. “자네 부재중 전화 봤네. 그것도 여러 통이던데. 무슨 일인가?”

“클레어 보셨습니까?”

“아니. 아침 일찍 그 애가 어디 있는지 알아야 할 사람은 자네라고 생각하는데. 난 그냥 걔 아빠 아닌가. 자넨 걔 남편이고.”

“네, 근데 모릅니다.” 알피가 말했다. “어젯밤 집에 오지 않았습니다."

잠시 침묵이 흘렀다. "무슨 뜻인가?"

"어제 고객 접대 저녁 식사가 있다고 나갔습니다. 저는 11시경 침대에 들었고요. 아침에 일어나 보니 집에 없었습니다."

"전화는 해봤나?"

"네." 알피는 말했다. "여러 번 했죠. 바로 사서함으로 연결되더라고요."

믹은 날카롭게 숨을 들이마셨다. "망할. 사무실엔 전화 해봤어?"

"네. 오늘 아침에는 아무도 보지 못했다고 합니다."

"비서는? 그 여자랑 얘기해봤어? 저녁 식사에 참석한 사람이 누군지 알아낼 수 있겠지?"

좋은 생각이었다. "네." 알피가 말했다. "지금 해보겠습니다. 비서가 뭐라 했는지 곧 알려드리겠습니다."

알피는 전화를 끊었다. 알피는 사무실에 전화를 해서 클레어의 비서, 캐럴라인을 찾았다.

"안녕하세요." 전화가 연결되자 캐럴라인이 말했다. "클레어를 찾으신다고 들었는데요?"

"네." 알피가 말했다. "어젯밤 고객 접대하러 나갔는데요……."

"무슨 고객요?" 캐럴라인이 그의 말을 끊었다.

"모르겠습니다. 말하지 않았어요."

"흠." 캐럴라인이 망설였다. "그건 이상하네요."

"뭐가요?"

“그게.” 캐럴라인이 말했다. “제가 여러 사람에게 물어보고 확인해 볼게요. 그런데 지난밤에 고객 접대 식사는 없었다는 게 꽤 확실해요. 적어도, 제가 아는 한은요.”

“아.” 알피는 생각하기가 힘들었다. 클레어가 거짓말을 했었단 말인가? “뭔가 오해가 있었나 보네요.” 그는 캐럴라인이 대답하기 전에 전화를 끊고 비서의 말이 이해되기까지 전화를 들여다보았다. 고객 접대 식사가 없었다고? 그럼 어디로 갔단 말인가? 그리고 어째서 거짓말을 한 거지?

전화가 다시 울렸다. 조디였다.

“클레어 찾았어요?” 그가 물었다.

“아뇨.” 조디의 목소리에는 걱정하는 기색이 어렸다. “생각나는 사람에게는 다 전화를 해봤는데. 아무도 못 봤대요.”

“젠장.” 그도 목소리에 걱정기가 어렸지만, 조디 보라고 꾸민 건 아니었다. 그건 진짜였다. 클레어 본인을 걱정해서는 아니었다. 그 여자가 납치당해서 살해당했대도 그에게는 괜찮았다. 뭔가 이상한 일이 일어나고 있는데 자기가 뭔지 모른다는 것 때문이었다.

“클레어가 뭐라고 했어요?” 조디가 물었다. “집에서 나가기 전에?”

“고객 접대로 저녁 식사하러 나간다고 했어요. 하지만 사무실에 전화해보니 그에 대해 아는 사람이 없었습니다.”

“농담이죠?” 조디가 말했다. “걔가 지어냈다고요? 클레어가 거짓말 했다고 생각해요?”

“어쩌면요. 직장 다른 사람들은 저녁 식사에 대해서 모르니까.” 알피가 말했다. "그럴 수도 있죠. 내 쪽에서는 클레어가 거짓말했다고 생각할 준비가 됐는지는 아직 모르겠네요." 그는 정확히 그렇게 생각할 준비가 됐다. 클레어는 밤에 외출할 이유를 지어냈다. 알리바이로 쓰기에는 허술했지만. 그런 후에 집에 돌아오지 않았다.

그러면 어디에 갔던 걸까? 클레어가—하필이면 이때—불륜을 하고 있었을까? 그리고 그렇다면, 어째서 돌아오지 않는 걸까?

"클레어답지 않네요." 조디가 말했다. "아마도 저녁 식사를 했는지는 모르죠. 낮에 늦게 잡혀서 사무실에서 아는 사람이 없는지도 몰라요."

"그런 일이 생길 수도 있죠. 어제 이전에는 언급하지 않았으니까."

"그럼 그거겠네요." 조디는 말했다. "분명히 그럴 거예요."

그럴 수도 있었지만, 알피는 확신이 들지 않았다. 클레어의 사무실은 꽤 작았고, 대부분 모두 다른 사람이 무슨 일을 하는지 알았다. 누군가는 알았을 것이었다. 적어도 그 고객이 누군지 감을 잡고 재빨리 확인을 해볼 수 있었을 것이었다.

그리고 그렇다고 해도 수수께끼의 다른 부분은 해결되지 않았다.

"그럼 지금은 어디 있는 거죠?" 알피가 말했다. "어째서 전화를 받지 않는 걸까요?"

"나도 모르죠." 조디가 말했다. "하지만 이유가 있을 거예요. 확실해요. 어쩌면 늦게 자리를 떴다가 호텔 앞에 묵었는데 전화가 꺼진 걸 수도요. 그런 거예요."

"그럴 수 있겠네요." 알피가 대답했다. "그렇지만 만약 다른 거면요? 혹시 클레어가 차에 치었다든가, 갑자기 병에 걸렸다든가, 누구 이상한…… 나쁜 사람과 마주치기라도 했으면요?"

"알피." 조디가 말했다. "그런 식으로 생각하지 마요. 긍정적으로 생각해보자고요."

"어려워요. 마음이 사방팔방 달려가고 있다고요."

"알피…… 하나 있긴 한데. 클레어가 어디까지 털어놓기를 당신이 바랐는지는 모르지만, 나한테 두 사람이 아기를 가지려고 노력한다는 얘기를 한 적 있어요."

"맞아요." 알피가 말했다.

"당신이 나쁜 소식을 들었다면서요."

"내 정자 수치에 대한 얘기 맞죠?"

"맞아요. 알피는 아마도 클레어가 그런 얘기를 하지 않았으면 했겠지만, 우리는 친구니까요. 누군가에게 털어놓을 필요가 있었어요."

"괜찮아요." 알피가 말했다. "내가 신경 쓰는 건 클레어를 찾는 것뿐이에요. 그게 지금 클레어가 실종된 것과 상관있다고 생각한다는 말을 하는 겁니까?"

"그럴 수도 있다고 생각해요." 조디가 말했다. "클레어가 그 소식에 나쁜 방향으로 반응했을 수도 있죠. 걔 정말로 아이를 원했거든요. 두 사람 다 그랬다는 건 아는데. 그래서 이 일이 큰 타격으로 다가왔을 거예요. 어쩌면 그걸 처리하기 위해 혼자 있을 필요가 있었을지도 모르죠. 그래서 혼자 저녁을 보내러 나간 거예요. 그것만으로 충분하지 않아서 호텔에 체크인하고……."

“하지만 왜죠?” 알피가 말했다. “그게 클레어가 원한 거라면, 나한테 말할 수도 있었잖아요. 아내가 필요한 만큼 나가 있겠다고 하면 저는 기쁘게 그렇게 하라고 했을 겁니다.”

“클레어는 자기가 그것 때문에 기분이 언짢다는 느낌을 당신이 받는 걸 원치 않았을 테니까요. 그 애는 당신도 힘들다는 걸 알고, 자기가 이기적으로 굴고 있다고 당신이 생각할까 봐 그랬을 수도 있어요.”

“조디는 그렇게 생각합니까?” 거기엔 어떤 논리가 있었다. 클레어가 할 법한 일이었다.

“그래요. 내 추측은 걔가 어딘가 스파 호텔에 들어가서 마사지나 받고 있을 거 같아요. 나중에 전화해서 미안하다고 하겠죠. 알피가, 그리고 우리가 이런 일을 겪게 해서. 하지만 지금은 집에 오는 길일 거예요.”

“그랬으면 좋겠네요.” 알피가 말했다. “정말 그래요.” 그는 잠깐 동안 말없이 있었다. “당신 친구는 어떻게 됐어요, 피파라고 했나? 모습을 나타냈어요?”

“아뇨.” 조디가 말했다. “이제 일주일이 넘었어요.”

“둘 다 실종되었다는 건 이상하지 않나요. 경찰에 신고는 했습니까?”

조디는 심호흡했다. “하지 않았어요.” 그녀는 말했다. “하지만 걔 부모님이 했죠. 제가 그분들과 말해봤는데, 충격을 받아 경황이 없으세요. 피파는 출근도 하지 않았고 전화도 받지 않아요. 경찰에 실종 신고를 했다고는 하는데, 범죄 증거가 있을 때까지는 정말로 아무 것도 하지 않을 거래요. 어쩌면 피파는 이 헨리 브라이언트라는 남자와 함께 있을 수도 있죠. 어쩌면 어딘가 휴가를 갔을 수도 있고. 어느 쪽이든, 수사할 건 없어요."

"클레어가 같은 상황이면 어쩌죠?" 알피가 말했다.

"걔는 그렇지 않아요. 완전히 달라요. 피파는……. 음, 피파는 괴짜거든요. 이건 클레어잖아요. 달라요, 알피. 약속해요."

그의 전화가 울렸다. 믹이었다. 젠장. 지금 믹과 얘기하고 싶진 않았지만, 안 받으면 믹은 계속 전화할 것이었다.

"끊어야겠어요." 알피는 말했다. "믹이 전화했네요." 그는 전화 상대를 전환했다. "여보세요."

믹은 상황이 좋을 때도 퉁명스러웠는데, 지금은 좋은 때도 아니었다. "무슨 소식 있었나?"

"있긴 합니다." 알피가 말했다. "저녁 식사는 없었답니다. 적어도, 사무실 사람들은 아는 게 없대요."

"젠장 무슨 소리야? 그럼 걔는 어디 있다는 거야?"

"조디가 가설이 하나 있었습니다. 조디 생각에는 클레어가 혼자 있는 시간을 원해서……."

"난 가설 따윈 필요 없어." 믹이 말했다. "내 딸이 돌아올 필요가 있지."

"저도 그렇습니다. 우리는 할 수 있는 대로 모든 사람에게 전화를 해봤는데……."

"그리고 어째서 걔가 혼자 있는 시간을 원하는 건가? 내가 알아야 할 일이 있어?"

"아뇨." 알피가 말했다. "나중에 말씀드리겠습니다. 지금 당장은……."

"지금 당장은," 믹이 말했다. "클레어를 찾느라고 바쁘게 움직여야지. 자네가 만날 사람을 하나 보내겠네."

"무슨 뜻입니까?" 알피가 말했다.

"내가 아는 전직 경찰이야. 형사였지. 지금은 경찰에 열이 받아서 그만뒀어."

망할. 이 일에 끼어드는 참견꾼 전직 형사는 그가 절대로 원하지 않는 존재였다.

"이걸 그냥 경찰에 맡기면 안 될까요? 그것이 약간 더 빠르지 않을까요?"

"우린 경찰을 기다릴 수 없어. 그리고 결코 그렇게 빠르게는 되지 않을 거야. 심슨이 나타나고 한 시간 후에 그 애가 문으로 들어온다면, 손해 볼 건 없지 않은가."

"믹." 알피는 입을 열었다. "전 잘 모르겠는데요……."

"심슨이 곧 도착할 걸세." 믹이 말했다. "그 친구에게 뭐든 말해."

## 2

전직 형사 폴 심슨은 알피가 내놓은 차 한 잔을 받아들고 팔걸이의자에 앉았다. 그는 무릎 위에 A4 크기의 메모판을 올려놓고, 손에는 빨간 펠트펜을 들었다. 그는 키가 작고 머리가 하얗게 세어가고 있으며, 느슨하고 무표정한 얼굴이었다.

"그래," 그가 말했다. "아내분이 실종되셨다고요?"

알피는 고개를 끄덕였다. "어젯밤 날짜로요."

"무슨 일이 있었는지, 제게 대강 얘기해줄 수 있죠?"

"별로 말씀드릴 게 없습니다."

알피는 아내가 급작스럽게 고객과 저녁 식사를 한다고 알리고 나갔다고 설명했다. 알고 보니 그 설명은 지어낸 것이었고, 아내는 집에 돌아오지 않았다. 그 이후로 아내를 보거나 소식을 들은 사람은 없었다.

심슨은 말하면서 필기를 해나갔다. 알피가 말을 끝내자, 탐정은 종이를 펜 끝으로 톡톡 두드렸다. "아내분이 집을 나갈 이유가 있습니까?" 그는 부드럽게 물었다.

"가령?"

"뭐 둘이 말다툼을 했다든가? 아내를 어떤 식으로든 위협을 했다든가?"

알피는 의자에 앉은 채로 몸을 폈다. "나는 절대로 아내를 위협한 적이 없어요." 그가 말했다. "그리고 그 말에 담긴 속뜻은 불쾌한데요."

심슨은 미소를 띠었다. "별다른 속뜻은 없습니다, 다니엘스 씨. 그런 식으로 받아들이진 마시죠. 저는 되도록 많은 사실을 구축할 필요가 있으니까요. 그럼 두 사람 사이는 모든 일이 원만했다는 거죠?"

"네." 알피가 말했다. "다만, 최근에 나쁜 소식을 받았습니다."

심슨은 그를 보았다. 눈은 갑자기 초점이 또렷해지고 호기심이 감돌았다. "오?"

"우리는 아기를 가지려 노력했습니다. 잘 되지 않았죠. 그러다 그 이유를 알게 됐어요. 제가…… 제가 정자 수가 아주 낮답니다."

"알겠군요. 그럼 아내분이 그 때문에 마음이 상했다고 생각하시는군요?"

"아내는 그 때문에 마음이 상했습니다. 아내 친구인 조디 말로는 아내가 아마도 혼자 있고 싶었을 수도 있다고 하더군요."

심슨은 고개를 끄덕였다. "합리적인 가설입니다. 여러 정황을 봐서는. 하지만 이 단계에서는 그저 가설일 뿐이죠. 다른 것들도 있습니다."

"어떤 다른 것요?"

"몇 가지는 이미 생각해보셨을 것 같은데요. 제 일은 가능성을 소거하는 겁니다. 말이 나왔으니 말인데, 아내분이 혼자 있고 싶었다면 갔을 만한 곳을 짐작할 수 있겠습니까? 좋아하는 호텔이라든가? 장소라든가? 아내분에게 의미가 있는 호수나 강, 마을이라도?"

"브리스톨에 아내가 좋아하는 호텔이 있습니다. 그리고 우리는 코츠월드에 있는 마을에 몇 번 갔었습니다. 아내는 늘, 언젠가 거기로 이사 가서 살고 싶다고 했죠."

"이름을 알려주실 수 있습니까?"

알피는 그렇게 했다. 심슨은 받아 적었다.

"제가 호텔에 전화해보죠." 심슨이 말했다. "그 마을에서 있을 만한 곳도 다 해보죠."

"아내의 은행 카드를 확인해보실 수 있지 않나요. 아내가 돈을 썼는지 보려면."

심슨은 한쪽 눈썹을 치켜세웠다. "제가 접근할 수 있는 정보를 과대평가하시는군요." 그는 말했다. "하지만 남편분은 확인해볼 수 있죠. 비밀번호를 안다면."

"우린 공동계좌를 갖고 있어요." 알피가 말했다. "그건 제가 쉽게 확인해볼 수 있죠. 하지만 아내는 자신만의 신용카드도 있습니다. 아내의 로그인 정보를 추리해볼 수는 있습니다."

사실 알피는 정확히 알고 있었다. 그는 아내의 비밀번호를 모두 알았다. 이메일, 페이스북, 인스타그램, 전화. 그리고 아내의 정보를 종종 확인하곤 했다. 불륜을 의심하지는 않았고, 그런 유의 일에 대해 어떤 정보를 찾을 거라 기대하지도 않았다. 아니, 자기가 뭘 찾든 딱히 관심도 없었다. 그는 단순히 자기가 원할 때면 언제든 아내의 삶을 들여다볼 수 있는 정보가 있다는 기분에 젖어 있을 뿐이었다.

"저는 확인해보는 편을 권해드리겠습니다." 심슨이 말했다. "어떤 실마리도 유용할 테니까요."

알피는 일어섰다. "제 노트북을 가져오겠습니다."

그는 복도로 가서 자기의 출근 가방을 집었다. 그는 컴퓨터를 꺼내 거실로 돌아왔다. 그렇게 하면서, 그는 이 남자에게 그들의 은행 계좌를 보여줄 위험을 가늠해보았다. 이 탐정은 그들의 잔고를 볼 수 있었다. 잔고는 꽤 두둑했다. 그렇지만 그건 문제가 아니었다. 심슨은 벌써 그들이 부자라는 걸 알고 있었으니까. 그 밖에 알피가 숨기고 싶은 건 없었다. 헨리 브라이언트에게로 연결될 만한 건 완전히 분리되었다.

그렇지만 지난밤 거래가 있었다면? 기차표라든가 택시 요금, 아니면 술집 지불 내역이라도? 뭐, 그때는 심슨이 가서 할 일이 생길 것이고, 어쩌면 그가 클레어를 찾아올지도 모른다. 여러모로 따져보면 좋은 일이었다. 알피는 자신이 이 상황을 통제하지 못한다는 감각이 즐겁지 않았다.

아니, 숨길 건 없다. 그는 방 안으로 들어가서 커피 탁자 위에 노트북 컴퓨터를 올려놓았다.

"전원을 켤 때까지 잠깐 기다려주시죠." 알피는 말했다. 화면에 불이 들어오자, 그는 브라우저를 켜고 그들의 은행 계좌에 로그인했다.

전날 밤에는 아무것도 없었다. 그는 심슨이 화면을 살펴보도록 했다. 잠시 후, 심슨은 고개를 끄덕였다.

"신용카드를 한 번 확인해보죠."

알피는 정보를 기억해내려는 양 천장을 보았다.

"바클레이 카드였던 것 같은데요." 그는 말했다. "이용자 이름은 아내의 이메일 주소랑 같을 겁니다."

화면에 아이디를 입력하고, 커서를 비밀번호 창으로 옮겼다.

"어디 보자." 알피는 말했다. "그건 어쩌면……." 임의의 글자 조합을 치고 엔터를 눌렀다. 안내문이 되돌아왔다.

*비밀번호, 혹은 이용자 명이 일치하지 않습니다.*

"그게 아니네요. 다른 걸 해보죠." 알피는 lookatthisshithead를 쳐보았다. 다시, 안내창이 떴다.

*비밀번호, 혹은 이용자 명이 일치하지 않습니다.*

그는 한참 생각해보고 다시 시도해보았다. 이번에는 정확한 비밀번호라고 알고 있는 글자를 쳐 넣었고, 곧 클레어의 신용카드 계좌가 보였다.

"세 번짼 운이 좋았네요." 그는 말했다. "이거네요."

클레어가 마지막으로 한 거래는 그 전날 점심 식사였다. 직장 근처의 샌드위치 가게. 최근 건 더 없었다.

"흠." 심슨이 말했다. "물론 다른 카드를 갖고 계실 수도 있죠."

"그 말도 맞죠." 알피는 말했다. "그렇지만 그게 아내가 오랫동안 나한테 거짓말을 해왔다는 뜻이잖아요. 저는 그건 믿을 순 없습니다."

"남편분 말이 맞겠죠." 심슨은 대답했다. "하지만 그건 가능성이니까요. 제 일은 모든 각도에서 생각해보는 겁니다." 탐정은 팔걸이의자 뒤로 기댔다. "남편분이 이걸 하고 싶지 않다면 이해는 합니다만, 우리가 살펴볼 다른 것들도 있어요."

"그게 뭐죠?"

"클레어 씨의 직장용 이메일이 있다는 건 압니다. 혹시 개인 이메일도 있습니까?"

알피는 고개를 끄덕였다. "물론이죠."

"비밀번호를 아십니까?"

알피는 분노의 표정을 얼굴로 억지로 떠올리면서 탐정을 빤히 보았다. "전 아내의 이메일을 읽지는 않습니다." 그는 말했다. "그건 사생활이잖아요."

심슨은 두 손을 들었다. "좋습니다. 말씀드린 대로 남편분이 하고 싶지 않다고 해도 이해는 합니다만, 다른 게 있을 수도 있으니까요."

그런 건 없어, 알피는 생각했다. 하지만 그는 로그인 해서 그 남자에게 보여줘야 할 것이었다. 그전에는 심각하게 내키지 않는 척하긴 해야 하겠지만.

"그렇게까지 하고 싶진 않은데요." 그는 말했다. "아내는 어쩌면 자기만의 시간을 가지고 있는지도요. 그렇게 아내의 사생활을 침범하고 싶진 않습니다."

"좋습니다. 하지만 우리가 중요한 정보를 놓치고 있는지도 모르니까요. 이와 같은 다른 사건에서는 유용했습니다."

알피는 침묵이 길어지도록 놔두었다. "전 비밀번호를 몰라요." 그는 말했다. "그러니까 어쨌든 할 수 없을지도 모르죠."

심슨은 희미하게, 그렇지만 의기양양한 미소를 지었다. "시도해보시면 어떻습니까. 접근이 되면 이메일을 한 번 훑어보고 뭔가 눈에 띄는 게 있나 알아보죠. 아무것도 없으면, 바로 닫아버리면 되죠. 그리고 클레어 씨가 집에 왔을 때 비밀번호를 바꾸라고 말하면 되지 않을까요."

알피는 천천히 고개를 끄덕였다. "좋습니다." 그는 말했다. "해보죠."

"신용카드에 썼던 것부터 시도해보세요. 많은 사람들이 하나의 비밀번호를 모든 데 씁니다. 보안상 큰 위험이지만, 사람들은 항상 하는 행동이죠."

클레어는 아니었지만, 심슨이 그것까지 알 필요는 없었다. 알피는 제대로 된 숫자를 치고, 이메일이 열리는 것을 보았다.

"그 말씀이 맞네요." 알피는 말했다. "똑같았네요."

"그러면 아내분께 좋은 일을 했다고 말할 수 있겠군요. 아내분이 비번을 바꾸시면, 좀 더 안전해지실 테니. 거기 뭔가 있습니까?"

그들은 화면 위로 허리를 굽혔다.

거긴 뭔가 있었다. 알피가 기대하지 않은 것. 알피가 심지어 어렴풋하게나마 가능할 거라고 생각하지 못했을 것.

읽지 않은 이메일들이 있었다. 하나는 은행에서, 다른 하나는 보덴(영국의 의류 회사)에서, 다른 하나는 조디가 *너 어디야!!!* 라는 제목으로 보낸 것이었다. 그사이에 또 다른 이메일이 있었다.

그 전날 보낸 이메일.

헨리 브라이언트가 보낸 이메일.

알피가 보내지 않은 이메일.

# 3

알피는 믿을 수가 없어 화면을 바라보기만 했다. 브라이언트에게서 세 통의 이메일이 와 있었다. 모두 그 전날 보낸 것이었다.

**제목: 오늘 밤?**

심슨이 알피의 생각을 끊었다.

"놀란 표정이시네요." 그는 말했다. "제가 알아야 할 것이라도?"

알피는 올려다보았다. 탐정은 머리를 옆으로 기울인 채 점점 흥미롭다는 눈길로 알피를 보고 있었다. 알피는 *아뇨, 이상 없네요*, 라고 말하려다가 자제했다.

이건 들키기 마련이었다. 그러니 그가 거짓말을 한다면 수상하게 보일 것이었다. 그는 진실을 말해야 했다.

그렇게 되면 정확히 그가 계획한 대로 풀릴 것이었다. 클레어는 기이한 정황에서 사라져버렸다. 경찰들은 알피가 조심스레 심어놓은 증거를 발견할 거고, 클레어와 헨리 브라이언트의 불륜을 알아낼 것이고, 피파까지 연결 고리를 이어나가서, 두 여자 모두 살해되었다는 추정을 재빨리 해낼 것이었다.

그러면 브라이언트를 찾는 대규모 수색 작전이 펼쳐지겠지만, 경찰은 그를 찾을 수 없을 것이다. 찾아낼 게 없었으니까. 어쩌면 알피는 브라이언트의 신용카드를 바하마에서 사용하는 방법을 알아내야 할 것이었다. 그러면 경찰들은 그가 이 나라를 떠났다고 추정하겠지.

그러면 모든 이가 불쌍한 알피를 동정할 것이었다. 여전히 부자인 채로 클레어로부터 벗어난 알피. 완벽했다. 그가 바로 하려고 마음먹은 그대로였다.

다만 한 가지만 제외하고는. 그 일은 이번 주말에 일어날 예정이었는데, 지금 일어나고 말았다. 다른 사람이 이 일을 하고 있었다.

그리고 그 생각에 그는 겁이 났다. 누군지 전혀 감이 잡히지 않았으니까. 하지만 그 문제는 나중에 해결해야만 할 것이었다. 지금 당장은 심슨을 상대해야 했다.

"이 이름 압니다." 알피는 이메일을 가리켰다. "이 남자를 만난 적은 없지만, 이름은 알아요."

"누구죠?"

"클레어가 아는 사람의 남자 친구예요. 음, 클레어가 그 여자를 만난 적이 있대요. 아내의 친구인 조디가 잘 아는 사람입니다. 피파라는 여자요."

"그럼 어째서 이 남자가 클레어에게 이메일을 보낸 거죠?"

"모르겠습니다. 걱정이 되네요." 알피는 심슨의 눈을 들여다보았다. 심슨의 시선과 마주쳤다. "피파는 일주일 전에 사라졌습니다. 헨리 브라이언트와 함께 외출했고, 그 이후로는 소식을 들은 적이 없답니다."

심슨은 한쪽 눈썹을 치켜세웠다. "이게 관련이 있다고 생각해요? 브라이언트는 누굽니까?"

"그 여자, 피파라는 여자가 인터넷에서 만난 사람이라고. 그 남자가 누군지 진짜로 아는 사람은 없어요."

심슨은 두 손을 들었다. "뭐, 이제 이건 공식적으로 제 능력을 벗어났네요. 경찰에게 신고해야 할 겁니다."

알피는 심슨에게서 지금 본 건 믹에게 말하지 않고 알피가 처리하도록 놔두겠다는 약속을 받아냈다. 심슨이 떠난 후에는 컴퓨터 앞에 앉아 가장 최근에 온 이메일을 열었다. 그는 타래의 맨 밑까지 내려가서 첫 번째 이메일부터 읽기 시작했다.

보내는 사람: 헨리 브라이언트

받는 사람: 클레어 다니엘스

제목: 오늘 밤?

클레어, 이메일을 사용해서 미안한데 평소 쓰던 의사소통 수단에 문제가 있어서. 그런데 당신을 만날 기회를 놓칠 생각을 하니 참을 수 없네요. 오늘 밤 시간이 나서 그래요. 계획이 있었는데, 어그러졌고, 이제 내 앞에는 길고 텅 빈 저녁만이 남아 있어요. 만날 수 있을까요? 당신 보고 싶어서 죽겠네요. XOXO HB

보내는 사람: 클레어 다니엘스

받는 사람: 헨리 브라이언트

제목: RE: 오늘 밤?

나도 그러고 싶어요. 알잖아요. 나도 간절히 원한다는 거. 그런데 그럴 수 있을지 모르겠네요. 알피가 집에 있어서. 내가 뭔가 갑자기 지어내면, 남편이 의심할 수도 있어요.

보내는 사람: 헨리 브라이언트

받는 사람: 클레어 다니엘스

제목:  RE: 오늘 밤?

아아아악! 제발. 전혀 가능성이 없어요? 직장 회식이라고 하면?

보내는 사람:  클레어 다니엘스

받는 사람: 헨리 브라이언트

제목: RE: 오늘 밤?

좋아요. 이건 나답지 않지만, 해볼게요. 당신 생각을 끊을 수 없네요. 오후 7시에 평소 만나던 데서? 하지만 난 10시 30분까지는 돌아와야 해요. 늦어도 11시까지는. 아니면 호박으로 변해버릴 거예요.

보내는 사람: 헨리 브라이언트

받는 사람: 클레어 다니엘스

제목: RE: 오늘 밤?

멋져요! 당신이 온다니 스릴이 느껴지는데. 그럼 오후 7시에 만나고 당신이 호박으로 변하기 전에 집으로 데려다 주죠. (그런데 호박으로 변하는 건 마차 아닌가?) 당신 볼 때까지 기다릴 수가 없네요. 당신도 늘 내 생각 속에 있어요. 이 일이 우리가 예상했던 것 이상이 되고 있네요. 헨리.

알피의 입이 말랐다. 그는 빠르게 눈을 깜빡였고, 토할 것만 같았다. 헨리 브라이언트란 사람은 없었다. 그건 알피가 창조해낸 인물이었다. 그는 실제로 존재하지 않았다. 그렇지만 그가 여기 나타나서 클레어와 만날 약속을 하고, 클레어는 그를 아는 것 같았다. 한 번 이상 만난 게 분명했다. 그럼 이자는 누구란 말인가? 대체 클레어는 누구를 만나러 갔단 말인가?

그는 이메일 주소를 확인했다. 새 주소였다. 야후 메일. 어째서 그가 이메일을 받지 못했는지 설명이 되었다. 헨리 브라이언트, 새 헨리 브라이언트는 알피를 떨치고 빠져나온 것이었다.

그럼 지금 클레어는 어디 있지?

알피는 심호흡을 했다. 집중해야만 했다. 논리적으로 접근해야만 했다. 이자는 누구일 수 있을까? 클레어가 만나서 불륜을 시작한, 공교롭게도 헨리 브라이언트라는 이름의 사람. 아니, 이건 지나친 우연이다. 그럼 다른 사람 중 누가 브라이언트를 알지? 오직 피파뿐이었다.

적어도, 그는 피파뿐이라고 생각했다. 하지만 피파가 다른 사람에게 말했을 가능성도 있었다. 피파가 조디에게 말했을 수도 있고, 그렇다면 조디는 경찰에게 자기 친구가 가짜 정체를 사용하는 남자와 데이트를 나간 후 사라졌다고 말했을 것이었다. 공교롭게도 자기랑 가장 친한 친구랑 결혼한 남자와.

그러면 피파만이 남았다. 하지만 피파는 수몰된 폐채석장의 바닥에서 서서히 썩어가고 있다. 알피는 유령을 믿지 않았다.

그러면 남는 것은…… 알피는 손가락으로 데스크톱을 두들겼다. 아무도 없었다. 피파가 또 다른 친구에게 말했을까? 하지만 또, 그래봤자 누가 이런 짓을 귀찮게 할까? 확실히, 조디처럼, 단순하게 경찰을 부르지 않을까?

그러면 유일하게 남는 대안은 이건 전적으로 우연이라는 것이었다. 누군가, 어쩌면 즉석 만남 사이트에서 헨리 브라이언트를 맞닥뜨린 후 그게 알피라는 걸 알아내고, 이제 그걸 이용해서 알피가 한 짓을 하고 있었다. 동시에 그의 일을 방해하면서. 누군가 그 짓을 하면서 거기서 변태적인 흥분을 느낀다는 것을 알 수 있었다.

알피는 고개를 흔들었다. 개연성이 전혀 없는 생각이었다. 가장 간단한 설명을 찾는 편이 언제나 낫다. 보통은 그게 맞는 답이다.

그럼 가장 간단한 설명은 헨리에 대해서 아는 사람이 그에게 불리한 짓을 하고 있다는 것이었다.

이 생각은 다시 곧바로 피파에게로 돌아갔다. 하지만 그녀는 죽었다.

적어도. 그는 피파가 죽었다고 생각했다. 피파는 죽은 듯 보였다. 하지만 그는 사람을 죽이는 데는 전문가가 아니었다. 피파가 그를 속일 수 있었을까? 죽은 척해서, 그가 피파의 목에 가한 압력을 풀게 한 걸까? 하지만 그래도, 어떻게 그가 채석장에 던졌는데 헤엄쳐서 빠져나왔단 말인가?

아니야. 그는 시체를 타플린 천에 싸서 돌을 단 후 꽁꽁 묶었다. 그 여자가 빠져나올 길은 없었다.

그래도 가끔 기사에서 기이한 사건 소식을 읽는다. 나치 수용소의 집단 무덤에서 기어 나온 사람들이라거나 천 일 동안 바다 위 뗏목에서 살아남은 사람들이라거나.

가능해 보이진 않았지만, 그렇다면 맞아떨어졌다.

하지만 그랬다면 어째서 클레어를 끌어들였을까? 왜 단순히 경찰에 가지 않았을까? 피파가 탈출했다고 해도, 헨리 브라이언트로 가장하다니 있을 수 없는 일이었다.

그리고 피파는 빠져나오지 못했다. 그가 피파를 차에서 타플린 천 위로 끌어냈을 때 그 여자는 죽어 있었다. 알피는 그 여자가 죽었다는 것을 알았다. 눈이 탁해지는 걸 보았고, 몸이 축 처지는 걸 느꼈다. 그 여자가 알피를 속였을 리는 없었다. 죽는 걸 직접 보았다.

그게 바로 강하게 전율이 느껴졌던 이유였다.

그러니 뭔가 다른 게 있었다. 있는 게 분명했다. 그리고 그는 찾아낼 것이었다.

시계를 흘끔 보았다. 심슨이 떠난 이후로 20분이 흘렀다. 경찰에 신고하고 믹에게 연락해야 했다. 더 이상 지체하면, 믹은 이유를 물을 것이고, 알피는 어떤 어색한 질문도 필요 없었다.

그는 전화를 들었다.

# 4

"대체 무슨 뜻이야?" 믹이 말했다. "다른 사람과 바람을 피우고 있었다고?"

알피는 믹에게 전화해서 소식이 있으니 얘기는 나눠봐야 하겠지만 직접 대면하는 편이 낫겠다고 했다. 믹은 전화로 비밀을 털어놓게 하려고 시도해보았지만, 알피는 마음을 바꾸지 않았다.

알피는 컴퓨터 화면을 가리켰다. "이걸 찾았어요."

"걔 이메일을 읽은 거야?"

"심슨, 장인어른이 보낸 남자가 그러자고 제안했습니다. 그 사람은 거기 유용한 정보가 있을지 모른다고 생각했죠."

믹은 가장 최근 이메일을 클릭해서 타래를 읽어보았다. 그러는 동안 표정이 누그러졌다.

“맙소사.” 그는 중얼거렸다. “이건 말도 안 돼.” 그는 알피를 보았다. “미안하네. 걔가 이런 짓을 할 정도로 어리석은지는 몰랐어. 자네는 이런 꼴을 당할 사람이 아닌데.”

“어쩌면요. 하지만 지금은 그런 생각은 하지 않습니다. 그저 아내를 도로 찾고 싶어요.”

“그래서 자네가 나보다 나은 남자라는 거야. 딸이든 아니든, 이게 내 아내였다면 나는 다시 보고 싶지 않았을 텐데.”

“저는 클레어를 사랑합니다, 믹.”

“그런 게 분명하군.” 믹은 화면에서 몸을 돌렸다. “그러면 자네는 클레어가 이 브라이언트라는 사내와 같이 있다고 생각하나?”

“그런 것 같습니다.” 알피는 일어서서 방 안을 왔다 갔다 했다. “더 있습니다, 믹, 이건 더 심각해요.”

“이보다 더 심각해? 뭔가?”

“헨리 브라이언트는 조디의 친구도 만나고 있었어요. 피파라고. 클레어도 지나가면서 만난 적 있는 사이랍니다.”

“빌어먹을.” 믹이 말했다. “이 여자들은 다 어떻게 된 거야? 걔네들 모두 다 여고생 시절로 돌아간 거 같군.”

“심각한 부분은 그게 아닙니다.” 알피가 말했다. “피파는 일주일 전 실종됐어요.”

믹은 머리를 휙 쳐들었다. 그는 눈을 가늘게 뜨고 알피를 보았다. “무슨 뜻인가?”

"이 얘기는 조디에게 들어서 저도 전체 사연은 모릅니다만, 헨리 브라이언트가 어느 시점에서 피파를 찬 모양인데 그래서 피파가 조디 집에 들어와서 잠깐 살았답니다. 이 여자는 약간 불안정했던 것 같던데요." 알피는 이게 믹이 좋아할 만한 사정임을 알았다. "하지만 어쨌거나 브라이언트가 다시 피파에게 연락을 해서 둘이 데이트를 나갔대요. 그런데 그 이후로 본 사람이 없답니다."

"이자가 그 여자에게 무슨 짓을 했을 거라 생각하나?"

"모르겠습니다. 하지만 클레어가 이 남자와 함께 있을 거란 생각하니 마음에 안 듭니다."

믹은 관자놀이를 문질렀다. 그는 갑자기 노인처럼 보였다. 타협하지 않는 강인한 힘이 주던 광휘가 스러져가고 있었다.

"세상에." 그는 말했다. "불쌍한 우리 딸. 경찰엔 신고했다고 했지?"

알피가 고개를 끄덕였다. "누굴 보내겠답니다."

"좋아. 경찰이 올 때 내가 옆에 있길 바라나?"

"그런 것 같은데요." 알피가 말했다. "그래주시면 좋죠."

경찰은 한 시간 후 도착했다. 자신을 윈 경위라고 소개한 50대 여성과 스무 살쯤 더 어려보이는 또 다른 여성 경찰. 이 여자는 자기 이름을 로리스Lawless 경사라고 했다.

"경찰치고는 웃긴 이름이군요." 믹은 말했다.

로리스 경사는 옅은 미소를 지었다. 알피는 그 여자가 여러 번 이런 얘기를 들었으리라 짐작했다. 형사는 믹을 바라보았고, 알피는 그 여자의 관심이 딴 데 쏠려 있는 틈을 이용해서 눈으로 여자의 얼굴과 몸을 훑었다. 형사는 피곤해보였지만 예뻤고 확실히 체형을 유지하려 운동하는 게 분명했다. 좋은 몸이야. 엉덩이도 멋지고. 다른 환경에서라면, 이 여자와 좀 더 친밀한 관계를 가지는 데 흥미가 생겼을지 모르지만, 지금 걱정스러운 남편 역할을 하는 동안은 아니었다.

그가 고개를 들자 윈 경위가 자기를 바라보고 있었다. 그는 자기 손을 빤히 보았다.

"제 아버님은 판사셨습니다." 로리스 경사가 말했다. "로리스 판사시죠. 진로 상담 교사가 꽤 유머 있는 사람이었던가 봅니다."

윈 경위는 몸을 앞으로 숙였다. "그럼." 목소리는 낮고 흔들림 없었으며, 모음은 입을 둥글리지 않고 발음했다. "아내분이 실종되었다고요?"

알피는 고개를 끄덕였다. "여기 출신이 아니신가 보죠?"

"워링턴 출신입니다." 윈 경위는 말했다. "남쪽으로 전출됐죠. 임시지만. 여기 인력 강화가 좀 필요해서. 하지만 아내분은요? 무슨 일이 있었는지 저희에게 안내를 해주시겠습니까?"

알피는 모두 설명했다. 클레어가 고객과 저녁 식사 하러 나간다고 한 것. 아침에 자기가 깨어났을 때는 집에 없었다는 것.

그런 후에 헨리 브라이언트에게서 온 이메일을 발견했다는 것과 헨리 브라이언트가 피파라는 여자와 사귀었다는 것도 이야기했다. 피파는 클레어의 친구인 조디라는 여자의 집에 함께 살았다는 것도.

그리고 이제 피파는 사라졌고 조디는—알피는 그렇게 들었다— 그 때문에 걱정을 잔뜩 하고 있다.

윈 경위는 로리스 경사를 힐긋 바라보았다. "조디 피어스 씨의 연락처 갖고 있나?" 경위는 말했다.

로리스 경사는 고개를 끄덕였다.

"그분과 얘기를 해봐야겠군요." 윈 경위는 말했다. "여기서 일이 끝나는 대로요." 형사는 알피를 보았다. "다니엘스 부인이 이 고객이 누군지 언급했습니까?"

알피는 고개를 저었다. "그저 저녁 식사에 가야 한다고만 했습니다."

"보통 때도 그러십니까? 아니면 이름을 대는 편인가요?"

"아마도 댔을 겁니다." 알피는 말했다. "하지만 반드시 그런 건 아니죠."

"이 회식이 급하게 잡혔다고 하셨죠?" 로리스 경사가 말했다. "추정해보건대 통상적이지 않은 일이었단 거죠?"

"그래요." 믹이 말했다. "하지만 회식은 없었다잖습니까. 그건 핑계였다고. 우린 벌써 그건 알아요."

"저희도 압니다." 윈 경위가 말했다. "하지만 차근차근 단계를 밟아나가려고 하는 중입니다. 그래야 도움이 되니까요. 불편을 끼쳐드렸다면 사과드립니다."

"괜찮아요." 믹이 웅얼거렸다. "계속 하시죠."

"이제 이메일을 봐야 할 때인 것 같은데요." 윈 경위가 말했다. "제가 봐도 되겠습니까?"

"물론이죠." 알피는 말했다. 그는 컴퓨터를 손짓으로 가리켰다. "아내 계정은 열려 있습니다. 브라이언트에게 세 통이 와 있어요. 그걸 열면 클레어의 답장을 볼 수 있습니다."

윈 경위와 로리스 경사는 이메일을 읽었다. 몇 분 후, 윈 경위는 커서를 보낸 편지함 위로 옮긴 후 클릭했다.

거기에는 한 통의 이메일이 더 있었다. 클레어가 브라이언트에게 보내는 편지. 윈은 이 편지를 열었다.

보내는 사람: 클레어 다니엘스

받는 사람: 헨리 브라이언트 HenBryt1983@outlook.com

제목: RE: 오늘 밤?

그래요, 이건 내가 예상했던 것 이상이에요. 우리는 곧 어떻게든 해야 할 것 같아요. 클레어. XOXO

"흠." 윈 경위는 말했다. "흥미롭네."

로리스 경사는 경위를 보았다. "어째서입니까?"

"어쩌면 두 사람의 관계는 우리가 생각한 것보다 좀 더 확정된 사이인지도 몰라. 그러면 간단한 설명이 있죠, 다니엘스 씨. 두 사람은 함께 도망간 겁니다. 며칠 동안, 몇 주 동안, 몇 달 동안. 그리고 연락하려는 모든 시도를 무시하기로 한 것인지도요."

알피는 사건의 진상은 그게 아니라는 것을 알았다. 헨리 브라이언트는 존재하지 않는 사람이었으니까. 하지만 그 얘기를 윈 경위에게 할 수는 없었다. "피파는 어쩌고요?" 그는 말했다. "그 여자도 실종되지 않았습니까. 그리고 브라이언트를 만나고 있었고요. 그 사람이 만약……." 그는 시선을 돌렸다. "클레어와 사랑에 빠졌다면, 뒤로 피파를 만나진 않았겠죠."

"그렇습니다." 윈 경위가 말했다. "그건 이상하네요." 경위는 일어섰다. "우리는 조디 씨와 이야기해봐야 할 것 같군요."

"집을 둘러보지는 않으시고?" 믹이 말했다.

윈 경위는 한쪽 눈썹을 치켰다. "다니엘스 부인이 여기 어디 있으리라고 생각하십니까?"

"아니요." 믹이 말했다. "그렇지만 어쩌면 뭔가…… 과학 수사반을 데리고 올 수도 있지 않을까요."

"범죄가 여기서 벌어졌다는 증거가 없습니다." 윈 경위가 말했다. "다니엘스 씨가 따님의 실종과 무슨 상관이 있다는 말씀을 돌려 하시는 게 아니라면요."

"전혀 아니요." 믹이 말했다. "난 그냥 당신들 무리가 뭘 하든 확실히 해줬으면 해서."

"그렇게 하고 있습니다." 윈 경위가 말하며 로리스 경사를 보았다. "좋아. 이제 가야 할 때야."

"제가 조디에게 전화를 걸어서 경찰분들이 간다고 말해놓겠습니다." 알피가 말했다.

윈 경위는 고개를 저었다. "아뇨." 경위는 말했다. "그렇게 안 하시는 편이 더 좋겠습니다. 다니엘스 씨."

# 5

조디는 90분 후에 전화했다.

"여보세요." 조디는 살짝 숨이 가빴다. "5분 전까지 여기 경찰이 있다 갔어요."

"그래요." 알피가 말했다. "여기 먼저 왔었어요. 뭘 물어보던가요?"

알피는 그들이 무슨 생각을 하는지에 관심이 있었다. 그를 용의자라고 생각하는지, 클레어가 곤경에 빠졌다는 결론에 이르렀는지. 기이한 감정이었다. 이건 시범 운행인 것 같았고, 그는 자신의 계획이 들어맞았는지, 클레어를 죽이고도 경찰들을 속여 가상의 헨리 브라이언트를 찾아내게 할 수 있는지 알아내는 중인 것만 같았다. 하지만 그럴 수 있다는 걸 알아낸다고 해도 그 지식을 가지고 할 수 있는 건 얼마 없었다. 이건 시범 운행이 아니었기 때문이었다.

그는 이게 뭔지 전혀 감이 잡을 수 없었다.

"그 얘긴 곧 할게요." 조디가 말했다. "하지만 뭐가 달라진 거죠? 어째서 경찰이 개입한 거예요? 내가 물어봤는데, 경찰들은 입이 무겁더라고요. 알피에게 전화해보라고만 했어요."

"그게…… 그게 상황이 좋지 않아요, 조디."

"무슨 일이 있는 거예요?"

"클레어가…… 다른 사람을 만나고 있었던 것 같아요. 이메일을 찾았어요."

"세상에나." 조디가 말했다. "믿을 수 없어요. 알피, 나는……."

"더 있어요. 그 이메일들을 보낸 사람이 헨리 브라이언트예요."

긴 침묵이 흘렀다. "피파의 헨리 브라이언트요?"

"그런 거 같아요."

"이메일 내용은 뭐예요?"

"데이트요. 그리고 그 관계가 통제 불가능이 된 것 같아요. 서로에 대한 감정이."

"이건 말도 안 돼요." 조디가 말했다. "난 믿을 수가 없어요. 하지만 경찰이 나한테 왜 그런 걸 물어봤는지 설명은 되네요. 내 생각에 클레어가 바람을 피우고 있었는지에 대해 관심이 있더군요."

"브라이언트 얘기를 하던가요?"

"아뇨. 더 일반적으로 물어보던데. 클레어가 결혼 생활 동안 불륜을 했을 수도 있다고 생각하는지 알고 싶어 했어요. 난 아니라고 했어요,

알피. 그리고 진실을 말하는 거예요. 클레어는 당신을 사랑했고, 충실했어요. 나는 그 애가 그랬다는 거 알아요."

"그런 식으로 보이지 않는데요." 알피가 말했다.

"다른 설명이 있을 거예요. 생각할수록 더 확신이 들어요."

"그거 말고 경찰이 알아내려고 한 게 뭡니까?"

"두 사람 결혼 생활이 좋았는지 그런 거요. 클레어가 두 사람 사이에 문제가 있다고 내게 말한 적이 있는지. 말다툼이나 그런 것요."

"그래서요?"

"아니라고 했죠. 그 애가 당신에 대해 말한 건 자기가 얼마나 남편을 사랑하는지, 당신 같은 남편이 있어서 얼마나 운이 좋은지 그런 것뿐인 걸요. 그래서 나는 걔가 바람을 피우지 않았다는 걸 아는 거죠. 그 애가 내게 거짓말 할 리가 없어요." 조디는 코를 훌쩍였고, 알피는 조디가 울고 있다는 것을 알았다. "그 애는 내 친구예요, 알피. 그리고 나를 속인 적이 없어요. 당신도 마찬가지고. 그 애는 그럴 능력이 없어요."

"사람들이 항상 보이는 그대로는 아니죠." 알피가 말했다.

"클레어는 그런 사람이 아니에요. 절대로요. 그리고 경찰들은 당신과 그 애에 대해서는 그만 묻던데요. 피파로 옮겨갔어요. 경찰은 피파에게 무척 관심이 있었어요. 내가 아는 걸 말해주긴 했는데, 별로 많진 않잖아요. 경찰에게 피파의 노트북을 주긴 했어요. 피파와 클레어가 연결되었다고 생각하는 것 같던데, 이건 좋을 리 없겠죠. 정말 걱정이 돼요."

"나도 마찬가지예요." 알피가 말했다. "나도요."

알피는 소파에 앉았다. 텔레비전에서는 크리켓 경기가 펼쳐지고 있었다. 그는 별달리 주의를 기울이지 않았지만, 배경에서 나는 소음이 좋았다. 그게 없다면, 침묵이 너무 답답했다. 믹과 조디는 같이 있어 주겠다고 했으나 알피는 혼자 있고 싶다고 말했다. 그 사람들에게, 알피는 실종된 아내의 문제와 함께 그 아내가 자기를 줄곧 속이고 바람피웠다는 사실을 감당하는 중이었다. 그가 혼자 있는 시간을 원한대도 놀랄 일이 아니었다.

실제로 그걸 바라긴 했다. 지금 무슨 일이 일어나는지 감을 잡을 수 없었고, 생각할 필요가 있었으니까 문제는 뭘 생각해야 할지 모른다는 것이었다. 그가 아는 건 클레어가 사라졌고, 누군가가 헨리 브라이언트를 사칭했으며, 이유는 한 가지밖에 떠올릴 수가 없었다.

기껏 해봤자 설명의 시작일 뿐이었지만, 알피가 가진 건 그게 전부였다. 누군가 여자들을 목표로 가짜 정체를 사용하고 있을 순 있었다. 다만 자기 자신의 정체를 만들어내는 대신에 다른 사람의 것을 훔친 것이었다. 그건 말이 되었다. 즉석 만남 사이트에 가서 괜찮아 보이는 프로필을 하나 찾아서 빌린다. 그리고 여자를 만나면 그 이름을 쓸 테니, 그 사람이 진짜 누군지 아무도 알지 못할 것이었다. 자기 정체를 숨기는 쉬운 방법이었다.

그래, '헨리 브라이언트'가 누군가가 훔쳤던 정체라는 건 우연의 일치일 수 있었다. 하지만 그 정도로 대단한 우연은 아니었다. 헨리는 목표물이 되기 좋은 사람이었다. 젊고, 의사이고, 사진에는 얼굴이 나오지 않고. 그러니 어떤 면에서는 놀랍지도 않았다.

적어도 이제는 말이 되는 가설이 생겼다. 누가 헨리 브라이언트를 위장으로 쓰고 있고, 그런 식으로 클레어를 만났다.

그렇지만 그건 놀라웠다. 그는 클레어가 자기에게 충실했다는 걸 맹목적으로 믿었고, 클레어가 자길 배신한다면 다른 사람과 사랑에 빠졌기 때문일 것이었다. 클레어가 인터넷에서 섹스 상대를 구할 거라는 생각은 한 번도 해본 적이 없었다. 하지만 조디에게 말한 대로, 사람은 늘 겉으로 보기와는 다른 법이다.

자기만 봐도 알 수 있지 않나. 모두가 알피 다니엘스는 헌신적이고 다정하며 인상이 약간 흐릿한 남편이라고 생각했지만 그는 그중 무엇도 해당하지 않았다. 그러니까 그래, 그에겐 가설이 있었다.

문제는 그걸 가지고 어떻게 해야 할지는 알 수 없다는 것이었다.

# 토요일

## 1

알피는 이른 시간에 깨어났다. 집은 조용했다. 그는 미소를 지었다. 이런 건 마음에 들었다. 미래를 잠깐 엿본 것 같았다. 커다란 집에 자기 혼자, 은행 계좌에는 돈이 두둑하고, 하루가 그를 기다린다. 뭐든 원하는 대로 할 수 있는 세계.

하지만 아직은 아니었다. 먼저 무슨 짓거리가 일어나고 있는지 파악해야만 했다.

샤워한 후에 면도를 했다. 날이 무뎌져서 빼서 쓰레기통에 버렸다. 허리에 수건을 감고 나오며 잠깐 멈춰서 거울에 비친 자기 모습을 보았다. 정말로 좋은 몸이었다. 그런 후에 그는 아래층으로 내려갔다.

부엌에서는 커피 한 주전자를 내렸다. 잔에 따르는 중에 전화가 울렸다. 알피가 알아볼 수 없는 번호였다. 보통은 싸구려 휴가 여행을 파는 자동 전화 판매라고 생각하고 무시해버리기 마련이었지만, 지금은 아니었다. 이제 모든 전화가 핵심적이었다.

클레어일 수도 있었다.

"여보세요." 그는 말했다. "알피 다니엘스입니다."

"다니엘스 씨. 윈 경위입니다."

알피는 시계를 보았다. 오전 8시가 다 된 시각이었다. "뭔가 이상이 있습니까?"

윈 경위는 질문에는 대답하지 않았다. "다니엘스 씨, 우리는 피파 데이비스-헌트 씨와 관련해서 아내분의 실종에 연관이 될 수도 있는 사실을 발견했습니다."

"그게 뭡니까?"

"다니엘스 씨에게 알려드릴 수 있는 사안은 아닙니다. 중요하다는 말씀밖에는요."

알피는 그게 뭔지 잘 알고 있었지만, 윈 경위가 그 사실을 알 필요는 없었다. "그러면 어째서 전화하신 거죠?"

"그걸 데이비스-헌트 씨의 컴퓨터에서 찾아냈기 때문에 비슷한 게 있나 확인하기 위해 아내분의 컴퓨터도 보고 싶습니다."

"발견하신 게 어떤 종류죠?"

윈 경위는 잠시 말을 끊었다. "이 시점에서는 말씀드리지 않는 편이 좋겠군요. 하지만 되는 대로 빨리 아내분의 컴퓨터를 살펴보고 싶습니다."

"몇 시간 후에는 괜찮을 것 같습니다." 알피가 말했다.
"저는 지금 당장이라고 생각하고 있었는데요."

알피는 문을 열고 윈 경위에게 들어오라고 손짓했다. 로리스 경사가 학교나 다녀야 할 것 같은 젊은 남자와 함께 따라 들어왔다. 무단결석으로 잡아온 사람이냐고 물으려던 찰나 윈 경위가 젊은 남자를 소개했다.

"이쪽은 브래드입니다." 경위가 말했다. "브래드는 컴퓨터나 다른 정보 기술이 관련되었을 때 우리를 돕고 있습니다. 로리스 경사나 저한테는 없는 기술이어서요."

"그렇군요." 알피가 말했다. "저는 뭘 도와드리면 됩니까?"

브래드가 헛기침했다. "아내분의 노트북을 볼 수 있습니까? 비밀번호가 있으면 도움이 될 것 같고요. 없으면 제가 필요한 걸 해볼 수 있습니다. 하지만 먼저 그걸 인가해주는 동의서에 서명하셔야 할 것 같습니다."

"물론이죠." 알피가 말했다. "클레어를 되찾을 수 있는 일에 도움이 된다면 뭐든 할 겁니다. 이쪽입니다."

알피는 브래드를 노트북이 있는 곳으로 안내했다. 알피가 남겨둔 것을 찾기까지는 오래 걸리지 않겠지만, 그는 자리를 잡으려는 듯 자리에 앉았다. 윈 경위와 로리스 경사는 그냥 서 있었다.

"뭘 찾고 있는지 제게 귀띔이라도 해주시겠습니까?" 알피는 물었다.

윈 경위가 뭐라고 —아마도 거절이겠지만— 말하려는 순간, 브래드가 끼어들었다.

"여깁니다." 그가 말했다. "다른 것과 같은 웹사이트네요."

알피는 컴퓨터 전문가를 힐끔 쳐다보다 다시 윈 경위에게로 시선을 옮겼다. "무슨 웹사이트요?" 그는 물었다. "무슨 일입니까?"

윈 경위는 엄숙한 표정을 지었다. "1분만 기다리시죠." 그는 브래드를 돌아보았다. "정확히 뭘 찾았어요?"

"쿠키요." 그는 말했다. "다른 건 다 삭제되었지만 쿠키는 남아 있네요."

"그럼 메시지는 없고요?"

"없어요. 아직은요. 하지만 계정에 접근할 수 있으면 찾을 수 있을걸요. 이 웹사이트를 운영하는 회사가 제공해줄 수 있을 겁니다."

"우리가 영장을 받을 수 있다면요." 로리스 경사가 말했다.

"그건 받을 수 있을 거야, 확실히." 윈 경위가 중얼거렸다. "내가 생각한 일이 일어나고 있는 게 맞다면."

"잠깐 실례합니다." 알피는 분개한 말투로 말했다. "하지만 정확히 무슨 일이 일어나고 있다고 생각하는 겁니까?"

윈 경위는 그의 건너편에 앉았다. "우리가 데이비스-헌트 씨의 컴퓨터를 조사했을 때, 그분이 어떤 유형의 웹사이트 이용자라는 걸 알아냈습니다."

"어떤 종류의 웹사이트죠?" 알피가 말했다.

"즉석 만남 사이트죠." 로리스 경사가 대답했다. "결혼했다면 불륜을 하기 위한 사람들이, 아니면 단발성 섹스 파트너를 찾으려는 사람들이 만나는 곳입니다. 그게 바로 데이비스-헌트 씨가 하고 있었던 거고요."

"그리고 그러던 도중에 헨리 브라이언트 씨를 만난 거죠." 윈 경위는 말을 이었다. "그리고 우리가 되돌린 이메일로 봐서는 섹스 목적이었던 첫 만남이 다른 걸로 발전한 거 같았습니다. 일종의 연애가 된 거죠. 적어도, 데이비스-헌트 씨는 그렇게 생각했습니다. 조디 씨의 말에 따르면, 헨리 브라이언트는 데이비스-헌트 씨가 더 원하는 게 분명해지자 차버렸다는군요. 그런 후에, 브라이언트를 만날 약속을 하고 데이비스-헌트 씨는 사라져버렸습니다."

"그런데 클레어의 컴퓨터에서도 같은 웹사이트를 찾았다는 겁니까?"

"쿠키가 있다는 거죠." 브래드가 말했다. "다른 건 다 삭제한 게 분명하고요."

알피는 기분이 언짢아서 시선을 돌려버렸다. 결국, 그럴 만하지 않나. 그는 지금 막 아내가 브라이언트를 즉석 만남 사이트에서 만났다는 걸 알아낸 참이니까. 그리고 그 남자와 불륜을 저질렀고.

"죄송합니다, 다니엘스 씨." 윈 경위가 사과했다. "이게 힘들 거라는 거 압니다. 하지만 아내분에게 무슨 일이 있었는지 저희가 알아내는 데 도움이 될 수도 있으니까요."

"그럼 뭐라고 생각하시는 겁니까?" 알피는 조용히, 패배한 어조로 말했다.

"이런 사이트를 이용하는 사람들은, 특히 여자들은 위험한 입장에 빠지곤 합니다." 윈 경위가 말했다. "정체 모를 남자와 비밀리에 만날 약속을 하죠. 종종, 뻔한 이유로 어디에 가는지 아무에게도 말하지 않습니다. 네, 공공장소에서 만나서, 그 사람과 친하게 되고, 위험을 측정해보는 거죠. 하지만 하루의 끝에 낯선 사람을 만나면 일정 정도 취약함이 따라오죠. 일단은 그 사람들이 말한 신분이 진짜라는 보장이 없습니다. 그런 사람들은 실명을 알리고 싶지 않을 수도 있으니까요."

알피는 고개를 저었다. "그럼 지금 하시려는 말은……." 그는 질문이 허공에 걸리도록 놔두었다.

"제가 하려는 말은," 윈 경위가 말했다. "헨리 브라이언트라는 사람이 피파 데이비스-헌트 씨와 관련이 있었고, 그 여성이 사라져버렸다는 겁니다. 또 그 남자는 아내분과도 관련이 있었고, 아내분도 사라져버렸죠. 아내분과 그분이 주고받은 메시지, 또 피파 씨에게 일어난 일로 봐서는 이 남자는 만나는 사람들과 연애 관계로 발전하는 걸 좋아하는 듯합니다. 어쩌면 그래서 사람들이 이 남자를 신뢰하게 되는지도 모르죠."

"이 남자가 클레어를 데려갔다고 생각합니까? 클레어와 피파를?"

"그럴 수도 있다고 생각합니다. 다른 사람들이 더 있을 수도 있고요. 아마 헨리 브라이언트라는 이름을 쓰고 있지 않을지도 모르죠."

"오, 맙소사." 알피가 말했다. "클레어. 불쌍한 클레어." 그는 눈물이 그렁그렁한 눈으로 형사를 올려다보았다. "혹시나 아내가…… 그 남자가 아내를 죽였을 수도 있다고 생각하십니까?"

"모르겠습니다." 윈 경위가 말했다. "하지만 알아낼 겁니다. 약속드리죠, 다니엘스 씨."

## 2

이런 일이 생기리라 예감했어야 한다고 생각했다. 이 사건에는 모든 게 들어 있었다. 수수께끼, 섹스, 일탈을 저지르는 우아한 여자. 언론에게는 저항할 수 없이 매력적인 소재가 될 것이었다. 하지만 언론이 이렇게나 빨리 알아내다니 놀라웠다. 어쩌면 약간의 가욋돈과 교환하는 대가로 이런 얘기를 흘리는 경찰이 있는지도 몰랐다.

어느 쪽이든, 문을 열었을 때 카메라를 들고 강한 뉴캐슬 억양을 쓰는 30대 여자와 맞닥뜨리리라고는 기대도 하지 못했다.

"알피 다니엘스 씨?" 여자는 물었다. "〈데일리 헤럴드〉에서 나왔습니다. 아내분이 실종되었고, 이전에도 비슷한 짓을 한 남자에게 납치당했을 수도 있다고 들었는데요. 말씀 좀 해주시겠습니까?"

"죄송합니다." 알피는 대답했다. "저는 뭐라고 말해야 할지 정말로 몰라서."

"아내분이 섹스 사이트에서 이 남자를 만났다는 게 사실입니까?"

"그런 얘기는 하고 싶지 않습니다. 기자님이 상관할 일도 아니고요."

"결혼 생활은 행복했습니까?" 기자가 말했다. "혹시 어떤……?"

알피는 문을 닫았다. 이 사람들은 정말로 끔찍했다. 대머리 독수리들이었다. 그는 머리를 식히기 위해 산책을 나가려던 참이었다.

그는 가장자리로 몰렸다. 상황이 통제되지 않는 느낌이었고, 이건 견딜 수 없었다.

그리고 지금, 집 안에 갇혔다. 부엌으로 가서 커피를 한 잔 더 따르고 신문들이 뭐라고 말하나 접속해보았다.

한 시간 후 〈데일리 헤럴드〉지에 기사가 떴다.

**여자들이 실종되는 섹스 사이트**

불법 섹스를 즐길 파트너를 찾아 웹사이트를 이용하는 여성들은 성병 때문에 원치 않게 진료소를 방문하는 것보다도 더 큰 위험에 빠질 수 있다는 보고가 오늘 제기되었다.

지난 2주 동안, 두 명의 여성, 필리파 데이비스-헌트와 클레어 다니엘스가 실종되었다. 두 여성 다 같은 웹사이트에서 만남 약속을 한 후 사라졌다. 경찰이 아직 확증하지는 않았으나 두 사람이 같은 남자를 만났다는 정황 증거가 있다.

데이비스－헌트(33)의 모습이 마지막으로 목격된 건 1주일 전이었다. 그때 이후로는 이메일이나 전화 연락에도 응답이 없었다. 이름을 밝히지 않은 한 친구는 "엄청 걱정돼요. 이건 전혀 피파답지 않아요."라고 말했다.

클레어(30)는 목요일 밤 이후 외출했다가 귀가하지 않았다. 남편인 알피에게는 자신이 파트너로 일하는 디자인 회사의 고객 접대가 있어 저녁 식사에 간다고 말했지만, 그런 회식은 없었던 것으로 보인다.

클레어의 남편은 "뭐라고 말해야 할지 정말로 모르겠습니다. 그저 클레어가 돌아오기만 바랄 뿐입니다."라고 말했다. 결혼 생활이나 아내의 섹스 사이트 이용에 대해서는 아무런 언급하지 않았다.

다니엘스의 부친, 부유한 부동산 사업가인 믹 스튜어트 씨는 언급을 거절했다. 몸값을 요구한 정황은 없다.

알피는 미소를 지었다. 이 일이 자기가 예상한 대로 벌어졌다는 역설에 감탄을 금할 수 없었다. 자기가 쓴 극본이 자기가 정한 그대로 실행되고 있었지만, 딱 한 가지 예외가 있었다.

마지막 결말이 어떻게 될지는 알지 못했다.

한 시간 후, 윈 경위가 전화했다.

"다시 방해해서 죄송합니다." 경위는 말했다. "지금 로리스 경사와 함께 밖에 있습니다. 얘기하실 시간이 되는지 궁금해서요."

"물론이죠." 알피는 소파에서 내려와 현관으로 갔다. 그는 문을 열고 경찰들을 안으로 들였다. "앉으시죠. 마실 거라도 좀 드릴까요?"

"저는 됐습니다, 감사합니다." 윈 경위가 말했다.

로리스 경사도 고개를 저었다. "저도 괜찮습니다."

윈 경위는 거실을 둘러보았다. "여기 같이 계신 분은 없습니까?"

"없습니다." 알피는 말했다. "조디가 같이 있겠다고 했지만 저는 괜찮습니다."

"가족은요? 친구는?"

"이거 사교적 방문입니까? 제가 걱정되십니까?"

"아뇨. 하지만 종종 사람들은 이런 때에는 모이기 마련이라."

"전 친구가 별로 없습니다." 알피가 말했다. "그리고 가족도 없습니다." 그는 부모님은 돌아가셨다고 말하려 했으나, 자제했다. 윈 경위는 확인해볼 사람이었다. "제게는 클레어뿐이었습니다. 수사에는 진전이 있었습니까?"

"별로 없습니다." 로리스 경사가 말했다. "아직은요. 이 사건이 잠재적으로는 중범죄일 수도 있다고 보고는 있습니다. 그러면 좀 더 지원을 받게 되겠지요."

"그렇군요." 알피가 말했다. "중범죄라."

"그렇다고 해서 저희가 아내분을 찾을 수 없다고 생각한다는 뜻은 아닙니다." 윈 경위가 말했다. "여전히 모든 가능성이 있습니다."

"헨리 브라이언트는 어떻게 됐습니까?"

“흔적이 없습니다.” 윈 경위가 말했다. “그런 이름의 사람은 여럿 있고 접촉 중입니다만, 이 시점에는 아무것도 없습니다.” 경위는 몸을 앞으로 내밀었다. “존재하지 않는 사람이나 다름없습니다.”

알피는 천천히 고개를 끄덕였다. “그 사람을 찾아야 할 필요가 있습니다.”

“그렇죠.” 윈 경위가 말했다. “정말 그렇습니다.” 경위는 공책을 하나 꺼냈다. “피파 씨가 사라지던 날 밤에 어디 계셨는지 말씀해주시겠습니까?”

“전 외출 중이었습니다.” 알피가 말했다. “나쁜 소식을 듣고 술을 마시러 갔습니다.”

“어디로 가셨습니까?”

알피는 피파를 죽인 후 비틀비틀 들어갔던 술집 몇 군데 이름을 댔다.

“그럼 몇 시에 집으로 돌아오셨습니까?”

“늦게요. 정확히는 기억나지 않습니다. 무척 취해서.”

“보통 취하는 일이 많으십니까, 다니엘스 씨?” 로리스 경사가 말했다.

“별로요. 하지만 말한 대로 나쁜 소식이 있었습니다.”

“그 소식의 성격이 뭔지 저희한테 터놓고 말씀하실 수 있습니까?” 윈 경위가 물었다.

“제가 불임임을 알게 됐습니다. 클레어와 나는 아이를 가지려 노력 중이었습니다. 저는 기분이 좋지 않았지요.”

"아내분도 그러셨겠네요." 윈 경위가 말했다. "하지만 아내를 혼자 두고 나가신 거죠?"

"네." 알피가 말했다. "그 점은 떳떳하진 않습니다. 저는 이기적으로 굴었죠. 하지만 제가 마지막으로 확인했을 땐 이기심이 범죄는 아니었는데요."

"지금도 아닙니다." 윈 경위는 말했다. "그리고 사과드립니다. 하지만 사실 관계를 확립해야 하니까요. 그럼 피파 씨가 실종된 밤에 외출하셨던 건 우연이군요. 제가 하는 일의 선상에서는 우연에 관심을 가져야 한다는 걸 배웠습니다만."

"뭐, 이건 정말로 우연이었죠. 저는 술집 여러 군데를 다녔습니다. 술집 직원들에게 물어보세요. 그 사람들이 나를 기억할 거니까."

"그럴 겁니다." 로리스 경사가 말했다. "분명 그렇게 할 겁니다."

윈 경위가 입을 열려는 찰나 알피는 한 손을 들어 그 말을 막았다.

"제가 용의자입니까?" 그는 말했다. "솔직하게 물어서 죄송합니다만, 알고 싶은데요."

윈 경위는 그의 시선을 맞받아 한참 바라보았다. "용의자여야 할까요?"

긴 침묵이 흘렀다.

"아닙니다." 알피가 말했다. "전 그럴 필요가 없죠."

"그럼 클레어 씨의 동선에 대해 얘기해보죠."

로리스 경사가 종이 한 장을 건넸다. 오이스터 교통 카드 결제 내역서였다. 경사는 이전 수요일의 내역을 톡톡 쳤다. 알피의 사무실 근처

지하철역의 이름이었다.

"부인이 직장으로 만나러 가셨네요?" 로리스가 물었다.

알피는 고개를 저었다. "그런 거 같지 않습니다. 저는 아내를 보지 못했습니다."

"가셨는데요."

"제가 놓쳤는지도 모르죠. 저는 사무실에 없었습니다."

"집을 보여주러 가셨나요?" 로리스가 말했다.

"아뇨. 산책을 갔습니다. 회사 근처에 공원이 있습니다."

"낮에 아내분이 사무실로 찾아오는 일이 통상적입니까?" 윈이 물었다.

"별로 그렇진 않습니다. 하지만 우리는 힘든 시간을 보내고 있었으니까요. 아내가 저를 보러 오고 싶었을 수도 있죠."

윈은 고개를 끄덕였다. "어쩌면요."

로리스는 다른 오이스터 카드 결제 내역을 가리켰다. 같은 날 오후 8시 직후였다.

"그리고 이건요?" 로리스가 물었다.

"아내는 그날 밤 늦게 일하러 갔습니다." 알피가 말했다. "거긴 아내가 다니는 지하철역입니다."

"그러면," 윈이 말했다. "아내분은 늦게 일할 정도로 바쁜데 남편을 보러 가셨던 거군요. 그렇지만 거기 있는지 전화해서 확인도 하지 않고요."

"그렇습니다." 알피는 어깨를 으쓱했다. "그렇게 됐네요."

"이상하다는 생각은 안 드십니까?" 윈이 물었다.

"별로 그렇진 않은데요. 아마도 절 보고 싶었나 보죠. 우리는 매우 가까웠으니까요."

로리스가 고개를 끄덕였다. "그런 후 그날 밤 아내분은 택시를 타고 12시 10분 전에 집에 도착했습니다. 결제는 회사 계정으로 했습니다."

"야근할 때는 그렇게 합니다." 알피가 말했다. "회사가 택시비를 내주죠."

"아주 너그럽네요." 윈이 말했다. 경위는 오이스터 카드 결제 내역이 있는 서류를 보고 있지 않았다. "그런 후에 클레어는 다음 날 아침 출근했습니다. 일찍, 사실 오전 6시였죠."

"맞습니다." 알피는 말했다. "전 잠들어 있었어요. 아내는 쪽지를 남겼습니다."

"아?" 로리스가 말했다. "볼 수 있을까요?"

"물론이죠." 알피는 부엌 카운터로 가서 메모판을 집었다. 그는 클레어의 쪽지가 쓰인 페이지로 넘겨서 거실로 가지고 갔다.

그는 그걸 로리스 경사에게 건네고 그 여자가 읽는 모습을 바라봤다.

**일찍 출근해봐야 해. 오늘 밤에 봐. 테이크아웃 할래? 나 진 빠져서.**

경사는 쪽지를 윈 경위에게 건넸고, 경위는 그걸 읽고 비닐 봉투에 넣었다.

"그럼," 로리스 경사가 말을 이었다. "우리는 아내분이 목요일 일찍 출근했다는 것까진 압니다. 그런 후에는 바로 직장에서 고객 접대 식사로 갔다는 거죠."

"그래요." 알피는 말했다. "그날 늦게 전화해서 자기는 외출해야 한다고 했어요."

"그렇지만 클레어는 그날 목요일 저녁에 지하철을 타지 않았어요." 윈이 말했다. "회사 계정으로 택시를 부르지도 않았죠. 제 짐작으로는 지나가는 택시를 잡아 현금으로 낸 것 같습니다." 경위는 말을 잠깐 멈췄다가 이었다. "어디로 갔든, 누구에게도 알리고 싶지 않았던 것 같습니다."

"맞아요." 알피가 말했다. "헨리 브라이언트를 만나러 갔을 테니까요. 그자가 누구든."

"그렇게 보이네요." 윈 경위가 말했다. "그리고 우리는 클레어가 사무실을 나간 후에는 흔적을 찾지 못했습니다. 다니엘스 씨는 그날 저녁 무엇을 했죠?"

"집에 있었습니다." 알피는 대답했다. "제가 그것 말고 뭘 하겠습니까?"

"그러시군요." 윈 경위가 말했다. "여기 그 밤 내내 있었다는 말씀이시죠?"

"그 밤 내내요." 알피가 말했다.

"혼자서요?"

"물론 혼자서죠!"

"그럼 다니엘스 씨가 여기 있었다는 걸 확증해줄 사람은 없겠군요?" 로리스 경사가 말했다.

"없는 것 같습니다." 알피가 말했다. "하지만 저의 전화 기록을 확인해볼 순 있지 않나요? 제가 어디 있었는지?"

"다니엘스 씨의 전화가 어디 있었는지는 볼 수 있죠." 로리스 경사가 말했다. "그건 같은 게 아닙니다."

"이거 보세요. 나는 힘든 하루를 보내고 있어요. 읽지 못하셨는진 모르겠지만, 신문에서 이 얘기를 감 잡았다고요. 아마도 당신들 무리 중 한 명이 흘렸겠죠. 그리고 이제 사방팔방에 퍼졌어요. 제 아내는 불륜을 저지르고 있었고, 실종되었는데, 이제 제가 그 뒤에 있다고 비난을 한다 이거죠. 내가 만나본 적도 없는 다른 여자의 실종은 물론이고요. 제가 좀 열 받아도 용서할 만한 거 아닙니까?"

"제 용서는 그렇게 중요하지가 않습니다." 윈 경위가 말했다. "제 일은 중요한 정보를 모두 수집하는 거죠. 그리고 로리스 경사와 저는 그렇게 한 것 같군요. 시간 내주셔서 감사합니다. 연락드리죠."

알피는 그 여자를 빤히 보았다. "어련하시겠습니까." 그는 말했다.

## 3

저녁 7시쯤 되자 기자 예닐곱 명이 문 밖에 진을 쳤다. 알피는 문을 열지 않았지만, 궁극적으로는 그럴 필요도 없을 것이었다. 궁극적으로는 기자들과 카메라, 질문을 마주해야만 할 테니까.

그리고 알피는 그러고 싶지 않았다.

그는 자기 얼굴이 신문에 나는 것을 원치 않았고, 사람들이 자기 얼굴에서 슬픔이나 죄의식의 흔적을 살피거나 피파와 클레어의 사진을 보고 *흠, 저 남자가 실종된 첫 번째 여자와 반스 지구의 술집에 있는 거 봤는데*, 라고 생각하는 걸 원치 않았다.

이런 일이 생기기 전에 막아야 했다. 그는 전화를 들어 믹에게 걸었다.

"알피. 괜찮나?"

"그럭저럭요." 알피는 말했다. "기자들이 집 밖에 와 있는 것 말고는요."

"개자식들." 믹이 말했다. "내 딸의 일을 모든 신문에 퍼뜨리다니. 내 딸이 무슨 헤픈 여자인 양 떠들고. 망할 새끼들이 상관할 일이 아니라고."

"압니다. 하지만 기자들은 밤새 여기 있을 거예요."

"아니, 그러지 않을 거야." 믹이 말했다. "내가 당장 갈 테니."

믹은 한 시간 후 도착했다. 알피는 침실 창문 너머로 믹이 블랙캡을 타고 도착하는 걸 보았다. 믹은 우버를 싫어했다. 언젠가 왜 사람들이 우버를 타는지 이해를 못하겠다고 한 적이 있었다. 그는 와인색 코듀로이 바지에 바버 재킷을 입고 차에서 내렸다. 얼굴은 붉었고, 야외 의상에 어울리는 장총을 들고 왔다는 인상을 주고 싶은 것 같았다.

기자 중 한 명이 믹의 존재를 알아채자, 무리는 신선하고 연약한 고깃덩이의 냄새를 맡고 돌아섰다.

알피는 미소를 지었다. 믹은 신선하지 않고, 연약한 것과는 거리가 한참 멀었다.

"다니엘스 씨를 아십니까?" 기자 중 한 명이 카메라를 높이 쳐들고 외쳤다. "친척입니까?"

"그 아내의 아버지 같은데." 다른 사람이 밀고 나오며 보도 위로 올라선 믹을 가로채려 했다.

믹은 그 남자 쪽으로 뚜벅뚜벅 걸어갔다.

"당신들 다 꺼져." 믹은 호통쳤다. 그는 기자 손에 들린 카메라를 잡아 낚아챘다.

"이봐요." 기자가 말했다. "그러면 안 돼요!"

기자는 카메라를 도로 빼앗으려 했으나, 믹은 그것을 높이 쳐들었다. 믹은 30대 중반에는 럭비를 했고, 지금은 살이 좀 붙기는 했으나, 여전히 그 아래는 힘이 넘치는 남자였다.

그리고 분노에 찬 결연한 남자였다.

믹은 카메라를 보도 위에 세게 내던졌다. 렌즈가 빠져서 거리 위에 굴렀다. 그는 카메라 본체를 집 벽으로 차버렸다. 알피는 카메라 기술자는 아니었지만, 그 파손은 돌이킬 수 없다는 걸 확실히 알 수 있었다.

"방금 해버렸는데." 믹은 말하면서 다른 기자를 향해 전진했다. "그리고 또 할 거고."

기자는 옆으로 비켰다. 믹은 현관으로 걸어가서 초인종을 눌렀다.

알피는 믹을 들여보내려고 아래층으로 내려갔다. 문으로 다가갈 때, 장인의 목소리가 들렸다.

"당신들 무리는 수치스러운 줄 아시오." 믹은 소리를 지르고 있었다. "그런 걸 생각은 해봤소? 망할 수치라는 거!"

"내 카메라 물어내요!" 카메라가 산산조각 난 기자가 소리를 질렀다. "우릴 이렇게 취급하고!"

"마음에 안 들어요?" 믹이 말했다. "불쌍하군. 돌아다니면서 사람들을 괴롭히지 말아. 다음번에는 우리 애들을 데리고 올 건데 그건 더 마음에 안 들걸. 더러운 놈들."

알피는 문을 열었다. 믹은 기자들을 향해 가운뎃손가락을 들어 보이며 안으로 들어왔다.

그의 외양은 괄괄한 대도와는 반대였다. 꼴이 끔찍했다. 커다란 덩치는 축 늘어졌고, 붉은 눈은 때꾼했다.

"개새끼들." 믹은 웅얼거렸다. "이걸로 저놈들을 쫓아버려야 하는데."

"어떻게 버티고 계십니까?" 알피가 말했다.

믹은 그를 보았다. 입술이 떨리더니, 믹은 울음을 터뜨렸다. "걘 내 딸이야, 알피." 그는 말했다. "걔가 무사하길 바라네. 내가 바라는 건 그뿐이었어."

믹의 걱정, 슬픔에 가까운 감정은 꾸미지 않는 날것이었다. 알피는 사람들이 자기가 이렇게 반응하기를 기대한다는 걸 알았다. 그는 연기의 질을 높여야만 했다.

"압니다." 알피는 낮은 목소리로 말했다. 그는 감정이 흘러넘치는 듯 몸을 돌렸다. "알아요."

믹은 저녁 내내 머물렀다. 오후 9시가 되자, 장인은 술에 취해서 소파 위에서 코를 골았다. 알피는 신발을 신고 현관으로 향했다.

여전히 어정거리는 기자가 세 명 있었다. 포드 포커스의 후드에 기대 서 있는 남자 둘과 전화에 대고 이야기하며 담배를 피우는 여자 한 명.

사무실에 가서 헨리 브라이언트의 전화기들을 가져와야만 했다. 종일 그게 마음에 걸렸지만, 동료들이 사무실에 있을 때는 가고 싶지 않았다.

하지만 기자들의 눈에 띄고 싶지도 않았다. 그는 야구 모자를 눈 위까지 깊게 뒤집어쓰고, 뒷문으로 향했다. 뒤뜰 끝에 보도로 열리는 문이 있었지만, 거기에도 기자들이 있을 것이었다.

그는 이웃집 뒤뜰을 가르는 울타리를 넘은 후, 또 다른 울타리 둘을 넘었다. 보도 위에 올라섰을 때, 뒷문 옆에서 기자가 보였다.

그는 눈을 내리깔고 재빨리 걸었다.

기자가 그의 어깨를 톡톡 쳤다. "알피와 클레어를 아세요?"

"할 말 없습니다." 그는 웅얼거리면서 걸어 나갔다.

일단 대로에 올라서자, 손을 들어 블랙캡을 잡았다. 클레어가 했던 것처럼 현금으로 냈다. 이렇게 오고 간 기록을 남기고 싶진 않았다. 그게 중요하지 않다고 할지라도. 누가 물어보면 정신을 딴 데로 돌리려고 사무실에 가고 싶었다고 말할 것이었지만, 될 수 있다면 대화를 피하는 편이 좋았다.

가는 길에 뉴스 기사를 읽었다. 클레어와 피파가 인터넷을 장악했다. 누군가 그들의 사진을 트위터에 올리면서 사람들에게 이걸 리트윗 해달라는 메시지를 덧붙였다.

#피파와클레어찾기! 리트윗!

이 사람들을 보면 경찰에 신고해주세요!

이 해시태그가 트위터의 실시간 트렌드 순위 1위였다. 알피는 심호흡을 했다. 되는 대로 빨리 이 소란을 가라앉힐 필요가 있었다.

하지만 더욱 심각해질까 두려웠다.

사무실은 비어 있었다. 그는 문을 따고 들어가서 자기 책상으로 향했다. 전화기는 아무도 손대지 않은 채 서랍 속에 들어 있었다. 그는 전화기들을 책상 위에 올려놓고, 다른 사람들이 거기 왜 왔는지 물어볼 경우를 대비해서 파일 몇 개를 집었다.

알피는 전화기를 처리할 최적의 장소를 생각해보았다. 아마도, 템스강이겠지만, 다리 위에서 내던지는 모습을 남의 눈에 띄고 싶지 않았다. 특히 그의 얼굴이 점점 알려지기 시작한 이후로는.

하수구에 흘려보내는 게 어떨까. 아니면 쓰레기 수거통에.

안 된다. 전화기를 부수어버리고 싶었다. 그것들을 집에 가지고 가기로 했다. 믹이 가버리면, 망치로 산산조각 낸 후 조각들을 런던 전체에 뿌릴 것이었다.

그는 전화를 들었다가 얼어붙어버렸다.

헨리 브라이언트의 전화기에 문자메시지가 와 있었다.

그는 그걸 빤히 들여다보다가 클릭해서 열었다.

**내가 보고 싶어?** 그렇게 쓰여 있었다. **나도 보고 싶어. 곧 만날 거지?**

그는 소리 내어 비명을 지르며 전화기를 떨어뜨렸다가 다시 읽어보았다.

**내가 보고 싶어? 나도 보고 싶어. 곧 만날 거지?**

발신자 표시 제한 번호였다. 클레어였을까? 그러면 말이 되었다. 하지만 왜 이름을 적지 않았을까? 그리고 어디서 이 전화번호를 얻었을까? 더 중요한 건, 어째서 이 메시지를 보냈을까?

그는 전화기들을 잡아서 주머니 속에 쑤셔 넣었다. 둘 다 한시라도 빨리 없애버리고 싶었다.

# 4

알피가 집에 돌아왔을 때 믹은 여전히 잠들어 있었다. 담요를 꺼내 소파 위에 누운 장인에게 덮어주었다.

그런 다음 술장에서 위스키 한 병을 꺼냈다. 장인이 가져다 준 비싼 스카치 위스키였다. 큰 잔에 따랐다.

팔걸이의자를 앞 창문으로 끌어당겨 앉은 후 거리를 내다보았다. 기자들은 가고 없었지만, 어느 순간 돌아올 건 뻔했다. 런던 거리의 평범한 밤이었다. 정장을 입은 남자가 노트북 가방을 어깨에 둘러메고 눈은 전화기에 고정한 채로 집으로 향하고 있었다. 비싼 청바지를 입고 무늬 있는 웃옷을 입은 여자 둘이 거리 반대편에 있었다. 그는 택시 한 대가 서고 그들이 올라타는 모습을 바라보았다.

일상에서 벗어난 모습은 없었다.

아내가 사라졌고, 그의 주머니에는 아내에게서, 혹은 아내인 척하는 사람에게서 온 문자가 있다는 것만 빼고는.

그는 위스키를 마셨다. 잔을 입술에 댄 채로 다시 한 번 마셨다. 이번에는 좀 더 많이. 그의 마음이 징징 울리고 있었다.

그는 앉아서, 술을 마시며, 거리를 내다보았다.

# 일요일

## 1

알피는 초인종 소리에 잠에서 깼다. 침대로 간 기억이 없었다. 새벽 2시에 마지막 위스키를 마셨지만, 졸음이 오지 않았다. 술을 마셔봤자 심장이 질주할 뿐이었고 이제 시야를 흐리는 숙취만 생겨서 비틀비틀 계단을 내려와 문으로 왔다.

그는 현관 거울에 자기 모습을 슬쩍 비춰보았다. 머리카락이 헝클어지고, 얼굴은 수염이 나서 거뭇거뭇했으며, 눈은 잠을 못 자 붉었다. 적어도 오늘은 슬픔에 젖은 남편 역을 연기할 필요가 없었다. 사람들이 기대한 그대로의 모습으로 보였다.

현관문을 열었다. 윈 경위와 로리스 경사가 서 있었다.

"방해해서 죄송합니다." 윈 경위는 말했지만, 사과하는 표정은 전혀 없었다. "알피 씨가 도와주셨으면 하는 질문이 있어서요."

"지금 당장요?" 알피가 말했다. "이렇게 이른 시간에?"

윈은 시계를 쓱 보았다. 1980년대식 카시오 전자시계로 원래 모델 같았다.

"오전 8시네요." 경위는 말했다. "아내분을 찾는 동안에는 시간을 낭비할 수가 없죠."

알피는 그 말뜻을 알아들었다. 그렇게 미묘하지도 않았다.

"들어오시죠." 그는 말했다. "옷을 입겠습니다."

다시 아래층으로 내려갔을 때, 윈 경위는 거실에 앉아 있었다. 로리스 경사는 일어서 있었고, 믹은 손에 차를 진하게 우린 머그잔을 감싸고 창가에 앉아 있었다. 알피는 장인이 밤새 소파에서 잤는지 아니면 자다 말고 침대에 갔는지는 알 수 없었다.

윈은 천천히 거실을 둘러보았다. "다니엘스 씨." 윈은 말했다. "저는 피파 씨가 실종된 날 밤의 일을 살펴보고 싶습니다. 그날 밤 뭘 하셨는지, 저희에게 간단히 알려주실 수 있습니까?"

"벌써 다 말씀드렸는데요." 알피가 말했다.

"다시 한 번 훑어보고 싶은데요. 모든 관련자들의 행적을 알아야 하는 게 중요합니다."

"무슨 말입니까, '관련자'라니?" 알피가 말했다. "저는 연관이 없습니다. 피파는 몰라요."

"통상적 수사 과정입니다." 로리스가 말했다. "좀 참고 받아들여주시면, 감사하겠습니다, 다니엘스 씨."

알피는 한숨을 지었다. “좋습니다. 저는 그날 기분이 좋지 않았습니다. 싱 박사와 약속이 있었고, 나쁜 소식을 들었죠. 이 얘기를 다시 할 필요는 없겠죠?”

“없습니다.” 윈이 말했다. “약속 후에는 무슨 일이 있었습니까?”

“산책을 나갔습니다. 머리 좀 식히러요.”

“어디로 가셨습니까?” 윈 경위가 물었다.

“솔직히.” 알피가 말했다. “기억이 나지 않습니다. 나쁘게 들릴 수 있다는 건 아는데, 정신이 멍한 상태였어요. 한참을 걸었죠. 어딘가에서 보드카 반병을 사서 대부분 마셨습니다.”

“어디서 사셨습니까?” 로리스가 물었다.

“기억이 안 나요. 모퉁이 가게에서.”

“은행 카드로 돈을 냈습니까?”

“현금으로 냈습니다.” 알피는 말했다. “적어도, 그런 거 같습니다. 은행 기록을 확인해볼 수 있겠죠.”

그는 거래 내역은 없으리라는 것을 알았다. 보드카는 없었기 때문에. 그는 반스 지구에서 피파를 만나러 가는 길로, 어떤 러시아인이 투자목적으로 소유한 집의 차고에 보관해두는 차 안에 있었으니까. 그 집은 비어 있었다. 알피의 부동산 회사가 열쇠를 가지고, 긴급 연락처로 기재되어 있었다.

“그렇게 하죠.” 윈이 말했다. “될 수 있으면 그 기록을 보고 싶습니다. 그리고 좀 걸은 후에,” 경위는 그 단어에 강하게 강조점을 두었다. “술집들을 전전했다고 했죠?”

"맞습니다."

"저희가 그 술집의 직원과 이야기를 했습니다." 로리스 경사가 말했다. "몇 사람은 알피 씨를 봤다고 기억하더군요. 모든 이의 설명으로 보면 꽤 취하셨다고."

"보드카 반병을 마셨고, 그것만 해도 저한텐 꽤 많은 양입니다."

"저희가 식별한 가장 이른 시간은 오후 9시경이었습니다." 로리스가 말했다. "그 전에 다니엘스 씨의 행적을 증명할 건 오직 본인 말밖에 없습니다."

믹이 코웃음을 쳤다. "이 일에 시간 낭비를 하지 말고, 가서 헨리 브라이언트 새끼나 찾아요." 그가 말했다. "은행 계좌, 여권, 출생증명서나 찾아오라고. 사진을 찾아서 돌려요. 알피는 이 일이랑 아무 상관이 없소. 이거 말도 안 돼."

"어쩌면요." 윈 경위가 말했다. "어쩌면 그렇지 않죠. 저희는 모든 방향으로……."

알피는 한 손으로 의자의 팔걸이를 내리쳤다. "난 피파의 실종과는 아무 상관이 없어요." 그는 잠을 자지 못한 남자치고 모든 확신과 분노를 끌어모아 소리쳤다. "클레어의 실종도 마찬가지고! 내가 관련이 있다는 식으로 은근히 말하다니 억울하네요."

"저도 그건 의심하지 않습니다." 윈 경위는 흐트러지지 않은 말투로 말했다. "하지만 모든 이의 행적을 확정해야 하니까요. 통상적 절차입니다. 저희가 하는 일은 그게 답니다."

"아, 맙소사." 믹이 말했다. "알피는 이 피파라는 여자와 아무 관계가 없어요. 있다면 헨리 브라이언트지. 알피는 그런 짓을 절대 할 사람이 아니요. 내 말 믿어요. 알피는 강아지가 그 주인을 사랑하듯이 클레어를 사랑해요. 클레어에게 해를 끼칠 이유가 없고, 그러고 싶었대도 할 배짱도 없어요."

믹은 사과하듯이 알피를 슬쩍 보았다. 알피는 시선을 돌렸다.

"어쨌든 감사합니다." 윈 경위가 말했다. "그렇지만 저희도 나름의 결론에 다다를 테니까요."

알피가 윈과 로리스에게 가달라고 막 말하려던 찰나 윈의 전화가 울렸다. 경위는 화면을 보고 얼굴을 찡그렸다.

"1분만 실례합니다." 윈은 전화를 귀에 갖다 댔다. "윈입니다." 곧이어 이렇게 말했다. "네, 부인."

경위는 무표정한 얼굴로 귀를 기울였다가 말했다.

"어디인지 뭐라도 말했습니까? 그리고 누구인지?"

경위는 알피를 바라보더니 로리스를 보았다. 두 경찰 사이에 뭔가 오고갔다.

"네, 물론입니다. 전달하죠."

경위는 전화를 끊으며 팔짱을 꼈다. "음." 경위는 말했다. "너무 섣부르게 말한 게 아닌가 싶은데요. 우리는 결국에는 나름의 결론에는 다다를 필요가 없게 되었네요." 윈은 알피를 보았다. "아내분을 찾았습니다."

알피의 눈이 커졌다. 위가 쪼그라졌다. 대체 무슨 일이 일어나고 있는지 알아내려던 찰나였다.

"아내는 괜찮습니까?"

"제가 들은 바로는 그렇습니다. 자세한 상황은 저도 모릅니다."

"개한테 무슨 일이 생겼소?" 믹이 말했다. "어디에 있었던 거죠?"

"잡혀 있었던 것 같습니다." 윈 경위가 말했다. "그리고 탈출했다고 합니다. 아직 자세한 설명은 하지 않았다는데요. 남편을 불러달라고 한다는군요. 보아하니, 아내분은 무척 간절히도 다니엘스 씨에게 전하고 싶은 말이 있는 것 같습니다. 정확한 단어를 전달해달라고 신신당부했답니다. '알피에게 제가 사랑한다고 전해주세요.'" 경찰이 알피의 시선을 잡았다. 만난 후 처음으로 경위는 불편해보였다. "그리고 남편에게 미안하다고 전해달라고 했답니다."

# 2

알피는 윈 경위와 로리스 경사와 함께 경찰서로 들어갔다. 두 사람이 알피를 태우고 왔고, 알피는 가는 길에 경찰들이 무슨 자세한 얘기를 들었는지 물었다. 별로 많지 않았다.

믹은 택시로 따라왔다. 믹은 자기는 경찰차를 타본 적이 한 번도 없고 지금 굳이 시작하고 싶지도 않다고 했다. 형사들이 경찰서로 들어가는 문을 열었을 때, 믹이 탄 차가 도착했다.

알피는 장인을 기다렸다. 두 사람이 들어가자, 윈과 로리스가 책상 옆에 서 있었다. 정복을 입은 경관이 버튼을 누르자, 징 울리면서 문이 열렸다. 경관의 시선이 잠시 알피 위에 맴돌았다.

"3번 면회실입니다." 경관이 말했다.

그들은 두 형사를 따라 복도를 걸어갔다. 형사들은 문 앞에 멈추더니 윈 경위가 그를 돌아보았다.

"준비됐습니까?" 경위는 문손잡이에 손을 대고 물었다.

알피가 고개를 끄덕이자, 경위가 문을 열었다.

클레어는 탁자 뒤에 앉아 있고, 여자 경찰관이 그 옆 의자에 앉아 있었다. 그들 앞 탁자에는 차가 담긴 머그잔 두 개가 놓였다. 하나는 가득 찬 그대로이고, 다른 하나, 클레어가 마셨던 잔은 비어 있었다. 클레어는 자기 옷이 아닌 청바지와 헐렁한 남색 경찰 스웨터를 입고 있었다. 맨발은 무척 더러웠다. 알피는 클레어의 옷과 신발이 든 작은 배낭을 들고 있었다. 로리스 경사가 가져가는 게 좋을 거라고 알려주었다.

알피가 들어가자, 클레어가 눈을 들었다. 피부는 창백했고, 눈은 수면부족인지 눈물인지, 아니면 둘 다인지 모를 이유로 부어 있었다.

"알피." 낮고 갈라진 목소리였다. "알피, 왔네."

알피는 서둘러 방 안으로 들어가서 몸을 숙이고 두 팔로 아내의 몸을 감았다. 아내에게는 이상한 냄새가 났다. 짙은 흙내가 풍겼지만, 불쾌하지는 않았다. 클레어도 그를 끌어안았지만 손의 힘은 약했다.

"클레어." 그는 말했다. "너무 걱정했어. 당신이 무사히 돌아와서 기뻐."

"우리 집에 갈 수 있어?" 클레어가 말했다. "난 집에 가고 싶어."

믹은 한 손을 클레어의 어깨 위에 얹었고, 알피는 믹이 딸을 껴안을 수 있도록 한 발짝 뒤로 물러섰다.

“물론 집에 갈 수 있지.” 믹이 말했다. “원하는 건 뭐든 할 수 있어.”

알피는 경찰관을 보았다. “우리 가도 됩니까?”

경찰관은 윈 경위를 보았다. “진술서는 받았어요.” 경찰관은 폴더 하나를 경위에게 건넸다. “하지만 경위님이 더 질문하실 게 있을지도 모르겠습니다.”

“대답할게요.” 클레어는 긴장한 목소리로 말했다. “그 사람을 잡는 데 도움이 된다면요.”

윈 경위가 미소를 띠었다. “감사합니다.” 그녀는 말했다. “정보를 일찍 얻는 편이 더 낫죠.”

“알피가 여기 있어도 될까요? 우리가 이야기를 나누는 동안에?” 클레어가 물었다.

“물론이죠.” 윈 경위가 말했다. “다니엘스 씨가 그러고 싶으시다면요?”

“여기 있겠습니다.”

“나도요.” 믹이 말했다.

클레어는 고개를 흔들었다. “알피만 있으면 돼요.”

믹은 얼굴을 찡그렸지만 고개를 끄덕이고 경찰관을 따라 방을 나갔다. 모두가 나가자 윈 경위가 폴더를 열고 그 안의 서류를 훑었다.

“좋습니다. 시작하죠. 이걸 빨리 끝낼수록, 더 빨리 집에 가실 수 있으니까.”

알피는 가지고 온 배낭을 쳐들었다. 클레어는 질문들을 빨리 해치워버리면 좋아할 테지만, 알피는 몇 분간이라도 아내와 둘만 있고 싶었다. 그래야 클레어가 하고 싶은 이야기를 경찰들 없는 곳에서 할 기회가 생길 것이기 때문이었다. 그는 이 소동을 좀 직접 통제하고 싶기도 했다.

"아내가 옷 좀 갈아입으면 어떻습니까?" 그는 말했다. "아내가 자기 옷을 입으면 더 좋을 거 같아서요."

클레어는 고개를 끄덕였다. "그래요. 그러고 싶네요."

"물론이죠." 윈 경위는 대답하며 일어섰다. "준비가 되면 문을 두드리세요, 그러면 경찰관이 나를 불러올 겁니다."

윈이 방을 나가자 알피는 클레어에게 옷을 건넸다.

"그래." 알피는 말했다. "기분이 어때?"

"괜찮아. 아주 좋은 건 아니지만. 하지만 괜찮아."

그는 망설였다. 어떻게 물어봐야 할지 확실히 알 수 없었지만 알아야 했다. 대체 무슨 일이 벌어지고 있는지 알 필요가 있었다. "무슨 일이 있었어?…… 나한테 얘기하고 싶어?"

"그건……." 클레어는 눈을 감았다. 다시 눈을 떴을 때는 눈물로 가득 차 있었다. "끔찍했어."

헨리 브라이언트의 새 버전이 누구였는지 필사적으로 알아내고 싶긴 했지만 그는 클레어를 밀어붙이지 않았다. 하지만 헨리가 진짜라는 것만은 알 수 있었다. 누군가, 헨리 브라이언트로 가장하고 클레어를 가뒀다. 추정해보건대 클레어는 어떻게든 도망쳐서 지금 이렇게 돌아온 것 같았다.

하지만 그 사람이 누구이며 어째서 그런 짓을 하는지, 알 수 있는 길에는 한 발짝도 더 가까이 가지 못했다.

문이 열리자 윈 경위가 들어왔다. 경위는 클레어 반대편에 앉았다. 로리스 경사가 그 뒤에 섰다.

"좋아요." 윈 경위가 말했다. "진술서를 읽었습니다. 그것부터 시작할게요. 괜찮으십니까?"

클레어는 고개를 끄덕였다.

"그러면 지난 주 목요일 저녁에 브라이언트를 만나러 직장을 나섰다는 말이죠? 남편분에게는 고객과 저녁을 하러 간다고 말했지만, 사실상은 브라이언트 씨를 만나러 갔다는 거죠?"

"그래요." 클레어는 알피를 보았다. "미안해. 정말 미안해. 당신은 이런 대접을 받을 사람이 아닌데."

알피가 클레어를 안아주었다. "괜찮아." 그는 속삭였다. "정말로 괜찮아. 무슨 일이 일어났든 우리는 해결할 수 있을 거야. 당신이 안전하다는 것만으로 기뻐. 지금 당장 내가 생각할 수 있는 건 그게 전부야."

"이 사람을 만난 건 이때가 처음이었나요?" 윈 경위가 말했다.

"아니오. 이전에 몇 번 만난 적이 있어요."

"웹사이트에서 브라이언트를 만나셨죠?"

"네."

"이 사람이 그런 웹사이트에서 만난 첫 번째 사람입니까?"

"제발요." 알피가 말했다. "그게 일어난 사건과 무슨 상관입니까? 클레어와 나는 이 문제를 함께 헤쳐나갈 테지만, 지금 당장 그 얘길 할 필요는 없어요."

"괜찮아." 클레어가 말했다. "난 윈 경위님이 하시는 질문은 뭐든 대답할 테니까." 클레어는 손가락으로 입술을 쓸었다. "제가 웹사이트에서 만난 첫 번째 사람이에요. 하지만 내가 불륜을 저지른 첫 번째 사람은 아니에요. 몇 달 전 동료와도 불륜을 저지른 적이 있습니다."

알피는 신음했다. 그는 시선을 돌렸다. 클레어는 한 손을 그의 무릎에 댔다. "미안해. 정말로. 나는…… 나는 길을 잃은 기분이었어, 알피."

"하지만 그 남자, 동료라는 사람을 인터넷에서 만난 건 아니죠?" 윈 경위가 말했다. "여기 남아 계실 필요는 없습니다, 다니엘스 씨." 경위는 클레어를 보았다. "그게 더 일이 쉽겠죠?"

"저는 남편이 여기 있길 바라요." 클레어가 말했다. "알피 당신만 괜찮다면?"

알피는 고개를 끄덕였다. 여길 떠날 수는 없었다. 클레어가 무슨 말을 할지 들어야 했다. 그는 무슨 일이 일어나고 있는지 알아야만 했다.

"그 사람은 인터넷에서 만나지 않았어요. 사무실에서 알게 됐죠."

"알겠습니다." 윈은 말했다. "헨리 브라이언트로 옮겨가 보죠. 우리는 클레어 씨가 그 사람과 같이 간 모든 장소의 상세 정보가 필요합니다. CCTV 영상을 찾아보고, 술집 직원과 이야기를 해보고, 태워다 준

택시 기사와도 말을 나눠볼 겁니다. 신용카드 지불 내역을 훑을 테니, 잘하면 그 사람 카드 번호를 얻을 수도 있죠."

클레어는 서글픈 미소를 지었다. "그 사람은 언제나 현금으로만 지급했어요. 그때는 그 사람이 아내가 발견할 수 있는 기록을 남기고 싶지 않은가 보다 했죠. 하지만 이제 보니 더 심란한 이유가 있었던 것 같네요."

"그 사람 결혼했습니까?" 로리스 경사가 물었다.

"그렇다고 하던데요." 클레어가 대답했다. "반지를 끼고 있었어요."

"어쩌면 가짜일 수도 있지." 알피가 말했다. "신뢰할 만한 사람처럼 보이려고."

"어쩌면요." 윈 경위가 말했다. "헨리 브라이언트의 인상착의를 묘사하실 수 있겠습니까?"

"날씬해요…… 날씬한데, 아주 힘이 세요. 머리카락은 짙은 색이고, 미간이 넓고, 잘생겼어요. 알피랑 약간 닮았지만 더 키가 커요. 어쩌면, 185, 6쯤."

"우린 몽타주 작성 키트를 사용할 겁니다." 윈이 말했다. "클레어 씨도 그에 적응할 수 있겠지만, 가능하면 실제 영상이 있는 CCTV 화면을 찾기를 바라고 있습니다." 경위는 차를 홀짝 마셨다. "그자가 클레어 씨를 납치한 밤에 있었던 일을 묘사해주시겠습니까?"

"우리는 술 한잔하러 만났어요. 홀번에 있는 술집이죠." 그녀는 시선을 피했다. "저는 진토닉을 주문했는데, 기억나는 건 그게 다예요. 그다음에는 어떤 방에서 깨어났죠. 나는……." 클레어는 목이 메어 말을 잇지 못했다. "나는 침대에 묶여 있었죠."

"일종의 약물 같습니다." 로리스 경사가 말했다. "약물 검사를 해보면 나타나겠지만, 아닐 수도 있죠. 이제는 체내에서 빠져나갔을 테죠."

"그래요." 윈 경위는 말했다. "방에 대해서 떠오르는 건 없습니까?"

"없어요." 클레어는 말했다. "암흑처럼 깜깜했어요."

"아무 소리도요? 냄새도?"

클레어는 잠깐 생각해보았다. "차 소리를 들은 것 같아요. 그리고 트럭이 짐 내리는 소리 같은 것도. 하지만 정말로는 집중하고 있지 않아서."

"브라이언트가 당신을 폭행했습니까? 성적으로?" 로리스 경사가 물었다.

"그런 것 같진 않아요."

"아니었다고요? 나중에라도?"

클레어는 고개를 저었다. "아뇨. 그 사람은 '그런' 것에는 관심 없어 보였어요." 그녀는 눈을 깜박였다. "저는 거기 하루나 이틀 정도 있었던 것 같아요. 대충 그 정도. 그 사람이 들어왔다가 나갔어요. 물이랑 음식을 좀 갖다 주었죠."

"무슨 말을 했습니까?"

"아뇨. 그 사람은 나를 침대에서 풀어주고 두건을 씌웠어요. 내 손을 등 뒤로 묶고 나를 방 밖으로 데려가 몇 계단 아래로 내려가게 했어요. 우리는 차고로 들어섰던 것 같아요. 차 문이 열리는 소리를 들었으니까요. 그 사람이 나를 차 트렁크로 밀어 넣었어요. 그는 내 발목을 한데 묶고 다시 떠났어요." 클레어는 울기 시작했다. "끔찍했어요. 더웠고, 내 몸은 우그러져 있었어요. 나는 공포에 질리기 시작해서, 머리로 자동차 트렁크를 쳤죠. 하지만 그 사람은 오지 않았어요." 클레어는 알피를 힐끔 보았다. "그리고 물론, 조디의 친구, 피파가 있었죠."

"그 여자가 어땠는데요?" 윈 경위가 말했다. "거기 있었나요?"

"아뇨." 클레어가 말했다. "하지만 제가 거기 누워 있을 때, 그 여자가 어떻게 사라졌는지 기억이 났어요. 그래서 이런 것과 비슷한 일을 겪고 사라졌는지 궁금했죠. 그다음에는 조디가 한 말이 생각났어요. 그 여자가 데이트했던 남자에 대해서요. 이름이 기억났죠. 헨리 브라이언트라는."

"이전에는 연결하지 못했나요?" 로리스가 말했다. "브라이언트와 만나기로 했을 땐?"

클레어는 고개를 저었다. "처음에는 오로지 헨리라는 이름으로밖에 몰랐어요. 프로필에는 이름과 머리글자만 있었죠. 헨리 B. 그 사람이 내게 이메일을 보냈을 때 성을 봤어요. 그 시점에서는 감이 올 듯했지만, 제가 트렁크에 갇혀서 피파를 생각하기 시작했을 때야 그 사람이 바로 피파에게 문자로 이별을 고한 직후에 그 여자가 바로 실종되었다는 기억이 났죠. 조디가 스치듯이 그 사람 이름을 언급했었거든요." 클레어가 알피를 보았다. "당신을 다시 보지 못할까 봐 겁이 났어. 그 사람이 나도 그렇게 처리해버릴 거란 생각을 했으니까."

"그런 일은 생기지 않았잖아." 알피가 말했다. "모두 잘 될 거야." 그는 윈 경위를 보았다. "이 남자를 잡아야 해요. 꼭 잡아야 합니다."

그는 진심이었다. 하지만 윈과 로리스, 클레어가 생각하는 이유는 아니었다. 그는 클레어를 위해 정의를 실현하고 싶다거나 다른 여자들을 안전하게 지켜야 한다는 데는 관심이 없었다.

그는 대체 지금 무슨 일이 일어났는지 알 수가 없고 그 상황이 마음에 들지 않았기에 이자를 잡고 싶었다.

탁자 아래서, 두 손이 떨렸다. 알피는 두 손을 꽉 맞잡았다. 다른 사람이 보고 자기가 두려워한다고 생각하는 게 싫었다.

설사 그랬대도, 그 생각은 틀렸다. 그는 두렵지 않았다. 그보다 더 심각했다.

알피는 극도의 공황에 사로잡히기 직전이었다.

# 3

윈 경위는 메모판에 받아 적었다. "차 트렁크에는 얼마나 갇혀 있었죠?"

"모르겠어요." 클레어는 대답했다. "오랜 시간처럼 느껴졌는데. 몇 시간. 그 남자가 몇 번 와서 내게 물을 줬어요."

"무슨 말이라도 했나요?"

"절대 말하지 않았어요. 한 번, 전화로 말하는 걸 듣긴 했는데……."

"그 사람이 전화를 하고 있다는 건 어떻게 알았죠?" 로리스 경사가 말했다.

"아무도 대답하지 않았으니까요. 들을 때는 침묵이 길게 흘렀고."

"뭐라고 했습니까?" 로리스가 물었다.

"모르겠어요. 말을 알아들을 순 없었어요. 하지만 웃고 있었고, 저 사람은 저렇게 느긋하고 행복한데, 고작 몇 미터 떨어진 곳에 있는 나는 묶여서 등과 목, 다리에 쥐가 나 고통스러워하고 있다니 참 이상하다는 기분이었다는 게 기억나요."

클레어는 심호흡했다.

"의식이 들었다 나갔다 했는데, 시동이 걸렸을 때 깨어났어요. 차가 움직이고 있었어요. 저 사람이 어딘가 나를 죽일 곳으로 데려간다는 확신이 들었죠. 우리는 한참 차를 타고 갔어요."

"얼마나 간 것 같아요?" 윈이 물었다.

"한 시간 정도요. 어느 지점에 이르자 빨리 간 것 같았는데, 내가 트렁크 안에 있어서 그랬을 수도 있어요. 마지막 몇 미터 동안은 차가 아주 덜컹거렸고요, 마치 무슨 흙길을 달려간 것처럼." 클레어는 알피를 힐긋 돌아보았다. 그녀의 얼굴은 창백했고 눈은 어두웠다. 얼굴은 야위어서, 광대뼈가 두드러져 보였다.

"당신 괜찮아?" 알피가 물었다.

"그렇진 않아." 클레어는 대답했다. "하지만 말할 게 별로 많진 않아요. 차는 멈추었고, 그 사람이 트렁크를 열었어요. 새벽이었고, 사방은 나무가 에워싸고 있었죠. 그는 나를 트렁크에서 꺼내 발목에 묶은 끈을 풀어줬어요. 몇 미터 떨어진 자리, 나무 사이에 숨겨 세워놓은 밴이 있더군요."

"무슨 색이었죠?" 윈이 말했다. "메이커는요? 연식은?"

"꽤 오래됐던데. 흰색이고. 포드였던 거 같아요."

"그리고 차는?"

"진청색이었어요. 메이커는 모르겠는데, 특징은 없었어요."

"고맙습니다. 클레어 씨." 윈이 말했다. "그럼 계속하시죠."

클레어는 고개를 끄덕였다. "그 사람이 제 옷을 벗겼어요. 처음에는 청바지와 속옷을. 그다음엔 나머지를 다. 내 윗노리를 벗기려고 손도 풀어줬죠. 왠진 모르겠는데, 그때 생각났던 건 이 사람이 날 강간하려고 하는구나였어요. 아니면 더 심한 짓을 하려고. 그래서 나를 벌거벗겼던 거였어요."

"더 심한 거요?" 로리스 경사가 말했다. "무슨 생각을 했던 거죠?"

클레어는 두 손을 내려다보았다. "이 남자가 나를 밴에 몰아놓고 나를 주려고…… 다른 남자들에게 주려 한다고 생각했어요. 나를 조용한 곳으로 데려가서 그 사람들이……." 클레어는 망설였다. 그다음 말은 거의 들리지 않았다. "나를 맘대로 이용하게 하려는구나, 라고 생각했죠. 그게 그 사람 계획이었다고 생각해요."

"클레어." 알피가 말했다. "우리 계속할 필요 없어."

"괜찮아. 나를 구해준 게 그 생각이었으니까. 그래서 나는 거기서 빠져나와야만 한다는 걸 깨달았어요. 그 사람을 있는 힘껏 세게 밀쳤죠. 그 남자가 트렁크에 머리를 부딪쳤고, 나는 그를 밀어넣을 수 있었어요. 그 남자 다리가 밖으로 대롱대롱 나왔죠. 그래서 나는 트렁크 뚜껑을 내려쳤어요. 서너 번 정도. 뭔가 부러지는 것 같은 소리가 들렸고, 나는 나무를 향해 뛰어갔어요. 결과적으로 도로에 다다랐죠."

"그자가 따라오진 않았나요?"

"그랬던 거 같진 않아요. 다친 게 아닐까요."

윈 경위는 로리스 경사에게 고개를 까닥했다. "병원 확인해." 경위는 말했다. "클레어 씨의 설명과 일치하는 다리 부상을 가진 남자를 찾아."

"착수하죠." 로리스가 말했다.

윈은 클레어를 보았다. 경위는 미소를 띠었다. "고맙습니다. 앞으로 더 질문을 드릴 일은 분명히 있겠죠. 반드시 연락은 드릴 겁니다만, 저희가 수사해볼 수 있는 단서는 많이 주셨습니다. 지금으로는, 그걸로 됐습니다."

그들은 경찰차로 집까지 갔다. 경찰서 앞에서 차가 떠날 때, 클레어는 안전벨트를 풀고 알피에게 기댔다.

운전하던 경관은 백미러로 그들을 슬쩍 보았다. 알피가 뭐라 말하려 했지만, 경관은 한 손을 들었다.

"신경 쓰지 마세요." 경관이 말했다. "조심스레 운전할 테니."

알피는 미소를 짓고 엄지손가락을 치켜세웠다. 클레어를 다시 돌아봤을 때는 이미 잠들어 있었다.

집에 도착하자 알피는 클레어를 깨우고 차에서 내리는 걸 부축해서 현관으로 갔다.

"괜찮습니까?" 경관이 물었다.

"네." 알피가 대답했다. "도와줘서 감사합니다."

"별 문제 아닙니다. 뭔가 필요하면, 주저 말고 연락주세요."

알피는 문을 닫았다. 클레어는 거실로 들어가서 소파 한쪽 끝에 주저앉은 후 두 팔로 무릎을 끌어안았다.

"천만다행이야." 알피는 말했다. "당신이 돌아와서 천만다행이야."

그녀는 고개를 끄덕였다. "물 한 잔만 가져다 줄 수 있어?"

"물론이죠. 뭐든. 차를 원해? 아니면 커피? 먹을 걸 줄까?"

"그냥 물이면 돼."

부엌에 가자 그는 물 두 잔을 따랐다. 그걸 거실로 가지고 가서 한 잔을 클레어에게 주었다. 자기 잔은 커피 탁자에 놓았다. 표면의 잔물결이 사라지는 것을 바라보며, 무슨 일이 일어나고 있는지 이해하려 했다.

알피가 아는 건 클레어가 납치당했으며, 간신히 탈출했다는 것뿐이었다. 그건 누군가 여자들을 만나서 납치할 수 있도록 브라이언트의 정체성을 훔쳤다는 의심을 확증해주었다. 어쩌면 클레어가 암시한 짓을 하려고 했는지도 모른다. 성노예로 팔아넘기는 것.

영리한 생각이긴 했다. 이런 웹사이트들은 규제를 받지 않고, 가명을 쓰는 사람들이 넘쳐났다. 추적도 거의 가능하지 않았다. 이런 경우라면, 그들은 어쩌다 피파의 실종에 연루된 헨리 브라이언트를 골랐을지도 모른다.

이러면 경찰들은 잘못된 길로 빠질 것이었다. 그들은 데이팅 웹사이트에서 남자들을 만난 후에 실종된 다른 여자를 찾아야 할 때 헨리 브라이언트에게 초점을 둘 것이었다. 그런 남자들은 아무 이름이나 쓸 수 있는데.

알피가 그들에게 그 사실을 말해주겠다는 건 아니었다.

어느 쪽이든, 알피는 이 건에 대해서는 기분이 약간 나아지기 시작했다. 이제 무슨 일이 생겼는지 파악했다고 생각했다. 임의적으로 생긴 일이다. 다만 자기가 받았던 문자메시지는 설명하지 못했다. 발신자의 이름이 없던 문자, **내가 보고 싶어? 나도 보고 싶어. 곧 만날 거지?** 라고 쓰였던 문자. 알피는 그것도 어떻게 된 일인지 파악했다고 생각했다. 피파에게서 온 것이었다. 바로 피파가 썼을 법한 것이었다. 하지만 그가 피파를 죽인 후에 온 건 아니었다. 이전에 보냈지만, 사이버스페이스 어딘가에 처박혀 있었던 것이다. 그가 전화기를 가지러 갔다가 켠 순간에야 비로소 뚫고 들어왔다.

이 추측의 가장 좋은 점은 클레어를 납치하려고 했던 사람이 누구였든지 간에 지금부터는 클레어 근처에 얼씬도 하지 않을 것이고, 다시는 헨리 브라이언트를 사용하는 일도 없을 것이라는 점이었다.

그 말인 즉, 적어도 알피와 클레어에게는 이 일이 끝났다는 뜻이었다. 헨리의 미래 피해자들에게는 아니겠지만.

하지만 그 때문에 알피는 이전과 다름없이 덫에 갇힌 신세였다.

# 4

클레어는 물을 마시고 눈을 감았다.

“기운이 다 빠졌어.” 그녀는 말했다. “나는 샤워 좀 하고 잠을 자야겠어. 당신도 와서 내 옆에 누워줄래?”

“물론이지.” 알피는 말했다. “나도 더할 나위 없이 좋아.”

그는 초인종 소리에 잠에서 깼다. 순간, 강한 데자뷰의 감각을 느꼈다. 눈을 떴을 때 윈 경위와 로리스 경사가 현관 앞 계단에 있는 장면을 상상했다. 하지만 그때야 기억이 났다.

클레어가 집에 있었다.

그는 조용히 침대에서 나와 현관으로 걸어갔다. 믹이 커다란 피자

상자를 들고 서 있었다. 그는 그걸 알피에게 떠넘기고 안으로 성큼성큼 들어왔다.

"개는 어디 있나?" 믹이 물었다.

"자고 있습니다." 알피는 고갯짓으로 위층을 가리켰다. "무척 피곤해 하네요."

"개는 가만 놔두자고." 믹은 알피가 무슨 다른 짓이라도 하려 했던 것처럼 말했다. 그는 전화를 꺼냈다. "이거 봤나?"

"뭐죠?"

"저 기자 새끼들이 소식을 물었어. 벌써 기사를 싣고 있네." 믹이 말했다.

"아. 뭐라고들 하나요?"

"읽어보게."

알피는 믹의 전화를 받아들고 기사를 읽었다.

**클레어 다니엘스 발견**

이번 주 초에 실종되었던 여성 클레어 다니엘스가 발견되었다. 다니엘스 부인이 뉴 포레스트의 조용한 도로를 따라 헤매던 것을 바버라 린튼(61)이 목격했다.

다니엘스 부인은 어떤 웹사이트에서 헨리 브라이언트라는 이름을 사용하는 남자와 혼외 관계를 맺고 밀회한 후에 실종되었다. 지난 2주 동안 브라이언트 씨를 만난 후에 사라진 여성으로는 두 번째였다. 피파 데이비스-헌트 씨는 일주일 전 목요일 이후로 목격된 바가 없다.

제인 윈 경위의 말에 따르면 경찰이 다니엘스 부인으로부터 소중한 정보를 얻었다고 한다. "헨리 브라이언트에 대해서 많은 걸 알아냈고 여러 단서를 따라가고 있습니다. 데이비스-헌트 씨에 대한 우려는 여전히 남아 있고 곧 찾아내겠다는 희망을 놓지 않고 있습니다."

다니엘스 부인은 남편 알피 씨와 함께 귀가했으며 어떤 언급도 피하고 있다.

알피는 전화를 믹에게 도로 주었다.

"그렇게 나쁘진 않네요." 그는 말했다.

"그렇지, 아직까지는." 믹은 전화를 주머니에 넣었다. "알겠지만, 나는 자네를 존경하네, 알피. 그 애를 버리지 않다니."

"그 생각도 했습니다. 하지만 전 클레어를 사랑하니까요. 우리가 해결해나갈 겁니다."

"그런 식으로 생각해주다니 고맙네. 그 애가 그런 일을 겪었으니 자네가 필요할 거야."

"압니다. 저도 클레어를 위해 여기 있을 거고요."

"그럼 다음은 어떻게 되나?" 믹이 물었다.

"일은 잠깐 쉴 생각입니다. 클레어와 집에 있어야죠. 치유 과정을 시작할 겁니다. 누군가에게 진료를 받으면 클레어에게 이득이 될 것 같은데요."

믹이 고개를 끄덕였다. "말만 하게. 원하는 사람은 누구든지. 비용은 내가 대지."

*어련하시겠냐*, 알피는 생각했다. *젠장, 어련히 잘하시겠어.*

"고맙습니다, 믹." 알피는 미소를 지으며 말했다. "감사드립니다. 장인어른이 해주신 모든 것에 감사드립니다."

# 월요일

## 1

알피가 깨어났을 때 클레어는 없었다. 그는 한 손으로 클레어가 누웠던 자리를 쓸어보았다. 시트는 차가웠다. 알피는 움직이는 소리, 혹은 텔레비전이나 라디오 소리가 들리나 귀를 기울였다. 고요뿐이었다.

그는 벌떡 몸을 일으켰다. 클레어의 흔적이 있어야만 했다. 시끄러운 소리나 커피 향이나. 클레어가 일어나서 집에 있다면.

알피는 티셔츠를 뒤집어쓰고 아래층으로 내려갔다.

"클레어!" 그는 외쳤다. "클레어!"

클레어는 소파에 앉아 머그잔을 감싸들고 허공을 응시하고 있었다.

"맙소사." 그는 말했다. "난 정말, 난 무슨 일이 생긴 줄 알았잖아."

클레어는 얼굴을 돌려 그를 바라보았고, 눈에는 서서히 초점이 잡혔다.

"아니, 잠이 안 와서. 그뿐이야."

"나를 깨웠어야지."

클레어는 고개를 저었다. "괜찮아. 나는 혼자 있고 싶었어. 생각 좀 하면서."

"생각할 게 많긴 하겠지."

"내가 계속 무슨 생각 하는지 알아?" 클레어가 말했다. "내가 얼마나 운이 좋은지 생각해. 이상하게 들리지만, 내 머릿속에 있는 주된 생각이 그거야. 나는 운이 좋다."

"어쩌면 그럴지도 몰라. 어떤 면에서는. 적어도 당신은 탈출했잖아."

"그것도 한 부분이긴 한데, 주된 이유는 아니야." 클레어는 알피에게 소파로 와서 자기 옆에 앉으라는 신호를 보냈고 두 손으로 그의 손을 잡았다. "주된 이유는 나를 당신에게 도로 데려다 줬기 때문이지. 내가 그 웹사이트에 갔을 때, 다른 불륜을 저질렀을 때 대체 무슨 생각이었는지 모르겠어."

알피는 얼굴을 찡그리고 자기 손을 뺐다.

"이 얘기를 지금 할 필요는 없겠지." 클레어는 말했다. "당신이 듣기 힘든 얘기라는 거 이해해. 하지만 우리는 하긴 해야 할 거야. 어느 시점에는."

알피는 고개를 흔들었다. "괜찮아. 지금 얘기해도 돼."

"나는 길을 잃었어, 알피. 아이를 가지려고 노력했는데 가질 수 없으니. 어쩌다 그렇게 됐는진 모르겠고, 그런 짓을 해서 정말, 정말 미안해. 커다란 실수였어. 직장 동료도, 브라이언트도. 하지만 우린 다시 시작할 수 있을 거야. 입양이나 정자기증자도. 어쩌면 아이가 영영 없을지도 모르지. 신경 안 써. 우리가 같이 있다면, 나는 괜찮아. 내가 잡혀 있을 때 깨달았던 거야. 내가 이제 결국에는 죽겠구나, 아니면 침대에 묶여 남자들에게 당하겠구나, 라는 확신이 들었을 때. 난 우리가 가진 게 특별하고, 그것만으로도 내 인생이 충만하고 행복해지기에는 충분하다는 걸 알았지. 내게 필요한 건 당신뿐이야, 알피. 지금도 앞으로도 영원히."

알피는 클레어와 눈을 마주치며 천천히 고개를 끄덕였다. 지금에도 그는 클레어에게서 탈출할 수 없었다. 어쩌면, 천만다행으로, 아이는 피할 수 있었을지 모르지만, 클레어에게는 붙들려버렸다. 이젠 클레어를 제거하기로 한 원래의 계획을 실행하기란 불가능할 테니, 다른 걸 시도해볼 때까지는 한참 걸릴 것이었다.

그동안에는 그는 갇혀 있게 될 것이었다. 그리고 클레어는 이전보다 더 그에게 의존할 것이었다.

물론 그는 클레어와 이혼할 수는 있었다. 완벽한 핑계도 있었다. 하지만 알피는 믹을 알았다. 믹은 알피를 존경한다고 말을 했든 아니든, 알피의 인생을 불행하게 망칠 것이다. 존경과 감사는 시간이 흐르면 닳아 없어지고, 클레어는 곧 이렇게 말하게 되리라. *알피와 나는 헤어지기로 했어요. 그 사람 탓하진 마세요. 내 잘못이니까요.* 그러면 믹은 알피를 반드시 빈털터리로 만들어버릴 것이었다. 자기가 꽂아준 일자리도 빼앗을 테고, 알피는 돈도 기술도 없이 남겨지리라. 그리고 알피도 그걸 원하진 않았다. 그는 자기 삶을 좋아했다. 집과 차와 휴가를 좋아했다.

그저 클레어는 빼고 그런 것들을 갖고 싶었을 따름이었다. 그리고 그렇게 할 계획이 있다고 생각했다. 하지만 지금은 그 계획도 사라졌다.

알피는 두 손을 쥐어짰다. "나도 그래, 여보." 그는 말했다. "내게 필요한 건 당신뿐이야. 언제나 그랬어."

알피가 토스트를 만들고 있을 때 휴대전화가 울렸다. 윈 경위였다.

"좋은 아침입니다." 경위는 말했다. "어떻게 지내십니까?"

"이보다 더할 나위 없을 정도로 좋습니다." 알피가 말했다. "적어도 모두 끝났으니까요."

"네. 그 점은 감사해야겠죠. 클레어 씨와 통화할 수 있을까요? 한 가지 요청드릴 일이 있습니다."

클레어는 샤워를 하고 있었다. 알피는 아내를 방해하고 싶지 않았다.

"지금은 전화를 받을 수 없는데요. 제가 메시지를 전달해도 될까요?"

"물론이죠." 윈 경위는 말했다. "브라이언트의 몽타주를 만들었는데요, 그 사람과 비슷하게 생겼는지 부인에게 보여드리고 싶습니다."

"좋습니다. 저희 집에 오셔야 합니까?"

"이메일로 보내겠습니다."

"좋습니다." 알피는 화제를 바꾸었다. "수사에 진전은 있으셨습니까?"

"아직은 아닙니다." 윈은 말했다. "이상하죠. 아직까지는 CCTV 영상도 없고, 브라이언트에 대한 증거를 별로 찾지도 못했습니다. 그 자에게 여권이 있었는데, 쓴 적은 없더군요. 하지만 그 사람에 대해 별로 알아낸 건 없습니다. 아예 존재하지 않는 사람일 가능성도 있죠. 누군가 그 뒤에 숨으려고 가짜 정체용으로 그 사람을 만든 건지도 모른다는 생각이 듭니다. 솔직히 말씀드리면, 그러면 훨씬 더 힘들어지겠죠."

알피는 그 말을 들으니 내심 기뻤다. "그거 좋지 않네요." 그는 말했다.

"좋지 않죠. 하지만 그자와 다니엘스 씨 가족들 사이의 연관은 이제 끝난 것 같습니다, 적어도." 경위는 말했다. "그자는 당신들 근처에는 얼씬도 하기 싫을 거 같으니까요."

"그랬으면 좋겠네요. 하지만 여전히 그자에게 정의의 심판이 내리는 꼴을 보고 싶습니다. 그래야 우리 둘 다 마음의 평화를 찾을 테니까요."

"그렇죠." 윈 경위는 말했다. "우리 모두에게 그렇게 될 겁니다."

## 2

알피는 집에서 나가야만 했다. 클레어는 오후 내내 이 방 저 방 우울하게 다녔고, 그는 더는 클레어의 모습을 참고 볼 수가 없었다. 다행히도 클레어는 잠이 들었기에 탈출할 수 있었다.

그는 쪽지를 끼적여놓았다. *우유 사러 나가. 금방 돌아올게. 사랑해. A xxx* 그런 후에는 부엌문으로 나가 정원 끝의 문까지 갔다. 누가 알아볼 경우를 대비해서 야구 모자와 선글라스를 썼다. 그는 방해받고 싶지 않았다. 생각하고 싶었다.

클레어를 납치한 사람이 누구든 자기가 하는 짓을 은폐하려고 다른 사람의 프로필을 썼다는 건 이제 확신했다. 헨리 브라이언트를 고른 건 단순히 우연이었다. 처음에는 너무 큰 우연처럼 보였으나 생각할수록 그렇지도 않다는 데 더 마음이 쏠렸다. 불륜 상대를 구하러 그 웹사이트를 찾는 사람이 많다는 건 아니었다. 외도에 관심이 있는 인구 중에, 다수가 결국은 하고 만다. 그리고 하게 된다면 상대는 동료이거나 혼자 간 출장의 호텔 바에서 만난 사람이다. 체계적으로 웹사이드에서 사람들을 찾는 수는 꽤 적었다.

그리고 사실 그렇게 웹사이트를 찾는 사람들은 자기 나이 대의 사람들을 고르기 마련이었다. 그러면 가능성이 훨씬 줄어들었다. 프로필에 얼굴을 보이지 않는 사람들은 거의 가능성을 남기지 않는다. 그러니, 그자가 헨리 브라이언트를 낙점한 것도 그렇게 놀랄 일은 아니었다.

진짜 놀라운 점은 클레어가 그 웹사이트를 사용하고 있었다는 것이었다. 하지만 그 의문도 해소되기는 했다. 클레어는 자기 기준이긴 하지만, 힘든 시간을 겪고 있었고, 그건 우리가 다른 사람을 진정 알고 있다고 생각한들 실제로는 속을 다 알 수는 없다는 증거를 하나 더한 것에 지나지 않았다.

하지만 클레어는 그 모든 방황도 다 끝냈다. 이제 그녀는 새로이 남편에게 헌신하게 되었다. 그리고 알피는 그것이 두려웠다. 어떻게든 빠져나와야만 했다.

새로운 계획이 필요했다.

그 여자를 죽일 새로운 계획.

그것만이 완전히 최종적으로 이 일을 해결할 유일한 방법이었기 때문이었다. 피파와 있었던 일에서 그런 교훈을 배웠다. 문제는 어떻게 하느냐였다. 절벽에서 밀어버릴까? 강도 살인을 꾸밀까? 독살할까? 아니, 그러면 그가 가장 명백한 용의자가 되어 금방 잡히고 말 것이었다. 이전에 헨리 브라이언트가 그처럼 기발한 생각처럼 여겨졌던 이유도 거기 있었다. 인터넷에서 여자들을 고르는 어떤 사람이 그들을 죽여버린 것처럼 보였을 테니까. 클레어는 단순히 가장 최근의 희생자였다. 거기 더해 그는 불운하고 바람 난 아내를 둔 남편이 되어버려서 모든 사람의 동정을 살 수도 있었다.

하지만 그가 세운 브라이언트 계획은 날아가버렸고, 이제 달리 무엇을 해야 할지 알 수 없었다.

하지만 뭔가 떠올랐다. 언제나 그랬다. 그리고 그게 떠오르면 착취할 준비가 되어 있었다. 그게 그의 뛰어난 기술이었다. 그는 장인급 기회주의자였다. 기회를 알아보았고, 그걸 잡았다. 처음 클레어를 본 날 그랬던 것처럼.

그는 곧 길을 찾아낼 것이었다. 찾고 싶으면 길을 찾아냈고, 알피는 자기가 원하는 걸 얻었다.

클레어에게서 벗어나 있으니 좋았다. 긴장을 풀고 생각할 수 있었다. 그는 카페 바깥 탁자에 앉아서 웨이트리스의 시선을 끌었다. 웨이트리스는 고개를 끄덕였다. *곧 갈게요.* 그러고는 몸을 돌려 탁자를 치웠다. 알피는 그 여자를 관찰했다. 20대 초반에 운동을 한 체격이었고, 평범한 하얀 티 팬티의 끈이 스키니 진의 허리선 위로 살짝 드러나 있었다. 그는 나중을 위해서 여자를 기억해두었다. 클레어가 없어지면 다시 여기로 돌아와서 잡담이라도 나누며 가장 따뜻한 미소를 지으면서 언제 술이나 한잔하자는 말을 흘려야지.

알피는 여자를 바라보며 개인 사연을 짐작하려 해보았다. 그는 이 여자에게 남자 친구가 없다는 결론을 내렸다. 아마도 최근에 남자 친구랑 깨진 것 같았다. 여자가 남성 손님들을 쳐다보는 방식에는 뭔가 있었다. 일종의 초대 느낌. 형편이 넉넉하지 않다는 건 분명했다. 넉넉했다면 이런 일을 하지 않을 테니까. 그리고 사용 기한이 다한 옷을 입고 있지 않았을 테니까. 하지만 유쾌했고, 재치 있게 말하는 여자였다. 더 많은 것을 원하는 유의 여자. 자기가 더 나은 걸 얻을 자격이 있다고 생각하는, 그래서 잘생기고 부유한 고객이 말을 걸며 데이트를 청하면 놀랄 만한, 하지만 아무리 놀란대도 그의 동기를 의심하지는 않을 사람.

그런 후에는 이 여자랑 몇 번 섹스하게 되리라. 매번 이전보다 더 거칠게. 결박해야 할 수도 있고. 상처를 낼 수도 있고. 자기가 얼마나 밀어붙일지 두고 볼 수 있겠지. 발바닥을 담배로 지질 수 있을까? 허벅지 안쪽을 면도날로 긋는 건? 그는 꽤 극한까지 밀어붙일 수 있을 거라고 생각했다. 특히 자기가 사랑한다고 말하고 그 고통 속에 약간의 희망을 흩뿌린다면. 하지만 이 여자는 하게 해주겠지. 그는 알 수 있었다. 그런 얼굴을 하고 있었다. 남의 비위 맞추는 걸 좋아하는 여자, 그렇게 안 하면 남자를 잃을지도 모른다고 생각하는 유형이었다.

그런 후에는 차버릴 것이다. 카페로 도로 꺼지고 결혼하기에 적당한 시골뜨기를 찾아보라고. 자기가 헛되이 이 남자에게 모든 걸 하도록 허락했다는 걸 이 여자가 깨닫는 모습을 보는 게 최고로 즐거운 부분이었다.

하지만 그 모든 건 다 미래에 있었다. 일단 클레어를 제거해야만 가질 수 있는 미래.

웨이트리스가 주문판을 손에 들고 그에게로 걸어왔다. 여자가 탁자 앞에 왔을 때 그의 전화가 울렸다.

클레어였다.

그는 전화기 화면이 아래로 가도록 뒤집었다. 클레어는 잠에서 깨어 남편이 없다는 걸 알고 공포에 질렸을 테지만 곧 쪽지를 발견할 것이었다. 그 정도면 됐다. 그는 클레어와 이야기하고 싶지 않았다. 그러면 마음의 평화가 깨어질 것이었다. 우유 사고 돈 내느라 전화는 못 받았다고 할 작정이었다.

"커피 주세요." 그는 말했다. "에스프레소 더블샷으로." 그는 여자를 향해 미소를 지었다. "오늘 그런 기분이 드는 날이어서."

"저도 그래요." 여자가 말했다.

"일은 다 끝났나요?"

"5시에 끝나요."

"그럼 집에 가서 쉴 수 있겠네요." 알피가 말했다. "발을 텔레비전 앞에 올려놓고. 그렇게 누릴 만한 자격이 있죠."

지금 *나랑 가서 한잔 어때요?* 라고 말할 만한 시점이었다. 여자는 고개를 끄덕이며, *가죠 뭐,* 라고 말할 것이었다. 알피는 웨이트리스의 눈에서 그 여자가 그런 말을 거의 기대하고 있다는 걸 알 수 있었지만, 아무 말 하지 않았다. 나중을 위해 아껴두리라. 훗날을 위해.

웨이트리스가 멀어져 갈 때 전화가 울렸다, 또.

그는 전화를 뒤집었다. 클레어였다. 물론 그렇겠지. 멍청한 년. 몇 분간만이라도 가만히 놔둘 수 없는 거야? 하지만 그는 받아야 했다. 전화를 두 번이나 무시할 순 없었다. 다음 주 내내 징징댈 것이었다.

"여보세요." 그가 말했다. "무슨 일이야?"

"어디야?" 클레어의 목소리는 긴장된 듯했다. 긴장 이상이었다. 겁에 질려 있었다. 그는 앉은 자리에서 몸을 꼿꼿이 세웠다.

"우유 사고 있어. 쪽지 남겼잖아. 괜찮아?"

"얼마나 빨리 돌아올 수 있어?"

"10분. 무슨 일이야?"

처음에는 침묵뿐이었다. 입을 열었을 때, 클레어의 목소리는 두려움에 떨며 흐느꼈다.

"그 사람 여기 있어." 클레어가 말했다. "헨리 브라이언트. 그 사람이 여기 있어."

## 3

알피는 탁자 위에 10파운드짜리 지폐를 놓았다. 그가 가진 지폐 중 소액은 그뿐이었다. 마시지도 않은 커피 값치고는 비쌌다. 그런 후에는 거리를 질주하기 시작했다. 블랙캡 한 대가 그에게 접근했다. *빈차*, 에 불이 들어와 있어서 그는 손을 내밀었다. 택시가 서자, 그는 올라타고 주소를 댔다.

몇 분 후 차는 동네로 들어섰다. 그는 좌석 끝에 앉아 창밖만 내다보았다. 입 안이 바짝 탔다. 집 바깥에는 벌써 경찰차가 와 있었다.

"저기 앞이요." 그가 말했다. "경찰 옆에."

"괜찮아요?" 택시 운전수가 물었다.

"그런 것 같아요. 아내가 집에 혼자 있습니다. 전화해서 집에서 침입자를 봤다고."

"세상에 맙소사." 운전사가 말했다. "나라 꼴이 엉망이야. 적어도 경찰이 여기 일찍 오기는 했네요."

"그러네요." 알피는 다시 10파운드 지폐를 내밀었다. "잔돈은 됐습니다."

그는 문을 열고 보도 위에 발을 내디뎠다.

집에 들어가자, 클레어는 부엌 탁자에 앉아 있었다. 방 안에는 순경 두 명이 있었다. 남자 순경은 부엌 문 옆에 서 있었다. 다른 여자 순경은 클레어의 반대편에 앉아 있었다.

"클레어." 알피가 말했다. "무슨 일이야?"

그를 바라보는 클레어의 뺨은 눈물로 얼룩져 있었다. "그 사람이 여기 왔었어." 클레어는 말했다. "그 사람이 여기 왔어."

"정확히 어디?"

클레어는 창문을 가리켰다. "정원에. 주전자에 물을 받다가 그 사람을 봤어."

"정원 어디?" 알피가 물었다.

"창문 바깥에. 창문 바로 바깥에."

그녀의 눈은 커졌고 목소리는 높아져 히스테리에 가까워졌다. "그 사람이 날 잡으러 왔어. 나를 다시 데려가려고 왔다고."

알피는 클레어 반대편에 앉은 여자 경찰관을 보았다. "그 사람 봤습니까?"

경찰은 고개를 저었다. "부인이 신고하시자마자 꽤 빨리 도착했습니다. 이 지역을 돌고 있었고, 이 주소는 우선순위에 있으니까요. 하지만 우리가 왔을 땐 여긴 아무도 없었습니다."

다른 동료 경찰이 정원을 손짓으로 가리켰다. "제가 한 번 돌아봤습니다. 비어 있더군요. 떠난 거겠죠. 아마 뒷문을 통해."

클레어는 떨고 있었다. "나는 그 남자를 보고 비명을 지르며 부엌 밖으로 뛰어나갔어. 되도록 그 사람에게서 멀어지고 싶어서. 그러고 나서 당신에게 전화했는데, 안 받더라. 그래서 경찰에 신고했지. 앞문이 닫혀 있는지 확실히 단속하고, 계단에 앉아 있었어." 클레어는 옅은 미소를 띠었다. "당신의 골프채 중 하나를 손에 들고서."

"당신 무서웠지." 알피가 말했다. "정말 미안해. 놔두고 가는 게 아니었는데."

"괜찮아." 클레어는 말했다. "당신도 알 수는 없었으니까."

알피는 뒷마당을 손짓으로 가리켰다. "그 사람이 저기 있었다는 흔적이 있습니까?"

남자 순경은 고개를 끄덕였다. "잔디 위에 집에서부터 뒷문으로 이어지는 자국이 있었습니다. 보시죠, 풀이 밟혀 있고……."

"그건 나예요." 알피가 말했다. "제가 오늘 아침에 그 길로 나갔거든요."

"아." 경관의 얼굴이 시무룩해졌다. "흠, 그것 말고는 다른 건 못 봤습니다."

"저희가 이웃들에게 얘기해볼 겁니다." 여자 순경이 말했다. "뭘 봤나 물어보려고요." 경관은 어깨를 으쓱했다. "하지만 저희가 더 해드릴 수 있는 건 많지 않네요."

"알겠습니다." 알피가 말했다. "윈 경위님을 아십니까?"

"네, 압니다." 여자 순경이 말했다.

"잘됐네요. 그분이 제 아내 사건을 담당하고 있습니다. 자세한 부분을 설명해주실 겁니다. 하지만 경위님도 이 사건 이야기를 듣고 싶을 것 같은데요. 경위님께 이 사실을 알려주실 수 있겠습니까?"

"아, 우리도 그 사건을 압니다. 우리도 신고 센터에서 전화가 들어오자마자 경위님에게 알려드렸죠."

윈 경위와 로리스 경사는 한 시간 내로 집에 도착했다.

"그럼," 윈이 말했다. "헨리 브라이언트가 여기 왔었다는 거죠?"

클레어가 고개를 끄덕였다. "부엌 창문에 있었어요."

"뭐라고 말했습니까? 무슨 몸짓이라도 하던가요?" 로리스 경사가 물었다.

클레어는 고개를 저었다. "그저 나를 노려보기만 했어요."

"클레어 씨가 부엌에 들어왔을 때 그자가 거기 있었습니까?" 윈 경위가 물었다.

"아뇨. 그랬더라면 제가 봤겠죠. 저는 커피를 내리고 있었고, 싱크대로 갔을 때 그의 존재를 알아챘어요. 내가 들어왔을 때 보고 있다가 내가 자기를 볼 수 있는 자리로 옮긴 게 분명해요. 나에게 충격을 주려고."

"바로 그거겠네요." 알피가 말했다. "그자는 클레어에게 겁을 주려고 했던 겁니다. 내가 나갈 때까지 기다렸겠죠. 그렇다는 건 그자가 우리를 지켜보고 있었다는 뜻이죠."

"왜 그런 생각을 하십니까?" 로리스 경사는 알피를 무시하고 말했다. "그런 효과를 노렸다는 티를 냈습니까?"

"아뇨." 클레어가 말했다. "하지만 그게 내가 받은 느낌이었어요."

"흠." 윈 경위가 말했다. "어떤 면에서는 말이 되는군요. 그래도 여전히 그쪽에서는 큰 위험일 텐데요. 그자가 그렇게 해서 얻는 게 뭔지 모르겠네요. 클레어 씨에게 자신의 존재를 알려 경계심을 높이는 것 말고."

클레어는 알피를 보았다. "맙소사." 그녀는 말했다. "이걸 믿을 수가 없네. 그자가 돌아왔어. 나를 노리고 왔다고!"

"우리가 어떤 결론을 내릴 수는 없다고 생각합니다." 윈 경위가 말했다. "어쩌면 아주 다른 걸 생각하고 있는지도 모르죠."

"이런 정신병자 새끼가 무슨 생각을 하든 누가 압니까?" 알피가 말했다. "그자는 우리와 달라요. 정상이 아니라고요."

"아니겠죠." 윈 경위가 말했다. "정상이 아니란 건 거의 확실합니다."

"경관님들이 이웃 사람들과 얘기는 해보셨나요?" 클레어가 말했다.

"해봤습니다." 로리스 경사는 말했다. "아무도 아무것도 못 봤다더군요. 몇몇은 집에 없었고요. 그러니 그런 사람 중 한 명은 보고할 만한 얘기가 있을지도요. 윈 경위님과 저도 이웃들과 얘기는 해볼 겁니다. 뭐가 더 나오는지 알아볼 겁니다."

"그럼 우리는 뭘 합니까?" 알피가 말했다.

"제 생각에는," 윈 경위가 말했다. "별로 선택지가 많지는 않을 겁니다. 계속 헨리 브라이언트를 찾아보는 것 말고는. 그자가 누구든 간에."

알피는 고개를 끄덕였다. 헨리 브라이언트가 누구냐는 것이 하나의 질문이긴 했으나, 알피의 심기를 가장 거슬리는 건 그 점이 아니었다. 그가 이해할 수 없었던 건 어째서 브라이언트가 아직도 근처에서 서성대고 있느냐는 것이었다.

클레어였을까? 아직도 클레어를 납치할 생각을 품고 있는 걸까? 아니면 다른 걸까? 알피가 상상도 할 수 없는 다른 것?

알 수는 없었지만, 그게 뭐든 간에 브라이언트의 용무는 아직 끝나지 않았다는 건 분명했다.

## 화요일

## 4

알피는 반쯤 먹은 토스트 조각을 접시 위에 놓고 치워버렸다. 클레어는 거실, 퇴창 옆의 방석 위에 앉아 있었다. 독서할 때 제일 좋아하는 장소였다. 방석들은 알피가 결혼기념일을 위해 주문제작한 것이었다.

알피는 책을 읽을 수 없었다. 입맛도 별로 없었다. 정신이 온통 딴데 쏠려 있었다. 그는 여러 가지를 마음속으로 굴리며 온갖 각도에서 살펴보고 뭔가 새로운 것이 나타나기를 바랐다.

하지만 아무것도 나타나지 않았다.

알피는 누가 브라이언트의 정체를 훔쳤고 우연히 클레어의 프로필에 걸린 거라고 확신했었다. 하지만 어째서 집에 나타난 거지? 미친 짓이었다. 잡힐 위험이 너무도 높았다.

*다만 그자가 집에 온 게 과연 사실일까.* 알피는 생각했다. *어쩌면 클레어가 상상한 것일지도 몰라.*

그는 토스트를 다시 집어서 작게 한 입 물었다. 다 타버린 재 맛이 났다. 클레어가 상상했을 수도 있다. 알피가 의학 전문가는 아니지만, 트라우마가 충격을 남겼고 그래서 이런 식으로 나타났을 가능성도 있었다. 생각을 하면 할수록 이 생각이 더 그럴듯하게 보였다.

그래서 그는 원래 가설로 돌아갔다. 누가 브라이언트의 프로필을 사용했고, 클레어를 납치했으며, 이제는 다른 사람을 먹잇감으로 삼으려고 찾아다니고 있을 것이었다.

그건 솔직히 알피가 별로 상관할 바는 아니었다. 그자가 여기서 빠져준다면 기쁠 뿐이었다.

그때 무언가 와장창하는 소리에 그의 생각이 끊겼다.

앞쪽 거실에서 나는 소리였다.

클레어는 창문 옆에 앉아서 거리 반대편을 쳐다보고 있었다. 클레어 옆 바닥에는 찻주전자가 구르고 있고, 갈색 액체가 거기서 쏟아져 웅덩이를 이루었다.

"클레어?" 알피가 숨도 못 쉬고 말했다. "무슨 일이야?"

"브라이언트." 클레어가 말했다. "그가 여기 있어."

알피는 화들짝 놀랐다. "어디?"

"바깥에." 클레어는 고갯짓으로 거리를 가리켰다. "바로 저기에."

알피는 방을 가로질러 가서 클레어의 뒤에 섰다.

거기 그가 있었다.

길 반대편에, 검은 청바지와 적갈색 후드 티셔츠를 입고 하얀 아디다스 운동화를 신은 남자가 서 있었다. 얼굴은 후드에 가려 보이지 않았다. 검은 배낭을 메고 손에는 전화기를 들었다. 키는 알피 정도였지만, 더 마른 체격이었다. 나이를 짐작하기가 어려웠다. 알피가 나타나자, 남자가 굳어버렸다.

"씨발 새끼." 알피가 말했다. "경찰에 신고해, 여기서 기다려. 내가 저자를 쫓을 테니까."

이 일을 끝내버릴 기회가 왔다. 알피는 몸을 돌려 거실을 나가 현관으로 뛰어나갔다. 앞문은 걸쇠로 잠겨 있어서 여는 데 몇 초가 걸렸다. 마침내 문을 열었을 때, 브라이언트는 벌써 거리 끝에 다다라, 대로를 향해 왼쪽으로 돌아갔다.

알피는 그의 뒤를 쫓았다. 왼쪽으로 돌았을 때, 브라이언트의 모습, 뭔가 적갈색의 형체가 공원 문으로 뛰어 들어가는 것이 설핏 보였다. 남자는 빨랐다. 그와 알피 사이의 간격은 이제 더 벌어졌다.

알피는 속도를 늦추었다가 완전히 멈추었다. 쫓아가봤자 소용이 없었다. 브라이언트는 더 빨랐고, 일단 공원 안에 들어간 이상 어느 쪽 길이든 택해서 달아날 수 있었다.

그는 사냥감을 놓치고 실망한 채로 몸을 돌려 집으로 도로 향했다.

하지만 그것이 최악은 아니었다.

최악은 이제 브라이언트가 단순히 클레어의 상상력이 만들어낸 산물이 아님을 알게 되었다는 것이었다.

브라이언트는 실재했다.

# 2

믹은 커다란 손에 위스키 잔을 들고 소파에 앉아 있었다. 윈 경위와 로리스 경사는 브라이언트의 인상착의를 돌리러 벌써 나가버렸다.

"그 새끼가." 믹이 웅얼거렸다. "여기에 왔어?"

클레어는 고개를 끄덕였다. "믿을 수가 없어요. 이 일이 끝난 줄 알았는데, 그 사람 더 원하나 봐요. 나를 가만두지 않을 거예요." 클레어는 눈물을 떨치려 눈을 깜박거렸다. "최악은 이게 너무나 개인적으로 느껴진다는 거예요. 애초에 이 남자를 만난 게 내 바보 같은 실수라는 건 나도 알지만, 나는 그냥 운이 나빴다고 생각하려 했어요. 그런데 이제 이자가 줄곧 특별히 나를 목표로 삼은 게 아닌가 하는 생각이 드네요."

"어떻게?" 믹이 말했다. "하물며 그자가 너를 어떻게 알고?"

"그건 모르지만." 클레어가 말했다. "하지만 이 모든 일 이후에도 그 사람이 돌아왔다는 사실은 원하는 게 더 있다는 뜻 아니겠어요. 나한테 뭔가를."

알피는 귀를 기울였다. 그도 위스키 잔을 들고 있었지만, 마시고 싶은 마음은 없었다. 뭘 먹거나 마시고 싶지도 않았다. 그럴 수 없었다. 헨리 브라이언트가 무슨 일을 꾸미는지 몰랐고, 그 때문에 속이 메슥거렸다.

"뒤틀린 놈이야." 믹이 말했다. "그게 다야. 네가 도망쳐서 견딜 수가 없었던 거다. 하지만 그놈이 다시 네 가까이 올 수 있다고 생각하다니 커다란 실수를 한 거지. 그 녀석이 여기서 냄새 맡고 돌아다니면, 내가 결국에는 그놈을 손봐줄 거니까. 그리고 내가 그 녀석과 볼일을 다 보면, 차라리 경찰에게 잡혀서 다른 살인자들이나 아동 성추행범들과 함께 감옥에 가는 편이 낫다고 바라게 될걸. 거기가 더 안전한 곳일 테니까."

"그랬으면 좋겠군요." 알피가 말했다. "그렇게 됐으면 좋겠습니다."

"그동안에는," 믹이 말했다. "보안을 강화할 조치를 취해뒀다. 내일 올 거야. 보안요원 두 명이, 매일 24시간 지킬 거야. 보안요원들이 집 안에 들어오는 게 낫겠냐, 길가에 차를 세워두고 감시하는 게 낫겠냐?"

알피는 그 무엇도 바라지 않았으나 그 말을 할 수는 없었다. 그는 클레어를 보고 눈썹을 치켜떴다. "그건 당신에게 맡길게." 그가 말했다.

"난 바깥이 좋다고 생각해." 클레어가 말했다. "그 사람들을 집 안에 둔다고 생각하면 마음이 편하지 않아요."

"좋아." 믹이 말했다. "그 말을 전하지. 요원들은 늘 핸드폰을 가지고 다니니 전화만 하면 바로 안으로 들어올 거다." 믹은 손목시계를 보았다. "잘 시간이군." 그는 말했다. "나는 집으로 간다. 필요한 게 있으면 전화하렴, 알겠지?" 믹은 두 팔을 벌려 딸을 안았다. "내일 보자, 우리 꽃."

믹이 떠난 후 얼마 지나지 않아 알피와 클레어도 잠자리에 들었다. 클레어는 수면제를 한 알 먹었고, 이불을 끌어다 덮자마자 곧 잠이 들었다. 그의 옆에서, 클레어는 느리고 옅게 숨을 쉬었다. 알피는 아내의 가슴이 올랐다 떨어지는 것을 보았다. 이따금 화들짝 놀라기도 했지만, 상황을 생각하면 잘 잤다.

알피는 그렇게 되지 않았다. 긴장을 풀 수 없었고, 마음속의 소용돌이를 멈출 수가 없었다.

브라이언트가 집까지 나타났다. 대체 무슨 꿍꿍이지? 여자를 납치하고 죽이려고 비밀리에 만나고 싶어 하는 건 그럴 수 있다 치는데, 여자가 탈출한 후에도 쫓아와서 스토킹한다고? 미친 짓이었다. 나 좀 잡아가라고 애원하는 꼴인데, 대체 무슨 목적으로? 다른 희생자로 옮겨가는 편이 훨씬 더 쉬울 것이었다.

그러니, 그자가 멍청하거나 미치지 않은 한, 그리고 알피가 보기에는 둘 다 아니었기에, 그는 클레어를 목표물로 노리는 것이었다. 클레어의 말을 빌리자면, 특별히 클레어를 집어서.

하지만 어째서? 알피는 다시 공포가 솟구치는 것을 느꼈다. 브라이언트가 무섭지는 않았다. 아무것도 무섭지 않았다. 자신이 그 어떤 상황도 다룰 수 있다고 믿었다. 주된 이유는 그는 해야 할 필요가 있는 일이라면 주저 없이 해낼 수 있었기 때문이었다. 피파의 일처럼. 대부분의 사람들은 그렇게 하지 못한다. 그들은 도덕성이라는 개념이나 다른 헛소리들에 행동의 제약을 받는다. 이건 알피의 커다란 이점이었다.

거기 더해, 그는 사람들이 원하는 것을 알았다. 대체로는. 피파는 남자 친구를 원했고, 클레어는 남편과 아이들을 원했으며, 믹은 자기가 힘이 있고 사태를 책임진다는 기분을 좋아했다. 그리고 그들에게 원하는 것을 주면, 그들은 행복했다. 하지만 그렇지 않으면, 모두 엉망진창이 되어버리고, 클레어의 문제가 바로 이것이었다. 클레어는 망할 아이를 갖고 싶다는 생각에 너무나 집착해서 그들의 결혼을 망쳐버렸다. 그들이 부모가 될 수 없다는 사실을 클레어가 받아들이기만 했더라도, 알피는 클레어를 제거할 시도를 굳이 하지 않았을 것이었고, 헨리 브라이언트도 존재하지 않았을 것이다. 생각해보면 모두 클레어의 잘못이었다. 피파의 잘못 때문에 그가 죽일 수밖에 없었던 것처럼. 피파는 너무 애정에 굶주렸기 때문에, 문젯거리가 된 것이었다.

그리고 알피는 자기 문제를 어떻게 풀어야 할지 알았다.

하지만 이 문제는 아니었다. 이 문제의 관건은 브라이언트는 누군지, 무엇을 원하는지 모른다는 것이었고, 그 때문에 마음의 안정을 찾을 수 없으며, 이렇게 고요한 밤에는 공포에 질려버렸다.

브라이언트가 스스로 모습을 드러내게 할 필요가 있었다. 그가 클레어를 쫓는다면, 잡아가도 된다. 그러면 알피에게는 도움이 되리라. 무언가 다른 걸 원하는 거라면, 뭐, 그걸 받아들일 수 있는지 결정할 수 있을 것이었다. 받아들일 수 있다면 괜찮았다. 그렇지 않다면, 브라이언트는 없어져야만 했다.

어느 쪽이든 이 문제를 잠재워야 했다.

## 수요일 새벽

### 1

알피는 클레어가 자기 어깨를 두드리고 있다는 것을 서서히 깨달았다. 언제 잠들었는지 기억도 나지 않았다. 눈을 떴더니, 창문을 보고 한밤임을 알 수 있었다.

"알피." 클레어가 말을 걸고 있었다. "알피, 일어나." 그녀는 일어나 앉아, 창백한 얼굴로 그를 보고 있었다.

"무슨 일이야?" 그가 말했다.

"그 사람이 다시 여기 왔어." 클레어가 속삭였다. "이번에는 집에 있어."

알피는 눈을 깜박였다. "확실해?"

클레어는 고개를 끄덕였다. "아래층에서 그 사람 소리가 들렸어."

알피는 귀를 기울였다. 밤이 되면 늘 그렇듯 삐걱대고 딸각대는 소리가 들렸지만, 그 외에 다른 건 없었다.

“무슨 소리를 들었는데?” 알피가 말했다.

“문이 닫히는 소리. 거실 문소리 같아. 그 사람이 여기 있어.” 클레어가 말했다. “그 사람 거실에 숨어 있어. 우리를 기다리는 거야, 나를. 그 사람이 우리 집에 있어, 알피.” 클레어는 눈을 크게 뜨고 그를 응시했다. 홍조 띤 얼굴에서는 열이 나는 듯했다. “우리가 그 사람 잡을 수 있어.” 클레어는 속삭였다. “우리는 둘이잖아.”

“경찰에게 신고해야 한단 생각은 안 해?” 알피가 물었다.

클레어는 고개를 저었다. “그 사람 도망갈 거야. 지금 잡자. 당신 골프채가 현관에 있어. 우리가 하나씩 들면 돼.”

“클레어, 그자가 저기 있다는 거 확실해? 가끔은 꿈속에서 소리를 듣고 현실이라고 생각할 때도 있잖아.”

“나는 잠들어 있지 않았어. 여기 맑은 정신으로 깨어서 이 모든 일들을 생각하며 누워 있는데 소리를 들은 거야. 아래층에서 부드러운 발소리가 들렸고, 문이 열릴 때 경첩이 삐걱하는 소리, 닫힐 때 딸각하는 소리가 났어. 의심의 여지는 없어.”

그는 거절할 수가 없었지만, 거절하고 싶지도 않았다. 브라이언트가 여기 있다면, 이제 이 일에 종지부를 찍을 기회였다. 일종의 몸싸움은 있겠지. 어둡고 정신이 산만할 테지. 알피가 브라이언트를 피칭웨지로 약간 지나치게 세게, 혹은 약간 지나치게 여러 번 때린다면, 그건 그대로 좋은 일 아닐까.

*죄송합니다, 경관님. 이건 자기방어였어요. 저 사람이 총을 들고 있는지 알았죠. 잘 보이지 않았어요. 죽일 뜻은 없었습니다.*

그래, 믹의 변호사들이 그를 빼줄 것이다. 아무 문제없이.

"좋아." 알피가 말했다. "가자."

그는 침실 반대로 슬금슬금 걸어가 문을 열었다. 아래층의 소리에 귀를 기울였다.

아무 소리도 들리지 않았다.

클레어의 한 손을 잡고, 그는 천천히 계단참을 따라 계단을 반쯤 내려갔다. 거기서는 거실로 향하는 문이 보였다.

문은 닫혀 있었다. 완전히 닫혔다. 보통은 열려 있지 않았나? 적어도 약간의 틈이라도 놔두고? 잠자러 올라올 때도 저랬었나?

심장이 속도를 높였고, 그는 소리를 들으려 한 번 더 멈췄다.

다시, 아무것도 없었다.

골프채는 계단 아래 벽장 안에 세워져 있었다. 그는 마지막 몇 계단을 내려와 하나를, 조심스럽게 소리 없이 꺼낸 후 그걸 클레어에게 주었다. 그는 자기를 위해서는 또 다른 골프채, 공교롭게도 피칭 웨지를 꺼내 반쯤 낮춰 들었다. 좀 더 효과적으로 휘두르기 위해서였다.

그는 클레어에게 거실 문에서 뒤로 물러서라고 한 뒤 손잡이를 움켜쥐었다.

천천히, 그는 손잡이를 돌렸다.

# 2

커튼이 내려져 있어, 방 안은 거의 완전히 캄캄했다.

문이 열리자마자, 그는 오른손으로는 골프채를 잡은 채 왼손을 위로 뻗어 불을 켰다.

문간에 서서 방 안을 훑었다. 텅 비어 있었다.

"브라이언트?" 그는 말했다. "여기 있나?"

아무런 대답이 없었다. 그저 이른 새벽의 고요뿐. 텔레비전 아래 DVD 플레이어에서 시간이 녹색 숫자로 깜박였다.

*02:33*

알피는 클레어에게로 돌아섰다. "그자는 여기 없어. 이 방 안에는 숨을 데도 없고. 확실히 하기 위해서 내가 집 다른 데까지 확인은 해볼게, 하지만 당신은 뭔가 다른 소리를 듣고 그게 브라이언트라고 생각한 게 아닐까 싶은데. 이해할 만하지. 스트레스를 많이 받고 있으니까."

*부엌 창문에 서 있던 남자도 그렇게 된 것일 수 있지,* 그는 생각했다. *하지만 거리에 있던 남자는 어떻게 된 거지? 거기서 무슨 일이 있었는지 누가 알까? 그것이 문제지. '아무도' 모른다는 것.*

"난 다른 소리를 들었던 게 아니야." 클레어가 말했다. 목소리는 평탄했다.

"그 사람은 여기 있었어, 알피." 클레어는 남편을 지나쳐 방 안으로 들어가 커튼을 젖혔다. "봐."

클레어는 퇴창의 오른쪽을 가리켰다. 창틀 새시가 올라가 있었다.

창문은 훤히 열려 있었다.

"내가 그런 게 아니야." 클레어가 말했다. "내가 열지 않았어. 그럴 이유도 없고." 그녀는 몸을 돌려 알피를 보았다. "당신이 그랬어?"

알피는 창문을 보았다가 다시 클레어를 보았다. 그는 고개를 저었다. "아니, 나는 안 했어."

클레어는 미소에 가까운 표정을 지었다. "그럼 그 사람이네. 그자가 여기 있었어, 다시."

그들은 부엌에 앉았다. 앞의 탁자 위에는 커피 주전자가 놓여 있었다. 이제 다시 잠드는 건 불가능할 테니, 다시 침대로 돌아가봤자 소용없다는 것을 둘 다 알았다. 하루 일과를 시작하는 편이 나았다. 긴 하루가 될 것이었다.

알피는 커피를 마셨다. 그는 클레어의 시선과 마주쳤다. “그 사람 얘기를 해봐.” 그는 부드럽게 말했다. “어떤 사람이었어?” 알피는 순수하게 흥미가 있었다. 그자가 누구든 스타일도 있고, 배짱도 있는 자였다.

클레어는 커피 속을 응시했다. 한참 생각하더니 몸을 돌려 알피를 보았다.

“정말로는 잘 모르겠어. 매력적이었어. 아주 여유가 있고. 그 사람과 있으면 금방 편안해졌지. 하지만 돌아보면, 그 사람은 빈 석판 같은 거였어. 자기 의견을 낸 적은 한 번도 없었지. 어떤 축구팀을 응원하는지, 어떤 영화를 좋아하는지, 어떤 책을 읽는지 말하지 않았어. 잘 웃었는데, 내가 무슨 말을 하든 따뜻하고 진심으로 웃었어. 그래서 난 기분이 좋아졌고, 우리 모두 재미있게 살기를 바라니까. 그래서 그 사람이 안전하다는 느낌을 받았지. 나는 아주 강렬하거나, 혹은 비밀스러운 사람은 경계하면서 살았던 것 같아. 그 사람은 아주 편안하고 마음도 열려 있었지만, 지금 보니까 거긴 아무것도 없었다는 거 알겠어. 모두 연기였던 거야. 나는 거기 반했고. 돌아보면, 그 사람은 내가 어떤 사람을 바라는지 짐작해서 일부러 그 사람인 척했던 것 같아.”

클레어는 시선을 돌렸다.

“하지만 진실은 나는 나 자신에게만 너무 집중해서 그 사람에 대해서 진짜로 생각해보지 않았다는 거야.” 클레어의 목소리는 거의 들리지 않았다. “그래서 처음부터 이 진창에 빠져든 거지.”

“무슨 일이 있었어?” 알피가 물었다. “왜 다른 남자를 찾은 거야? 당신이 나와 행복했다고 생각했는데.”

“그랬어!” 클레어는 말했다. “그리고 지금도 그래. 하지만 임신하느라 겪었던 모든 문제 때문에 모든 것이 무너져가고 있다는 생각이 들었어. 난 탈출구가 필요했어. 그리고 직장의 그 남자는…….”

“그 남잔 누구였어?”

“회계사였어, 롭이라고. 그 사람은 결혼했어. 단지 한순간의 바람이었어.”

“몇 번이나…… 무슨 말인지 알지?”

“두 번. 별로 좋진 않았어. 우리 어느 쪽도. 우리는 둘 다 잃을 게 너무 많다는 걸 알았거든. 그래서 그때 난 인터넷을 떠올린 거야. 사람들이 부담 없는 섹스를 위해 만난다고 들었고, 좋은 생각처럼 보였지.” 클레어는 고개를 저었다. “왜인지는 모르겠네. 지금은 미친 듯 보이지만, 그때는? 나는 진창에 빠져 있었고, 뭘 해야 할지 몰랐어.”

“난 아직도 믿어지지 않아, 클레어.”

“나도 그래. 어리석고 무책임한 짓이었고, 내가 그런 짓을 안 했으면 얼마나 좋았을까 싶어. 하지만 나한테 생긴 일 때문이 아냐. 내가 당신에게 한 짓 때문이지. 당신은 더 나은 대접을 받을 자격이 있어, 알피. 그리고 나는 너무 미안해. 당신이 나를 용서해줄지는 모르겠지만, 약속할게. 용서만 해주면 다시는 당신을 실망시키지 않을 거야.”

클레어의 얼굴은 창백했으며, 부어올라 푸석푸석한 눈은 푹 꺼져 있었다. 비참해 보였다.

잘됐군. 알피는 그 여자의 기분이 더 나아지는 일은 없길 바랐다. 멍청한 년.

"괜찮아." 그는 말했다. "난 당신을 벌써 용서했어. 사람들은 실수를 해. 심한 실수를. 당신, 나, 모두. 그리고 당신이 왜 그렇게 절박하게 느꼈는지도 이해해. 나도 같은 기분이었으니까. 나도 아이를 원해."

"하지만 그렇다고 당신이 어디 가서 다른 사람과 섹스한 건 아니잖아." 클레어가 말했다. "직장에서 접수원과 바람을 피우지도 않았고."

"아니지. 그래도 나도 외출해서 술에 취했잖아. 당신이 날 필요로 할 때 이 일 모두를 혼자 처리하도록 놔두었지. 그리고 어쩌면 나도 다른 짓을 했을지 몰라. 누가 알겠어? 여기서 요점은 말이야, 클레어, 이런 일들이 일어났다는 거야. 결혼은 평생 지속되고, 이걸 흔드는 위협들이 있어. 어떤 건 이런 사건처럼 크지. 중요한 건, 그리고 유일하게 문제가 되는 건 그런 사건을 어떻게 다루냐는 거야."

클레어가 입을 열려던 찰나, 알피가 한 손을 들어 막았다.

"내 말 좀 끝까지 들어봐. 내가 당신에게 알려주고 싶은 건, 이 모든 일들이 그저 위협의 하나일 뿐이라는 거야. 그래, 당신은 나쁜 짓으로 상처를 주었지. 그래, 나도 언짢기는 해. 언짢은 것 이상이지. 하지만 일어난 사건 중에서 그 무엇도 이 모든 일에서 단 하나의 핵심적인 사실은 바꾸지 못해. 난 당신을 사랑해, 클레어. 그리고 그것이 진실인 한, 나머지는 다 상관없어. 내가 알아야 할 필요가 있는 건 당신도 나를 사랑한다는 것뿐이야." 알피는 클레어와 시선을 맞췄다. "그래?"

클레어의 눈에서 떨어진 눈물이 그대로 뺨을 타고 흘러내렸다.

"그럼." 클레어는 속삭였다. "그래, 당신을 사랑해. 나는 당신에게 어울리는 여자가 아니야, 알피. 하지만 나는 이제껏 언제보다도 당신을 사랑해."

알피는 이제 클레어를 안심시켜야 할 때라는 걸 알았다. 그는 얼굴 표정을 부드럽게 누그러뜨리고 얼굴에 다정한 미소를 띠었다.

"그럼 우리는 그냥 괜찮을 거야." 그는 말했다.

# 3

아침 6시가 되기 몇 분 전, 알피는 커피를 세 잔째 따라놓고 윈 경위에게 문자를 보냈다.

브라이언트가 밤새 여기 왔었습니다. 집 안에. 우리가 그자를 잡기 전에 떠났어요.

경위는 즉시 답장했다. 늦잠 자는 사람은 아닌 듯했다.

알겠습니다. 제가 들르겠습니다. 아무것도 손대지 마십시오. 만사 제치고 거기 갑니다.

초인종이 한 시간 후에 울렸다. 알피는 윈과 로리스의 모습을 보리라 기대하고 앞문을 열었지만 앞에는 두 남자가 서 있었다. 둘 다 40대 후반으로, 머리카락을 바짝 쳤으며 신중한 표정을 띠었다. 그들이 입은 진청색 세복의 왼쪽 가슴에는 은제 나무 로고가 붙어 있었다. 알피는 잠깐 멈칫했다가 그들이 믹이 보낸 보안요원임을 깨달았다. 민간인인 알피가 보기에 그들은 프로 같았다. 어쩌면 전직 군인이나 경찰인지 몰랐다.

"다니엘스 씨?" 그중 한 명이 말했다. "전 칼입니다. 이쪽은 케빈이고."

"만나서 반갑습니다." 알피가 말했다. "와주셔서 감사합니다. 전 알피입니다." 그는 안쪽으로 들어오라고 몸짓으로 신호했다. "들어오시죠."

그는 보안요원들을 거실로 이끌었다. 클레어가 일어서서 그들을 맞았다.

"안녕하세요." 클레어가 말했다. "와주셔서 감사해요."

"무슨 말씀을요." 칼이 말했다. "여기 올 수 있어서 기쁩니다. 저는 칼입니다. 이쪽은 케빈입니다." 칼은 클레어에게 눈길을 두고 있었지만, 알피는 칼이 동료를 손으로 가리킬 때 눈을 더 낮게 깜박거리는 것을 보았다. 그걸 보자 클레어가 아주 아름다운 여자라는 게 새삼 느껴졌다. 심지어 지금처럼 지치고 낡은 청바지와 후드 티 차림이어도. 어쩌면 그게 브라이언트의 끈질긴 노력 뒤에 있는 동기일 수도 있었다. 사람들은 자기들이 사랑에 빠졌다고 생각할 때 정말로 이상한 짓을 했다.

"차라도 드릴까요?" 알피가 권했다.

칼은 고개를 끄덕였다. "고맙습니다. 차를 사양할 수는 없죠. 차를 내실 동안, 저희는 작업에 착수하겠습니다."

"그러시겠죠." 클레어가 말했다. "뭐가 필요하세요?"

"먼저 집을 한번 돌아보죠." 케빈이 말했다. 강한 리버풀 억양이 묻어나왔다. "입구와 출구 지점이 어딘지 알려주시죠. 저희가 무엇을 상대해야 하는지 이해할 수 있게."

초인종이 울렸다. "경찰일 겁니다." 알피가 말했다. "제가 문을 열어주죠."

윈 경위와 로리스 경사가 바깥에 있었다.

"안녕하세요, 다니엘스 씨." 윈 경위가 말했다. "너무 이른 시각인가요?"

"아뇨. 저희는 새벽 2시 이후로 줄곧 깨어 있었습니다."

"그게 그자가 여기 왔던 땝니까?" 로리스 경사가 물었다.

"네." 알피는 문을 완전히 젖혔다. "들어오시죠? 무슨 일이 있었는지 저보다는 클레어가 더 잘 설명해줄 겁니다."

윈 경위와 로리스 경사는 그를 따라 거실로 갔다. 윈은 두 남자를 보자 한쪽 눈썹을 치켰다. "칼과 케빈입니다." 알피는 그들을 소개했다. "추가 보안을 제공해주러 오신 분들입니다."

"아주 좋습니다." 윈 경위는 말했다. 경위는 보안요원들을 보고 미소 지었다. “가능하면 나중에 얘기 좀 하고 싶군요. 우리가 여기 일을 끝내면.”

“물론입니다.” 칼이 말했다. “우리는 좀 둘러보다가 바깥에 있겠습니다.”

“둘러보기 전에 기다리셔야 할 겁니다.” 로리스가 말했다. “범인이 흔적을 남기지 않았나 확인하려고 감식반이 올 겁니다. 지문이 있을 수도 있으니까요. 다른 거나.”

“문제없습니다.” 칼이 대답했다. “준비되면 알려주십시오.”

칼과 케빈이 방을 나갔다. 그들이 사라지자, 알피는 소파를 향해 손짓했고, 윈이 자리에 앉았다.

“그래서요,” 윈이 말했다. “무슨 일이 있었습니까?”

“전 잠이 오지 않았어요.” 클레어가 말했다. “그래서 침대에 누워 있는데, 아래층에서 발소리가 들렸고 곧이어 응접실로 향하는 문이 닫히는 소리가 들렸어요. 난 알피를 깨웠고 우리는 아래층으로 갔지만, 여긴 아무도 없었죠.”

“하지만 창문이 열려 있었죠.” 알피가 말했다. “그리로 나간 것처럼 보였습니다.”

“어떤 발소리였죠?” 윈이 말했다. “밑창이 딱딱한 신발을 신은 시끄러운 소리였나요, 아니면 운동화 같은 부드러운 소리였나요?”

“부드러운 소리였어요.” 클레어가 말했다. “일정한 패턴이 있어서 발소리인 줄 알았죠.”

윈이 고개를 끄덕였다. “그럼 문 닫히는 소리는요? 경첩이 삐걱거리는 소리였나요, 아니면 닫히면서 쿵 소리가 났나요?"

"어느 쪽도 아니었어요. 손잡이가 딸깍하는 소리였어요."

"그래서 내려가 봤을 때, 그자는 없었다는 거죠?" 로리스가 말했다. "하지만 창문은 열려 있었고?"

"그래요." 알피가 대답했다. "그런 식으로 나간 게 분명합니다."

"다른 창문도 열려 있었나요? 아니면 뒷문이나?" 로리스가 말했다.

"아뇨." 알피가 말했다. "제가 확인했습니다."

"그럼 그 사람이 어떻게 들어왔는지 의아하군요." 로리스는 말하며 윈 경위를 힐끔 보았다.

윈은 입술을 꼭 깨물었다. "어쩌면 나갈 때와 똑같은 창문으로 들어왔는지도요." 윈이 말했다. "하지만 그건 의문이 아니죠. 의문은 어째서 그랬냐는 거예요. 그냥 나갈 거라면 왜 침입했죠?"

"창문에 모습을 드러낸 거나 같은 이유에서겠죠." 알피가 말했다. "정신이 병든 놈이라서."

"아니면 뭘 원하는 건지도 모르죠." 윈이 말했다. "그게 뭔진 모르겠지만." 윈은 일어섰다. "과수반이 여기 곧 올 겁니다. 현장 과학수사반요. 지문을 찾을 거예요. 그 사람들이 일을 마치면 보고서를 받을 테니 연락드리죠. 또 누구 그자를 본 사람이 있는지 이웃들과 다시 얘기도 해보겠습니다."

윈은 잠시 말을 끊었다가 일어섰다. 윈은 클레어를 보았다가, 다시 알피를 보았다. 입을 열었을 때는 심란한 표정이었다.

"저 보안요원들을 두어서 다행이네요." 윈은 말했다. "조심하세요."

# 수요일

## 1

알피는 정오쯤 일어났다. 과수반이 떠난 후, 그와 클레어는 다시 침대에 들었다. 보안요원들이 있어서 잠은 훨씬 편하게 잘 수 있었지만, 그들의 존재가 나머지 문제까지 풀어주진 않았다.

여전히 브라이언트라는 걱정거리가 남아 있었다. 실제로 존재하지 않았지만, 두 사람이 쓰는 비밀 신분이 되어버린 브라이언트. 처음에는 알피 본인이었지만, 그다음에는 자기 아내를 스토킹하기 위해 그 정체를 사용하는 어떤 사람.

헨리 브라이언트가 없다고는 해도 이런 짓을 하는 자는 진짜였다. 그는 클레어를 납치했고, 위험이 있어도 여전히 그녀를 쫓고 있었다.

이건 알피에게는 문제를 안겨주었다. 원 경위는 클레어가 헨리 브라이언트가 납치한 두 번째 사람이라고 생각하고, 연쇄 범죄자, 어쩌면 살인자를 찾고 있었다. 그래서 윈은 어째서 브라이언트가 계속 집에 오는지 혼란스러운 것이었다. 그 여자의 얼굴에서 이미 보았다. 어째서 이런 짓을 하는 거지? 어째서 다른 피해자로 옮겨가지 않는 거지? 피파 이후에는 바로 그렇게 했잖아. 윈은 그렇게 생각했다. 브라이언트는 누구이며, 어떤 동기로 누차 되돌아와야 하는 걸까?

여기선 뭔가 다른 일이 더 일어나고 있고, 이건 윈이 기대한 패턴에 맞아떨어지지 않았다. 그리고 확실히 그 때문에 신경이 쓰였다.

패턴 같은 건 없기 때문이었다. 클레어는 브라이언트의 두 번째 피해자가 전혀 아니지만, 알피는 윈에게는 이 얘기를 할 수가 없었다. 그랬다간 자기가 피파 데이비스-헌트를 죽인 사람임을 말해야 할 테니까. 그러니 윈이 물어봐야 할 질문들이 아니라 잘못된 질문, 헨리 브라이언트는 누구인가에 초점을 맞추는 채로 놔둘 수밖에 없었다. 클레어가 뭐가 그렇게 특별한지 묻지는 않겠지?

이건 알피가 계속 스스로 묻는 질문이었다. 운 나쁘게도 그는 정답을 전혀 몰랐다.

그는 점심으로 샌드위치를 만든 후 전화로 뉴스를 읽었다. 클레어와 피파가 여전히 헤드라인을 지배했다.

경찰은 지난 주 클레어 다니엘스를 납치했던 남자에 대한 수색을 이어가고 있다. 기혼인 다니엘스 부인은 인터넷 사이트에서 헨리 브라이언트를 만나 일련의 불륜 관계를 맺은 후 실종되었다.

납치당해 감금되었던 다니엘스 부인은 탈출하여 뉴 포레스트에서 헤매는 모습이 목격되었다. 경찰은 근방에서 무엇이든 이상한 정황을 목격한 사람은 제보해달라고 요청했다. 경찰은 특히 사건과 연관된 하얀 밴과 관련된 정보에 관심이 있다.

제인 윈 경위는 젊은 여성들에게 오직 인터넷 사이트로만 알게 된 사람들을 만날 때는 주의를 기울일 것을 촉구했다.

"이런 유의 상황에 결부된 여러 위험이 있습니다." 경위는 말했다. "이 사람이 실명을 쓰고 있는지조차 알 수 없고, 그들의 동기조차 알 수 없습니다. 사전에 특별히 주의를 기울이실 것을 요청드립니다. 조명이 환하고 사람이 북적이는 곳에서 만나거나 근처에 친구를 둬야 합니다."

이 충고는 뜻은 좋지만, 이런 만남들 다수가 계획적으로 비밀스럽게 이루어진다는 사실을 간과하고 있다.

클레어가 계단으로 내려오는 소리가 들리자 알피는 전화기를 내려놓았다. 아내가 헨리 브라이언트의 일을 다시 떠올리고 싶지는 않을 거라는 생각이 들었다.

"안녕." 클레어는 말했다. "몸은 어때? 잠은 좀 잤어?"

"그래. 아까 일어났어."

"푹 자버렸네. 진이 빠졌나 봐."

"그럴 만도 하지."

"칼과 케빈이 바깥에 있어서 훨씬 기분이 좋아졌어." 클레어는 남편의 이마에 키스했다. 알피는 아내 등의 오목한 부분을 쓸었다. "당신이 산책이나 달리기하러 나가고 싶으면, 나는 괜찮아."

나갈 수 있다는 말은 근사했지만, 그는 너무 안달 난 것처럼 보이고 싶지 않았다. "난 당신을 놔두고 가고 싶지 않아." 그는 말했다.

"나는 괜찮을 거야. 우리도 이제 앞으로 나아갈 노력을 해야지."

"그래야겠지." 알피가 말했다. "어쩌면 사무실에 갈지도 모르겠다. 몇 가지 확인할 게 있어서. 당신 정말 괜찮지?"

"그래, 난 괜찮아. 당신은 가봐."

# 2

칼과 케빈은 집 바깥의 회색 밴에 앉아 있었다. 알피는 조수석 쪽 창문을 톡톡 두드렸다.

"뭐요, 친구." 칼이 말했다. "모두 별일 없죠?"

알피는 이 보안요원이 품은 경멸을 감지할 수 있었다. 그는 과하게 친한 척하면서 알피를 자기 가정 하나도 제대로 보호하지 못하는 한심한 책상물림 같은 남자로 보고 있다는 것을 알 수 있었다. 칼, 그리고 의심의 여지없이 케빈이라면 어둠 속에서 브라이언트를 기다렸다가 스스로 처리했을 것이었다. 알피는 그들이 자기 얘기를 하면서 허약하다고 비웃는 모습을 상상할 수 있었다.

이러나저러나 상관없었다. 그들이 그렇게 생각해주기를 바랐으니까. 모든 사람들이 그렇게 생각해주기를 바랐으니까. 그는 몇 년 전에 이미 위협적이지 않고 무명으로 남는 편이 세상에서 가장 좋은 변장임을 깨달았다. 그렇게 해서 레이더에 잡히지 않고 살아왔다. 아무도 그가 나쁜 짓을 할 능력이 있다고 생각하지 않았기에, 그는 한 번도 용의자가 되지 않았다.

하지만 사람들은 틀렸다. 그가 저지른 일들을 보라. 그는 헨리 브라이언트를 만들어냈고, 그를 이용해서 자기가 원하는 것을 취했고, 때가 왔을 땐 맨손으로 피파를 죽였다.

칼과 케빈이 남자다운 척 으스대고 있다고 해도 이런 짓을 할 수 있을 거라는 생각은 들지 않았다. 그들이 피파를 숲 옆으로 데리고 가서 일순간의 망설임도 없이 목 졸라 죽일 수 있으리라는 생각은 들지 않았다.

"네, 다 괜찮아요." 알피는 말했다. "난 오후에는 사무실에 가보려고요. 알려드리고 싶어서."

칼이 고개를 끄덕였다. "알았어요, 친구." 그는 말했다. "우리가 이곳을 잘 지켜보죠."

칼이 창문을 다시 올리자, 알피는 지하철역으로 출발했다. 그들이 뭐라 할지 알았다. 말소리가 들리는 것만 같았다. *안으로 쳐들어가서 저 여자랑 한 번 할까. 이제 남편도 없잖아. 저 여자 죽여줄걸. 부잣집 계집들이 언제나 그러니까.*

부잣집 여자를 만나본 적이나 있는 것처럼. 클레어 같은 부류에 가장 가까이 와본 건 이번이 처음이면서.

어쩌면 어느 시점에 그들을 죽여버릴 수도 있었다. 그들이 누군지, 어디 사는지 알아내서 집에 불을 놓아야지. 불은 일을 해치우는 좋은 방법이었다. 모든 증거가 다 소각되니까. 경찰은 알피를 의심하진 않을 것이다. 그에겐 동기가 없다. 어쨌거나 칼과 케빈은 그를 보살피고 있었는데, 어째서 그가 그들을 해치려 한단 말인가?

왜냐하면 그는 모든 사람을 해치고 싶으니까.

그 생각에 자기도 놀라고 말았다. 일순 그에 저항했지만, 그다음에는 사실이라는 것을 깨달았다. 알피는 정말로 모든 이를 해치고 싶었다. 누군가 야망이 있으면, 그는 그게 고꾸라지는 걸 보고 싶었다. 비싼 스키 휴가를 가면, 처음 탈 때 다리가 부러지길 바랐다. 면접을 가면, 그들의 뇌가 얼어붙어서 멍청한 소리를 하는 장면을 그리곤 했다. 그들의 실패를 일으키는 도구가 될 수 있다면, 한층 더 좋았다.

역에서 그는 플랫폼으로 걸어가 지하철이 들어오길 기다렸다. 일단 객차에 올라타고 차가 흔들리며 움직이자, 그는 미소를 지었다. 그래, 케빈과 칼을 죽이는 건 좋은 생각이었다. 클레어가 사라진 후에 기대할 거리가 또 생겼다.

사무실로 들어가자 빅토리아가 얼굴을 들었다. 그녀는 미소를 띠었다. 그가 불쑥 사무실에 왔다는 사실에 놀람과 기쁨이 혼합된 표정이 떠올랐다. "여기서 뭘 하세요?" 빅토리아가 물었다. "반갑지 않다는 뜻은 아니지만요."

"그냥 들러볼까 해서." 알피가 말했다. "안부 인사나 전할까 싶어."

"클레어는 어떠세요?"

"기대할 수 있는 만큼은 괜찮아. 모두 다 별일 없지?"

"우린 별일 없죠. 우리 걱정은 마세요. 하지만 바로 지금 이 순간에 오시다니 좀 희한하네요."

"어째서?"

"1분 전에 알피 씨 앞으로 아주 중요한 메시지를 받아두었거든요. 이메일 드리려던 참이에요."

"무슨 얘긴데?"

"새 매매 의뢰예요. 웨스트 호슬리에 있는. 근사한 물건이죠. 6만 5천 제곱미터가량 되는 부지의 17세기식 장원이라고. 가격은 5백만 파운드 정도라네요." 빅토리아는 양 눈썹을 치켰다. "큰 건이죠."

알피는 얼마나 큰 건이든 간에 판매를 맡고 싶은 마음이 없었다. 클레어와 헨리 브라이언트에게만 집중할 필요가 있었다.

"마이크나 드니스가 다루면 안 되나? 지금은 때가 별로 좋지 않은데."

"전화한 남자 손님에게 제가 한 말이 바로 그거예요. 하지만 손님은 알피 씨에 대해 많이 들었다며, 꼭 집어서 알피 씨와 일하고 싶다고 하더라고요."

"어?" 알피가 그런 유의 평판을 가진 부동산 중개인 유형이 아니라는 건 본인도 잘 알았다. 누구도 그를 지목한 적이 없었다. 뭔가 거슬리는 느낌이 들기 시작했다. "누구였어?"

빅토리아는 앞에 놓인 종이를 보았다. "이상하네요." 그녀는 말했다. "자기 성은 말하지 않았어요. 오직 이름만. 헨리래요." 빅토리아는 고개를 들어 그를 보았다. "자기를 알 거라던데요."

## 3

알피는 눈을 깜박였다. 그는 몸을 지탱하려고 한 손으로 접수대를 짚었다.

"괜찮아요, 알피?" 빅토리아가 말했다. "창백해 보이시는데."

"며칠 동안 힘들어서. 다른 말은 안 했어?"

"내일 저녁 7시에 자기 집에 있다고 말해달라고 하시던데요. 괜찮으시면 거기서 만나고 싶으시다고요."

알피는 고개를 끄덕였다. "전화번호를 남겼어?"

빅토리아는 고개를 끄덕였다. 그녀는 종이 한 장을 그에게 건넸다. "그분 말로는 전화를 하실 순 있는데, 노스 다운스에 있는 집에 갈 거라서 신호가 안 잡힐 수도 있대요."

“좋아.” 알피가 말했다. “내가 해볼게.”

“거기 가실 거예요? 손님이 다시 전화하면?”

알피는 몇 초 동안 대답하지 않았다. “잘은 모르겠어.” 그는 말했다. “클레어와 확인해봐야지.”

클레어에게 물어볼 마음은 없었다. 그래봤자 클레어를 더 걱정스럽게 만들기만 할 따름이니까. 하지만 그는 빅토리아에게 대답을 하기 전에 시간을 좀 벌어야 할 필요가 있었다.

“아시는 분이세요?” 빅토리아는 호기심이 동해서 몸을 앞으로 내밀었다. “친구분?”

“정확히는 친구라고 할 순 없고.” 알피가 말했다. “하지만 알긴 하지.”

알피는 책상에 앉아 전화번호를 응시했다. 긴 기다림 후에, 전화를 들어 번호를 쳤다.

자동응답기가 받았다.

*지금 거신 전화는 없는 국번이오니…….*

아마도 가입이 되지 않은 일회용 전화일 것이었다. 추적 불가능한 번호. 알피 본인이 쓰는 속임수. 그는 심호흡을 한 후 집 주소를 쳐다보았다.

부동산 데이터베이스에 매물로 나와 있는 주소가 아니었지만, 목록에 실려 있지 않더라도 놀랍지는 않았다. 그 외에도 정보는 없었다. 그는 구글 어스에서 찾아보았다. 긴 차로 끝, 자기 부지 위에 선 커다란 저택이었다.

외딴 곳. 조용하고. 비밀 만남을 하기에 좋은 곳. 특히 누군가를 해치려 할 마음을 품고 있을 때는.

알피는 갈지 말지 아직 마음을 정하지 못했다. 이것이 의미하는 바를 꿰뚫어 볼 필요가 있었다. 어째서 브라이언트가 그에게 접촉했는지. 이건 클레어에 관한 일이었다. 브라이언트가 납치한 건 클레어이지 알피가 아니었다. 그런데 어째서 그는 알피를 이 집에서 만나고 싶어 하는 거지?

어쩌면 그는 알피를 치워버리고 싶은 건지도 몰랐다. 알피를 죽여버리면 클레어에게 거침없이 덤빌 수 있었다. 알피는 고개를 저었다. 위험한 전략이었다. 그는 그 집과 어떤 연결이 있는 게 분명했다. 그렇지 않다고 하면, 알피가 다른 사람과 함께 오지 않는다는 걸 어떻게 알 수 있겠나? 만약, 경찰과 간다면?

그렇게 해야 할 게 뻔했지만, 브라이언트는 알피가 그러지 않을 거라는 걸 알았다. 그리고 브라이언트가 그렇게 자신할 수 있는 길은 딱 하나뿐이었다.

그자는 알피가 처음으로 헨리 브라이언트를 만들었다는 걸 알았고, 그 말은 곧, 알피가 피파를 죽였다는 것도 안다는 뜻이었다. 알피가 다른 사람을 데리고 올 수 없다는 걸 알았다. 브라이언트가 그들에게 알피가 한 짓을 말할 테니까.

소름이 쫙 끼쳐오는 느낌이었다. 그자는 클레어를 납치하기 전에 알피를 알았던 건가? 그래서 클레어를 납치한 건가? 아니면 그 이후로 작업을 한 건가?

알피는 알 수 없었다. 하지만 점점 이 상태에 익숙해지고 있었다. 그는 별로 아는 게 없었다.

딱 한 가지 빼고는.

브라이언트가 원하는 게 뭔지 알아내야만 했다. 그건 그 집에 가야 한다는 뜻이었다.

또 준비를 제대로 해야 한다는 뜻이기도 했다. 알피는 사무실 앞쪽으로 갔다. 빅토리아가 그를 보고 미소 지었다.

"벌써 가시게요?"

"컨디션이 백 퍼센트가 아니라서." 그는 말했다. "아마도 며칠은 출근 못할 것 같아."

"이해하죠." 빅토리아가 말했다. "헨리라는 손님이 전화하면 뭐라고 전해드릴까요?"

"내가 내일 저녁에 간다고 전해줘. 큰 건이니까. 그리고 그 사람이 전화하면 나한테 알려주고."

그는 사무실을 나와서, 빅토리아가 보고 있을 경우를 대비해 지하철역 방향으로 향했다. 빅토리아의 시야에서 벗어나자 블랙캡을 잡아타고 기사에게 할스덴에 있는 술집 이름을 댔다.

택시 기사는 백미러로 그의 얼굴을 보며 한쪽 눈썹을 치켰다.

"거기 뭐 하러 가시는데요?" 그는 물었다. "목이 꽤 타는가 보네요."

"친구 만나러 갑니다." 알피는 말했다. "근처 살아서."

술집은 커다란 부지 가장자리에 있었다. 외관은 허름했으며 창문은 침침해서 손님을 반기는 분위기가 아니었다. 알피는 기사에게 요금을 내고 술집으로 들어갔다.

알피까지 포함, 손님은 셋이었다. 다른 둘은 술집의 반대편 구석 탁자에 각각 홀로 앉아 있었다. 한 명은 금연령과는 상관없이 담배를 피우고 있었다.

50대에 목과 팔에 문신을 한 키 큰 남자 주인은 바 뒤에 서서 팔짱을 끼고 있었다. 알피가 다가갔을 때도 팔짱을 풀 생각을 하지 않았다.

알피는 바에 앉았다. 그는 주인을 똑바로 보며 기다렸다.

한참 침묵이 흐른 후 주인이 말했다. "한잔하시려고?"

알피는 고개를 저었다.

주인은 미간을 찌푸렸다. "그럼 뭘 찾으시는데?"

"다른 거요. 내가 알기론 주인이 도와줄 수 있다고 하는 거."

주인의 시선은 흔들림이 없었다. "잘못 아신 모양인데." 그가 말했다. "난 여기서는 술만 팔아요. 오로지 술만."

"그럼 내가 집을 잘못 찾아왔네." 알피는 주머니에 손을 넣어 20파운드짜리 지폐 뭉치를 꺼냈다. 그는 3백 파운드를 바 위에 펼쳐놓았다. "안타깝네. 이게 선금으로 드리는 반인데. 마음을 바꾸면 알려줘요."

주인은 돈을 흘끔 쳐다보았다. "경찰?"

알피는 고개를 저었다.

“당신 말이 사실인지 내가 어떻게 알지?”

“모르겠죠. 하지만 경찰이 어떻게 생겼는진 알잖아요. 그리고 그게 나는 아니고.”

주인은 말없이 알피를 뜯어보았다. “뭐, 당신이 누군진 모르겠지만, 경찰은 아니네.” 그는 알피를 응시했다. 순간 마치 알피를 내쫓아버리려는 것도 같았지만, 주인은 다음 순간에 가볍게 고개를 끄덕였다. “그걸로 뭘 하시려고?”

“내가 알아서 할게요.”

“좋아요. 그럼 정확히 뭘 원하시지?”

알피는 그에게 말해주었다.

4시 직후에 집에 도착했다. 클레어는 담요를 덮고 소파 위에 앉아 있었다. 〈텔레토비〉 재방송을 보는 중이었다.

“재미있는 선택이네.” 알피가 말했다. “누가 제일 좋아?”

“나나.” 클레어가 말했다.

“나는 뚜비돌이가 좋던데.”

“보라돌이 말하는 거야?” 클레어가 말했다. “아니면, 뚜비? 뚜비돌이는 없어.” 클레어는 전원을 껐다. “아무 생각 없는 프로그램이야. 그게 내가 원하는 거고. 뉴스나 탐정이 나와서 살인을 푸는 드라마나 사람들을 무대 위로 끌어내서 말싸움하게 하는 그런 프로그램은 보고 싶지 않아서. 알잖아. 우리 엄마가 내 남자 친구랑 잤다 같은. 그런 유

말이야."

"알아." 알피가 말했다. "뭐든 좋아하는 거 봐."

"근무는 어땠어?"

"그럭저럭. 정말로는 집중을 못했지만. 며칠 동안은 출근하지 않을 건데, 해야 할 일이 하나 있어. 웨스트 호슬리에 유망한 물건이 나왔대. 고객이 내일 저녁 집에서 만나자던데."

"갈 거야?"

알피는 소파 위 클레어 옆에 앉아 한 팔로 아내의 어깨를 감쌌다.

"당신만 괜찮다면. 큰 집이야. 수수료도 제법 떨어질 거고. 하지만 당신이 내가 여기 있는 편이 더 낫다고 한다면 그렇게 할게. 별일 아니야."

클레어는 고개를 끄덕였다. "당신은 참 사려 깊네." 그녀는 말했다. "하지만 난 괜찮을 거야. 가서 일 봐." 클레어는 남편에게 키스했다. "사랑해, 알피. 그리고 우리는 괜찮아질 거야."

# 목요일

## 1

다음 날 아침, 클레어는 일찍 일어나 있었다. 알피가 아래층으로 내려오자, 클레어가 커피를 건넸다.

"어디론가 아침 먹으러 가고 싶어?" 클레어가 말했다. "난 집에서 나가고 싶은데."

"그럼." 알피가 말했다. "그럴 기분이 든다니 기쁜데. 열쇠 가지고 올게."

밴에는 새 보안요원 두 명이 있었다. 칼과 케빈은 휴식을 취하러 간 모양이었다. 알피는 창문을 두드렸다.

"우리 바운더리스에 좀 다녀옵니다." 알피가 말했다. "아침 먹으러."

보안요원, 성기어가는 머리카락에 여드름이 가득 난 얼굴을 면도한 젊은이는 고개를 끄덕였다. "저희도 같이 갔으면 하세요?"

"괜찮을 거 같은데요." 알피가 말했다. "주위에 사람들이 많을 테니까."

알피는 클레어의 손을 잡았고, 둘은 거리를 걸어갔다. 태양은 벌써 하늘 높이 떠 있고, 클레어는 해를 향해 얼굴을 들었다.

"거의 정상이 된 기분이 들어." 클레어가 말했다. "이 일이 끝난 것처럼. 어쩌면 그 사람도 포기했을지 몰라, 알피. 어쩌면 보안요원들을 보고 나한테 접근할 수 없다는 걸 깨닫고 옮겨갔는지도 모르지."

*아니, 어쩌면*, 알피는 생각했다. *관심을 나한테 돌린 건지도 모르지.* 알피는 고개를 끄덕였다. "그랬으면 좋겠어. 그러면 우리도 우리의 삶을 살 수 있을 테니까."

그들은 한참 말없이 걸었다. 카페에 닿았을 즈음, 알피는 클레어를 보았다. "안에서 먹을래, 아니면 밖에서?" 그는 말했다.

"밖이 좋을 거 같아. 햇볕을 쬐자."

그들은 자리를 잡았다. 웨이트리스가 와서 탁자 옆에 섰다. 이전에 알피가 몇 분 동안 망상을 품었던 그 웨이트리스였다.

"과일을 넣은 포리지로 할게요." 클레어는 말했다. "그리고 수란 얹은 토스트. 자유방목 달걀이에요?"

웨이트리스의 얼굴에는 경멸의 빛이 번득였다. "그렇죠." 웨이트리스가 대답했다. "우리 음식은 다 유기농이고 자유방목이에요."

"잘됐네요!" 클레어가 말했다. "그리고 카푸치노 한 잔도 할게요."

알피는 메뉴를 접었다. “저도 같은 걸로. 고마워요.”

아침 식사를 다 먹었을 무렵, 알피는 커피를 한 잔씩 더 주문했다. 그는 몇 가게 떨어진 곳에 있는 신문 가게를 손짓으로 가리켰다.

“신문 좀 사올게.” 그는 말했다. “햇볕 속에 앉아서 읽자.”

“좋아.” 클레어가 말했다. “재미있겠네.”

알피는 일어서서 길을 따라 걸어갔다. 문을 밀고 들어갈 때 문에 달린 종이 딸랑거렸다. 그는 〈타임스〉 한 부를 집어 들고 계산대로 갔다.

“앰버시 넘버원 담배 스무 개들이 팩 하나도요.” 그는 말했다. 웨스트 호슬리의 저택에 갔을 때 필요하게 될지도 모른다는 기분이었다. 그는 20파운드짜리 노트를 건네고 잔돈을 기다렸다.

그러는 동안, 가까이에서 누가 비명을 지르고 있다는 것을 알아챘다. 그는 신문 가게 주인을 보았다.

“저 소리 들려요?” 그는 물었다.

신문 가게 주인은 고개를 끄덕였다. 그는 잔돈을 내밀었다. “내가 상관할 바는 아닌데. 아마 그냥 소동 피우는 거겠죠.”

“네.” 알피는 그게 누군지 똑똑히 알 것 같았다. 그는 잔돈을 집어 들고 문으로 뛰어갔다.

클레어가 보도 옆에 서서 길을 가리키고 있었다. 웨이트리스가 그 옆에 서 있었다. 한 손은 클레어의 어깨에 얹고 얼굴에는 걱정스러운 표정을 띠었다.

“그자가 저기 있어!” 클레어는 높고 거친 소리로 외쳤다. “그자가 저기 있다고!"

알피는 클레어의 손가락을 따라갔다. 아무도 보이지 않았다. 알피는 클레어에게로 뛰어가 두 손을 어깨에 얹었다.

"클레어." 알피는 말했다. "뭐야? 무슨 일이 있었어?"

클레어는 초점 없는 눈을 크게 뜨고 몸을 부들부들 떨었다. "그 사람이었어." 그녀는 숨을 헐떡였다. "또. 여기 왔어."

"어디? 어디에 있었어?"

"차 안에. 차를 타고 지나쳤어." 클레어는 미친 사람처럼 두리번거렸다. "나를 빤히 보고 있었어, 그리고." 말이 막혀 제대로 나오지 않았다. "전화기를 들고 있었어, 알피. 나를 찍고 있었던 거야."

"이제 그 사람이 어디 있는데?"

"차를 타고 가버렸어. 사라졌어."

"좋아. 우리도 가자." 알피는 웨이트리스를 보았다. "뭐 봤어요?"

여자는 고개를 저었다. "아뇨. 소리만, 손님 부인이 지르는 비명 소리만 들었어요, 그래서 밖으로 나와 봤죠."

"그러면 차에 타서 아내를 찍고 있는 남자는 못 봤다는 거죠?"
"네. 그때는 사라지고 없었나 봐요."

"알았어요." 알피는 전화기를 꺼냈다. "잠깐 동안은 여기 있을 거죠?"

"네."

"잘됐네요. 경찰이 당신 얘기를 들으려 할 테니." 그는 번호를 누르며 전화를 귀에 갖다 댔다.

윈 경위는 즉시 전화를 받았다.

"알피 다니엘스예요. 또 일어났습니다."

"뭐가요?" 윈 경위가 말했다.

"브라이언트요. 그자가 여기 왔었어요. 우리가 아침 먹는 카페에."

"알겠어요." 윈 경위가 말했다. "아직 거기 있나요?"

"네, 하지만 우린 집에 갈 거예요. 클레어의 신경이 곤두서서."

"이해합니다. 하지만 그 자리에 그냥 있어주시길 바랍니다. 제가 카페로 곧 만나러 갈 테니. 그걸 목격한 사람이 있다면 역시 그 자리에 있으라고 말씀해주세요."

# 2

윈 경위는 알피와 클레어의 반대편 팔걸이의자에 앉았다. 믹은 다른 팔걸이의자에 앉아 있었다. 클레어의 눈은 울어서 붉어졌고, 두 손만 응시하고 있었다.

"되도록 시간은 빼앗지 않겠습니다, 클레어 씨." 경위가 말했다. "필요한 건 대부분 카페에서 들은 것 같으니까요."

윈은 두 사람을 카페에서 만나서 무슨 일이 있는지 짚어달라고 했다. 증언을 마친 후에 그들은 집으로 왔고, 그동안 윈은 웨이트리스 및 다른 손님들 몇몇과 이야기했다. 그런 후에는 질문 몇 가지를 더 가지고 집에 도착했다.

클레어는 고개를 끄덕였다. "괜찮아요." 그녀는 웅얼거렸다. "원하시는 만큼 여유 있게 하세요."

"그러면." 윈 경위가 말했다. "다시 한 번 전체적으로 이야기해보죠. 카페에 앉아 계시는데, 헨리 브라이언트가 차를 타고 지나갔다는 거죠?"

"네, 알피는 신문 사러 가버리고 나는 내 전화기를 찾아 가방을 들여다보고 있었어요. 이상한 느낌이 들어서, 뭔가 잘못된 것처럼요, 고개를 들었더니 차 한 대가 카페 앞을 천천히 지나가고 있었어요. 그는 나를 계속 훑어보고 있다가 내가 자길 알아본 걸 알자 휴대폰을 들어서 나를 향했어요."

"수평으로요, 수직으로요?" 윈 경위가 물었다.

"그게 중요합니까?" 믹이 따졌다.

"그러면 제가 그림을 선명하게 그려보는 데 도움이 되죠."

"수평이었어요." 클레어가 말했다. "폰이 가로로 누워 있었어요."

"그런 다음엔 무슨 일이 있었죠?"

"나는 벌떡 일어나서 그를 향해 소리를 쳤죠. 다른 사람이 그를 보길 바랐어요. 어쩌면 그 사람을 추적해주길."

"그 사람은 어떻게 반응했습니까?" 윈 경위가 말했다.

"속도를 높였죠." 클레어는 대답했다. "카페 위쪽에 길이 있는데, 그쪽으로 틀어서 가버렸어요. 사라져버렸죠." 클레어는 앉은 채로 앞으로 목을 기울였다. "카페에 있는 사람들이 뭐라고 하던가요? 그 사람들과 얘기해보셨어요?"

"해봤죠." 윈 경위가 말했다. "클레어 씨가 벌떡 일어나서 차를 가리키며 소리를 질렀다는 건 기억해요. 운이 나쁘게도 운전자를 본 사람은 없더군요. 그자가 클레어 씨를 찍는 걸 본 사람도 없고. 제 생각엔 모든 게 약간 너무 빨리 일어나지 않았나 싶습니다."

클레어는 눈을 감았다. "그 사람은 빠져나갔네요. 또."

"어쩌면요." 윈 경위가 말했다. "하지만 어쩌면 클레어 씨가 도움이 될 수 있는 자세한 설명을 해주실 수 있을지 모르죠. 차 종류를 알아봤습니까?"

"아뇨. 하지만 저를 숲속으로 데리고 갈 때 탔던 차는 아닌 거 같아요."

"오늘 보았던 차를 묘사해주시겠습니까?"

"진한 적색이에요. 적갈색. 꽤 길었어요."

윈 경위는 고개를 끄덕였다. "목격자 중 한 명은 클레어 씨가 포드 몬데오를 가리켰다는데요."

"그랬던 거 같아요." 클레어가 말했다. "하지만 저는 차종을 잘 구분 못해요."

"음, 그거라면 수사를 계속해볼 수 있겠군요." 윈 경위는 일어섰다. "다른 게 생각나면 전화를 주십시오." 경위는 알피를 보았다. "저랑 잠깐 말씀 좀 나눌 수 있을까요, 알피 씨? 나가면서 할 수 있을 것 같은데요. 알피 씨가 사건에서 어떤 인상을 받으셨는지 듣고 싶습니다."

알피는 경위를 따라 정문 현관까지 나갔다. 경위는 문을 열고 밖으로 나오라 신호한 후 등 뒤로 문을 닫았다.

"알피 씨." 윈 경위는 말했다. "이건 민감한 화제가 될 수 있어서,

우리 둘만 알았으면 하는데요."

"알았습니다." 알피는 대답했다. "괜찮습니다."

"고맙습니다, 알피 씨. 제 생각에는 이런 가능성도 있을 것 같은데요. 단지 가능성일 뿐입니다만, 클레어 씨가 이런 일들을 상상하고 있는 건 아닐까요."

"저는 그렇게 생각하지 않습니다. 저도 그 사람을 봤어요, 집 바깥에서."

"압니다, 알피 씨. 하지만 그 경우를 제외하곤 클레어 씨가 보고 들었다는 다른 일들은 뭐 하나 실제로 일어났다는 증거가 없습니다. 오늘 다른 목격자들은 아무것도 못 봤다고 합니다. 그리고 브라이언트가 여기 온 후에 집 안에는 지문 하나 없었어요. 지문도 CCTV 영상도 없고, 그자를 봤다고 기억하는 이웃도 없어요. 보통은 뭐가 있기 마련입니다, 알피 씨. 수사의 진실은 이건 번득이는 뛰어난 직감이나 복잡한 연쇄 추론에 바탕을 두는 게 아니라, CCTV와 목격 진술, 그리고 사람들이 다닐 때마다 사방에 남긴 DNA에 근거하는 겁니다. 그런데 이 사건에는 그런 게 없어요. 그래서 실제로 일어난 일이 뭔가 생각하게 되는 거죠."

*많이 있어.* 알피는 생각했다. *전화도 있고 만남 예약도 있지. 하지만 내가 당신에게 그 얘길 할 순 없어.*

"클레어가 얘기를 지어냈다고는 생각하지 않습니다." 알피가 말했다.

"저도 마찬가지입니다. 클레어 씨가 완전히 진지하다고 생각합니다. 하지만 트라우마가 남는 경험을 하셨고, 그건 깊은 영향을 미칠 수 있죠. 저는 오지랖 넓게 선을 넘고 싶진 않습니다만, 오늘 이따가라도 의사와 상담하는 걸 고려해보시면 어떨까요."

"집 밖 거리에 서 있던 남자는 어떡하고요? 저도 그 남자를 봤습니다."

"거기엔 다른 설명이 있을 수도 있죠."

"그럴 거 같진 않은데요."

윈은 고개를 끄덕였다. "그럴 것 같진 않죠, 그렇습니다. 하지만 배제할 순 없죠."

"그러면 클레어가 망상을 본다고 생각하십니까?"

"아뇨. 가능성이라는 말을 하는 겁니다." 윈 경위는 두 손을 따뜻하게 하려는 듯 맞잡아 깍지 꼈다. "그게 답니다. 저는 모든 가능성을 고려해봐야 하니까요."

"좋습니다. 아내에게 얘기는 해보겠습니다."

"고맙습니다, 알피 씨. 그리고 걱정 마십시오. 우리가 그 일을 바닥까지 파헤칠 테니까요."

알피는 클레어 옆에 앉았다. 그는 한 팔을 클레어의 어깨에 두르고 자기 쪽으로 껴안았다.

"씨발 새끼!" 믹이 말했다. "그렇게 차를 타고 지나가! 그놈 우리를 지켜보고 있는 거야." 믹은 머리를 흔들었다. "지금부터는 보안요원 없이는 밖에 나가지 마라. 알겠지?"

"클레어." 알피가 말했다. "의사 좀 만나볼래? 어쩌면 스트레스에 도움을 받을 수도 있잖아. 당신이 원하면 내가 전화할 수도 있는데?"

그는 클레어가 이 사건들을 다 망상으로 착각하고 있을지도 모른다는 윈의 의문을 꺼내고 싶진 않았다. 주된 이유는 클레어의 착각이 아니라는 걸 알고 있기 때문이었다. 브라이언트는 실재했고 알피는 그를 나중에 만날 거니까. 하지만 약으로 이 여자를 잠잠하게 해놓는 건 그럴 만한 가치가 있었다.

"난 잘 모르겠어." 클레어가 말했다. "괜찮을 것 같은데."

"클레어." 믹이 말했다. "알피가 말하는 대로 해야 해."

"있잖아." 알피가 말했다. "내가 예약을 잡아볼 테니, 그다음에 당신이 결정하면 어때? 그럼 난 오늘 밤엔 집에 있을게. 웨스트 호슬리의 그 집은 가지 않겠어."

"안 돼!" 클레어는 그를 보았다. "당신이 갔으면 좋겠어. 난 되도록이면 보통 때와 다름없이 살고 싶어. 아빠가 나랑 있어줄 거야."

"나는 괜찮아." 믹이 말했다.

"좋아." 알피가 말했다. "나는 나갔다 올게. 하지만 당신이 의사를 만난다고 약속해주면."

알피는 5시 직전에 떠났다. 클레어에게는 뭔가 가지러 사무실에 들렀다 가야 한다고 했지만, 그는 할스덴에 있는 술집으로 향했다.

그 전날보다 훨씬 더 붐볐다. 주인은 한 손에 하프 파인트 라거를 들고 바 끝에 서 있었다. 그는 알피를 보더니 고개를 저었다. 그는 술집 뒤쪽을 향해 고개를 까닥하며 원을 그리는 동작을 했다.

알피는 곧장 이해했다.

*뒤로 돌아와라.*

그는 밖으로 나가 술집 옆으로 따라 나 있는 골목으로 들어갔다. 뒤쪽에는 문이 하나 있었다. 그 문이 열리더니 주인이 밖으로 나왔다.

그는 녹색 아디다스 스포츠 가방을 들고 있었다. 그는 한 손을 내밀었다. "나머지 현금."

알피는 주머니에서 나머지 3백 파운드를 꺼냈다. 그는 손을 가리켰다. "어디 봅시다."

주인은 가방 지퍼를 열었고 알피는 안을 들여다보았다. 그가 원했던 게 거기 있었다. 그는 고개를 끄덕이더니 현금을 건넸고, 가방을 어깨에 둘러메고 대로로 빠져나왔다. 저녁에 5인용 실내축구 경기를 보러 가는 사람 같은 모습으로.

하지만 그와는 거리가 한참 멀었다.

# 3

웨스트 호슬리로 향하는 기차는 붐볐다. 알피는 창가 쪽으로, 아이 둘을 데리고 온 남자 옆에 앉았다. 릴리와 조니라는 아이들은 들떠 있었다. 자연사 박물관에 갔다 오는 중이었다. 그 가족은 반대편에 앉은 남자가 무릎 위 녹색 아디다스 가방에 넣어 들고 가는 게 뭔지 꿈에도 몰랐다. 알피는 자리에 앉아 그들의 대화를 듣고 이 모습은 클레어가 바란 그들의 삶이 바로 이러했겠구나, 생각했다. 아이들과 아빠가 시간을 보내고 근사한 가족 저녁 식사를 하러 집으로 가는 것.

그가 바란 건 아니었다. 전혀.

웨스트 호슬리에 가본 적은 없었지만, 역에서 그 저택까지 가는 경로를 찾아보고 기억해두었다. 그는 녹색 아디다스 가방을 어깨에 메고 기차에서 내려 오른쪽으로 돌아 대로로 들어섰다.

시계를 들여다보았다. 6시 33분이었다. 잘됐군. 그는 집을 잘 둘러볼 수 있도록 일찍 도착하고 싶었다.

알피는 그 저택, 로즈랜드 홀을 천천히 지나치며 그 집을 훑어보았다. 옅은 곰팡이 막이 낀 나무 정문 뒤로 보이는 긴 자갈 차로는 커다란 2층 차고로 이어졌다. 한때는 마구간이었으나 이제는 개조한 듯했다. 왼쪽에는 저택 본채가 있었다. 토산 석재로 지어진 L자 모양의 장원이었다. 차는 없었다. 적어도 보이는 건 없었다. 무언가 움직이는 기척도 전혀 나지 않았다. 물론 높은 울타리가 시야를 가렸다.

그는 어깨에 녹색 아디다스 가방을 멘 채로 문을 계속 지나쳤다. 잠시 후, 어느 도로 쪽으로 돌아갔다. 거기에는 버스 정류장이 있어서, 그는 자리에 앉아 기다렸다.

그는 모자를 얼굴 위까지 깊숙이 눌러쓰고 눈은 땅에 고정했다. 7시 10분이 되자 일어서서 버스 시간표를 관찰한 후 마치 좌절한 듯 고개를 저었다. 누가 그를 보았다면, 버스가 오지 않아서 화난 승객이라고 생각했으리라. 그는 곰팡이 낀 문까지 도로 밟아 와서 한 손을 빗장에 댔다.

딸깍하더니 문이 활짝 열렸다. 알피는 자갈길을 디디며 천천히 올라갔다. 심장이 쿵쿵 뛰었고, 불안감에 두 손을 꼭 쥐었다. 그는 좌우를 훑으며 무슨 소리가 들리나 귀를 기울였다.

집에 다가갔을 때 발을 멈추었다. 정수리가 따끔거렸다. 자기가 감시당하고 있다는 확신을 느꼈다. 창문을 하나하나 바라보며 거기 있어서는 안 될 그림자나 스쳐가는 움직임을 찾았다.

아무것도 없었다.

알피는 자기가 무척 취약하다는 걸 깨달았다. 숨을 곳이라고는 없었다. 집에 있는 사람은 그가 무엇을 하는지 정확히 볼 수 있었다. 짐작건대 그게 바로 브라이언트가 원했던 것이었다. 뭐, 이제 빚을 갚아줄 때가 왔다. 알피는 자기 방식대로 이 게임을 시작할 것이었다.

그는 오른쪽으로 빙그르르 돌아 차고로 빨리 걸어갔다. 끝 쪽으로 향한 후 모습을 감출 수 있도록 뒤로 돌아갔다.

가방을 내려놓고 지퍼를 연 후 할스텐 술집에서 산 총신 짧은 엽총을 꺼냈다. 탄약통 한 상자가 들어 있어서, 그는 총에 두 개를 장전했다. 가장 세련된 무기라고는 할 수 없었지만, 엽총을 쓰면 불발될 확률이 적었다. 특히 짧은 사격 거리에서는.

가방을 어깨에 메고 총을 손에 들었다. 총의 감촉은 좋았고 안도감을 주었다. 그는 미소를 띠었다. 이제 브라이언트와 동등한 입장이 되었다.

차고의 뒤편 구석으로 걸어가 마룻바닥 위에 주저앉았다. 전화기를 주머니에서 꺼내고 카메라 앱을 밀어올려 켠 후 렌즈를 살짝 위쪽으로 향했다. 연속 사진을 몇 장 찍은 후 전화를 가져와 화면을 보았다.

집은 여전히 괴괴했지만, 이미 예측한 바였다. 그가 보고 싶었던 건 집 후면으로, 그래야 접근 경로를 파악할 수 있기 때문이었다.

사진을 찬찬히 관찰했다. 차고에서 가까운 집의 끝 쪽에는 테라스로 열리는 여닫이문이 딸린 온실이 있었다.

그리고 그중 하나는 열려 있었다.

알피는 망설였다. 이건 함정일까? 브라이언트가 여기 있다는 건 이제 확신할 수 있었다. 브라이언트는 그가 차고 뒤에서 돌아다니는 것을 보고 이 문을 열어두어 그리로 들어오게 한 걸까? 그는 거기서 열린 문에 초점을 맞추고 알피가 나타나기를 기다리고 있을까?

그럴 것만 같았다.

*뭐, 어쩌면 내가 그를 놀라게 해줄지도 모르지.*

알피는 주변을 돌아보며 다시 차고 앞으로 향했다. 그는 재빨리 움직였다. 그의 생각이 맞는다면, 브라이언트는 집 뒤에 있을 것이고, 그러면 알피가 안으로 침입할 수 있는 절호의 기회를 얻어 상황의 통제권을 얻을 수 있었다. 브라이언트가 어디 있는지 알 수 있으면, 사냥해서 잡을 수 있었다.

집중력이 생기며 이 일에 빠져드는 기분이 들었다. 재미있었다.

그는 차로 반대편으로 뛰어가며 집의 전면을 살폈다. 맨 끝, 정문을 지나, 창문 하나가 밖으로 열려 있었다. 바로 저것이었다. 들어갈 곳. 그는 엽총을 앞으로 쳐든 채로 더 열심히 뛰었다.

고요를 깬 건 어떤 고함 소리였다.

"이봐요!" 그 소리는 위에서부터 들려왔다. "세상에 망할, 대체 무슨 생각으로 그러는 거요?"

알피는 올려다보았다. 60대 후반 정도 된 남자가 위층 창문 바깥으로 몸을 내밀고 있었다. 머리는 백발에, 얼굴은 붉었으며, 두꺼운 안경 너머의 눈은 튀어나왔다.

"당신," 알피가 말했다. "당신이 헨리……."

"내가 누군진 알 거 없고. 당신 대체 누구요?" 남자는 알피의 손에 짧은 엽총이 들린 걸 보자 갑자기 조용해졌다. "세상에, 그거 총이요?"

"아뇨!" 알피가 말했다. "내 말은 총은 맞는데, 그쪽이 생각하는 그런 건 아니라고." 그는 녹색 아디다스 가방을 열고 총을 쑤셔 넣었다. "얘기가 기니까, 없던 일로 해주세요, 알겠죠? 미안합니다. 난 부동산 중개인인데." 그는 말했다. "그리고 여기서 약속이 있어요. 집주인이 여길 팔고 싶어 한다고 들었는데요?"

이 남자가 부동산에 연락해 알피를 찾은 사람일 가능성이 아주 희박하게나마 있다고, 알피는 생각했다. 어쩌면 헨리가 그의 이름일까?

"아니." 남자가 말했다. "난 아닌데, 그리고 난 팔지도 않고. 당신이 얼마를 준대도 관심도 없어. 다른 사람들 요청도 다 뿌리쳤고, 이제 당신 것도 뿌리칠 작정이고. 그러니까 꺼져. 앞으로 60초 안에 내 땅에서 나가지 않으면 경찰에 신고할 테니!"

알피는 앞으로 60초까지도 필요할 것 같지 않았다. 그는 몸을 돌려, 뛰었다.

"어땠어?"

그가 거실로 들어올 때 클레어는 와인을 홀짝홀짝 마시고 있었다. 클레어의 아버지는 위스키에 푹 잠겼다.

"물건은 얻어냈어?" 믹의 혀가 꼬여서 발음이 흐렸다.

알피는 고개를 저었다. "아직 팔 준비가 안 된 것 같습니다. 하지만 계속 연락은 하려고요."

"어떻게 생긴 집이야?" 클레어가 물었다.

알피는 알 수가 없었다. 외부에서만 봤을 뿐이니까. "멋져. 집의 일부는 1600년대에 지어졌대."

"우리도 그런 데로 이사해야 할 거야. 그런 데는 더 안전할 테니까."

"잘 모르겠는데." 알피가 말했다. "약간 고립되어서."

"그렇지만 누가 오는지는 볼 수 있잖아."

"그건 맞지."

"난 진지해." 클레어가 말했다. "그런 데는 가족이 살기에 완벽할 거야. 그 사람들이 팔기로 하면, 당신도 생각해볼래?"

알피는 고개를 끄덕였다. "물론."

동의하는 건 쉬웠다. 그 집이 시장에 나올 일은 없다는 것을 알았으니까. 주인은 그 뜻을 명확히 했다. 확실히 달갑지 않은 제안을 많이 받았던 모양으로, 알피에게는 다행이었다. 알피가 갑작스럽게 나타난 것도 그와 같은 일이라고 생각할 테니까. 그 정도면 경찰을 부르지는 않을 것이었다. 알피는 만약 경찰이 왔다면 뭐라고 설명할 수 있을지 알 수 없었다.

그게 바로 브라이언트가 원한 것임이 분명했다. 브라이언트는 그 집에 사람이 산다는 걸 알았고, 알피를 함정에 몰아넣었다. 그 정도는 알았다. 하지만 알피는 아무리 기를 써도 왜인지 이유를 생각해낼 수가 없었다.

# 금요일

## 1

아침이 되자, 클레어가 침대로 커피 한 잔을 가져다주었다. 알피는 알람 시계를 보았다. 벌써 9시였다.

"어이." 클레어가 말했다. "푹 잔 모양이네."

그렇진 못했다. 알피는 2시쯤이나 되어서야 간신히 잠에 들 수 있었고, 두 시간 정도는 노루잠을 잤다.

"응." 그는 말했다. 클레어가 진실을 알 필요는 없었다. "피곤했나 봐."

"막 생각 중이었는데." 클레어가 말했다. "집에서 나가고 싶어."

"어제 해봤잖아. 잘 되지 않았고."

"알아. 그렇지만 보안요원이랑 가면 되잖아. 그 사람들이 우리를 태워다주고, 내려주고, 다시 태우러 오면."

"잘 모르겠네. 위험해 보여."

클레어는 짜증난다는 뜻으로 손바닥을 세워서 두 손을 들었다. "알아. 하지만 종일 집에만 있을 순 없잖아! 완전히 갇힌 느낌이야. 정말로 신경에 거슬리기 시작해."

"영원히 가진 않을 거야."

"그러진 않겠지. 하지만 며칠은 갈 거 아니야. 몇 주, 몇 달이 될지도. 난 받아들일 수 없어. 내 인생을 도로 찾고 싶어."

알피는 커피를 홀짝거렸다. "좋아. 딱히 염두에 둔 거 있어?"

클레어는 고개를 끄덕였다. "극장. 가서 연극을 보자."

극장은 개뿔. 어련하겠어. 알피는 연극을 싫어했다. 이따금 클레어는 가서 고급문화를 경험하고 싶다고 하곤 했다. 종종 그녀는 그를 화랑으로 끌고 가거나 지루하고 알아들을 수 없는 셰익스피어 연극을 보자고 스트래퍼드로 데려가기도 했고, 오페라를 보겠다고 터무니없는 돈을 내기도 했다. 알피 관점에서 보자면 오페라가 최악이었다. 사람들 한 무리가 두어 시간 동안 외국어로 관객을 향해 울부짖고, 관객들은 자기가 뭘 보고 있는지도 모르면서 좋아하는 척을 했다.

클레어와 같은 사람들은 전형적이었다. 그들은 자기들이 나름대로 교양 있다고 생각했다. 자기들이 극장이나 오페라, 화랑에 가는 사람들이기 때문에. 또, 보람도 없이 헛되이 낭비되는 비싼 것들을 소비할 뿐이면서, 자기를 향상한다고 생각했다. 고급 와인이나 비슷했다. 그것을 사는 사람들 다수는 음미할 능력도 없었다. 특히 한 병, 두 병, 세

병을 마신 후에는.

하지만 요점은 그게 아니었다. 그것이 처칠의 최신 자서전이나 문예 소설, 읽지도 않은 채로 책꽂이에 놔두는 〈런던 리뷰 오브 북스〉처럼 지위의 상징이었다.

그리고 알피는 그런 걸 더럽게 싫어했다.

"진심이야?" 그가 물었다.

"가고 싶어." 클레어가 대답했다. "당신이 관심 있다면."

"당신에게 달렸지." 알피가 말했다. "내가 연극 좋아하는 거 알잖아. 거의 오페라만큼이나. 그러니까 나는 언제든 갈 수 있지. 하지만 당신이 내켜야 가지."

"그럼 가자."

알피는 자기 최선의 미소를 지었다. "내가 표를 사야 하나? 염두에 둔 연극이 있어?"

"그럴 필요는 없어." 클레어가 웃었다. "벌써 사뒀거든."

어련하겠어. 망할 어련히 그러셨겠지. 알피는 클레어가 원하는 건 언제든 뭐든지 해주니까.

그는 소리 지르고 싶을 뿐이었다.

# 2

그들이 막 떠나려 할 때, 초인종이 울렸다. 윈 경위였다. 경위는 서먹서먹하고 긴장한 표정을 띠고 있었다.

"일어난 일을 다시 한 번 쭉 얘기해보고 싶습니다." 경위가 말했다. "아주 처음부터요."

"그러고 싶긴 한데요." 클레어가 말했다. "하지만 저는 할 만한 얘기는 다 드렸다고 생각하는데요."

경위는 고개를 끄덕였다. "분명히 그러셨겠죠, 하지만 뭔가 놓친 게 있을지도 모르니까요. 중요할 수도 있는 사소한 디테일이랄까. 시간이 좋지 않습니까?"

클레어는 찻잔을 건넸다.

"저희는 곧 나가야 해서요." 클레어가 말했다. "20분 후에요. 우린 극장에 가려고요."

알피는 경찰이 그보다 오래 걸린다는 말을 해주길 바랐지만, 경위는 미소를 띠며 고개를 끄덕였다.

"그 정도면 넉넉합니다." 윈이 대답했다. "요지는, 우리가 약간 막다른 길에 다다랐다는 겁니다. 헨리 브라이언트나 피파 씨의 흔적을 찾을 수가 없어요. 피파 씨는 완전히 사라져버린 것만 같습니다. 그리고 그자로 말하자면……존재하지 않는 거 같아요."

"뭐 존재는 하죠." 알피가 말했다. "여기 왔었잖아요."

"우리는 가짜 신분일 수도 있다고는 생각합니다." 윈이 말했다. "누가 그런 사람을 만들어내고 여권과 은행 계좌를 얻은 거죠. 여권은 쓴 적이 없고, 은행 계좌는 버려졌습니다. 2주 정도 거래 내역이 없어요. 이베이에서 물건을 팔아서 돈을 벌었던 것 같은데, 그것도 멈췄습니다."

"그자가 뭘 팔았습니까?" 알피가 물었다.

"온갖 종류요. 꽤 값비싼 것도 몇 개 있었고. 그것들이 어디서 났는지 추적하려고 하고 있습니다. 직접 샀다면, 그 사람의 인상착의를 얻을 수도 있겠지요."

"어떻게 그게 가능한가요?" 클레어가 물었다. "어떻게 그렇게 신분을 만들어낼 수 있죠?"

"놀랄 만큼 쉽습니다." 윈 경위는 말했다. "원하기만 한다면, 여권은 살 수 있습니다. 여권국에 기록이 없다는 이점도 더해지죠. 그리고 그런 건 사진 없이 오기 때문에 자기 사진을 붙여 놓고 자유롭게 여행 다닐 수 있습니다. 그리고 계좌를 열기 위해 필요한 건 주소뿐입니다. 브라이언트는 버밍엄에 있는 아파트 주소를 썼더군요. 지금은 사람이 살고 있지 않습니다만, 꽤 최근까지는 여섯 달 동안 세를 놓았어요. 제 추측으로는 브라이언트가 순수하게 계좌를 열려는 목적으로만 그걸 빌린 것 같습니다. 집주인은 그자를 만난 적이 없다는군요. 이메일로만 연락했고, 브라이언트는 집세를 선금으로, 그것도 현금으로 보냈답니다."

"어째서 그자가 수고롭게 그 모든 일들을 했는지 모르겠네요." 클레어가 말했다. "그가 원한 게 사람들을 온라인에서 만나는 것뿐이라면, 가짜 이메일 계정을 만들고 그걸로 끝내도 됐을 텐데요. 그게 훨씬 더 쉬웠을 테고요."

"제 생각에는," 윈 경위가 말했다. "은행 계좌가 있으면 그 점을 더 잘 숨길 수 있었겠죠. 그 뒤에 숨은 남자에게 접근하기가 더 어려워지는 건 분명하니까요."

*그게 바로 그가 한 짓이지,* 알피는 생각했다. *경찰이 제대로 감을 잡았네. 그렇지만 경찰은 재수 없게도 진실을 파악할 기회는 없을 거야.*

"그래서," 윈이 말했다. "제가 여기 온 겁니다. 자세한 점을 다 듣고 싶어서요. 지금 당장은 다른 건 없으니까요."

"알겠어요." 클레어가 말했다. "최선을 다해보죠." 클레어는 알피를 돌아보았다. "당신은 이것 때문에 여기 있을 필요는 없어. 원하지 않는다면."

"나는 있을 거야." 알피는 그 이야기를 다시 한 번 들을 준비를 했다.

어쩌면 이번에야말로 무슨 일이 일어나고 있는지에 대한 실마리가 있을지도 몰랐다.

## 3

극은 알피가 두려워한 만큼이나 나빴다. 중세 여왕이 잠에서 깨어 보니 자기가 21세기 런던에 살고 있다는 걸 알게 되고 하인도 없고 자기가 누군지 아는 사람도 없어서 공포에 질린다는 황당무계한 극이었다.

가벼운 코미디가 이어진 후 —중세 여왕이라고 우겨봤자 주인공은 망상에 빠진 것처럼 보일 뿐이었다— 여왕은 마지못해서 숙식과 일자리를 찾으러 나서지만, 결국에는 길바닥에 나앉는 신세가 되었고 그 과정에서 우리의 현대사회가 얼마나 잔인하고 이기적인지 드러났다.

막간에, 클레어는 무대를 응시하며 못 믿겠다는 듯 고개를 저었다. "이거 대단하네." 그녀가 말했다. "이건 우리가 미쳤다고 생각하는 사람들을 어떻게 대하는지에 대해서 생각해보게 하는 극이야. 내 말은 이 여자는 자기가 중세 여왕이라고 주장한다는 이유로 미친 사람 취급을 받잖아. 실제로 중세 여왕인데도."

"그렇게 생각하는 거지." 알피가 말했다. "어쩌면 그냥 미친 사람일 수도 있어."

"바로 그게 요점이야! 이 여자가 중세 여왕이 아니라고 해도 여자는 자기가 그렇다고 생각하고, 다른 사람들이 그 여자를 미친 사람으로 취급하면서 인생이 불쌍해진 거지."

"그럼 우리가 이 여자를 여왕인 양 대해야 해? 국가 의료 보험이 그런 일을 하자고 돈을 받는 건진 모르겠네."

"알피!" 클레어가 말했다. "당신은 요점을 놓치고 있어. 이건 우화일 뿐이야! 국가 의료 보험금 얘기가 아니라고."

*그랬다면 차라리 더 재미있었겠지*, 알피는 생각했다.

"알아." 그는 들어오는 길에 산 프로그램을 보았다. "막간 휴식이 20분 정도 되네. 음료수라도 마실까?"

클레어는 고개를 끄덕였다. "좋은 생각이야."

알피는 일어나며 프로그램을 의자 위에 놓았다. 주연, 여왕을 연기하는 여자가 맨 앞에 나와 있었다. 여자는 무척 예뻤다. 이 모든 일이 끝나면, 이 여자에게 연락을 취해볼 수도 있을 것 같았다. 극장에 다니는 인권 변호사 신분을 만들어볼까. 그런 후에는 죽여버릴 수 있겠지. 그러면 꽤 후폭풍이 심할 텐데. 그걸로 이 여자가 하는 시시한 허튼 소리를 참고 들은 복수가 될 것 같았다.

하지만 그러자면 기다려야 했다.

"좋아." 그는 말했다. "가자."

막이 오르기 전에 남은 4분을 써서 간신히 화이트 와인 한 잔씩 살 수 있었다. 클레어는 시계를 보았다.

"서둘러야 해." 그녀는 말했다. "극이 시작하겠어."

알피는 밤새 술만 마시고 앉아 있어도 아무 상관없었지만, 고개를 끄덕였다.

"뭐 하나 놓치면 안 되지." 그는 말했다.

벨이 울리고, 2막을 위해 자리로 돌아가 달라는 안내 방송이 스피커를 통해 나왔다.

"여기." 알피는 린넨 재킷을 입고 있었다. "당신 잔을 줘. 내가 슬쩍 들고 들어갈 테니."

클레어가 와인을 주자, 그는 어깨를 털어 재킷을 벗었다. 그는 두 잔 다 한 손에 들고 재킷을 그 위에 덮었다.

두 사람은 다른 관객들을 뒤따랐다. 자기 자리에 다다랐을 때 —물론 앞자리였다— 알피는 클레어를 열 안으로 들여보냈다. 그는 몸을 숙여 프로그램을 집으며 아내 옆에 앉았다.

그러는 순간 종이 한 장이 나풀나풀 바닥 위로 떨어졌다.

종이는 그의 신발 위에 내려앉았다. 그는 그것을 바라보았다. 공책에서 찢어낸 종이였다. 그들이 프로그램을 살 때는 그 안에 있지 않았다는 뜻이었다.

그는 클레어를 힐끔 쳐다보았다. 클레어는 전원을 끌 준비를 하느라 전화를 들여다보고 있었다. 그는 재킷과 와인 잔 하나를 그녀에게 건넸다.

"이거 잠깐만 들고 있어줘." 알피는 말했다. "신발 끈 좀 매야 해서."

그는 허리를 숙이며 종이를 아내가 보지 못하도록 숨기면서, 신발 끈을 매는 양 두 손을 신발 위에 놓았다. 그러면서 종이를 뒤집어보았다.

모두 대문자로 된 짧은 손 글씨 메시지가 쓰여 있었다.

알피, 내 좋은 친구

연극 재미있나? 나는 그런데. 너랑 마주치길 바랐는데, 쪽지로 만족해야겠어.

그냥 우리 사이 일을 확실히 해두고 싶어서 메시지를 보내고 싶었지.

난 네가 한 짓을 알아.

친애하는 H

알피는 그 쪽지를 구겨서 동그랗게 뭉치고 의자에 털썩 주저앉았다. 그는 한 손을 주머니에 넣었다. 종이를 숨기려는 의도도 있었지만 몸을 떠는 모습을 숨기고도 싶었다.

"괜찮아?" 클레어가 말했다.

"좋아." 알피가 대답했다. "넘어질 뻔했어. 다 괜찮아."

뭐 하나 괜찮은 것과는 거리가 멀었다.

극이 진행될수록, 알피는 점점 쪽지를 꺼내 다시 읽어보며 글쓴이에 대해 알려줄지도 모르는 상세한 점들을 찾아 분석하고 싶어 안달이 났다. 그는 쪽지에 쓰인 그대로 기억하려고 해보았다.

알피, 내 좋은 친구. 연극 재미있나?

그다음에 뭐였지?

너를 못 만나서 아쉽네. 하고 싶은 말이 있었는데.

그다음 부분은 가장 선명하게 기억났다.

난 네가 한 짓을 알아.

그러니 이제는 논란의 여지가 없었다. 그 쪽지에 뭐라 쓰였든—좀 더 자세히 들여다보면 무엇이 밝혀지든 간에— 알피는 이제 적어도 두 가지 사실을 알았다.

하나, 브라이언트는 알피에 대해서 알고 있고, 그렇다는 건 자기가 위험해졌다는 것.

둘, 브라이언트는 진짜라는 것. 그는 클레어의 망가진 상상력의 산물이 아니었다.

그리고 그자가 여기 있었다.

그는 극장을 둘러보며 혼자 온 남자를 찾았다. 보이는 것이라고는 무대를 향한 얼굴들, 이따금씩 터지는 재채기를 감추려 입을 덮거나 귀를 긁거나 코를 파는 손들.

쪽지를 다시 한 번 읽어야 했다. 그는 클레어의 팔꿈치를 톡톡 쳤다. 그녀가 돌아보자, 그는 입 모양으로 단어를 말했다.

*화장실.* 그는 어깨를 으쓱했다. *미안.*

클레어는 얼굴을 찌푸렸지만 그는 일어나서 통로로 나갔다. 화장실로 가서는, 한 칸으로 들어가 문을 잠갔다. 그는 주머니에서 쪽지를 꺼내 판판하게 폈다.

알피, 내 좋은 친구

연극 재미있나? 나는 그런데. 너랑 마주치길 바랐는데, 쪽지로 만족해야겠어.

그냥 우리 사이 일을 확실히 해두고 싶어서 메시지를 보내고 싶었지.

난 네가 한 짓을 알아.

친애하는 H

사각형의 대문자로 쓰여 있었다. 알피는 그 필체엔 어딘가 남성적인 데가 있다고 생각했지만, 그건 아무런 뜻도 없었다. '남성적'인 글씨체가 있는지도 확실하지 않았고, 어느 경우에도, 그렇다고 해도 여자가 그런 식으로 쓰는 것도 쉬울 것이었다.

하지만 쪽지에서 몇 가지 점을 알 수는 있었다. 누군가 여기, 극장에 있다는 것. 그리고 그가 피파를 죽였다는 걸, 적어도 죽이려고 했다는 걸 안다는 것. 그리고 그의 일을 방해할 의도가 있다는 것. 그 장난스러운 말투—*알피, 내 좋은 친구*—에서 그런 분위기가 풍겼다.

하지만 그 외에는 도움이 되는 점이 전혀 없었다. 어쩌면 지문이나 유전자 정보, 필적 전문가들이 풀어낼 수 있는 단서가 있을지 모르지만, 그렇다고 어쩌겠는가? 그걸 윈 경위에게 가져갈 수는 없었다.

*무슨 짓을 하신 거죠, 다니엘스 씨? 이 쪽지의 작성자가 가리키는 게 뭐죠? 그자가 이걸 다니엘스 씨의 프로그램에 넣은 이유가 뭐라고 생각하시나요?*

그러자 그자가 쪽지를 심은 이유를 알았다. 알피가 이 쪽지를 자세히 읽으려고 남몰래 화장실로 갈 거라는 걸 알고 이런 짓을 한 것이었다.

클레어를 혼자 놔두고.

젠장. 그는 종이를 주머니에 쑤셔 넣고 화장실 칸 문을 열었다. 화장실에서 뛰쳐나가 좌석으로 향하는 카펫 깔린 복도를 뛰어갔다. 문 앞에 있던 안내원이 그에게 속도를 늦추라는 동작을 하면서 표를 달라고 한 손을 내밀었다. 알피는 그에게 표를 찔러주고 극장 안으로 들어갔다.

그는 클레어와 자기 자리가 비어 있을 각오를 하면서 통로를 내려다보았다. 아니, 두 자리 모두 누가 앉아 있는 게 더 심각했다. 후드 티를 뒤집어쓴 남자가 윈 경위와 로리스 경사에게 전화를 하려고 할 수도 있었다. 관객들은 알피가 체포되는 것도 연극의 일부라고 생각할까? 극작가가 꾸민 메타픽션적인 게임이라고 생각할까?

하지만 알피의 자리는 비어 있었고, 클레어는 자기 자리에서 안전한 채로 중세 여왕에게 집중하고 있었다. 이제 여왕은 무대 위에서 쓰레기통을 쑤석거리고 있었고, 갈 방향을 잃고 자기가 있을 곳을 모르는 듯했다. 알피가 그러하듯이.

## 4

알피는 방금 데운 인스턴트 스파게티 볼로네즈를 테이블 위 앞에 두고 부엌에 앉아 있었다. 반대편에선 클레어가 앉아 조디랑 통화 중이었다.

"아니." 클레어가 말했다. "나도 그러고 싶은데, 안 되겠어. 아직은 안 돼."

알피는 조디가 뭐라고 하는지 들으려고 귀를 쫑긋 세웠으나 목소리가 너무 희미했다.

"미안, 조. 나 정말 그래. 하지만 고마워. 이젠 끊어야겠다. 알피가 기다리고 있어."

클레어는 전화를 끊었다.

"괜찮아?" 알피가 말했다.

"응. 조디가 처녀 파티에 가자고 하는 것만 빼고. 학교 다닐 때 친구인 헤더가 결혼한대. 그런데 난 못 가잖아. 아무데도 갈 수 없어."

"지나갈 거야."

"그럴까?" 클레어는 창백하고 기진맥진한 얼굴이었다. "경찰은 다음에 어떻게 할지 모르는 것 같던데. 나는 늘 경찰이면 온갖 방법으로 사람을 찾아낼 수 있는 줄 알았는데. 알잖아, 감시 국가라는 말도 있고 정부가 모든 전화를 감청하고 메일을 읽어보고 그러는 줄. 하지만 알고 보니 이름만 바꾸면 다 되네. 그렇게 사라지는 거야. 정말 미쳤어. 정말 신물이 난다."

"알아." 알피가 대답했다. "그리고 그동안 우리는 덫에 걸려버렸지. 헨리 브라이언트가 저기 어디 있고, 우리는 잠시도 쉴 수 없어." 그는 고개를 흔들었다. "끝을 내야 되는데, 어떻게 해야 할지 모르겠네. 그 사람을 찾을 수 없으니."

"난 이게 싫어." 클레어가 말했다. "우리가 아무런 통제권이 없다는 것. 우리가 하는 건 그자가 뭘 하는지 기다리는 것뿐이잖아." 클레어는 팔짱을 꼈다. "알지. 나는 그 사람이 밤사이에 우리 집에 나타나는 환상을 봐. 그 사람 소리가 들려서 잠에서 깨고, 그자가 위로 올라오면 우리가 기다리고 있는 거지. 우리가 그 사람을 잡아서 바닥에 내리눌러 꼼짝 못하게 하고 경찰을 부르는 거야."

알피도 똑같은 생각을 했지만 혼자 마음속에 간직했다.

"하지만 그런 일은 일어나지 않겠지." 클레어가 말했다. "우리가 여기 있고 바깥에 보안요원 두 명이 있는 동안은 아닐 거야."

"그들이 우리를 안전히 지켜주잖아." 알피가 말했다.

"안전하게 집에만 있는 거지. 하지만 세계의 나머지 부분은 금지 구역이 되었어. 그자가 이긴 거야. 그게 거슬려." 클레어는 두 눈을 문질렀다. "그리고 하나 더 거슬리는 일은 몇 주 몇 달이 지나가고 그 사람이 아무 조짐이 없대도, 그가 돌아올 가능성은 항상 있다는 걸 알게 되는 거지. 나는 긴장을 풀지 못할 거야."

"알아." 알피는 진심이었다. 클레어에게 이유를 말할 수는 없지만, 그도 정확히 똑같은 감정이었다.

"우리는 어쨌든 상황을 통제할 권리를 찾아야 해. 방법이 있었으면 좋겠어."

"나한테는 안 보이는데." 알피가 말했다.

"그자를 덫에 걸리도록 꼬여낼 수만 있다면," 클레어가 말했다. "완벽할 텐데."

"잘 모르겠어. 위험해 보이는데." 덫이라니 완벽하게 들리는 소리지만, 알피는 너무 열성적으로 보이고 싶진 않았다. 거기 더해 덫이 어떻게 작동할지 확실히 알 수가 없었다. 이게 무슨 결과를 내려면, 클레어에게서 생각이 나와야만 했다.

"상상해 봐." 클레어가 말했다. "하룻밤 정도 보안요원들을 물리는 거야. 그리고 당신도 나가는 거지. 하지만 가까이 있는 거야. 아니면 뒷문으로 몰래 숨어들어 오든가. 브라이언트가 우릴 바라보고 있다면—분명히 그러겠지, 느낄 수가 있어— 그자는 올 거야. 하지만 우리는 그자가 오기를 기대하고 있는 거지. 우리가 상황을 제어하는 거야."

"절대 안 돼." 알피가 말했다. "무슨 일이 생기기라도 하면? 그럼 나는 절대로 나 자신을 용서하지 못할 거야."

"자긴 이렇게 사는 편이 더 좋아?"

알피는 그 질문이 대답 없이 두 사람 사이에 걸리게 놔두었다. 마지못해 받아들이는 척 해야만 했다. "봐." 그는 마침내 말했다. "나도 이해해. 하지만 이건 약간 무모한 것 같아, 알겠어?"

클레어는 포크로 파스타를 돌리면서 생각에 깊이 잠긴 듯 면발이 포크 살에 감기는 걸 바라보았다. 다음 순간 어깨가 축 내려앉았다.

"당신 말이 맞아. 하지만 우리가 포기하는 기분이 들어." 그녀는 와인을 좀 더 잔에 따랐다. "우린 선택이 없다고 생각해."

어쩌면 선택이 없을지 몰랐다. 어쨌든 지금은.

하지만 알피는 차츰 생각의 가닥이 잡혔다.

# 5

저녁 식사 후, 두 사람은 소파에 앉았다. 클레어는 알피의 어깨에 머리를 기댔고, 남은 와인이 든 병은 커피 탁자 위에 두었다.

"알지." 알피가 말했다. "우리가 브라이언트에게 뭔가 할 수 있으면 좋을 것 같아. 복수가 최선의 동기는 아니라는 건 알지만, 그자를 내 손으로 직접 잡고 싶어."

"나도 당신이 그랬으면 좋겠어."

"문제는 너무 위험하다는 거야. 우리는 일종의 안전망이 필요해. 덫이긴 하지만, 우리에게 위험은 없는 거. 당신에게. 우리 둘만 있는 게 아니라, 칼과 케빈도 있으면 어떨까?"

"그자는 절대 안 올 거야." 클레어가 말했다. "두 사람이 근처에 있으면."

"보안요원들이 가버렸다고 생각하지 않으면 안 오겠지."

"뭐, 그 사람들이 집을 떠난 것처럼 하자는 거야? 그자가 거기 넘어갈지는 모르겠는데."

"알아." 알피는 와인 잔에 손을 뻗었다. 그는 클레어의 잔을 그녀에게 건넸다. "그냥 꿈 좀 꿔본 거야."

클레어는 자기 와인을 마셨다. "우리가 여기 있지 않으면 그렇겠지."

알피는 머리를 갸우뚱했다. "무슨 뜻이야?"

"우리가 떠나는 거야. 이런 일이 벌어진 후에는 우리가 할 수 있는 가장 자연스러운 일처럼 보일 거야."

"어디로?"

"레이크 디스트릭트에 있는 우리 별장으로 가야지. 거기 간 지도 몇 년 되긴 했지만, 이전에 좋아했으니까."

클레어는 10대 여름 방학 때 거기서 보냈던 이야기를 몇 번 한 적 있었다. 이젠 믹과 클레어도 거기 가지 않았기에 알피는 믹이 그 별장을 팔았다고 짐작하고 있었지만, 믹은 그저 신경 쓰지 않았던 것뿐이었다. 알피는 그것이 바로 부자들이 사는 법이라고 생각했다.

"우리가 거기 가면 어떤 일이 생기는데?"

"몰라. 어쩌면 어느 날엔 당신이 하이킹을 나가느라 나를 혼자 놔두지 않을까. 다만 나는 혼자 있지 않은 거지. 칼과 케빈을 데리고 가서 어딘가에 숨겨두는 거야. 그리고 그자가 나타나면……." 클레어는 두 손을 탁 치며 덫이 닫히는 흉내를 냈다.

"그리고 나는 하이킹을 가지 않는 거고?"

"당신도 근처에 있어야지. 그리고 칼과 케빈도 거기 있을 거야." 클레어는 또 한 모금 마셨다. "별장 반대편에 호텔이 있어. 보안요원들은 거기 묵으면 돼. 그자가 나타나면, 몇 초 만에 별장으로 올 거야."

알피는 얼굴을 찡그렸다. "너무 위험해 보여. 그가 오는 걸 요원들이 못 보면? 요원들이 앞문에 있는데, 그자가 뒷문으로 오면."

"우리는 해결할 거야." 클레어가 말했다. "나는 요원들이 볼 수 있는 방에 있을 거야. 어쩌면 2층 침실에. 그런 후에는 신호를 정해놔야지. 그자가 집에 오면 내가 특정 창문을 열 거고, 그럼 그자가 거기 있다는 걸 알 수 있을 거야."

"당신 아버지는 어쩌고? 절대 허락하지 않으실 텐데."

"아버지에겐 말하지 않을 거야. 그냥 휴가 떠난다고 해야지. 칼과 케빈에게도 그 계획을 말하지 않을 거야. 그러면 아빠한테 말할 테니까. 거기 가서 알려주면 돼."

알피는 천천히 고개를 끄덕였다. 이건 먹힐 것 같았다. 누가 됐건 브라이언트라는 작자가 그들이 거기 있다는 걸 알고 다른 사람은 없다고 생각하면 모습을 드러낼 수도 있었다.

그자가 그렇게 한다면, 알피는 자기 계획이 있었다. 클레어나 칼, 케빈이 브라이언트를 잡게 놔둘 수는 없었다. 그렇게 한다면 그자가 알피에 대해 털어놓을 테니까.

그런 일이 일어날 리는 없었다.

브라이언트는 죽어야만 했다.

그래서 알피는 자기 계획이 있었다. 그리고 클레어의 계획에 동의할 준비가 되어 있었다.

"좋아." 그는 말했다. "하지만 한 가지 조건이 있어. 내가 아주 가까이에 있는 거야. 그래서 그자가 나타나자마자, 칼이 내게 알려주는 거지. 나도 그 자리에 있고 싶어."

그렇게 되면 브라이언트와 단둘만 있을 틈을 얻을 방법을 찾아낼 것이었다. 그리고 정당방어라는 핑계를 써서 이 문제를 영원히 해결해버릴 것이었다.

## 토요일

### 1

알피는 셔츠 한 장을 개어 여행 가방에 넣었다. 클레어의 말에 따르면 그 마을에 미슐랭 별 한 개짜리 식당이 있어서 거기에 자리를 예약하고 싶다고 했다. 거기 있는 동안에는 음식이라도 제대로 먹는 편이 좋을 테니까, 라고 클레어는 말했다. 일주일 동안은 머무를 테니, 거기서 먹을 기회는 많을 것이었다. 하지만 알피는 그렇게 오래 있을지는 알 수 없다고 생각했다. 모든 일들이 계획대로만 된다면.

모두 페이스북에 올렸다. 클레어의 옛 주 무대였던 곳으로 여행 간다고 들떠 있는 글들. 그들이 어디로 가는지 알려고만 든다면 별문제 없이 쉽게 알아낼 것이었다.

브라이언트를 포함해서.

침실 문이 열리더니 클레어가 들어왔다.

"준비됐어?" 그녀가 물었다. "곧 떠나야 할 거 같아. 기차는 40분 후에 떠나."

두 사람은 옥센홀름까지 기차로 갔다가 카트멜까지는 택시로 갈 예정이었다. 칼과 케빈은 그들을 역에 내려주고 차를 타고 별장까지 오기로 했다. 그들이 같이 기차에 타는 건 원치 않았다. 그들이 보안요원 없이 간다고 브라이언트가 생각하도록 하려는 것이었지만, 칼과 케빈에게는 자기들이 거기 가면 차가 필요하기 때문이라고 말했다. 그들은 내켜 하지 않았지만, 알피는 자기들이 기차로 간들 해로울 일이 없다고 설득했고, 그들은 동의했다. 요원 두 명은 별장 건너편의 작은 호텔을 예약했다. 그들이 종일 방에만 있으면 주인들이 이상하다고 생각하겠지만, 그건 중요하지 않았다. 그들은 아무 나쁜 짓도 하지 않을 것이고, 거기 오래 있지 않아도 되길 바랄 뿐이었다.

"5시에 내려갈게." 알피가 말했다. "시간은 괜찮을 거야."

그는 여행 가방을 닫고 지퍼를 올렸다. 침실을 둘러보고 미소를 지었다. 다음 번 이 방을 볼 때는 모든 것이 제자리로 돌아올 것이었다.

별장에 도착했을 때는 이른 오후였다. 이따금씩, 클레어는 카트멜에서 보낸 레이크랜드의 여름에 대해서 이야기했다. 경마, 끈적끈적한 토피 푸딩. 알피는 별로 집중해서 듣지 않았다. 그는 남프랑스에서 보내는 휴가에 더 관심이 있었다. 그가 클레어와 결혼하고, 견뎌내는 이유는 햇빛과 화려함 때문이지 북부의 비 오는 날을 위해서가 아니었다.

하지만 오후 햇살을 받은 카트멜은 특별히 예쁘다는 것은 인정할 수밖에 없었다. 오늘은 끝없이 파란 하늘이 펼쳐지는 날이었다. 졸졸 흐르는 시내가 마을 한가운데를 가르며 수백 년은 됐을 집과 술집, 교회 옆을 지났다. 모두 남부 레이크 디스트릭트의 야트막한 언덕 그림자에 잠겨 있었다.

택시는 마을 중심에서 그렇게 멀지 않은 고요한 도로 위 커다란 흰 벽 집 앞에 섰다. 반대편에는 호텔이 있었다. 그 뒤는 탁 트인 들판으로, 농지의 끝을 표시하려고 가파른 언덕의 비탈을 따라 세운 벽으로 구분되었다.

"다 왔습니다." 택시 기사는 계기판을 보면서 미터기를 살폈다. "43 파운드요."

클레어는 그에게 20파운드 두 장과 10파운드 한 장을 건넸다. 그가 거스름돈을 찾으려 했지만, 클레어는 고개를 저었다. "괜찮아요." 클레어는 말했다. "태워다주셔서 감사해요."

택시 기사는 고개를 끄덕였다. "감사합니다." 그는 조수석에서 종이 한 장을 꺼내더니 뭘 적기 시작했다. "여기 오래 머물러요? 내 전화번호를 드리리다. 어디든 갈 때 차가 필요하면 전화를 줘요. 내 이름은 스튜요."

"그렇게 할게요." 클레어가 종이를 받았다. "고맙습니다."

그들은 트렁크에서 가방을 꺼내어 정문으로 향하는 길을 올라갔다. 짙은 목재로 만들어진 문은 천천히 열렸다. 별장 벽은 두꺼워서 1.2미터는 될 것 같았고, 거친 돌로 만들어졌다. 아마도 그래서 창문이 많지 않은 것 같았다.

안은 춥고 어두우며 축축한 냄새가 났다. 사람을 반기는 곳은 아니었지만, 클레어는 확실히 다르게 느끼는 모양이었다.

클레어는 생긋 웃으며 오래된 소파 위로 털썩 주저앉았다. "맙소사." 그녀는 말했다. "다시 오니까 너무 좋다. 어렸을 땐 여기서 시간을 많이 보냈는데. 우린 여름마다 여기 왔었어. 내가 열네 살 정도 때까지. 엄마가 좋아하셨거든. 돌아보면, 엄마는 여기서 평온을 찾았던 것 같아. 엄마랑 아빠가 부엌에서 함께 저녁을 지으면서 웃던 모습이 기억이 나. 엄마가 죽은 후에는 여기 오지 않았는데. 아빠에겐 추억이 너무 많았겠지. 그래도 몇 년 동안 떨어져 있는 곳에 오자마자 금방 집처럼 편안한 기분을 느끼다니 재미있네."

알피는 클레어 옆에 앉았다. "당신이 행복하다니 기뻐." 그는 말했다. "당신은 행복할 자격이 있으니까." 그는 한 손을 클레어의 장딴지에 올렸다가 슬슬 안쪽 허벅지로 올라갔다. "당신이 여기 오던 나이 때라고 하면, 여기서 이런 일을 하는 것도 처음이 되지 않을까."

클레어는 굳어졌고 다리가 움찔하며 그의 손에서 벗어났다.

"알피." 클레어는 말했다. "나도 하고 싶어. 하지만 아직 준비가 안 됐어. 미안해. 난 좀 더 시간이 필요해."

알피는 물러나 앉았다. "괜찮아. 미안해할 거 없어. 당신이 필요한 만큼 느긋하게 시간을 가져." 그는 일어섰다. 솔직히 안도감이 들었다. 클레어가 돌아온 이후로 그들은 섹스를 한 번도 하지 않았고, 그는 그 사실이 기뻤다. 그는 오로지 모든 일들이 정상처럼 보이도록 노력했을 뿐이었다. "나는 짐을 풀게. 그런 후에는 나가서 카트멜을 돌아보자."

다시 별장으로 돌아와 보니, 칼과 케빈이 밖에 차를 세워 놓고 있었다. 그들은 차에서 내려 주변을 둘러보았다.

클레어는 길 건너 건물을 가리켰다. "우리가 호텔을 예약해뒀어요. 그녀가 말했다. "창문에서 별장을 감시할 수 있어요. 우리가 전화는 켜둘게요."

"그저 한번 둘러볼까 하는데요. 뒷문이나 다른 접근 지점을 확인하게." 케빈이 말했다. "그런 것들."

"고맙습니다." 알피가 말했다. "여기까지 와주셔서 감사하군요."

"별거 아니죠." 칼이 말했다. "레이크랜드에서 휴가를 보낼 수 있는 건 언제나 좋은 일이죠."

"정말 그렇죠." 알피가 말했다. "정말로 그래요."

# 일요일

## 1

알피는 클레어를 응시했다. 그들은 오늘이 바로 디데이라고 정해놓았다.

"그럼." 그가 말했다. "시작해보자. 오늘 아침에 이따가 나는 하이킹 가는 척할게. 그러면 우리 바람대로 브라이언트가 오겠지. 그런 후에는……."

클레어에게 고개를 끄덕였다. "맞아. 그런 후지. 정확히."

알피는 클레어를 보았다. 그녀는 갑작스레 주저하는 것처럼 보였다.

"괜찮아?" 그가 물었다.

"그래." 클레어는 잠깐 말이 없었다. "런던에 있을 때는 참 간단해 보였는데. 이젠…… 음, 약간 위험해 보여."

"아직도 할 마음이 있어? 당신이 원하면 언제든 여기서 떠날 수 있어."

알피는 숨을 멈추고 클레어가 대답하기를 기다렸다.

"아직도 하고 싶어. 이 일을 끝내고 싶어. 하지만 가까이 있어, 알피. 2분 정도 거리에. 당신은 수도 분원에 숨어 있으면 돼. 그렇게 멀지 않아."

알피는 고개를 끄덕였다. 브라이언트가 나타나면 그가 가까이 있어야 하겠지만, 클레어가 생각한 이유는 아니었다.

"칼과 케빈도 있을 거니까." 그가 말했다. "그 점도 기억해."

"그 사람들에게 말해주는 게 좋을 것 같아."

# 2

칼과 케빈은 그 계획을 순순히 받아들였다고 할 수는 없었다.

“무슨 헛소리를 하는 겁니까?” 칼이 말했다. 그들은 호텔 테이블에 찻주전자를 앞에 두고 앉아 있었다. “우리가 이 남자를 잡기 위해 잠복을 하란 겁니까? 그런 후에는요?”

“경찰을 불러야죠.” 알피가 말했다. “우리는 이 일을 해결해야만 합니다. 죄수처럼 살아갈 순 없어요.”

칼은 고개를 저었다. 그는 클레어를 돌아보았다. “남편이 이런 생각을 부추긴 겁니까? 이거 무슨 아내에게 멋있게 보이려고 남편이 지어낸 마초적인 허튼 계획 같은 거요? 그렇다면 말만 해요. 우린 이런 계획이 있었다는 것까지 잊어버릴 수 있으니까.”

"미안해요." 클레어가 말했다. "하지만 진짜였어요. 그리고 내 생각이었고요. 적어도 부분적으로는." 클레어는 칼을 쳐다보았다. "부탁해요. 우리가 이걸 할 수 있도록 도와주세요."

칼은 눈을 감았다. "좋습니다." 그는 말했다. "하지만 이 일이 잘못된다면, 모두 부인 책임입니다."

클레어는 고개를 끄덕였다. "그리고 잘 되면 두둑한 보너스를 드릴게요. 그럼 알피가 떠날 거예요. 남편이 나가면 저는 신호의 의미로 침실 창을 닫을 거예요. 문을 잠가놓고 침실에 있을 거예요. 브라이언트가 도착하면 창문을 열 거고 두 분은 되는 대로 빨리 여기 오시면 돼요."

"알았습니다." 칼이 말했다. "시작하죠."

그날 아침 늦게 알피는 마을 북쪽 강을 따라갔다. 그는 진짜 도보 여행객처럼 물과 샌드위치가 든 배낭을 멨다. 주차장 입구의 정보 센터에서 가져온 안내문에 따르면 그가 택한 경로는 어느 지점에서 오른쪽으로 원을 그리며 구부러졌다가 카트멜 수도 분원 쪽으로 도로 향했다.

안내문에서 보면 수도원은 1100년대 후반에 세워져서 그 이후로 지역 공동체에서 능동적인 역할을 수행해왔다고도 쓰여 있었다.

알피는 눈곱만큼도 관심 없었다.

일종의 고대 성당인 수도 분원은 별장에서 가까웠고, 핸드폰 신호가 잡혔다. 클레어는 누군가 집에 들어오는 소리를 듣자마자 그에게 문자를 하기로 했고, 그러면 그는 몇 분 만에 거기 가기로 했다. 클레어는 또 창문을 열어서 칼과 케빈에게 알릴 것이었다. 그들도 클레어의 전화가 안 될 경우를 대비해서 그에게 문자를 보내기로 했다.

그런 후에는 진짜 계획이 시작됐다. 클레어는 브라이언트를 잡아 감옥에 보내기를 원했다.

알피는 그가 죽어버리기를 원했다.

물론, 그는 칼과 케빈보다는 나중에 도착할 것이므로 브라이언트와 단둘이 있을 핑계를 지어내야만 했다. 그는 그렇게 해낼 거고, 둘만 있으면 브라이언트를 죽일 생각이었다. 어쩌면 그를 부엌으로 데려가야 할 수도 있었다. 거기에는 부엌칼 세트가 있다.

*저자가 나를 공격했어요! 나는 별 수 없었다고요!*

헨리 브라이언트 새끼를 돌바닥에 죽도록 내려치는 것밖에 별 수 없었다고.

만약 그자를 죽이지 못하면, 뭐, 알피는 벌써 어떻게 할지 정해놓았다. 브라이언트가 클레어, 칼과 케빈에게 그에 대해서 말해버리면.

워킹턴으로 가서 낚싯배를 찾아 현금으로 삯을 치르고 어딘가 유럽 땅에 내려달라고 할 것이었다. 선장 입막음용으로 5천 파운드를 준비해왔고, 5천 유로도 따로 챙겼으니 어딘가에서 새 삶을 시작할 때 필요할 가짜 서류를 구할 만큼은 될 것이었다.

어쩌면 이탈리아 정도가 좋겠지. 잠깐 숨기에는 편한 곳이니까. 도주는 과격한 행보일 수도 있겠지만, 사실 딱히 그런 것만도 아니었다. 결혼은 실수였고, 그는 탈출하고 싶었다. 이것만이 탈출할 수 있는 유일한 방법이라면, 될 대로 되라지. 이상적이진 않지만 자기 발로 다시 설 것이었다. 언제나 그랬으니까.

길은 오른쪽으로 갈라졌다. 저 앞에 수도 분원이 보였다. 그는 그리로 향해 갔다.

알피는 한 시간 동안 건물 안 신도석에 앉아 기도하는 척 시간을 때우고 또 한 시간은 묘지를 돌아다니며 비석을 보았다. 많은 사람들이 아내나 남편과 함께 묻혔다는 게 참으로 놀라웠다. 살아생전에 이미 질릴 만큼 질리지 않았어? 어째서 애초에 사람이 결혼하고 싶어 하는지 자체도 가늠하기 힘들었지만 죽은 후에도 함께 있고 싶다니? 어리둥절한 일이었다. 그렇다고 차이가 있다는 건 아니지만. 죽으면 죽는 거다. 사후의 삶 같은 건 없고 돌아올 수도 없다.

"멋지지 않아요?"

몸을 돌아보니 한 여자가 있었다. 회색 머리의 통통한 여자로 70대 후반처럼 보였으며, 어깨에는 싸구려 비옷을 걸쳤다. 여자는 수도 분원 안내서를 들고 그를 빤히 보고 있었다.

"네." 그는 말했다. "무척 멋지군요."

"범상치 않아요." 여자가 입을 열었다. "이곳의 역사 말이에요. 내가 여기 온 게 일곱 번째인데. 매번 올 때마다 새로운 걸 발견한다니까요. 지난번에는 무덤이 글쎄……."

알피의 전화가 울렸다.

"실례합니다." 그는 말했다. "전 의사예요. 환자일 수도 있어서."

화면을 슬쩍 쳐다보았다. 문자메시지였다. 또, 발신자 표시 제한 번호였다.

**낭만적인 휴가 즐기고 있나? 망치고 싶진 않은데 네가 한 짓을 내가 알고 있다는 거 기억해. 그걸 지금 잊지 마, 알프.**

**추신. 수도원 재미있는 곳이지, 아니야?**

알피는 얼어붙었다. 브라이언트. 그자가 여기 있다. 어떤 남자가 자기를 향해 비웃듯이 손을 흔들고 있지 않나 싶어 돌아보았다.

아무도 없었다.

"죄송합니다." 그는 늙은 여자에게 말했다. "가봐야겠네요."

별장으로 뛰어가면서, 침실 창문을 바라보았다. 문은 닫혀 있었다. 브라이언트가 왔다면, 클레어가 열었을 것이었다.

열 수만 있었다면.

그는 속도를 냈다.

브라이언트는 칼이나 케빈에게 들키지 않고 들어갈 수 있었던 건가? 클레어가 창문을 열지 못하도록 막았을까? 그럴 것 같진 않았다. 클레어는 침실에 있었고, 문이 열리는 소리를 듣자마자 요원들에게 신호를 보냈을 것이었다.

들어오는 사람이 안전하다고 생각하지 않았다면. 그 사람을 알지 않았다면.

하지만 여기서 클레어가 아는 사람이라고는 칼과 케빈밖에 없었다.

망할. 어떻게 이렇게 멍청할 수 있었지? 너무 뻔했는데. 클레어에게 가까이 접근하기엔 그보다 더 좋은 방법이 뭐가 있겠는가? 일찍 알았어야 했다. 그들이 누군지, 회사에서 얼마나 오래 일했는지 물어보지 않았다. 그들은 신입일 수도 있었다.

그중 한 사람이 브라이언트였다.

알피는 자기가 놓쳤다는 것을 믿을 수 없었다. 가장 먼저 봐야 할 곳이 거기였는데.

앞문은 닫혀 있었다. 손잡이를 돌려보았더니 금방 돌아갔다. 천만다행으로 잠겨 있지는 않았다. 그는 문을 열고 안으로 들어섰다.

클레어는 현관에 서 있었다. 짙은 나무 탁자 옆이었다. 탁자 위에는 거울이 있었고, 그 위에는 무거운 놋쇠 촛대가 놓여 있었다. 탁자 가로 길이에 해당하는 서랍이 반쯤 열려 있었다. 클레어는 얼어붙은 채로 눈을 휘둥그레 뜨고 그를 응시했다. 하지 않아야 할 일을 하다가 잡힌 사람 같았다.

"나밖에 없어." 그는 말했다. "걱정하지 마. 어째서 위층에 있지 않은 거야?"

클레어는 대답하지 않았다. 눈을 깜박이다가 고개를 흔들었다. 그녀는 고개를 살짝 뒤쪽으로 까닥였다. 그 누구에게도 알리지 않고 뒤에 뭔가 있다는 걸 가르쳐주고 싶은 듯했다.

"클레어? 괜찮아?"

"응." 클레어는 높고 긴장된 목소리로 말했다. "괜찮아. 다시 온 걸

환영한다는 의미로 한 번 안아줄게."

알피는 얼굴을 찡그렸다.

클레어는 딱딱하게 신호를 보냈다. "이리 와, 여보." 목소리에는 애원조가 어렸다. "안아준다고, 제발."

알피는 클레어에게 가까이 가기 위해 필요한 만큼 몇 발짝 떼고 두 팔을 아내의 몸에 감았다. 그녀는 그의 뺨에 키스하며 귀에 대고 재빨리 속삭였다.

"쉿! 그가 여기 있어."

알피는 그녀를 더 꽉 껴안았다.

"아무 말 하지 마." 클레어는 웅얼거렸다. "그가 여기 있어. 브라이언트."

"어디?" 알피는 아내의 관자놀이에 키스하는 척하며 웅얼거렸다.

"여기." 아내의 목소리가 갑작스레 커졌다. "망할 바로 여기."

다음 순간, 클레어는 알피를 밀었다. 무언가 그의 뒤통수를 쳤다. 세계가 암흑으로 바뀌었다.

# 3부

—

## 알피, 클레어 그리고, 윈 경위

## 알피

의식이 돌아왔을 때 알피는 자기가 어디 있는지 알 수 없었다. 뭔가 꽤 부드러운 것 위에 누워 있어서 침대라고 짐작했다. 침대로 온 기억은 없었지만, 그런 다음에도 별로 기억나는 게 없었다. 모든 게 전혀 종잡을 수가 없었다. 참으로 오랜만에 겪는 최악의 두통으로 머리가 쿵쿵 울리고 있기 때문일 수도 있었다. 고통은 두개골 뒤쪽 한 지점에서 시작해서 파동처럼 밀려왔다. 그렇게 심한 두통을 겪었던 게 언제였는지조차 기억나지 않았다. 그럼 숙취인가? 그런 생각은 들지 않았다. 입에서 쓴맛이 돌지 않았다.

그는 눈을 떴다가 다시 감았다. 빛이 고통스러웠다. 빛이 눈에 익도록 실눈을 떴다. 천장이 눈에 들어왔다. 짙은 색 서까래가 천장을 가로질렀다. 그것이 뭔지 알 수 있었다. 그는 별장 침실에 있었다. 클레어가 헨리 브라이언트를 기다리고 있던 침실에.

결국 브라이언트가 나타나기는 했던 것이었다.

그가 알피에게 문자메시지를 보냈다. 그러면 알피가 별장에 뛰어오리라는 것을 알았으니까. 알피가 도착했을 때 브라이언트가 그를 내리쳐서 의식을 잃도록 때려눕힌 후 그를 2층 침실까지 끌고 온 것이었다.

그렇군, 그래. 브라이언트는 알피의 기대보다 이런 짓에 더 능한 좋은 자였다.

그리고 클레어도 알았다. 클레어는 알피에게 경고를 해줄 수 없었다. 아마도 브라이언트가 그녀에게 총을 겨누고 있었거나 그랬겠지. 하지만 노력은 했다. 브라이언트가 거기 있다고 속삭여주었으니까. 소용이 없었다. 이제 지금 알피는 여기 위에 있었고, 클레어와 브라이언트는 별장 어딘가에 있을 것으로 짐작되었다. 브라이언트가 클레어를 데려가지 않았다면.

데려갔을 거라는 생각은 들지 않았다.

브라이언트가 아직도 거기 있다는 확신이 강하게 들었다. 그게 뭐가 됐든 자기가 계획한 일을 할 수 있도록 알피가 깨어나기를 기다리고 있을 것이다.

그자는 자기가 원한 대로 알피를 몰아넣었다고 생각했다. 그자는 자기가 통제권을 쥐고 있다고, 알피는 무력하다고 생각했다. 하지만 알피는 절대 무력하지 않았다. 그리고 이런 상황에서조차 그가 할 수 있는 일이 있었다.

그는 브라이언트가 하지 않은 일을 알고 있었다. 칼과 케빈이 창문을 바라보고 있을 것이었다. 해야 할 일은 창문을 여는 것뿐이고, 그러면 보안요원들이 여기로 올 것이다. 그러면 잇따른 난투 속에서 그가 브라이언트를 죽일 수 있을 것이었다.

알피는 일어나 앉았다.

적어도 그러려고 노력했다. 무언가 그를 내리누르고 있었고, 완전히 꼼짝도 할 수 없었다. 고개를 들어 침대를 내려다보았다. 그는 이불 아래 누워 있었고, 거기 더해 두꺼운 화물 밧줄 세 줄이 몸을 감고 있었다. 하나는 무릎에, 다른 하나는 허리에, 또 하나는 가슴과 팔에. 밧줄은 침대 아래로 돌려서 꽁꽁 동여맸다.

알피는 벗어나려고 안간힘을 썼다. 소용없었다. 1밀리미터도 움직이지 않았다. 트럭 짐칸에 가구를 고정하는 용도로 제작된 것이므로 그를 침대에 붙들어놓는 것 정도는 식은 죽 먹기였다.

그는 소리 지르려 입을 벌렸다. 할 수 있는 일은 그뿐이었으니까. 하지만 자제했다. 다시 생각해보니, 브라이언트에게 자기가 깨어났다는 사실을 알리고 싶진 않았다. 아직까지는. 어떻게 해야 할지 감도 못 잡았는데, 브라이언트가 여기 오는 건 원치 않았다. 적어도 그 전에 어떤 계획이라도 필요했다.

하지만 그게 뭐가 될지는 전혀 감이 오지 않았다.

10분 후에도 여전히 계획은 없었다. 밧줄의 강도를 좀 더 시험해보았다. 침대 발치 쪽 아래로 빠져나가려고도 하고, 머리받침 쪽 위로 올라가 보려고도 했지만, 어떤 움직임도 전혀 가능하지 않았다. 침대가 넘어가도록 흔들어보면 어떨까 생각도 해보았지만, 성공한다고 해도 결국에는 옆으로 넘어진 침대에 묶여 있는 꼴만 될 것이었다. 어느 경우에도 큰 소리가 날 테니 브라이언트에게 그가 깨어났다는 걸 알려주는 셈이었다.

그러니 알피가 할 수 있는 일은 딱 하나뿐이었다. 상황이 돌아가도록 해야만 했다. 지금 당장은 덫에 걸렸다. 아무것도 해볼 수 있는 게 없었다. 일단 상황이 돌아가면, 그가 조종할 수 있었다. 그러려면 브라이언트를 여기로 불러와야 했다. 알피는 숨을 깊게 들이마셨다.

"브라이언트!" 그는 고함쳤다. "어디에 있어? 클레어를 만나게 해줘!"

그는 긴장해서 답을 기다렸지만, 그런 말에도 침묵만이 대답으로 돌아올 뿐이었다.

"브라이언트!" 그는 다시 소리쳤다. "브라이언트!"

침대에 꼼짝없이 고정된 상태긴 해도 몸속에 아드레날린이 흘러넘쳤다. 날카로운 기운이 밀려와 경계심이 바짝 들며 집중력이 생겼다.

대답이 들리나 귀를 기울였다.

대답이 오기까지는 한참 걸렸지만, 결국에 오기는 왔다. 계단이 삐걱거리는 소리, 문으로 다가오는 부드러운 발소리. 낡은 놋쇠 손잡이가 돌아가더니 문이 열리기 시작했다.

그리고 이 상황을 어떻게 빠져나갈지에 대한 생각이 그에게 떠올랐다.

# 윈

윈 경위는 조디 건너편에 앉아 있었다. 로리스 경사는 그 왼쪽이었다. 경위는 일찍 전화를 해서, 일요일 아침에 방해해서 죄송하다고 사과하며 다시 면담 약속을 잡았다. 조디는 피파 데이비스-헌트와 클레어 다니엘스 사이의 연결 고리, 그것도 유일한 고리였기 때문에 윈은 헨리 브라이언트의 정체에 대한 실마리가 있기를 바랐다.

딱히 큰 희망을 품은 건 아니었지만, 달리 쫓을 만한 탐문 방향이 없기도 했다. 브라이언트의 행방은 묘연해졌다.

조디는 피파 데이비스-헌트가 실종되기 전까지의 사건을 짚어나갔다. 윈은 조디에게 아무리 사소하거나 관련 없어 보이는 것도 좋으니 상세한 부분까지 공유해달라고 권했고, 조디는 그 말을 따라 자기가 기억할 수 있는 모든 것을 훑었다.

"피파가 이사를 왔어요. 브라이언트에게 집착했죠. 걔가 하는 얘기는 그뿐이었어요." 조디가 말했다. "화제를 바꾸려고 해보았지만, 불가능했죠."

"조디 씨는 어떤 유의 얘기를 하셨습니까?" 윈이 물었다.

"뭐든지요. 날씨. 〈이스트엔더스〉 드라마. 사진도 보여줬고요."

"특히 어떤 거였나요?"

조디는 고개를 저었다. "뭐든 제 전화에 있는 거요. 어떤 날 밤에는 클레어의 생일에 찍었던 사진을 쭉 보기도 했어요. 걔는 그 사진들을 별로 좋아하지 않더라구요."

윈은 그 말을 마음속에서 되돌려보았다. "무슨 뜻입니까? 좋아하지 않았다니."

"모르겠어요. 사진 몇 장 본 후에 일어나서 자기 방으로 가버리더라고요."

"사진을 보고 언짢아져서요?" 로리스가 물었다.

"그랬던 것 같아요." 조디는 대답했다.

"피파 씨가 이유를 말했습니까?" 로리스가 덧붙였다.

"아뇨." 조디는 어깨를 으쓱했다. "솔직히, 걔가 저를 귀찮게 하지 않아서 좋았죠."

윈은 잠시 생각한 후에 조디를 보았다. "피파 씨가 특히 반응을 보였던 게 있었습니까?"

"그런 것 같진 않던데." 조디가 말했다. "그냥 파티 사진들을 보더니 기분이 언짢았던 것 같아요. 모든 행복한 커플들을 보고."

"그럼 어떤 특정 사진에 집중하진 않았다는 거죠?"

조디는 전화기를 꺼내어 클레어의 생일 파티 사진을 스크롤했다. 평범한 사진들이었다. 손에 술잔을 들고 카메라를 보려고 멈춰선 손님들, 사진 찍으려고 서로를 안고 포즈를 취한 커플들. 조디는 자기와 클레어, 알피가 찍힌 사진에 멈췄다. 그 사진에서 클레어와 조디는 미소를 짓고 있었다. 알피는 입장이 곤란한 사람처럼 무표정했다.

"그 애는 이 사진을 한참 봤어요." 조디가 말했다. "이전에 클레어를 만난 적이 있어서 누구냐고 묻더라고요. 사진 속 남자와 결혼한 사이냐고. 그렇다고 했죠."

"이게 피파 씨가 보신 마지막 사진입니까?" 윈 경위가 물었다.

"그랬던 것 같아요." 조디는 말했다.

"그러면 이 사진에 피파 씨의 기분이 언짢아졌다고 할 수 있을까요?"

"그럴 것 같아요. 이 사진 이후에는 더 보고 싶지 않다고 했거든요."

"거기에 대해 뭐라도 말을 했습니까? 클레어나 알피에 대해?"

"아뇨." 조디가 말했다. "걔는 이 친구들을 잘 몰라요."

"그런 경우에는, 피파 씨가 그렇게 강하게 반응했다는 건 꽤 이상하다고 할 수 있지 않을까요?"

"저는 걔가 행복한 커플의 사진을 보는 게 싫었나 보다 했어요." 조디가 대답했다. "그게 다예요."

윈은 고개를 끄덕였다. "무척 도움이 됐습니다."

조디는 윈 경위와 눈을 맞췄다. "이게 피파의 실종과 관련이 있다고 생각하세요?"

"그런 말씀을 드릴 순 없습니다. 아직은요." 윈 경위가 로리스 경사를 힐끔 쳐다보았다. "다시 서로 돌아갈 시간이야. 할 일이 생겼네."

"그럼," 로리스가 말했다. "이게 다 어떻게 된 거였죠?"

윈은 시동을 걸었다. "모르겠어. 하지만 흥미롭잖아. 다른 게 아니라도."

"어째서요?"

"나도 아직 확실한 건 모르겠는데. 어떻게 생각해?"

"그거요?" 로리스가 대답했다. "딱히 별 생각은. 하지만 조디를 면담하던 중에 한 가지 떠오르긴 했어요."

"뭔데?"

"브라이언트가 피파 데이비스-헌트를 찼다는 거요." 로리스는 말했다. "그럼 어째서 납치, 그리고 어쩌면 살인까지 한 거죠?"

"모르겠어. 하지만 계속해 봐. 이 얘기로 무슨 결론을 내려는진 모르겠지만 듣고는 싶은데."

"우린 브라이언트가 정신이 병든 개새끼로 인터넷에서 만난 여자들을 먹이로 삼고 노린다는 가설로 수사를 해왔지만, 우리가 그런 가설을 세울 수 있었던 건 희생자가 둘이었기 때문이었잖아요. 하지만 이를테면, 클레어 다니엘스는 납치당한 적이 없다고 해보면요. 피파만이 유일한 사건이었다고 한다면요. 그러면 우리는 뭐라고 생각했을까요?"

윈은 입술을 꾹 다물었다. "말해 봐. 우리가 뭐라고 생각했을까?"

"우리는 그자가 피파를 없앴다고 생각할 수 있었겠죠." 로리스 경사가 말했다. "두 사람이 안 좋게 헤어졌고, 그래서 말다툼을 하다가, 피파가 어떤 식으로든 그를 협박해서 그자가 피파를 죽였다고 생각할 수 있었겠죠. 하지만 클레어 다니엘스가 있어서, 우리는 그자가 여자들을 만나서 납치하고 죽이면서 흥분을 느끼는 사람이라고 생각했죠." 로리스는 한쪽 눈썹을 치켰다. "하지만 그런 경우라면, 어째서 피파를 찬 거죠? 그렇게 비열한 방식으로 차야 했을까요? 그렇게 해봤자 자기에게 시선만 쏠릴 텐데?"

"그건 그래." 윈이 말했다. "아주 좋은 질문이야. 로리스. 그자가 어째서 그렇게 했을까?"

"뭔가 도화선이 되어서 피파를 없애버릴 수밖에 없었던 것 같은데요. 처음부터 계획했던 것 같진 않지만, 무슨 일이 생겨서 그 여자를 치워버려야 할 필요가 있었던 거죠."

"맞아." 윈이 말했다. "그러면 그자가 피파를 찬 후에, 피파가 뭔가 위협할 만한 짓을 한 것이로군."

"어쩌면 무슨 짓도 하지 않았는지도 모르죠." 로리스가 말했다. "어쩌면 뭔가 발견해낸 것인지도."

윈은 자기 파트너를 쳐다보았다. 로리스가 무슨 결론으로 몰고 가려는지는 명확해졌다. "그의 정체 같은 것?" 윈은 웅얼거렸다.

"그의 정체 같은 것요." 로리스가 말했다. "우리는 브라이언트가 가짜 정체라는 건 알고 있잖아요. 그걸 만들어낸 사람이 누구든지 간에 인터넷에서 여자를 만나려고 그렇게 했다고 생각합니다. 피파는 그자가 누군지 알아낸 거예요. 진짜 정체를. 그래서 그자에게 알렸죠. 그래서 그자는 피파를 죽였고요."

"개연성 있는 얘기야." 윈이 말했다. "개연성 이상이지. 하지만 도움이 안 돼. 우리는 어째서 그가 클레어를 쫓았는지는 모르니까."

"모르죠." 로리스가 말했다. "클레어와 피파 사이에 연결 고리가 없다면요."

"두 사람이 서로 알기는 했잖아?"

"지나면서 본 사이라던데요."

윈은 숨을 깊이 들이마셨다. "어쩌면 다른 게 있을지도 모르지."

"가설이 있으십니까?" 로리스가 물었다.

"그래." 윈이 대답했다. "있어."

"뭐죠?"

"입 밖에 내기 전에 거기 명백한 결점이 있다는 걸 알고 있긴 한데."

"말해 보세요." 로리스가 대답했다. "결점은 나중에 처리하면 되니까요."

"좋아. 피파 데이비스-헌트가 그 사진에 반응한 이유가 알피 다니엘스를 알아보았기 때문이라면? 만약 피파가 그를 다른 사람으로 알고 있었다면?" 윈은 로리스를 보았다. "피파가 알피를 헨리 브라이언트로 알고 있었다면?"

"어쩌면요." 로리스가 말했다. "피파는 사진을 보고 자기가 헨리 브라이언트라고 생각했던 사람이 실은 알피 다니엘스임을 발견한 건지도 모르죠. 클레어의 남편. 피파는 알피에게 연락해서 말했어요. 그래서 아내가 알아낼까 봐 겁이 덜컥 난 나머지, 알피가 피파를 죽인 거죠." 로리스는 입술을 꾹 다물었다. "하지만 아시겠지만, 그 사람은 그런 유형으로 보이진 않던데요."

"그런 사람들은 겉으로만 봐서는 절대 몰라." 윈이 말했다. "그리고 기억해, 피파가 실종된 밤, 알피는 술에 취해서 집에 왔다는 것. 그는 도시 이곳저곳의 술집에서 혼자 있었어. 그리고 그다음에는 혼자 헤매고 다녔다는 시간이 있었잖아. 이상하다고 생각하지 않아?"

"이상하죠." 로리스가 말했다. "하지만 이상하다는 게 증거는 아니잖습니까. 그리고 문제가……."

"적어도 한 개는 있지. 내가 아까 말한 명백한 결점을 얘기하려고 하는 거 아냐."

"한 번 볼까요. 문제는 알피 다니엘스가 헨리 브라이언트일 수가 없다는 겁니다. 헨리 브라이언트는 클레어도 납치했는데, 알피가 그렇게 하고 나서 클레어가 없어진 동안에 집에서 우리와 얘기할 수 있었던 게 아니라면, 그 사람일 리는 없죠."

"헨리 브라이언트가 두 명이 아니라면." 윈 경위가 말했다. "하지만 아무리 과장을 뺀대도 그것도 별로 그럴듯하지 않은 얘기야." 윈은 차를 경찰서로 돌렸다. "이 얘기에는 빠진 부분이 있어. 클레어 다니엘스의 납치와 관련해서는. 그리고 그게 뭔지 찾아내면 모두 명확히 밝혀질 거야. 하지만 지금으로서는 그건 걱정이 되지 않아. 내가 걱정하는 건 알피야. 나는 그가 헨리 브라이언트일 가능성이 있다고 생각해."

로리스는 고개를 끄덕였다. "그렇게 말씀하시면, 저도 따르죠. 하지만 경위님 말씀이 맞는다고 해도, 우리가 할 수 있는 일이 많진 않습니다. 우린 증거가 없어요."

"아직은 그렇지." 윈 경위가 말했다. "하지만 우리가 좀 찾아내야만 해."

## 클레어

그래, 알피는 브라이언트의 이름을 부르고 있었다. 아직도 상황을 파악하지 못한 것이었다.

클레어는 알피가 정신이 돌아오면 어떻게 된 건지 추측할 수 있을까 싶었지만, 그런 것 같지가 않았다. 알피는 브라이언트가 거기 있다고 한 클레어의 말을 믿었고, 자기를 때린 사람이 브라이언트라는 결론에 다다른 모양이었다.

그 말은, 그는 브라이언트의 존재를 쭉 믿었다는 뜻이었다. 클레어가 말한 브라이언트라는 존재를.

알피와 같은 사람들에게 늘 있는 문제였다. 그들은 자기만 음모와 계획을 짜고 사람들을 조종할 수 있는 줄 알았다.

하지만 그들은, 그리고 알피는 틀렸다. 그래서 그는 취약한 입장에 놓인 것이었다.

그렇다고 클레어가 정상적인 상황에서도 이렇게 했으리라는 건 아니었다. 그녀는 남을 상처 입히는 데는 아무 관심이 없었다. 그러나 그가 한 짓을, 그리고 뭘 계획하고 있는지 알아냈을 때를 생각하면…… 여전히 몸이 부들부들 떨렸다.

공포 때문이 아니었다. 혐오도 아니었다.

분노 때문이었다.

학교 다닐 때 『일리아스』를 발췌해서 배웠는데, 첫 시작이 아직도 클레어의 머릿속에 남아 있었다. 지난 며칠 동안, 머릿속에서 빙글빙글 돌았다.

> 노래하소서, 오 여신이여,
> 아카이오이족에게 수많은 고통을 가져다주었던
> 펠레우스의 아들 아킬레우스의 분노를.

이제까지는 그 뜻을 완전히 이해하지 못했다. 어떻게 분노 때문에, 순수하고 오염되지 않은 분노를 해소하기 위해서, 다른 모든 것들을 고려하지 않고 제쳐놓을 수 있는지. 그 외에는 무슨 일이 일어나든지, 거기서 어떤 끔찍한 결과가 일어나더라도 전혀 중요하지 않았다.

중요한 건 분노가 해소되어야 한다는 것뿐이었다.

아킬레우스는 누가 다치는지, 무엇이 파괴되는지 상관하지 않았다. 그는 자신의 분노에 사로잡혔고, 분노가 그가 한 모든 일을 지배했다.

그리고 이제 클레어는 그 분노가 어떤 것인지를 이해했다.

하지만 그런 분노가 뜬금없이 나타난 것은 아니었으며, 아무것도 없이 유지되지도 않았다. 그 근원에서는 똑같이 깊은 감정이 필요했다.

그녀에게 그 감정은 완전한 황폐감에서 왔다. 그녀가 사랑했던 남자, 그녀가 모든 것을 믿고 맡겼던 남자가 거짓말을 해왔다는 걸 알았을 때 느꼈던 감정. 처음부터 철면피의 냉소적인 거짓말뿐이었다.

아버지가 혼전계약서를 원했을 때 신뢰 어쩌고 했던 헛소리. 아이를 원한다 어쩌고 했던 헛소리. 그녀를 사랑했다고 했던 완전한 헛소리.

하지만 왜? 돈 때문에?

그런 후에, 일단 황폐감이 다른 감정들—완전히 속고 있었다는 멍청한 느낌, 모욕감, 불신—을 내보낼 만큼 가라앉자, 분노 외에 다른 감정은 들지 않았다.

그가 고함치는 소리가 또 들리자, 클레어는 일어섰다. 소파는 낡고 깊이 꺼져서, 팔꿈치를 지렛대 삼아서 밀어야 일어날 수 있었다. 팔 옆의 탁자에 놓인 찻잔을 들어 홀짝 마셨다. 차는 차갑게 식어 있었고, 클레어는 이상한 기분이 들었다. 자기가 직접 우린 차인 것만은 확실했다. 잠시 클레어는 갈피를 잡지 못했지만, 고개를 저으며 한 모금 마셨다.

클레어는 찻잔을 탁자 위에 내려놓고 계단으로 갔다. 그녀는 욕실로 가서 물을 틀어 차가운 물을 끼얹은 후 거울에 비친 자기 모습을 보았다.

눈은 까맣게 보였다. 깊고 검은 웅덩이. 눈 주변의 피부에는 주름이졌다. 클레어는 자신을 응시했지만, 도로 마주보는 사람이 누군지는 알아볼 수 없었다. 그녀는 계단으로 향했다.

난간은 그간 사람들이 이 계단을 오르내리면서 수천 번 스친 손길 때문에 길이 들어 만질만질했다. 이 만질만질한 느낌은 클레어의 어린 시절에서 온 익숙한 감촉, 자기 아이들도 경험하길 바랐던 감촉이었다. 그리하여 아이들도 그것을 기억하고, 그들이 자랐을 때 그들의 아이들에게 물려주기를 바랐다.

클레어가 자신의 아이들에게 품었던 여러 바람 중의 하나였다. 그런 일은 생기지 않을지도 모른다고 받아들였던, 혹은 겨우 받아들이기 시작했던 것들. 클레어와 알피에게는 그런 복이 없다면, 클레어는 운명을 안고 사는 법을 배우려 했다. 어쨌든, 자기는 그와 결혼할 수 있을 정도로는 운이 좋았고, 그 정도로 충분하다며 만족해야만 할 수도 있었다.

아니면 입양을 할 수도 있었다. 알피가 그녀를 위해서 그렇게 해줄 것이었다. 그는 아내를 위해서라면 무엇이든 했을 테니까. 그녀를 사랑했으니까. 두 사람은 소울메이트였고, 클레어가 자기 자신의 모든 것을 그에게 주었듯이, 그도 그녀에게 자신의 모든 것을 주었으니까.

아니, 그렇다고 클레어는 생각했었다.

하지만 이제는 아니었다. 이제는 그것이 모두 거짓말임을 알았다.

하지만 여전히 아이들이 여기 와서 머무르며 이 계단을 오르고 그들의 손길로 난간을 길들이기를 바랐다. 할아버지의 무릎에 앉고, 침대에 누워 엄마와 아빠가 책을 읽어주는 소리에 귀를 기울이기를 원했다.

그리고 모두 그렇게 될 것이었다. 다만, 책을 읽어주는 사람은 알피가 아니겠지만. 하지만 그건 다른 날의 일이었다. 지금은 해치워야 할 일이 있었다.

클레어는 계단참을 가로질러 침실 문까지 짧게 네 걸음을 떼었다. 엄마와 아빠가 잤던 방이었다. 손잡이를 잡고 돌렸다. 문을 밀어 열 때 경첩이 낮은 소리로 신음했다.

그녀는 안으로 들어섰다. 알피가 눈을 감은 채로 침대 위에 누워 있었다.

"안녕, 알피." 그녀가 말했다.

## 윈

누가 아까 내려놓은 바람에 이제는 너무 식어버려 마실 수도 없는 진한 블랙커피를 윈 경위가 한 잔 따르고 있을 때 전화가 울렸다. 생각하면 할수록, 알피가 헨리 브라이언트라는 확신이 들었다. 어쨌든 헨리 브라이언트 중의 한 명. 필요한 건 증거뿐이었다.

경위는 전화를 받았다. 로리스 경사였다.

"응?" 경위는 말했다.

잠시 침묵이 흘렀다. 로리스는 입을 열었을 때 부드럽게 말했다.

"잡았습니다." 로리스가 말했다. "알피 다니엘스를 잡았습니다."

경찰들은 컴퓨터 모니터 앞에 앉았다. 그 위에는 질감이 거친 흑백의 전철역 플랫폼 사진이 떠 있었다. 로리스가 전철에 올라타는 남자를 가리켰다.

"그자입니다." 로리스가 말했다. "알피 다니엘스. 피파 데이비스-헌트가 사라지던 밤입니다."

"어디인 거지?"

"사무실 근처 지하철역입니다." 로리스는 다른 사진을 클릭했다. "이건 그 사람이 워털루에서 내리는 장면입니다." 또 다른 사진. "그리고 다시…… 그리고 이걸 찾았죠."

알피가 지하 주차장을 향해 걸어가는 스틸 사진이었다. 그다음에는 그가 파란색 폭스바겐 골프를 운전하고 나가는 장면이었다.

윈은 이미지를 들여다보았다. "데이비스-헌트를 만나러 갔다고 생각하는 건가?"

"그렇습니다. 어딘가 강 남쪽에서 만났겠죠. 외딴 데 인적 드문 술집에서. 리치먼드나 반스 지구에서. 그 여자가 갈 만한 곳입니다."

"알피 사진 더 있어? 골프에 탄 거?"

"아뇨. 찾아보고 있습니다만, 그게 어떤지 경위님도 아시잖아요."

윈은 고개를 끄덕였다. 사람들은 선정적인 뉴스만 보고 영국에는 CCTV 카메라가 꽉꽉 들어차 있고 모든 움직임 하나하나 감시당하고 있다는 생각을 한다. 어떤 면에서는 사실이긴 했다. 사방에 CCTV 카메라가 있긴 했지만, 그것 중 반은 작동하지 않고, 나머지는 저화질이거나 잘못된 방향을 향하고 있었다.

하지만 그건 중요하지 않았다. 윈은 이제 수사를 계속할 만한 실마리를 잡았다.

"좋아." 경위는 말했다. "우리는 발로 뛸 인력이 필요해. 반스와 리치먼드, 트위크그넘, 강 남쪽 어느 마을이든 술집마다 경관들을 보내고 바텐더를 만나는 족족 다니엘스와 데이비스-헌트의 사진을 보여주면서 둘이 같이 있는 모습을 본 적 있는 사람을 찾아내라고 해. 내가 전화를 좀 돌릴 테니."

"벌써 그렇게 했습니다, 보스." 로리스는 윈 경위에게 목록을 건넸다. "술집들을 나누어서 경관들을 배치했습니다. 이건 경위님 겁니다."

윈 경위는 페더스라는 술집으로 들어가면서 주위를 둘러보았다. 집에 가서 출근 준비를 하거나 애들에게 고함을 지르거나 텅 빈 아파트로 가기 전에 술로 긴장을 풀려고 모인 오전 술꾼들로 득시글거리는 바쁜 술집이었다.

하지만 윈은 술을 마시러 거기 간 게 아니었다. 거기 간 이유는 다음 몇 시간 후면 자신의 가설—알피 다니엘스가 피파 데이비스-헌트를 죽였으며 헨리 브라이언트로 위장하여 그렇게 했다—이 진실인지 거짓인지 증명될 것이기 때문이었다.

그리고 경위는 이 가설이 사실로 증명되리라고 생각했다.

그래도 커다란 질문은 대답 없이 남는다는 건 알았다. 클레어를 납치한 사람은 누구이며, 어째서 헨리 브라이언트의 이름을 썼는지. 하지만 이 질문도 일단 알피가 브라이언트임을 확실히 알 수 있다면 곧 해결되리라 확신했다. 그것이 초석이 되어줄 것이었다. 일단 그렇게 하면, 나머지는 제자리로 맞아떨어질 것이었다.

주인은 바의 구석에 서 있었다. 50대 후반 정도의 남자로 검은 셔츠가 늘어날 정도로 튀어나온 배가 인상적이었다. 멀리서 봐도 얼굴에 얼룩덜룩한 빨간 반점이 눈에 확 띄었다.

윈 경위는 미소를 지으며 그와 눈을 맞췄다. 경위는 그쪽으로 걸어갔다.

"제인 윈 경위입니다." 윈은 신분증을 들어 보이며 말했다. "잠깐 시간 있으시면 가볍게 몇 마디 나눌 수 있을까요."

주인은 얼굴을 찡그렸다. "내가 뭔 짓이라도 했소?"

"그런 건 없습니다." 윈 경위가 말했다. "아니, 적어도 저와 관련된 건 없습니다."

주인은 고개를 끄덕였다. "그럼 어떻게 도와드릴까?"

"7월 9일에 누가 일했는지 알아야 하는데요, 그 후에는 그 사람과 얘기를 하고 싶습니다."

주인은 경위와 눈길을 마주쳤다. "확인해보리다. 기다려요."

그는 바 뒤로 사라졌다. 다시 나왔을 때는 A4 종이 한 장을 들고 있었다.

"록과 스파이크네." 주인이 말했다. "여기서 옛날부터 일했던 멍청한 친구들 둘이로군."

"그 사람들 지금 여기 있습니까?"

주인은 고개를 끄덕였다. "데리고 오겠소."

윈은 두 명의 바텐더 건너편에 앉았다. 검은 머리를 길게 기르고 눈이 갈색인 스파이크는 사진을 보았다. 그는 고개를 저었다.

"이 사람들 본 기억은 없는데요." 스파이크는 다른 바텐더에게 사진을 넘겼다. "넌 봤어, 록?"

모래색 머리카락에 젊은 브래드 피트의 눈을 한 록은 사진을 찬찬히 살폈다. "아니." 그는 말했다. "그런 것 같지 않은데." 그는 윈 경위를 힐끔 보았다. "이 여자 실종되었다는 사람 아니에요?"

윈 경위는 고개를 끄덕였다. "그중 한 사람이죠. 고마워요. 아주 도움이 됐습니다."

같은 장면이 다음 두 곳의 술집에서도 재연되었다. 윈은 다른 술집에서도 같은 식일 거라는 건 의심하지 않았지만, 그래도 괜찮았다. 이런 식으로 하다가 뭔가 풀리는 거니까. 결과를 낚을 때까지 집집마다 돌아다닌다.

윈은 대로를 걸어갔다. 앞에 술집이 하나 더 있었다. 윈은 문을 밀고 들어갔다.

"뭘 갖다드릴까요?" 바텐더는 40대 중반의 여자였다.

"주인과 얘기하고 싶은데요."

"그런 거 없어요. 하지만 가게 지배인은 있죠."

"그러면 그 사람과 얘기하고 싶습니다." 윈이 말했다.

"자리에 앉아요. 내가 데려올 테니."

윈은 구석의 작은 탁자에 앉았다. 주머니에서 전화가 울렸다.

"윈 경위입니다."

"로건 순경입니다." 한 남자가 말했다.

윈은 허리를 세워 앉았다. 로건은 술집 탐문을 나간 사람 중 한 명이었다.

"그래?" 윈이 말했다. "무슨 소식 있나?"

"있습니다." 로건 순경이 대답했다. "신분 확인을 했습니다. 반스 지구에 있는 스톤스라는 곳입니다. 바텐더 말로는 두 사람이 함께 있는 걸 봤답니다."

"확실하대?"

"백 퍼센트랍니다. 사람 얼굴 잘 알아본다고 하더라고요. 여자의 상류층 억양을 기억하고 있었습니다. 그 사람들 맞습니다, 경위님."

윈은 미소 짓고 싶은 충동과 싸웠다. "고맙네, 로건 순경." 경위는 말했다. "될 수 있는 대로 자세한 증언을 받아와."

전화를 내려놓으면서 윈은 자기 테이블로 다가오는 키가 큰 금발 여자의 존재를 알아챘다.

"안녕하세요." 여자가 말했다. "제가 지배인인 산드라인데요. 저랑 얘기하고 싶다고 했다면서요."

윈 경위는 고개를 저었다. "더는 없습니다. 시간 낭비하게 해서 죄송합니다. 전 가봐야 해서."

산드라는 어깨를 으쓱했다. "경찰이 간다는 데 미안할 게 뭐가 있어요." 여자는 웃으면서 말했다.

윈도 웃음으로 답례했지만, 마음은 다른 곳에 가 있었다. 다음으로 해야 할 일에만 쏠려 있었다. 그건 산드라와 얘기하는 일은 아니었다.

바로 클레어 다니엘스와 얘기하는 일이었다.

그것도 빨리.

## 알피

알피는 침실 문이 열리는 것을 보았다. 바로 이것이었다. 그의 계획이 먹히든가, 브라이언트가 죽으면서 이 일이 끝나든가. 아니면 그가 워킹턴에서 낚싯배로 밀항하게 되든가.

기회를 노릴 준비를 했다. 그는 늘 기회를 노릴 준비가 되어 있었다. 머리를 베개 위에 기대고 눈을 감았다. 브라이언트는 알피가 공포로 얼어붙은 채로 기대에 찬 눈으로 문을 응시하기를 기대할 것이었다. 뭐, 이 첫 번째 수업에서 알피가 자기 뜻대로 움직여주지 않는다는 걸 톡톡히 배우겠지.

브라이언트가 방으로 걸어올 때 부드러운 발소리가 났다. 곧이어 문이 닫히며 딸깍 소리가 들렸다. 알피는 미동 없이 누워 있었다.

"안녕, 알피."

그의 눈이 번쩍 떠졌다. 헨리 브라이언트가 아니었다. 남자도 아니었다.

클레어였다.

클레어는 무표정한 얼굴로 그를 바라보고 있었다.

어떻게든 브라이언트에게서 빠져나온 것이 분명했다. 브라이언트는 이 집을 나간 게 분명했다. 아니면 어떤 식으로든 제압했든지. 여기로 클레어를 따라 올라온 흔적은 없었다.

그와 클레어는 안전했다.

알피가 원한 결과는 아니었다. 그는 브라이언트가 죽기 원했다. 브라이언트가 알피가 한 짓을 아는 채로 여기서 빠져나가 폭로할 거라고 끝없이 협박하는 건 원치 않았다.

벌써 폭로한 게 아니라면. 클레어는 진지한 얼굴로 미소도 띠지 않았다.

"어디 있어?" 알피는 말했다. "브라이언트는 어디 있어?"

"여기엔 없어." 클레어는 대답했다. 여전히 얼굴에는 웃음기 하나 없었다. 알피는 긴장했다. 축하해도 모자랄 판에.

"떠난 거야? 뭔가 겁먹고?"

클레어는 고개를 저었다.

"그럼 무슨 일이 있었던 거야? 알아야겠어, 클레어. 난 그자를 찾고 싶어."

"당신은 찾을 수 없어. 영원히 못 찾을걸. 그는 찾을 수 없는 사람이야."

"물론 찾을 수 있지. 내가 들어왔을 때 여기 있었잖아."

"아니, 없었어."

알피는 얼굴을 찡그렸다. 여기에는 뭔가 무척 심각하게 잘못된 게 있었다. 그가 이해하지 못한 무엇. "무슨 말 하는 거야, 클레어?" 그는 말했다. "내가 돌아왔을 때, 그자가 집에 있다고 했잖아. 그자가 내 머리를 친 게 아니야?"

"아니야." 클레어가 말했다. "내가 거짓말했어."

"그럼 누가 나를 친 거지?" 알피가 말했다.

클레어는 대답하지 않았다. 단지 그를 단조롭고 활기 없는 눈으로 바라보기만 했다. 전화가 울려 고요가 깨졌다. 클레어는 무시했다. 몇 초 후 전화가 다시 울렸고, 이번에는 알피의 전화도 울리기 시작했다.

"전화 받아야 해." 그가 말했다. "중요한 걸 수도 있잖아. 누가 우리 둘 다에게 연락하려 하고 있어."

"이따가 받아도 돼." 클레어가 말했다.

"그래." 알피가 말했다. "좋아. 하지만 나 밧줄 좀 풀어줄래? 나를 친 자가 누군진 몰라도 아직도 여기 있을지 모르잖아."

"아, 그 사람은 여기 제대로 있는데." 클레어는 말하며 고개를 저었다. "하지만 당신은 여기 그대로 묶여 있을 거야. 마침내 당신을 내가 원하는 자리로 데리고 왔고, 당신은 조금도 움직이지 못하니까."

그 말들의 뜻이 찬찬히 들어오며 마침내 이해가 되자 알피는 고개를 흔들었다. "당신?" 그는 물었다. "당신이 날 쳤어? 어째서? 그리고 헨리 브라이언트가 이거랑 관련이 있어? 당신과 그자가 이 일을 함께 했다는 거야?"

"아니." 클레어가 말했다. "이건 모두 나 혼자 한 거야. 브라이언트는 이것과 아무 상관이 없어. 어떻게 그럴 수 있겠어? 존재하지도 않는 사람이." 클레어는 그를 보고 미소를 띠었다. "그렇게 놀란 표정할 거 없어. 누구보다도 당신이 잘 알 거잖아. 결국, 그자를 만들어낸 건 당신이잖아. 안 그래?"

알피는 한참 대답하지 않았다. 그는 뭐라 할 말을 알지 못했다. 공황, 자기가 지배력을 잃었다는 감정, 아니 더 정확히는 이미 한참 전에 잃어버렸다는 느낌이 점점 쌓여갔다. 그를 쓰러뜨리는 건 클레어였다.

브라이언트가 아니었다.

존재하지 않는다고 클레어 입으로 말한 사람.

그러니 그자는 여기 오지 않았다. 클레어는 브라이언트를 위한 덫의 미끼가 아니었다. 브라이언트가 납치한 적도 없었다.

그렇다면 대체 누가 납치한 거지?

"무슨 일이야, 클레어?" 알피 본인의 귀에도 자기 목소리에 어린 떨림이 들렸다. "대체 여기서 무슨 일이 벌어지고 있는지 말 좀 해줄래?"

## 윈

윈 경위는 한 손에 전화를 들고 난간에 기대었다. 클레어도 알피도 자기 전화를 받지 않는다는 사실이 마음에 들지 않았다. 늦은 시각도 아니었고, 두 사람이라면 윈의 전화번호는 알아볼 것이었다. 어쩌면 다른 일을 하고 있는 것인지도 몰랐다. 한 사람은 샤워하고, 다른 사람은 조깅하고. 아니면 시끄러운 영화를 보고 있는지도. 아니면 시끄러운 섹스를 하고 있는지도.

어쩌면. 하지만 윈은 마음에 들지 않았다. 클레어 다니엘스가 한순간도 더 남편과 함께 있도록 놔두고 싶지 않았다. 알피가 피파 데이비스-헌트를 죽였다고 증명할 수 있어서가 아니었다. 윈이 증명할 수 있는 건 피파가 사라지던 날 밤에 알피가 그 여자를 만났다는 것과 피파는 사진을 볼 때까지는 알피가 헨리 브라이언트라는 의사라고 믿었다는 것뿐이었다.

그런 후에 피파가 그 사실을 알고 알피에게 맞서자 그가 그 때문에 피파를 죽인 걸 수도 있었다.

윈은 술집 한 구석에서 술을 두고 했을 그 대화를 상상해보았다. 알피 다니엘스가 누구 다른 사람에게 말한 적 있느냐고 물어봤을 장면을 상상해보았다. 피파가 아니라고, 아무에게도 말한 적 없다고 하는 장면도 상상해보았다.

어느 시점에서 알피는 자기가 이 여자를 죽이면 안전해질 수 있다는 것을 알았다. 이 여자만이 자기 비밀을 아니까.

하지만 윈은 아직 이걸 증명할 수는 없었다. 하지만 그건 문제가 되지 않았다. 이것이 사실임을 알기 위해 법정에서 증명해야 할 필요는 없었다. 증거는 나중에 나올 것이었다. 어쩌면 알피는 자신이 거짓말을 하고 있다는 사실을 윈이 알고 있으며, 피파랑 같이 있는 모습을 목격당했다는 것을 알면 자백할 수도 있을 테니 그것이 증거가 될 수도 있었다. 하지만 윈이 지금 당장 걱정하는 건 그것이 아니었다.

지금 당장은 클레어와 알피가 어디에 있는지가 걱정스러웠다. 윈 경위는 전화기를 들고 전화를 걸었다.

로리스 경사가 즉시 전화를 받았다. "네?"

"다니엘스 부부를 찾아야만 해." 윈이 말했다. "주로 클레어를. 더는 클레어를 남편 옆에 놔둘 순 없어."

"전화는 해보셨습니까?"

"받질 않아." 윈 경위가 말했다. "그 집을 확인해봐야 할 것 같아. 거기까지 가는데 얼마나 걸리나?"

"30분 정도요?" 로리스가 말했다.

"좋아." 윈이 대답했다. "나는 한 시간 가까이 걸릴 것 같아. 거기서 만나자. 정복 순경을 데리고 가. 통상적 방문처럼 보이게. 알피가 초조해져서 뭔가 의심하는 건 바라지 않아. 클레어에게 발견된 날에 어디 있었는지 질문해. 내가 도착하면 그자를 체포할 수 있을 거야."

"제가 가서 체포할 수 있습니다."

"알아. 하지만 그가 어떻게 반응하는지 보고 싶어."

"알겠습니다." 로리스가 말을 잠깐 끊었다. "다른 헨리 브라이언트에 대한 가설은 더 없습니까? 클레어를 데려간 쪽은?"

"아직은 아니야." 윈이 말했다. "하지만 모두 풀려가기 시작할 거야. 그것도 빨리. 조심해."

윈이 집 근처에 갔을 때 로리스 경사가 전화했다.

"여긴 아무도 없습니다." 경사가 말했다. "집이 비었어요."

"보안요원들은 어떻게 됐어?"

"그 사람들도 없고요."

"젠장." 윈 경위는 한 손으로 운전대를 내려쳤다. "어디론가 가버렸군."

"제 생각도 그렇습니다." 로리스가 대답했다. "이웃 몇몇에게 확인해봤는데, 다들 어디 갔는지는 모른답니다."

"좋아." 윈이 말했다. "내게 생각이 있어."

윈은 전화를 끊고 다른 번호를 눌렀다.

조디가 받았다. "여보세요?"

"다시 방해해서 죄송합니다. 윈 경위입니다."

"괜찮아요." 그렇게는 말했어도 조디의 목소리에는 짜증스러운 기색이 어렸다. "뭘 도와드릴까요?"

"다니엘스 부부가 어디 가셨는지 혹시 아시나 해서요. 두 사람에게 연락하려고 애쓰고 있는데, 연락이 닿지 않아서요."

"물론이죠." 조디가 말했다. "며칠 휴가를 갔어요."

"어디로 갔는지 혹시 아시나요?"

"카트멜에 있어요. 클레어의 가족이 거기 별장이 있거든요."

"레이크 디스트릭트에 있는 카트멜요?"

"네, 그게 무슨 문제인가요?"

"먼 길이라서요." *아마도 차로 여섯 시간은 걸릴 텐데*, 윈은 생각했다. 그보다는 더 빨리 도착해야만 했다. "보안요원들이 같이 갔습니까?"

"그런 것 같아요. 클레어가 그 사람들이 호텔에서 잔다 어쩐다 하는 말을 했어요."

망할. 그럼 조용한 레이크랜드 마을의 별장에 단둘이 있겠군. 이건 좋지 않았다. 무슨 일이든 생길 수 있었다.

"이 얘기를 해야 할진 모르겠는데요. 클레어가 비밀로 지켜달라고 맹세까지 시켰는데."

"무슨 얘기요?" 윈 경위는 물었다. "카트멜에 있다는 얘기?"

"아뇨. 다른 얘기를 했어요. 두 사람은 브라이언트를 덫을 놓아 잡을 수 있게 그가 거기 나타나기를 바란대요. 그래서 보안요원들을 데리고 간 거예요."

윈 경위가 이 말에 대답할 수 있을 때까지 몇 초 걸렸다. 대답했을 때는 자신이 늘 자랑스럽게 여기던 전문적 침착성은 유지할 수가 없었다.

"망할 장난해요? 대체 그 사람들 무슨 정신머리로 그런 짓을 해요?"

"아마도 이럴까 봐 걔가 저한테 아무 말 하지 말라고 했나 보네요." 조디가 말했다.

"얘기한 건 잘한 일입니다." 윈 경위가 말했다. "아주 잘한 일이에요. 적어도 이제 이런 멍청한 짓을 못하게 말릴 수 있으니까요. 너무 늦지 않았다면."

윈은 전화를 끊고 경찰서로 전화를 걸었다. 도움이 필요했다. 그것도 신속하게.

## 클레어

"지금 무슨 일이야, 클레어?" 그녀의 남편은, 그녀의 사랑 넘치는 남편은, 사기적이고 유해한 남편은 말했다. "대체 여기서 무슨 일이 일어나는지 말해줄래?"

클레어는 그의 말이 고요 속에 빠지도록 놔두었다. 그녀는 눈을 깜박인 후, 서랍장의 맨 위 서랍을 열고 수갑을 꺼내왔다. 그녀는 팔걸이의자에 앉아 수갑을 무릎 위에 올려놓았다. 그런 후에 입을 열었다.

"말해줄게, 조금 있다. 하지만 먼저 당신 얘기부터 하자고. 당신 부모님들은 어떻게 지내셔, 알피?"

그는 눈을 가늘게 떴다. "부모님은 돌아가셨어. 당신도 알잖아. 어째서 부모님 얘기를 묻는 거야? 어째서 그렇게 잔인하게 굴어?"

클레어는 알피가 참으로 진심인 듯 보인다는 사실에 충격을 받았다. 지금 이런 때에도 그는 상처받은 것처럼 보였다. 엄마와 아빠를 그리워하는 어린 소년.

아주 훌륭한 연기였다. 하지만 모두 연기였다. 그가 한 모든 짓처럼.

"부모님이 돌아가셨어? 확실해? 나도 그렇게 생각하긴 했지. 당신이 부모님이 돌아가셨다고 말했고, 내게는 당신이 거짓말한다고 생각할 이유가 없었으니까. 하지만 알고 보니 내가 틀렸더라고. 그분들 아주 정정하게 살아 계시던데, 안 그래?"

"아니야." 그는 말했다. "아니야. 몇 년 전에 돌아가셨어, 그게……."

"오, 맙소사, 알피. 거짓말은 그만해. 그래봤자 소용없어! 난 그분들과 이야기도 나눠봤어. 내가 찾아내서 연락도 했다고. 전화도 했어."

"어떻게?" 그가 물었다. "어떻게 찾아냈지?"

"대니 본드." 클레어가 대답했다. "페이스북으로 그 사람에게 메시지를 보냈어. 당신 옛 친구 몇을 찾아서 연락을 이어주고 싶다고 말했지. 나는 그게 당신에게 좋을 거라고 생각했거든. 특히 당신은 가족이 없었으니까. 그 사람 그 얘기 듣고 놀라더라. 대니는 당신 엄마와 아빠가 살아 계신다는 걸 알았거든. 그것도 양로원에서 아주 건강히 살아 계시다고."

알피는 클레어에게서 시선을 돌렸다. 그녀는 말을 이어갔다.

"매우 좋으신 분들 같더라. 나이는 드셨는데 지금 사시는 양로원은 별로 즐기시는 것 같지 않았어. 사람 많고, 더럽고 음식도 좋지 않고. 하지만 그게 요새 사회가 노인들을 대우하는 방식이잖아, 안 그래?

부양할 다른 사람, 자식이랄까 그런 사람이 없는 한 노인들은 그냥 썩어가도록 남겨지는 거지. 두 분도 분명히 그러셨던 것 같더라고." 클레어는 짐짓 실망한 척 고개를 흔들었다. "당신이 두 분을 그렇게 내버려두다니 놀랐지. 우리가 그렇게 돈이 많은데. 하지만 내가 가장 놀랐던 게 뭔지 알아?"

그는 대답하지 않았다.

"질문에 대답해, 알피. 내가 가장 놀랐던 게 뭔지 아냐고?"

"아니." 그는 웅얼거렸다. 어조가 갑자기 적대적으로 변했다. "모르겠는데. 가장 놀랐던 게 뭐야, 클레어?"

"내가 당신 아내라고, 두 분과 가까이 지내는 사이가 되고 싶다고 소개한 후에도 두 분은 당신 안부를 묻지 않으시더라. 그래서 내가 당신을 데려와서 만나게 해드린다고 하자, 그분들이 어떻게 반응했는지 알겠어?" 클레어는 한 손을 들었다. "내가 말해주지. 두 분은 다시는 당신을 보고 싶지 않다고 말했어. 보아하니, 당신이 부모님 댁을 담보 잡혔던 모양이던데. 두 분이 평생 일해서 마련한 집을 말이야. 당신이 부모님 서명을 위조했다더라고. 그리고 돈이 오자 그 돈을 들고 사라졌다지. 두 분은 집을 잃었어, 알피. 그래서 지금 양로원에 사시는 거야. 정말로 당신에 대해서는 좋은 말을 해줄 게 없대. 사실은 화가 나셨어. 정말 화가 나셨더라."

클레어는 수갑을 집게손가락에 끼고 빙빙 돌렸다. 알피의 눈이 수갑에 쏠렸다.

"그리고 부모님만이 아니야." 클레어가 말했다. "나도 화가 났지.

하지만 화가 났다는 말 정도로 설렁 넘어가는 게 옳을지 모르겠네."

클레어는 마지막 말을 내뱉었다. 사건의 전말을 설명하면서 자제력을 지키겠다고 스스로 약속했건만, 어려웠다. 맙소사, 너무 어려웠다. 분노가 표면 바로 밑까지 차올랐다. 피부가 종잇장처럼 얇게 느껴졌고, 언제든지 찢어져서 그 틈으로 분노가 격류처럼 솟구쳐 나올 것만 같았다.

클레어는 숨을 깊이 들이마셨다. "그래서 우리가 여기 있는 거야. 여기 이렇게 있는 거라고."

"왜 내 부모를 찾은 거야?" 알피가 물었다. "그 사람들이 이 일과 무슨 관련이 있어?"

"정말 왜 그랬을까? 그거 핵심을 찌르는 말이네, 알피. 나는 내가 제대로 하고 있는지 알아내야만 했어. 그거 알아, 난 당신에 대해 뭔가 발견했고, 당신이 정말로 내가 생각한 그런 사람인지 의문을 품게 됐지. 당신 부모님으로 말하자면 말이야, 당신이 내게 한 거짓말의 깊이와 당신이 그분들을 얼마나 잔인하게 대했는지 보면서 내가 알아야 할 필요가 있는 걸 다 깨달은 거야."

"뭘 발견했는데? 내가 무슨 짓을 했다는 거지?"

"당신 정관절제술을 받았잖아, 알피. 그러고도 내게 거짓말을 했지. 내가 아이를 가질 수 없다고 생각하게 놔두고, 내가 임신 가능하다는 걸 알아낼 때까지 몇 번이고 고생스럽게 검사를 받는데도 가만 놔뒀어. 그리고 검사 결과로 내가 이상이 없다는 게 밝혀졌을 때, 당신은 나를 안아주며 자긴 검사를 받았는데 모두 이상 없다고 했으니 곧 아기를 가질 거라고 했지. 내가 의사를 만나보라고 억지로 권했을 때야 비로소 나한테 왜곡된 진실을 말해야 했지만, 그것조차 거짓말이었어. 정자 수치가 낮다고 했지만, 사실상 존재하지도 않았잖아."

클레어는 고개를 흔들었다. 단지 거짓말을 했다는 사실 때문이 아니었다. 그것이 의미하는 바 때문이었다.

"당신은 나한테 나와 아이를 갖고 싶다고 말했지. 세상에서 가장 중요한 일을 함께 하고 싶다고. 하지만 그것도 모두 거짓말이었어. 하지만 왜, 알피? 돈 때문에? 그렇게 시시한 무엇 때문에?"

그는 대답하지 않았다.

"그리고 내가 정말로 역겨운 건 내가 당신을 동정했다는 거야. 당신은 나랑 애를 가질 의도는 전혀 없었으면서도 그동안 내내 내가 당신을 안타깝게 생각하도록 내버려뒀어. 당신은 만반의 준비를 하고 나를 사랑하고 우리가 부모가 되는 것보다 더 원하는 일은 없다고 믿게 만들었지. 하지만 모두 거짓말이었어. 모두." 클레어는 이제 고함치고 있었다. 그녀는 목소리를 낮추려고 애썼다. "이건 내가 극복할 수 없는 것이었어, 알피. 거짓말이 정말 깊이까지 파고들었다는 것. 그건 우리 결혼 생활 전체였어. 우리가 해온 모든 일. 내게는 세계에서 제일 중요한 일이었는데, 당신에게는 아무것도 아니었어."

알피는 아무 말도 하지 않고 클레어를 바라보았다. 침묵 속에서 모든 것이 그녀에게 다시 떠올랐다. 싱 박사가 남편이 정관절제술을 받았으며 그에 대해 클레어에게 줄곧 거짓말을 해왔다는 얘기를 하고 있다는 걸 깨달았던 끔찍한 순간. 수술에 대한 얘기만이 아니었다. 모든 것에 대해 얼마나 오래 거짓말을 했는지 누가 알까? 그런 후에는 그의 수술에서부터 이어진 긴 여정이 알피가 저지른 기만의 규모라는 생각이 클레어를 강타했다. 그것의 진정한 의미는 무엇이었는지, 기만이 얼마나 깊이 파고들어 있었는지.

그리하여, 그 자리에 앉아 클레어는 울음을 터뜨렸다.

"이 모든 짓이 그 때문이었어?" 알피가 말했다. "정관절제술. 세상에. 미안해, 클레어. 하지만 당신에게 말할 순 없었어. 당신에게 거짓말을 할 순 없었지만, 우리가 만나기 전에 한 것이고 그러면 당신이 나를 밀쳐낼 거라고 생각했어. 잘못한 일이었다는 것 알아. 하지만 그때는 혼란스러웠어. 걱정도 됐고. 당신을 잃는다는 생각을 참을 수 없었지. 그리고 우린 다른 선택지도 있잖아. 입양이든 당신이 원하는 것은 뭐든……."

"닥쳐!" 클레어는 소리 질렀다. "그만 지껄여!"

"클레어." 알피가 말했다. "우리는 이걸 헤쳐나갈 수 있어. 약속할게."

"아, 그만해 우린 못해." 클레어의 목소리는 나지막했다. "우리가 이걸 헤쳐나갈 길은 없어. 전혀. 왜냐하면, 나는 나머지도 다 알기 때문이야, 알피. 다 안다고."

# 스트리트

데이브 스트리트 순경은 시계를 흘끔 쳐다보았다. 교대 시간이 5분 남았다. 그는 집에 가는 길에 술 한잔하러 들를 계획이었다. 스트로베리 뱅크에 있는 메이슨스 암스 정도가 좋지 않을까. 그는 최근 들어 그러는 일이 잦아졌다. 그와 쉴라는 사이가 나빠지고 있었고, 쉴라가 비난과 깔아뭉개는 말만 준비해놓고 있을 집 문턱을 넘어서야 하는 순간을 자기도 모르게 미루고 있었다.

이유는 꼭 집어 말할 수 없었지만, 요새는 뭘 하든 결국에는 말다툼으로 끝나버리는 것 같았다. 두 사람 사이에는 억누를 수 없는 적개심이 끓어올랐다. 그 감정이 어디서 오는지, 어떻게 해야 할지는 알 수 없었다. 처음에 스트리트는 그걸 세 살 아들에다가 둘째까지 새로 태어난 스트레스려니 여기려 했으나, 이제 그는 좀 더 근원적인 건 아닐지 의심하고 있었다.

어쩌면 두 사람은 결국 서로에게 어울리지 않는 사람인 건지도.

어쨌든, 그게 바로 그가 고대하는 것이었다. 조용히 마시는 술 한 잔, 그다음에는 말다툼의 저녁, 혹은 이쪽이 더 나쁘겠지만 말없이 돌아선 차가운 어깨.

스트리트가 막 서에서 나가려던 때에 전화가 울렸다.

"카트멜과 그레인지 관할서 소속 스트리트 순경입니다."

"윈 경위라고 하는데." 한 여자가 말했다. "런던 경찰청."

그는 허리를 바짝 세워 앉았다. 런던 경찰청에서 전화가 오는 일은 많지 않았다. 특히 일요일에는 그러했다.

"무슨 일이십니까?"

"카트멜 근처에 있나?" 윈 경위가 말했다. 목소리에는 긴급한 기색이 어렸다.

"20분 정도 떨어진 곳입니다." 스트리트는 대답했다.

"잘됐군. 지금 이 주소로 가줘."

"이유를 여쭤봐도 되겠습니까?"

"위험에 빠져 있을지도 모르는 여성이 있어서. 이 여성의 안전을 확보해. 그리고 억류해야 하는 남자도 있어."

스트리트 순경은 술을 마실 수 있다는 희망이 빠르게 물러나는 모습을 보았다. 하지만 이쪽이 좀 더 흥미로웠다. 확실히 카트멜과 그레인지 관할 구역에서 전형적으로 받는 전화는 아니었다.

"심각한 겁니까?"

"어쩌면." 윈 경위는 대답했다. 경위는 잠시 망설였다. "위험할 수도 있어. 자네를 지원할 수 있는 다른 경관이 있나?"

"네." 스트리트는 말했다. "있습니다. 주소가 어떻게 됩니까?"

윈 경위가 주소를 주었다.

"스튜어트 별장요?"

"모르겠군." 윈이 말했다. "내가 찾는 여자는 클레어 다니엘스야."

"그게 결혼 전 이름입니다. 스튜어트. 최근에 납치당하지 않았습니까?"

스트리트는 클레어 다니엘스가 납치당했다는 걸 아주 잘 알고 있었다. 그 사건을 면밀히 추적했으니까. 몇 년 전에 클레어 스튜어트, 지금은 다니엘스 부인인 그 여자와 알고 지내기도 했다. 둘은 동갑이었으며, 클레어가 별장에 와서 지낼 때는 동네 아이들과 친하게 지냈다. 두 사람은 어린 시절에 약간 좋아했고, 한때 아주 잠깐 사귀었으나 갑작스레 시작한 만큼이나 갑작스레 김이 빠져버렸다.

적어도, 클레어 쪽은 그랬다. 스트리트는 클레어에게 깊이 반했고, 여름 내내 두 사람이 윈더미어의 해변에서 싸구려 사이더를 마시고 잔디 위에 누워 키스했던 그 황금빛 저녁을 다시 한 번 되풀이하기만을 바랐었다.

그런 저녁은 다시 반복되지 않았고, 그날 여름 이후에 클레어도 돌아오지 않았다. 시간이 흐르면서 스트리트도 클레어를 잊었다. 바로 그녀가 다시 신문에 등장할 때까지는.

그런데 이제 그녀가 카트멜로 돌아왔다.

"그랬지." 경위가 말했다. "그 여성이야."

"이 사건과 연관이 있습니까?" 스트리트가 물었다.

"그래. 하지만 정확히 어떻게 관련이 있는지는 나도 아직 몰라."

"그러면 클레어 다니엘스와 같이 있을 것으로 예상하는 사람은 누구죠? 납치범입니까? 그 사람이 제가 억류해야 하는 사람입니까?"

"클레어 씨와 그 남편이 같이 있을 거네, 스트리트 순경." 스트리트는 경위가 자기 이름을 기억한다는 데 깊은 인상을 받았다. "내가 걱정하는 건 그 남편이야. 그 남자가 자네가 체포해서 경찰서 유치장에 가둬야 할 사람이지."

"위험한 자입니까?" 스트리트가 물었다.

윈 경위는 몇 초간 대답이 없었다. "그래." 마침내 경위는 대답했다. "위험해."

"지금 여기로 오십니까?" 그가 물었다. "그러시는 게 좋겠는데요."

"지금 유스턴에서 옥센홀름까지 가는 기차에 타고 있어. 2시간 30분 후에 도착해."

"경위님을 맞으러 차를 보내겠습니다. 나중에 뵙겠습니다, 윈 경위님."

## 알피

알피는 밧줄이 느슨해졌을지 몰라서 힘껏 잡아당겼다. 전혀 느슨해지지 않았다. 그는 침대에 고정되어 있었고, 움직일 수 있는 건 머리뿐이었다. 문 옆의 의자에 앉아, 수갑을 무릎 위에 두고, 클레어는 그를 바라보았다.

어째서 수갑을 가지고 있는 거지? 그는 이미 꼼짝 없이 구속되어 있었다. 그를 어딘가로 이동시키려고 손을 묶으려는 건가? 그렇다면 그건 좋은 소식이었다. 수갑을 차고 있다고 해도 침대에 묶여 있는 쪽보다는 자기 발로 일어설 수 있다면 한결 사정이 나을 것이었다.

클레어가 또 뭘 알고 있을까? 클레어는 모든 걸 알고 있다고 했지만, 정말 그럴까? 피파에 대해서도 알까? 그럼 브라이언트는? 알피는 그것까지는 아닐 거라고 생각했다. 클레어가 어떻게 그걸 알아낼 수 있는지 알 수가 없었다. 하지만 클레어가 정관절제술에 대해서도 알아낼 수 있으리라고는 생각 못했으니까.

말을 붙여보기에 좋은 화제였다.

"누가 말했어?" 알피는 물었다. "정관절제술 얘기?"

"싱 박사님."

알피는 고개를 저었다. "그건 환자 기밀 누설인데."

"그것도 당신이 신경 쓸 바가 전혀 아니야." 클레어가 말했다. "그리고 정확히 박사님이 내게 말해준 것도 아니었지. 박사님은 그저 남자가 정관절제술을 받으면 흉터가 남는다고 말했을 뿐이야."

"이거 봐." 알피가 말했다. "뭔가 오해가 있었던 것 같아. 우리는 반드시 풀어낼 수 있을 거야."

"피파에게도 그렇게 말했어?" 클레어는 부드럽게 말했다. "그 여잘 죽이기 전에?"

알피는 아내를 응시했다. "난 죽이지……." 그는 입을 열었으나, 클레어는 한 손을 저어 그의 말을 막았다.

"굳이 노력할 필요 없잖아." 클레어는 말했다. "난 당신이 했다는 걸 알아. 내가 알아야 할 필요는 그것뿐이지. 어떻게, 어디서, 왜 그랬는지는 신경 쓰지 않아." 그녀는 그와 시선을 맞췄다. "내가 왜 듣고 싶어 하지 않는지는 알 거 아냐. 당신이 나도 죽이려 했다는 걸 내가 알고 있으니까."

"클레어." 알피가 말했다. "난 절대로 당신에게 상처를 주진 않았을 거야."

클레어는 웃음을 터뜨렸다. "정말? 당신은 나랑 사랑에 빠진 척해서 결혼하고 가족을 원한다는 말을 지껄여서 내게 상처를 줬을 위험이 있다는 건 생각도 못하는 건가? 그동안 줄곧 거짓말을 해왔으면서? 완전히 새빨간 거짓말?"

알피는 천천히 깊이 숨을 쉬었다. 그의 생각보다 더 나빴다. 클레어는 정관절제술에 대해 알았고, 피파에 대해 알았다. 그리고 그가 자기를 죽일 계획을 꾸미고 있었던 걸 알았다. 아니 적어도 의심은 했다. 의사가—그 파키스탄 새끼 여기서 나가는 대로 죽여버려야지— 정관절제술은 말해줬겠지만, 나머지까지 했을 리는 없었다.

그러면 클레어는 대체 어떻게 알아낸 걸까?

"클레어." 그는 부인해봤자 소용없다는 것을 깨달았다. "내가 피파를 죽였어. 그건 인정해. 하지만 그래야만 했어."

"난 이 얘긴 듣고 싶지 않아. 당신 거짓말은 더 듣고 싶지 않다고."

클레어는 신경이 무척 날카로워 보였다.

"좋아. 더는 말하지 않을게. 그렇지만 누가 말해줬는지 얘기 좀 해줄래?"

클레어는 미소를 지었다. "당신이 해줬잖아, 어떤 면에서는. 역설적이지. 아니야?"

알피는 클레어의 뜻을 이해하려고 애썼다. 그는 한 마디도 하지 않았다.

"무슨 뜻이야, 내가 말했다니? 나는 아무것도 언급하지 않았어. 내가 잠꼬대라도 했다는 건가?"

"아니, 당신은 언제나 쿨쿨 잠만 잘 자잖아. 하지만 나야 알 수 없는 일이지. 내가 잘못 말했나 봐. 당신이 내게 말한 건 아니야. 말 그대로라면. 나한테 보여줬지."

"어떻게?" 그가 물었다.

"싱 박사를 만나서 당신이 임신 가능성에 대해 거짓말 했다는 말을 들은 후에, 난 당신 사무실로 갔었어. 당신하고 얼굴을 맞대고 얘기하고 싶었지. 접수대에 아무도 없어서 뒷문으로 들어갔어. 당신이 자리에 앉아 있더라. 두 손에 전화기를 두 개나 들고. 둘 다 나한텐 생소했어. 당신은 메시지를 좀 치더니 그것들을 서랍에 넣던데. 그 서랍을 잠그고 열쇠를 재킷 주머니에 넣었지. 그런 후에는 뒷문으로 나갔어."

알피는 기억해냈다. 그는 헨리 브라이언트로서 그들의 가짜 불륜에 관한 상세한 내용을 쳐서 클레어에게 문자로 보냈다.

"그런 사실들을 알아내고 휘청거리고 있었는데, 당신이 비밀 전화를 가지고 있었다는 걸 본 거야. 내 세계가 무너지는 것 같은 느낌이었지. 당신은 내가 생각했던 사람이 아닌 것 같았어. 나는 무슨 일이 일어났는지 알아내야 했어. 그래서 그날 저녁 당신 사무실로 가서 그것들을 꺼냈지."

"전화기? 서랍은 어떻게 열었어?"

"당신 재킷 주머니에서 열쇠를 가져왔어. 집에 왔을 때 당신에겐 직장에서 무슨 일이 생겨서 사무실로 가야 한다고 했고."

알피는 고개를 끄덕였다. 그때 클레어가 간다고 해서 좋아했었다.

뭔가 이상하고 미리 계획되지 않은 약속을 잡았다길래 불륜을 저지르는 것처럼 보이게 할 수 있겠다 싶어 기분이 좋았다.

"하지만 그 전에는 한 가지를 확인해야만 했지. 나는 당신이 정관절제술을 받았는지 알아내야만 했어. 내가 한 짓 기억나, 알피? 뭐, 흉터를 보기엔 충분했지."

클레어가 그에게 오럴섹스를 해주었다. 그는 똑똑히 기억했다. 평소와 달랐다. 그녀는 그를 밀어버렸었다.

"반쯤 하다 그만뒀잖아." 그는 말했다.

클레어는 고개를 끄덕였다. "그럴 수밖에 없었지. 그 흉터를 보고 당신이 한 짓을 알고 속이 메스꺼워졌거든. 그러고 사무실로 가는 택시에 앉아 정관절제술 흉터 사진들을 봤어. 확신할 수 있도록. 그리고 당신 거짓말의 깊이를 이해할 수 있게 됐어." 그녀는 잠시 말을 끊었다 이어갔다. "적어도 난 그런 줄 알았어. 당신 거짓말이 얼마나 깊이 파고들어가 있는지는 꿈에도 몰랐던 거야. 그 전화기에 있는 걸 보기 전까지는."

"어떻게?" 알피가 말했다. "어떻게 그걸 열어볼 수 있었지?"

"난 그 전화기를 당신 사무실에서 가져와서 IT 전문가 한 사람에게 나를 위해 해킹해달라고 했어. 새트 기억해? 이전에 한 번 소개해주었잖아. 내가 언급하지 않은 말은 우리가 몇 번 데이트를 했었다는 거지. 그 사람 쪽에서는 진지했는데, 나한테는 맞지 않는 사람이었지. 나는 그 사람에게 개인적인 문제가 있다고 하고 사무실에서 만나자고 했어. 그 사람 전화를 자기 노트북에 연결하더니 몇 초 만에 해제하더

라. 얼마나 쉬운지 무시무시할 정도였지." 클레어는 어깨를 으쓱했다. "그랬더니 나오던데. 모든 게 내 앞에 펼쳐졌지."

"클레어." 알피가 말했다. "내가 설명……."

"아니, 아니야." 클레어는 말했다. "내가 설명을 끝내지. 모두 무슨 일인지 이해하는 데는 한참 걸렸어. 처음에는 내가 뭘 읽고 있는지 이해가 되지 않았거든. 헨리 브라이언트가 내게 보낸 메시지가 주르르 나오더라고. 다만 그건 내가 아니었지. 나인 척하는 당신이었어." 클레어는 고개를 흔들었다. "그 정도는 분명했는데, 이유는 생각해내지 못했어. 난 아마도 당신이 내가 바람피우는 것처럼 보이게 해서 이혼하려나 보다만 생각했지. 하지만 그건 미친 짓이겠지. 난 부인할 테고, 내 말을 증명하기도 쉬우니까. 그러니까 이건 다른 거여야만 했던 거야. 그러다가 피파에게서 온 메시지를 읽었어."

클레어는 수갑을 어루만졌다. 알피는 아무 말 하지 않았다. 그는 클레어의 행동을 재면서 쳐다보았다.

"난 당신이 그 여자를 찬 메시지를 읽었어. 그러니 조디가 그 얘기를 한 기억이 났지. 헨리 브라이언트는 피파의 남자 친구, 문자로 그 여자를 찬 사람이었잖아. 그건 당신이 헨리 브라이언트였다는 뜻이지. 자, 지금까지 내 추리 능력이 어때, 알피?"

"나쁘지 않은데." 지금 부인해봤자 소용이 없었다. "대부분은 맞혔어."

"하지만 왜? 어째서 헨리 브라이언트인 척했어야 했던 거야?"

알피는 어깨를 으쓱했다. "물렸거든." 그는 말했다. "당신이 이끄는 이 멍청하고 하찮은 생활에 물렸어. 당신의 지루한 친구들도, 당신의 귀엽게 감상적이고 온실 속에 갇힌 안전한 삶도 물렸어. 당신은 완벽해지는 데 너무 강박적으로 집착했잖아. 최신 유행의 스키니 진을 입어야 하고, 집 벽은 베이지 색으로 칠하고, 잡지에서 해야 한다는 헤어스타일을 보고 따라 하고."

클레어는 움찔했다. 그의 말이 그녀에게 상처를 입혔다. 그는 미소를 띨 수 있었다. 지금 이 상황을 즐기고 있었다. 오랫동안 하고 싶었던 말이었다.

"씨발, 당신은 정말 겁쟁이야." 알피는 말했다. "같은 식으로 똑같은 짓만 하면서, 그걸 삶이라고 불러. 하지만 인생은 엉망진창에 더러운 거고, 나는 이제 좋은 기회를 놓치는 건 참을 수가 없었지. 그래서 헨리 브라이언트를 창조해낸 거야. 헨리는 재미를 좀 볼 수 있었거든." 그는 클레어를 보았다. "심지어 그때도 난 당신과 사는 걸 견딜 수가 없었어."

"내가 정말 그렇게 나빴어?" 클레어가 물었다.

알피는 웃었다. "나쁜 것 이상이야, 클레어. 처음에는 괜찮았지. 프랑스 남부에서 휴가도 보내고 차도 여러 대. 돈도 있지. 정신을 팔 만한 것들이었지. 약간 지루하긴 했는데, 받아들일 수 있었거든. 섹스도 좋았어, 처음에는. 당신이 저기 누워 가쁘게 숨을 몰아쉬고 신음하면서 *그래, 알피, 나 느껴*, 라며 끽끽댔지. 하지만 그것도 꽤 금방 질려버렸지만. 참을 만했던 것 같아. 불쾌하진 않았거든. 나는 그걸 그냥 자위랑 별로 다르지 않다고 생각하게 됐어. 하지만 잠시 후에는 점점 정말로 당신을 싫어하게 됐지. 나는 당신의 작은 세계에 갇혀 버렸으니까. 나는 더 많은 걸 원했고, 그래서 헨리를 창조해낸 거야. 그자가 나였어. 그는 열정과 정욕, 투쟁으로 자기 삶을 살아갔지. 그 덕분에 나는 제 정신을 유지할 수 있었어. 내가 그렇게 할 수 있던 유일한 방법이었어, 클레어. 미안하다고 말하고 싶은데, 그럴 수가 없네. 그렇게 빌어먹게 평범한 건 당신 잘못이니까."

클레어는 눈만 깜박이며 앉아 있었다. 눈에는 눈물이 고였지만, 그녀는 그걸 닦아내버렸다. 얼굴 표정은 굳어졌다.

"당신이 틀렸어." 클레어는 말했다. "완전히 틀렸어. 난 당신을 사랑했어, 알피. 그 때문에 이 세상은 근사해졌지. 나는 열정과 정욕과 투쟁이 필요하지 않았어. 내겐 사랑이 있었으니까. 당신에게 없는 건 그거야. 그래서 당신은 그렇게 한심하게도 잘못된 길에 빠진 거지. 그리고 나는 사랑을 다시 얻을 거야. 다른 사람과 함께. 아이들과 함께. 그리고 그들과 함께 하는 매일을 소중히 여기겠지. 하지만 그런 건 당신에게 중요하지 않아. 당신에게 중요한 건 내가 당신이 브라이언트라는 것을 알아냈다는 거고, 당신이 피파에게 한 짓을 알아냈다는 거지. 그러니까 당신이 나와 브라이언트 사이의 가짜 불륜을 지어낸 이유를 알겠더라고. 나를 죽일 계획이었지, 안 그래, 알피?"

"그래." 알피는 간단하게 말했다. "그랬지."

"어째서 나와 이혼할 생각을 하지 않았어? 나를 그렇게나 미워한다면?"

"당신을 그렇게나 미워했으니까." 알피가 말했다. "내가 하려는 짓을 당신이 알게 되었을 때 당신 얼굴에 떠오른 표정을 보고 싶었지. 그리고 돈도 원했거든. 생각해 봐. 당신이 죽은 거야. 불륜을 저지르던 남자에게 살해당했지. 나는 바람피운 아내를 잃어버리기까지 한 불쌍한 알피가 되겠지. 그런 다음 나는 당신 돈을 들고 떠나서 남은 내 인생을 즐길 수 있지. 하지만 그때 당신이 알아낸 거야. 모두 당신이 아기를 원하고 그걸 포기하지 않으려 해서 생긴 일 아냐. 그 망할 의사 새끼가 입을 가만히 다물고 있지 않아서."

"그것 참 역설적이지 않아?" 클레어가 말했다. "당신은 아이가 인생을 망칠까 봐 갖고 싶지 않았는데, 결국에는 당신이 싱 박사에게 한 거짓말에 발목을 잡혔네."

"어쩌면 그렇지." 알피가 말했다. "하지만 난 여기서 나가면 그 쪼끄만 새끼를 죽일 거야. 그런데 다른 질문이 한 가지 더 있는데. 난 모두 이해는 했어. 당신이 정관절제술에 대한 걸 발견해내고, 전화기를 보고, 내가 한 짓과 하려고 계획했던 짓을 알아냈다는 거 아냐. 그러면 다른 헨리 브라이언트는 어떻게 된 거야? 그자는 누구지? 어째서 당신을 납치한 거야?"

클레어는 미소를 지었다. "알잖아, 알피. 당신은 당신 생각만큼 똑똑하지 못하다고. 그래서 지금 이런 결과가 되어버렸지." 그녀는 침대를 손짓했다. "다른 헨리 브라이언트가 누군지 알고 싶어?" 클레어는 몸을 앞으로 숙였다. "당신에게 말해주지."

# 스트리트

스트리트 순경은 운전대 앞에 앉았다. 조수석에는 근무 교대 시간이 되어 막 도착한 앤지 클리퍼드 순경이 앉아 있었다. 그는 앤지에게 윈 경위와 나눈 대화를 다급하게 횡설수설 설명해준 후, 앤지를 재촉해서 순찰차로 갔다.

"잠깐만 기다려 봐." 앤지가 말했다. "무슨 일이 일어나고 있는 거야, 데이브?"

"그게 일종의 문제인데." 그는 말했다. "나도 진짜로는 모르겠어."

"네가 아는 건 뭔데, 정확히?"

"런던에서 납치된 여자 얘기 기억하지? 탈출했던 사람? 음, 그 여자가 여기 있어."

"무슨 뜻이야, 여기라니?"

"카트멜에. 그 여자 가족이 여기에 집이 있거든. 이전에는 여기서 여름을 보내곤 했어. 내가 아는 여자야. 그땐 클레어 스튜어트였지만. 이젠 클레어 다니엘스지. 여기 남편과 있어."

"그런데도 문제가 있어?"

"그렇다고 런던 경찰이 말하네. 우리한테 거기 가서 남편을 붙들어 놓으래."

"남편을? 무엇 때문에?"

"그래야 자기가 여기 왔을 때 체포할 수 있기 때문이라는데."

앤지 클리퍼드는 팔짱을 꼈다. 앤지는 양 치는 목장 집 딸이었으며, 팔뚝이 뽀빠이 같았다.

"남편을 체포하러 그 먼 길을 온다고? 무엇 때문인지는 말했어?"

"아니. 하지만 런던에서 여기에 온다면, 주차 위반 벌금 미납 때문은 아니겠지."

20분 후, 그들은 대로에서 벗어나 카트멜로 향하는 조용한 차로로 올라섰다.

"경광등 안 켜?" 클리퍼드 순경이 물었다.

스트리트는 고개를 저었다. "우리가 간다는 걸 그자에게 알리고 싶지 않아."

"그자가 위험할 거라고 생각해?" 클리퍼드가 물었다.

"경찰을 런던에서 오게 할 정도라면," 그는 말했다. "그렇다고 해야 하지 않을까."

클리퍼드 순경은 천천히 고개를 끄덕였다. "무장 대응 팀을 부를까?"

"어쩌면. 우리가 뭘 하는지는 알려야 할 것 같아, 적어도."

클리퍼드는 무전기를 집어 들고 말했다. 앤지가 그러는 동안 스트리트 순경은 속도를 줄였다. 두 사람은 별장으로 다가갔다.

"물론." 앤지는 말했다. "저기 안에서 뭔가 정말로 잘못됐다면, 손써 볼 수 있는 시간 내에 여기 오지는 못하겠지."

"지원을 기다리고 싶어? 밖에서 살펴볼 수는 있지. 아무도 나가지 못하도록 확실히 지키고."

클리퍼드는 잠시 생각해보았다. "런던 경찰이 우리에게 들어가 달라고 말했다며."

스트리트는 고개를 끄덕였다. 차가 멈췄다.

"그럼 들어가자." 클리퍼드는 말했다. "네가 앞을 맡아. 나는 뒤로 돌아갈 테니. 준비됐어?"

## 클레어

알피는 눈에 이상한 빛을 띠고 있었다. 그 시점까지도 그는 느긋하고, 심지어 자신감 넘쳐 보이기까지 했다. 클레어는 그가 전혀 감정을 내보이지 않는다는 데 감탄했다. 처음에는 그가 괜히 허세 부려 용감한 척한다고 생각했는데, 이제는 그게 전혀 아님을 알게 되었다.

알피가 감정을 내보이지 않는 건 감정이 없기 때문이었다. 그가 이 사건을 보는 방식은 클레어와는 달랐고, 클레어가 한 말에 끌려 다니거나 흔들리지 않았다. 그는 클레어에게 동정을 느끼거나 자기 행동에 후회를 보이지도 않았다. 그는 아무것도 느끼지 않았다.

다만, 이제 뭐가 있기는 했다. 그의 눈에 떠오른 그 이상한 빛은 새로웠고, 클레어는 자기도 아는 감정이라고 생각했다.

딱히 공포라고 할 수는 없지만, 그에 멀지 않은 무엇.

"말해." 그는 조용한 목소리로 말했다. "그자는 누구였어?"

"다른 헨리 브라이언트?" 클레어는 그의 눈을 응시했다. "다른 헨리 브라이언트는 나였어."

알피는 뺨을 한 대 얻어맞은 듯 움찔했다. "당신? 당신이었다니 무슨 뜻이야?"

"다른 헨리 브라이언트는 없었다는 뜻이야. 나를 납치한 사람은 없어. 내가 모두 지어냈어."

"하지만 이메일이 있었잖아." 알피는 말했다. "그가 당신에게 메일을 보냈잖아."

"아니 보내지 않았어. 난 당신을 따라했지, 알피. 당신이 한 짓을 그대로 했어. 가짜 계정을 만들어서 내게 이메일을 보냈어. 당신이 모든 걸 완벽하게 설정해놨더라. 내가 실종되면 경찰들은 당신의 계획대로 생각하게 되겠더라고. 헨리 브라이언트가 나를 납치했다고. 하지만 그 사람은 그러지 않았어. 난 당신의 계획을 이용했지."

그는 침대에 누운 채로 클레어만 응시했다. "그럼 어디에 있었어?"

"뉴 포레스트에." 클레어가 말했다. "야영하면서. 꽤 재미있었는데. 야외에 있으니 기분 좋더라고."

"하지만 그가 무슨 짓을 했잖아. 집에 왔다고. 차를 타고 카페를 지나쳤고."

"모두 지어냈지. 진짜 일어난 일은 하나도 없었어."

"하지만 내가 그 사람을 봤어. 그 사람 뒤를 쫓았다고."

클레어가 미소를 띠었다. "아니, 그러지 않았어. 누군가 쫓아가기는 했지만 브라이언트는 아니었지. 내가 그 창문에서 왜 그렇게 오랜 시간을 보냈다고 생각해? 나는 지나가는 사람들을 바라면서 미소를 보낼 수 있는 젊은 남자가 혼자 지나가길 기다린 거야. 그 사람은 후드티셔츠를 입어야 했지. 얼굴을 가려야 하니까. 그런 다음 내가 한 건 손을 흔든 것뿐이지. 그 사람 시선을 끌고, 그 사람이 집 밖에 멈추게 한 후 당신에게 전화를 했지."

클레어는 믿을 수 없다는 표정이 그의 얼굴에 퍼져가는 것을 보았다. 무척 만족스러웠다.

"그럼 집 거래 약속은? 당신이 그것도 꾸며냈어?"

"내가 했지."

"왜?" 그는 눈을 감았다. "대답하지 마. 그가 정말로 내 뒤를 쫓고 있다고 생각하길 바랐던 거군."

"극장의 쪽지와 당신의 헨리 브라이언트 전화에 보낸 문자 같은 거지." 클레어가 말했다.

"어떻게?" 알피가 말했다. "어떻게 극장에서 쪽지를 남길 수 있었지?"

"프로그램이 두 개였어." 클레어가 말했다. "화장실에 갈 때 하나를 더 사서 거기에 쪽지를 넣었지. 그건 내 자리 밑에 숨겨두었어. 바꿔치기는 쉬웠지. 그리고 당신에게 그자가 진짜라는 걸 믿게 해야 했거든. 당신이 그자가 진짜라고 믿어야 내가 이 모든 일들을 할 수 있으니까."

“이 모든 일이 뭐?”

“자, 이게 내 계획이었지.” 클레어가 말했다. “원래, 나는 당신을 죽일 생각이었어. 어느 날 밤 당신을 목 졸라 죽이거나 목을 가르려고 했어. 그런 다음 경찰을 불러서 브라이언트가 여기 와서 당신을 살해했다고 말하는 거야. 하지만 내가 그를 막자 그는 도망쳤다고. 경찰들은 이제껏 생겼던 온갖 이상한 일들을 알아내겠지. 저택 거래 약속, 극장의 쪽지. 그러면 내 말을 믿을 거야. 하지만 그러다가 경찰이 내가 그랬다는 걸 알아내면 어쩌나 걱정이 됐어. 그래서 이 일을 꾸몄지. 우리는 브라이언트가 올 거라고 기대하고 여기 오는 거야. 나는 당신을 죽이고, 브라이언트가 여기 왔다고 하지. 하지만 칼과 케빈이 와서 도망쳤다고 할 거야.”

알피는 웃었다. “하지만 문제가 하나 있네. 당신이 나를 죽인다고? 됐어, 클레어. 당신은 살인자가 아니야. 나를 경찰에 넘겨. 그거면 충분해. 난 당신 인생에서 사라져 줄게. 날 죽일 필요까진 없어.”

“있잖아.” 클레어가 말했다. “2주 전만 됐더라도 나도 그 말이 맞다고 했을 거야. 어떤 사람이 내게 무슨 짓을 했든 내가 그 사람을 죽일 순 없다고 말했을 거야. 하지만 그랬다면 내 생각이 틀렸겠지.”

클레어는 숨을 깊이 들이마셨다.

“내가 배운 건 말이야, 알피. 우리 모두의 안에는 그런 기질이 있다는 거야. 어떤 사람은 다른 사람보다 더 많긴 하겠지만, 우리 모두 갖고 있어. 나를 포함해서 우리 대부분에게는, 그건 맨 마지막에야 기댈 곳이야. 하지만 내가 이해하게 된 건 맨 마지막에야 기댈 곳이라도 기댈 수는 있다는 거지. 그리고 이제는 때가 왔어."

클레어는 서랍장 속으로 손을 넣더니 부엌에서 가져온 칼을 꺼냈다.

"준비해, 알피." 그녀가 말했다.

# 알피

클레어가 브라이언트였다는 고백을 하자, 알피는 상황이 나쁘다는 것을 알았다. 하지만 여기까지 이르게 될 줄은 꿈에도 생각 못했다. 클레어가 자기를 약간 겁준 후 아버지나 경찰을 부를 줄 알았다. 그리고 클레어가 그렇게 하면, 스스로 빠져나와 여기서 도망칠 기회가 생길 거라고 생각했다.

하지만 곧이어 클레어는 자기가 그를 직접 죽일 거라고 말하며 칼을 빼들었다. 길고 무거운 식칼. 알피는 그게 뭔지 알아보았다. 전 날 밤, 자기가 요리할 때 채소를 썰려고 그 칼을 썼다.

칼은 날카로웠다. 일제 식칼, 완벽히 무게 균형을 맞췄다. 토마토 위에 올려놓기만 해도 스르르 파고 들어가 칼을 쥔 사람이 누를 필요도 없이 깨끗하게 둘로 갈라지는 그런 칼이었다.

그 칼이 자기를 어떻게 할지 낙관적인 망상을 품진 않았다.

어떻게 이걸 놓쳤을까? 똑똑한 수법이었다. 클레어는 꽤 잘해냈다. 그녀는 그를 음모로 몰아넣었고, 그는 거기 걸려들었다. 클레어의 마음속에 그런 기질이 있으리라는 생각을 못했고, 그게 이 일이 가능했던 이유였다. 알피는 클레어를 잘못 읽었다. 과소평가했다.

10분 전만 해도, 클레어가 자기를 냉혹하게 죽일 수 있다고 하면 비웃었을 것이다. 지금은 그렇지 않았다. 이젠 클레어가 그럴 능력이 있다는 생각이 서서히 들기 시작했다.

이것이야말로 진짜 문제였다.

"클레어, 이건 미친 짓이야. 생각해 봐."

"생각이야 했지. 약간 다른 걸 생각해서 그렇지."

"그러면 당신이 이 일을 저지른 후에 어떻게 될지 생각해 봐." 알피가 말했다. "당신은 살인자가 될 거야, 클레어. 감옥에 20년은 갇힐 거라고. 만에 하나 10년 만에 나온대도 여전히 10년이야, 클레어. 그리고 그건 당신에겐 중요한 10년이 되겠지. 감옥에서 나왔을 땐 40대가 될 거야." 그는 한쪽 눈썹을 치켰다. "자연적으로 아이를 갖기엔 너무 늦은 나이야. 그리고 입양할 기회도 없겠지. 살인으로 유죄 판결을 받은 사람이 그럴 수 있을 리 없잖아. 그게 당신이 원하는 거야?"

"아니, 그렇진 않지. 하지만 난 그런 걱정할 필요가 없어. 그런 일은 생기지 않을 테니."

"생겨, 클레어! 당신 지문이 칼에 덕지덕지 남을 거고, 온몸은 피로

덮일 거야. 경찰은 당신이 했다는 걸 금방 알아차릴걸."

클레어는 고개를 저었다. "경찰에게는 헨리 브라이언트가 했다고 할 거야. 그자가 나를 죽이려 했다가 도망쳐버렸다고."

"아니." 알피가 말했다. "그가 여기 왔다는 증거는 없을 거야, 클레어. 경찰은 알아차릴 거야."

"알아차릴 수 없어. 경찰들이 나를 찾을 때는 나는 의자에 수갑으로 묶여 있을 거거든. 난 경찰에게 당신이 외출한 동안 브라이언트가 왔고, 당신이 돌아오자 머리를 쳐서 여기까지 끌고 왔다고 할 거야. 당신 머리에 멋지게 들어 있는 멍이 그걸 증명해주겠지. 그런 후에 브라이언트는 내게 수갑을 채우고 당신이 깨어나기를 기다려 이 칼로 멱을 딴 거야."

"하지만 당신 지문이 칼에 묻을 거잖아." 알피의 목은 조여왔고, 뱃속에 고이는 공포심이 느껴졌다. "당신이 의자에 수갑으로 묶여 있었다면, 어떻게 그 칼에 당신 지문이 묻었겠어?"

클레어는 어깨를 으쓱했다. "왜냐하면 내가 이걸 오늘 아침에 썼거든. 이건 내 칼이야, 알피. 내 지문이 묻어 있어도 그 누구도 하나도 놀랄 게 없어. 게다가, 이 칼은 내가 브라이언트로부터 나 자신을 구한 수단이 될 거야."

알피는 클레어를 응시했다. 이 사람은 알피가 알던 클레어가 아니었다. 이런 차가운 격노, 이런 꼼꼼하고 가차 없는 노여움은 완전히 새로운 것이었다. 그 모습은 알피 본인을 떠올리게 했고, 그는 점점 겁에 질렸다.

공포에 사로잡혔다.

"무슨 뜻이야? 이 칼이 당신 자신을 구한 수단이라니?" 그는 낮은 목소리로 물었다.

"이게 내가 경찰에게 할 이야기야. 어쩌면 나는 윈 경위에게 얘기하면서 울어버릴지도 모르겠네." 클레어가 말했다. "브라이언트가 당신을 죽인 후, 난 확실히 정신이 나가버렸겠지. 그때 그가 내게 다가온 거야. 그가 가까이에 왔을 때 무슨 일이 생겼지. 어쩌면 당신이 소리를 냈을지도 몰라. 무슨 가스 같은 게 죽어서 차갑게 식어가는 당신 몸에서 빠져나오면서. 나중에 나는 그게 당신이 무덤을 넘어 나를 구하려 했던 마지막 사랑의 선물이라고 우길 거야. 그래서 브라이언트가 몸을 돌려 당신을 힐끔 쳐다보게 되지. 그때 나는 수갑 찬 손으로 칼을 움켜쥘 기회를 잡은 거야. 그래서 그걸 창문으로 던져버려." 클레어는 낡고 깨지기 쉬운 유리를 쳐다보았다. "그게 바로 내가 할 일이야, 알피, 당신을 죽인 후에. 나는 그 칼을 창문으로 던져서 깨는 거지. 그런 후에 나 자신을 의자에 수갑으로 묶을 거야. 그러면 칼과 케빈에게 신호가 갈 거고, 그들은 몇 초 만에 도착하겠지. 내 얘기 속에서 나는 브라이언트에게 보안요원들이 온다고 말했고, 그는 사라져버린 거야."

알피는 고개를 저었다. 이런 짓을 못하도록 클레어를 말려야 했다. "그게 맘대로는 안 될 거야. 브라이언트가 남겨야 할 법의학적 증거가 하나도 없을 테니까. 경찰은 이걸 다 짜맞출 거야, 클레어. 당신도 그걸 알아야 해."

그녀의 눈에서 의심의 빛이 번득였고, 알피는 순간 잘 넘어갔나 싶었다.

하지만 그때 클레어가 일어서더니 그에게로 한 발 다가왔다. 의심이라고는 얼굴에서 싹 사라져버렸고, 그에게 보이는 건 분노뿐이었다.

순수하고 오염되지 않은 분노.

그리고 알피는 그때서야 자기가 클레어를 말로 말릴 수는 없다는 걸 알았다. 이건 합리적인 결정이 아니었다. 잡힐지도 모르는 확률을 무사히 빠져나갈 수 있는 확률과 비교해서 재보고 균형 잡힌 선택을 한 것이 아니었다.

그건 알피가 상황에 접근하는 방식이었다. 감정 없이 되도록 쉽고 빠르게 원하는 걸 얻을 수 있는 길을 택할 준비를 한다.

이건 완전히 다른 방식이었다. 그가 이해할 수 없는 방식으로 작동하고 있었다.

그리고 마침내, 그는 아무런 선택지가 없다는 사실을 깨닫고 말았다.

# 클레어

클레어는 그가 자기에게 당면한 상황을 직시하면서 얼굴에 퍼져가는 공포를 보았다. 그는 절대 완전히 이해하지 못할 것이다. 클레어가 어떤 기분이었는지 절대로 알지 못하리라.

그의 진짜 정체를 알아차린 순간부터 그녀가 원했던 것은 오직 복수뿐이었다는 걸 절대로 알지 못할 것이다.

클레어는 문자를 보고 알피의 책상에 전화를 돌려놓은 후 집에 오는 전철에 앉아 있던 때를 기억했다. 자기 생각 바깥의 그 무엇도 알아차리지 못한 채 창문만 응시하던 기억.

클레어는 남편이 자기를 속이고 바람을 피웠다는 걸 알아냈다. 그리고 같이 잤던 여자 중의 한 명을 죽였다는 것도.

그리고 처음 만난 그날부터 그가 클레어에게 거짓말을 쳤다는 것도.

그것이 최악이었다. 그들의 전체 결혼 생활이 가짜였다. 그는 클레어를 속여서 자기가 그녀를 사랑한다고, 그녀와 아이를 갖고 싶다고, 그들이 완벽한 부부라고 믿도록 했다. 클레어는 그들의 관계가 무척이나 자랑스러웠다. 그녀의 친구들이 부러워할 정도라는 것이 자랑스러웠다. 그녀와 알피는 완벽한 부부였고, 클레어는 그것을 자기를 정의하는 요소로 삼았다.

그리고 비탄을 넘어, 자기 앞길에 무슨 일이 닥칠지 알았다.

이혼은 엉망진창으로 진행되고, 알피는 살인죄로 재판받고, 전 세계는 그가 한 짓을 상세하게 읽게 되리라. 클레어는 웃음거리가 되겠지. 온갖 치욕을 겪을 것이다. 자신의 결혼에 대해 더는 자부심을 느낄 수는 없겠지. 대신에 클레어를 아는 모든 사람이 생각할 것이었다. *불쌍한 클레어. 걔는 남자 운은 한 번도 없었지. 여기 또 그렇잖아. 걔 정말 안됐어.*

클레어는 참을 수가 없었다. 그 생각만 해도 참을 수가 없었다.

그리고 그때 시작한 것이었다. 처음에는 그저 생각뿐이었는데, 작은 벌레가 마음속으로 기어들어왔다.

*알피가 죽는 편이 나을 텐데.*

그 시점에서는 그를 직접 죽일 생각은 없었다. 그 시점에는 오로지 그가 버스 앞에서 넘어지거나 발이 걸려 넘어져서 전철 선로에 떨어지거나 하는 편이 훨씬 더 일이 쉽겠다고 생각했을 따름이었다.

그러다가 어쩌면 자기가 밀어버릴 수도 있겠다는 생각을 했다. 어딘가 등산을 데려가서 절벽 위에서 살짝 치는 것이었다. 아니면 독을 먹이면 어떨까. 어쩌면.

그때 분노가 마음을 치고 갔다. 전철 앞이나 절벽 너머로 밀어버리는 것만으로는 충분하지 않았다. 그러면 아수라장이야 치워지겠지만, 클레어의 마음은 채워지지 않았다. 클레어는 그에게 모든 걸 주었는데, 그는 아무것도 아닌 양 취급했다. 클레어는 알피에게 자기가 알아냈다는 사실을 알리고 싶었다. 그가 고통 없이 죽게 하고 싶지 않았다. 클레어가 그렇게 했다는 것을 아는 채로 죽게 하고 싶었다. 클레어가 자기의 정체를 알아냈으며, 그가 꾸며낸 게임에서 그를 무찔렀으며, 클레어는 거기서 빠져나가 원하는 삶을 자유롭게 살아가게 될 것임을 알리고 싶었다.

클레어가 이겼다는 것을 알피도 알게 되겠지.

그리고 클레어에겐 그렇게 할 방법이 있었다.

헨리 브라이언트. 클레어는 헨리 브라이언트를 이용할 수 있었다.

일단 그것을 선택권으로 염두에 두자, 그걸 택하고 싶은 유혹을 피할 도리가 없었다.

하지만 지금, 계획은 끝이 났다. 준비는 완료되었다. 지금 칼을 휘두를 때가 왔다.

클레어는 칼날을 보고 옆으로 돌렸다. 그걸 알피의 목에 찔러 넣는 상상을 했다.

경찰이 오는 광경을 상상했다. 질문을 상상하고, 윈 경위가 표면에 명확히 드러난 사실 이상의 무엇이 있을까 의심하는 광경을 상상해

보았다.

자신의 설명을 짚어보았다. 알피가 없는 미래를 상상했다.

수천 번도 넘게 해봤다. 이것이 최선의 방법이었다. 자기가 너무 가까이 있었다는 사실이 이 결정을 바꾸지 못했다. 망설였던 이유는 배짱이 없어서였지, 다른 건 아니었다. 완벽히 이해할 만했지만, 그렇다고 달라지는 건 없었다. 해야만 했다. 그녀는 알피를 보고, 가슴 속에서 차오르는 증오로 용기를 얻었다.

이윽고 클레어는 그에게로 마지막 몇 발짝을 떼었다.

"잘 가, 쓰레기." 클레어는 말했다.

## 스트리트

스트리트 순경은 문을 두드렸다. 초인종도, 문고리도 없어서 그는 주먹을 쥐고 세게 쳐야만 했다.

발소리가 들리나 귀를 기울였으나, 아무 소리도 들리지 않았다. 그는 30초 정도 기다렸다가 다시 문을 두드렸다.

또 한 번 기다린 후, 무전기에 대고 말했다. "집에 아무도 없어." 그는 말했다. "겉으로 보기엔."

그는 손을 뻗어 문손잡이를 잡았다. 돌려보았더니, 문이 딸깍 열렸다.

"들어간다." 그는 말했다. "보안이 형편없어. 아무도 없는진 모르지만 문이 잠겨 있지 않았어."

그는 안으로 들어가 천장이 낮은 현관으로 들어갔다. 집은 무척 조용했다. 아무런 목소리도, 아무런 발소리도 들리지 않았다. 텔레비전이나 라디오도 없었다. 빈 집의 고요뿐이었다.

아니라면 발견되지 않길 원하는 사람들이 사는 집이든가.

오른쪽으로 문이 있었다. 왼쪽에는 거실과 별장의 나머지로 이어지는 통로였다. 그는 안을 힐끔 들여다보았다. 텅 비어 있었지만, 누군가 최근까지는 있었다. 탁자 위에 차가 든 머그잔이 펼쳐서 엎어 놓은 책과 함께 놓여 있었다.

스트리트의 등 뒤로, 클리퍼드가 나타났다. 아마도 뒷문을 통해 들어온 듯했다. "아무도 없어." 앤지가 말했다.

두 사람은 거실을 통해 계단 쪽으로 걸어갔다. 스트리트는 부엌도 확인했다. 현대적이고 비싸 보이는 곳으로 최신식 수납장과 화강암으로 된 조리대가 있었다. 도마 위에는 빵 덩어리가 하나 놓여 있고, 톱니 모양의 빵 칼이 그 옆에 놓여 있었다. 그는 식칼 꽂이를 확인했다. 빵 칼이 꽂혔던 자리가 비어 있었다.

그리고 빈자리가 또 하나 있었다. 칼 한 자루가 또 없어졌다. 스트리트는 그 틈을 보았다. 칼 중에서 가장 크고 무거운 식칼이 사라졌다.

그는 걸어가서 싱크대 안을 들여다보았다. 그날 아침에 먹다 남은 시리얼 그릇과 버터와 빵 조각이 날에 묻은 칼이 들어 있었다.

하지만 식칼은 없었다.

스트리트는 식기 세척기를 열어보았다. 여기도 식칼은 없었다.

그는 클리퍼드 순경을 돌아보았다. 클리퍼드는 문간에 서 있었고, 스트리트는 손짓으로 식칼 꽂이를 가리켰다.

"하나가 없어." 그는 조용히 말했다. "위층을 확인해봐야 할 것 같아."

클리퍼드는 고개를 끄덕였고, 두 사람은 계단으로 걸어갔다. 그들은 계단참으로 올라갔다. 위에 이르자 문 네 개가 마주 보였다. 침실 두 개와 욕실 하나는 열려 있었고, 다른 하나는 닫혀 있었다.

스트리트는 그 문을 가리켰다.

"준비됐어?" 그는 말하며 문손잡이를 돌렸다.

스트리트는 방 안으로 들어갔다가 얼어붙고 말았다.

"대체 여기서 무슨 일이 일어난 겁니까?" 그는 말했다.

## 클레어

클레어는 앞문을 두드리는 소리를 들었다. 그녀는 한 손가락을 입술에 댔다. "아무 말 하지 마." 클레어는 속삭였다. "아마도 여호와의 증인이나 그런 사람들이겠지. 곧 갈 거야."

그들은 가지 않았다. 문을 두드리는 소리가 또 들렸다. 클레어는 창문으로 가서, 바깥에서 보이지 않도록 조심하며 집의 앞쪽을 내려다보았다. 문에 있는 사람이 누구인진 보이지 않았지만, 그들이 타고 온 차는 보였다.

경찰차였다.

"누구야?" 알피가 말했다.

클레어는 알피를 보았다. 만약 경찰이라고 말한다면, 그는 어떻게 할까? 비명과 고함을 지르며 그들의 시선을 끌려고 할까? 어쩌면. 하지만 곧 그도 체포되겠지.

그래도 죽임을 당하는 것보다는 낫다. “안 보여.” 클레어는 대답했다.

그때 앞문이 열리는 소리가 들렸다. “절도범인가?” 알피가 속삭였다. “누가 집에 있나 문을 두드린 후에 집을 털려고?”

“어쩌면.” 클레어가 말했다.

“아니, 절도범이라면 칼과 케빈이 봤을 테고 그럼 해결하려고 지금은 여기 왔을 거야.”

이제 몇 초만 있으면 알피는 칼과 케빈의 저지 없이 이 집으로 들어올 수 있는 유일한 사람들은 경찰뿐임을 알아차릴 테고, 그렇게 되자마자 알피는 소리를 질러 관심을 끌 것이었다. 클레어는 이 사실을 깨달았다.

클레어는 재빨리 침대로 가서 베개 하나를 집었다. 그녀는 그걸 알피의 머리 위에 대고 세게 내리 눌렀다. 그의 꽉 막힌 비명 소리가 들렸고, 그가 숨을 쉬려고 고개를 옆으로 돌리는 것을 느꼈다. 그건 괜찮았다. 클레어는 그가 죽기를 바라지는 않았다. 여기 경찰이 있는 상황에서는. 그렇게 되면 의심의 여지없이 클레어가 잡힐 것이었다.

클레어는 경찰이 떠날 수 있도록 그가 조용해지길 바랐고, 그러면 그녀도 일을 계속할 수 있을 것이었다.

하지만 경찰은 떠나려 하지 않았다. 경찰이 여기 있다는 건 이유가 있어서 왔다는 것이고, 그 이유는 알피와 관련이 있을 것이었다. 클레어가 생각해낼 수 있는 유일한 이유는 경찰이 알피를 피파와 연결해냈다는 것이고, 그런 경우라면 안타까운 사연 전부가 어쨌든 터져나가게 될 것이었다. 그러면 사람들이 알피가 헨리 브라이언트에게 살해당했다는 이야기를 믿을 가능성도 더는 없고, 그녀의 복수가 자기만의 비밀로 남을 기회도 없을 것이었다. 모든 이가 알피가 저지른 짓을 알게 되리라.

그러면 결국 클레어가 알피를 죽이지는 않을 것이었다.

이제 일은 클레어의 손을 떠났고, 솔직히 마음 한구석으로는 기쁘기도 했다. 칼을 들고 거기 서 있으면서도 자기가 할 수 있는지 전혀 확신이 없었다. 클레어는 물론 복수를 원했지만, 복수를 하기 위해 다른 사람을 죽여야 할 필요는 없길 바랐다. 만약 아이들을 지켜야 하고, 그게 유일한 선택이라면 누군가를 죽였을까? 그래, 그렇다면 했으리라. 하지만 클레어는 알피가 아니었다. 냉혈한처럼 한 사람의 목숨을 빼앗을 수는 없다. 순전히 자신의 목적만을 위해서는.

그리고 클레어는 그를 죽일 필요가 없었다. 이미 알피를 이겼으니까. 알피도 그 사실을 알았다. 그것이 클레어가 필요한 모든 복수였다.

계단을 올라오는 발소리가 들렸다. 클레어는 베개를 들었다. 이제 알피가 경찰에게 소리칠까 걱정할 필요가 없었다. 경찰은 이제 곧 여기 들어올 것이었다.

알피는 클레어를 바라보았다. 그의 얼굴은 벌겋게 되어 땀을 흘리고 있었다. 클레어는 베개를 내려놓고, 한 손에는 칼, 다른 손에는 수갑을 든 채로 문이 열리는 것을 바라보았다.

두 명의 경찰이 들어왔다. 남자와 여자. 남자의 얼굴을 알아보기까지 시간이 약간 걸렸다. 데이브라고 하는 이름이었다. 언젠가 윈더미어의 여름 저녁에 그에게 키스한 적도 있었다.

데이브는 클레어에게서 알피로 시선을 옮겼다가 다시 클레어에게로 돌아왔다. 그의 눈은 클레어의 얼굴을 향했다가 퍼뜩 수갑과 칼로 향했다.

"대체 여기서 무슨 일이 일어난 겁니까?" 그가 말했다.

"저 여자가 날 죽이려 했어요!" 알피가 외쳤다. "저 여자는 미쳤어."

클레어는 고개를 저었다. "아니, 아니에요." 클레어는 말했다. "나중에 모두 설명할 수 있어요. 하지만 먼저 저 사람을 체포해야 해요. 저 사람의 이름은 알피 다니엘스. 내 남편이고, 피파 데이비스-헌트를 죽였습니다."

데이브는—클레어는 그의 성은 잊어버렸다—천천히 고개를 끄덕였다.

"두 사람 모두 경찰서로 데려가야 할 것 같군요." 데이브가 말했다. "거기서 해결하죠." 그는 허리띠에서 수갑 하나를 빼냈다. "클레어, 맞지? 이런 부탁은 안됐지만 이걸 차야 할 것 같은데." 데이브는 클레어가 들고 있는 수갑을 보았다. "네가 들고 있는 건 내려놔. 칼도. 발밑에. 그리고 손목을 모으고 천천히 내 쪽으로 걸어와."

클레어는 칼과 수갑을 카펫 위에 내려놓고 두 손을 뻗은 채로 데이브를 향해 걸어갔다. 수갑이 그 손목 위에 찰칵 채워졌다.

"클리퍼드 순경이 너를 경찰서까지 데리고 갈 거야." 데이브가 말했다. "나는 여기서 다니엘스 씨와 함께 기다릴게. 이 사람은 다른 차에 따로 태워서 데려갈 테니.”

“고마워.” 클레어가 말했다.

클레어는 마지막으로 알피를 돌아보았다. 그가 눈을 감은 것을 보고 클레어는 실망했다.

# 윈

윈 경위는 전화를 보았다. 자정이 다 된 시각이었다. 탁자 반대편에서는 클레어 다니엘스가 머그잔을 감싸 쥐고 있었다.

"기다려주셔서 감사합니다." 윈이 말했다. "아버님이 도착하셨어요. 접수대에 계신데, 따님을 별장으로 도로 데려가시겠다고 성화시네요. 떠나고 싶으시면, 그러셔도 됩니다. 클레어 씨."

"괜찮아요." 클레어가 말했다. "제가 아는 걸 모두 기꺼이 말씀드리겠습니다."

"아버님은 변호사와 같이 오셨습니다. 우리가 얘기할 때 부인도 변호사가 동석하길 원하는지 물어보겠다고 약속했습니다."

클레어는 고개를 흔들었다. "변호사는 필요 없어요. 나는 숨길 게 하나도 없어요."

윈 경위는 미소를 지었다. "우리 둘만의 얘기지만, 그편이 현명한 판단이라고 생각합니다." 경위는 말했다. "오늘 하루는 이상한 날이었으니 변호사가 있어 봤자 일만 복잡하게 할 뿐이죠. 저는 되도록 일을 간편히 처리하는 편이 더 좋습니다. 그리고 부인도 그러시리라 확신하고요."

클레어는 고개를 끄덕였다.

"막 알피 씨와 이야기하고 왔습니다. 피파 씨가 실종되던 날 밤에 두 사람이 함께 있었다는 증거를 우리가 꽤 많이 확보했습니다. 목격자, CCTV. 또, 두 사람이 같이 있던 술집을 나가서 알피 씨가 그날 밤 사용했던 차량에 함께 타는 모습을 담은 영상도 확보했습니다. 알피 씨에게 피파 씨를 어디로 데려갔는지 알아내는 건 이제 시간문제이니 협조하는 편이 본인에게 더 편리할 거라는 설명을 해줬습니다. 동의하더군요."

"그래서 그 사람 인정했나요? 피파를 죽였다고?"

윈은 고개를 끄덕였다. "인정했습니다. 그리고 어디서 시체를 찾을 수 있는지도 말해줬죠. 아침에 시신 인수를 시도할 겁니다."

"어디다 시체를 숨긴 거죠?"

윈은 클레어를 찬찬히 살피며 이런 정보를 공유해도 될지 마음을 정할 수 없었다. 하지만 결국에 클레어가 겪은 일들을 생각하면 알 자격이 있다는 결론을 내렸다.

"폐쇄된 채석장에 있었습니다. 이미 수몰된 곳이라 수심이 아주 깊죠."

클레어는 시선을 돌렸다. 윈은 클레어의 얼굴에 스친 고통을 보았다. 이전에도 목격한 적 있는 표정이었다. 아버지가 도둑이라는 걸 알았을 때 아이들의 얼굴, 자기 아들이 강간범인 걸 알았을 때 어머니의 얼굴. 배신과 상실, 비애가 뒤섞인 유독한 칵테일이었다.

"또한 알피 씨는 클레어 씨가 자기를 죽일 계획이었다는 주장도 하던데요."

클레어는 대답하지 않았다. 낯선 멍한 표정이 얼굴에 떠올랐다.

"죄송합니다." 윈이 말했다. "이 일이 무척 힘들 거라는 걸 알아요."

"그러네요." 클레어가 말했다. "하지만 이 일에 익숙해지기 전까지 시간이 약간 있었으니까요. 그 사람이야 자기 목숨 구하려고 무슨 말이든 하겠죠."

"별장에서 있었던 일을 얘기해주시겠습니까?"

"우리는 헨리 브라이언트를 덫을 놓아 잡을 계획을 세웠어요."

"들었습니다. 클레어 씨, 그건 별로 좋은 생각이 아니었죠."

"우린, 적어도, 저는 필사적이었어요. 어쨌든 효과가 없었어요. 칼과 케빈, 보안요원인데요, 두 사람이 와주기로 했죠. 우리는 신호를 맞춰 놓았어요. 하지만 그때 브라이언트가 나타나서 어쨌든 침입했어요. 그자는 알피에게 문자를 보냈고, 알피가 도착하자 때려눕히고 침대에 묶었어요. 그 사람이 나를 방 안에 앉히고 감시하게 했죠." 클레어는 몸을 부들부들 떨었다. "저한테 자기가 알피의 배를 가를 거라고 했어요. 그런 후에 순경 두 분이 오자 그 사람은 도망쳤죠."

"알피 씨 말로는 헨리 브라이언트가 집에 없었다고 하던데요. 클레어 씨가 의사에게서 알피 씨가 정관절제술을 했다는 걸 알아내고, 또 남편이 헨리 브라이언트라는 가명을 써서 피파 데이비스-헌트와 불륜을 했다는 사실을 알아냈다고. 알피 씨는 부인이 아이를 가지는 데 강박적으로 집착했고 이 두 가지 사실을 알고 충격 때문에 머리가 돌아버린 거라고 말했습니다."

"하지만 나는 알피가 정관절제술을 받았다는 걸 몰랐어요." 클레어는 몸을 앞으로 숙였다. "남편이 정관절제술을 받았다고요?"

"그렇다고 주장하더군요."

"쓰레기 새끼." 클레어가 웅얼거렸다. "우리는 아이를 가지려고 노력했어요. 제가 강박적으로 집착하긴 했죠. 돌아보면, 나 자신도 깨닫지 못할 정도였던 것 같은데, 제가 생각할 수 있는 건 오직 그뿐이었어요. 아침, 점심, 저녁. 임신하려고 노력하지만 하지 못하는 기간이 길게 지속될수록, 더욱 집착하게 되고, 더 필사적으로 임신하려고 애를 썼어요. 그리고 그동안 줄곧 그는 나에게 거짓말을 하고 있었네요."

윈은 두 손을 무릎 위에 올려놓고 귀를 기울였다. 본인도 엄마가 될지 모른다고 생각했던 시절이 있었기에, 클레어 다니엘스가 무슨 말을 하는지 이해했다. 그렇게 되지는 않으리라는 사실을 안다는 것은 받아들이기 힘든 일이었다.

윈은 자리에 앉은 채로 자세를 바꾸었다. "알피 씨는 또한 클레어 씨가 헨리 브라이언트에게 납치당한 것이 아니었다는 말을 하더군요. 클레어 씨가 전체 이야기를 조작했다는 말을 하고 있습니다. 브라이언트가 보낸 이메일까지 포함해서 모두요. 헨리 브라이언트라는 사람이 전혀 없었다는 겁니다. 처음에는 알피였지만, 그다음에는 클레어였다는데요. 클레어 씨가 돌아온 후에, 브라이언트를 만난 척하며, 그가 여전히 위협인 양 행동했다는 거죠. 궁극에는 알피를 죽일 수도 있는 위협이라고."

"그랬다면 시적 정의가 실현됐겠네요." 클레어가 말했다. "하지만 그거 새빨간 거짓말 같은데요."

"압니다." 윈은 손가락으로 탁자 위를 두드렸다. "알피 씨의 이야기는 설득력이 없기는 한데, 그래도 대답이 없는 커다란 질문 하나가 남습니다. 클레어 씨를 납치하고 카트멜에 나타난 헨리 브라이언트는 누구죠?"

클레어는 고개를 저었다. "모르겠네요. 하지만 가설은 하나 있죠."

"뭐죠?"

"그가 알피의 배를 가르겠다고 했을 때, 알피가 왜냐고 물었어요. 그랬더니 복수라고 하더군요. 그는 나를 보고 나까지 이 일에 휘말리게 해서 미안하지만 이것만이 유일한 방법이라고 했어요."

윈은 클레어가 한 말을 곰곰이 생각했다. "뭐에 대한 복수죠?"

"말하지 않았어요."

"피파 데이비스-헌트 씨?"

"그게 뻔한 결론으로 보이긴 하네요."

"그러네요." 윈이 말했다. "그럴 수도 있겠군요."

"그리고 만약 그렇다면," 클레어가 말했다. "브라이언트는 영원히 사라지지 않았나 싶네요."

클레어가 하는 말은 일리가 있었다. 누군가, 어쩌면 피파 데이비스-헌트의 친구나 친척이 헨리 브라이언트가 알피이며, 알피가 피파를 죽였다는 걸 알아냈을 수도 있었다. 그런 후에 그자는 같은 전략을 써서 클레어를 납치하고 이 모든 일을 꾸몄는지도 모른다.

클레어 다니엘스가 데이팅 웹사이트에 있다면 성립하는 이야기였다. 그건 지금 찾아내기를 기다리는 중이었다.

그래도 여전히 한 가지 맞아떨어지지 않는 점이 있었다.

"클레어 씨," 윈 경위가 말했다. "이 사람이 클레어 씨와 불륜을 해야 할 필요가 있는 이 시점에, 때마침 클레어 씨도 불륜 상대를 찾아다니고 있었다는 건 우연의 일치치고는 심하지 않습니까?"

클레어는 고개를 끄덕였다. 그녀의 표정에서 윈은 자기가 미처 생각지도 못했던 복원력과 강인함을 보았다.

"그렇네요." 클레어는 말했다. "하지만 우연이란 일어날 수도 있는 거니까요. 그러면 다른 대안적인 설명이 뭐죠?"

"알피 씨가 말한 설명요."

"어떤 배심원이 그의 말을 믿을까요?" 클레어가 말했다. "피파를 죽였다는 걸 인정한 남자가 하는 말인데?"

"요점을 지적하셨네요." 윈이 말했다. "하지만 여전히 그래도 저는 클레어 씨를 납치하고 카트멜에 나타난 남자를 찾는 일이 남은 것 같네요."

"경위님이 찾을 수 있을까 모르겠네요." 클레어가 말했다. "찾으시더라도, 나는 그 사람에게 불리한 증언은 하지 않을 거예요. 고발도 하지 않을 거고. 브라이언트가 그런 짓을 해줘서 기뻐요. 알피는 그런 꼴을 당해도 싸고. 하지만 경찰분들은 계속 찾으실 수 있겠죠. 하시고 싶으시면."

윈은 일어섰다. "알겠습니다. 안녕히 가십시오, 클레어 씨. 연락드리죠. 영국 검찰청이 남편분에 관해 부인과 이야기를 하고 싶어 할 겁니다. 하지만 지금 당장은 가셔도 좋습니다."

클레어 다니엘스는 일어섰다. 그녀는 윈의 눈을 들여다보았다.

"고맙습니다." 클레어는 이렇게 말하고 일어서서 방을 나갔다.

윈은 클레어가 나가는 뒷모습을 보았다. 클레어의 말이 사실일 가능성도 있었다. 어쩌면 피파 데이비스-헌트의 친구가 헨리 브라이언트로 가장해서 알피에게 복수하려고 한 건지도 모른다. 어쩌면 복수를 하려고 도를 넘어 클레어까지 납치하고, 이제는 영원히 사라진 것일 수도 있었다.

이 가설은 받아들여 소화하기가 어려웠다.

오히려 알피가, 이번 한 번만은, 진실을 말하고 있고, 클레어가 이 모든 일들을 꾸며냈다는 편이 더 그럴 듯하게 보였다. 윈에게는 증거가 없었고, 찾을 계획도 없었다. 사실, 윈은 클레어를 존경하는 편이었다. 결국 무슨 범죄가 저질러졌단 말인가? 클레어는 누구도 상처 입히지 않았다. 그럴 의도는 있었는지 모르나 궁극에는 하지 않았다. 경찰 시간을 낭비한 잘못은 있다고 할지 모르나, 나중에는 알피가 잡히는 결론으로 이어졌으니 딱히 그 정도는 낭비도 아니었다.

아니, 윈은 이 사건을 그냥 그대로 놔둘 것이었다. 클레어를 더 고생시킨들 별 의미는 없을 것이었다. 클레어가 일종의 복수의 여신이라고 생각하면 언론이나 신나서 떠들어댈 뿐이었다. 그냥 이 일은 이렇게 끝나 스러지게 놔두는 편이 나았다.

윈이 관심 있는 유일한 범죄는 피파 살인사건이고, 이제 그 건은 종결되었다. 알피는 계속 자기 얘기를 하겠지만, 아무도 신경 쓰지 않을 것이었다.

알피도 인과응보가 정말로 독하다는 걸 이제는 깨닫고 있겠지, 윈은 생각했다.

# 클레어

배심장은 50대 후반의 여자였다. 배심원단이 착석한 후, 그 여자가 일어섰다.

얼굴이 붉고 눈이 까만 남자 판사는 배심장을 보았다. "판결에 다다랐습니까?"

배심장은 고개를 끄덕였다. "존경하는 재판장님, 우리는 판결에 다다랐습니다. 살인죄로 기소된 피고에 대하여 우리는," 배심장이 잠깐 말을 멈추자 법정의 침묵이 깊어졌다. "유죄라는 판결을 내렸습니다."

다른 죄목도 더 있었다. 폭행, 살인미수, 여권 불법 소지. 하지만 중요한 건 살인 건이었다. 몇 초 만에 트위터에 올라갈 것은 '살인'이라는 단어였다.

방청석에 있던 클레어는 미소를 지었다. 이렇게 되기까지 오랜 시간이 걸렸다. 처음에는 클레어가 납치된 적이 없다는 알피의 주장에 관해 난처한 질문들이 있기는 했지만, 끝내는—클레어의 고액 변호사들의 압박 아래서—신문들도 사건에 관한 클레어의 설명을 받아들였다. 역설적인 일이었다. 이건 알피가 처음으로 진실을 말했던 때였기 때문이었다. 그리고 끝에 가서 마지막 거짓말을 한 사람은 클레어였다. 이어서 알피의 변호사는 재판을 질질 끌려고 법률 책에 있는 온갖 기술을 다 써보았다. 심신미약, 도발에 따른 행위, 압박 상황에서 한 진술, 재판은 1년 넘게 걸렸지만, 결국엔 증거가 명약관화했다.

그리고 이제 남은 것은 선고뿐이었다.

"알피 다니엘스." 판사는 말했다. "이 법정에서 우리는 피고가 처음 피해자를 속인 후, 오로지 자기 자신의 편의와 쾌락을 취하려는 이유만으로 젊은 여성을 살해했다는 주장을 들었습니다. 그뿐 아니라, 피고는 그러는 동안 자신의 아내를 솔직히 무척이나 놀랄 정도로 냉정하게, 또 존경하는 마음 없이 대하였습니다. 후회나 반성의 기미가 없고, 이기적이고 타인의 안녕을 무시하는 태도까지 감안하여, 피고를 사회에 지대한 위험 요소로 인정합니다. 따라서, 이 법정은 피고에게 종신형, 최소 15년을 복역할 것을 선고합니다."

판사는 봉을 내려쳤다. 피고석에 선 알피는 판사를 응시했다. 두 명의 방호원에게 각각 팔을 잡힌 채 법정 뒤편의 문으로 끌려 나가는 동안에도 그는 어떤 감정도 드러내지 않았다.

방호원들이 문을 열었을 때, 그는 몸을 돌려 클레어를 올려다보았다.

클레어는 눈 하나 깜박하지 않은 채로, 방호원들이 알피를 끌고 문으로 사라질 때까지 그의 시선을 맞받아쳤다. 이윽고 그는 사라졌다.

클레어는 잠시 문을 바라보았다. 나무로 된 수수하고 기능적인 문이었다. 그런 후에는 법정에서 사람들이 빠져나가는 모습을 구경했다. 그녀는 좌석에서 몸을 움직이다 요의를 느꼈다.

클레어는 판결이 내려질 때까지 계속 참고 있었다. 해야 할 일이 있었으니까.

그녀는 가방에 손을 넣어 길고 가는 원통을 꺼냈다. 그날 아침 임신진단기를 하나 발견했다. 그녀와 알피가 명목상으로는 아이를 가지려고 노력하던 시기에 쓰고 남은 것이었다.

클레어는 지금은 노력하지 않았다. 디클란과의 관계에서는 그런 대화를 하기에 너무 일렀다. 그는 두 달 전에 만난 남자였다. 하지만 몇 주 전에 두 사람은 주의를 살짝 게을리했고, 이제 클레어의 생리일이 늦어지고 있었다.

이전과는 사뭇 다른 기분이었다. 클레어는 피로함을 느꼈다. 이전에는 한 번도 느껴본 적 없는 피로였다.

클레어는 지금이 사실을 알아내기에 가장 완벽한 때라는 결론을 내렸다. 알피가 사라진 이 순간. 그는 영원히 사라졌다.

클레어는 진단기를 가방에 도로 넣고 일어섰다. 중앙 입구로 향하는 계단을 내려갔다. 화장실은 왼쪽으로 꺾은 위치에 있었다. 클레어는 안내판에 그려진 여성을 보았다. 여성 화장실을 가리키는 보편적인 그림이었다.

너무나 익숙했지만, 클레어가 화장실에서 나왔을 때는 완전히 다를 것이었다. 모든 것이 다를 것이었다.

클레어는 문을 밀어 열고, 뛰는 가슴을 안고 안으로 들어갔다. 클레어는 디클란이 어떻게 받아들일지 궁금했다. 그가 행복해할지, 걱정할지, 겁에 질릴지 궁금했다. 그가 질겁하고 도망칠지.

클레어는 미소를 지었다. 그런 건 중요하지 않았다.

모든 것이 다시 새로워지려 하고 있었다.

# 배신과 분노,
# 그래도 포기할 수 없는 행복

현재 영미 미스터리의 주류는 역시 가정 스릴러Domestic Thriller라는 장르이다. 『나를 찾아줘』(질리언 플린, 푸른 숲) 『걸 온 더 트레인』(폴라 호킨스, 북폴리오) 등으로 대표되는 이 장르는 이름 그대로 가정에서 일어나는 사건을 다룬다. 주로 여성 시점에서 진행되는 가정 스릴러는 안전과 보호의 단위인 가정이 가장 위험한 공간일 수 있다는 현실을 그린다. 결혼이 행복의 종착역인 양 마무리하는 것이 동화라면, 가정 스릴러는 바로 결혼식을 올린 후부터 비극이 시작된다고 해도 과언이 아니다. 많은 사람이 결혼의 환상을 만들어내는 데 가담하고 있지만, 한편으로는 그들 모두 결혼과 행복은 동의어가 아니라는 사실에 공감한다. 이것이 가정 스릴러의 유행 밑에 깔린 대중 심리이다.

『여자는 거기에 있어』는 이 장르의 충실한 후계자이다. 먼저 이 작품의 배경은 철저히 가정에 국한되어 있다. 런던에 사는 젊은 부부인 클레어와 알피는 다른 사람들이 부러워할 만큼 사이좋은 부부이다. 클레어의 유복한 가정환경 덕에 두 사람은 부족한 것이 없이 살아간다. 원하는 아이가 생기지 않는다는 것만이 가정 내의 불안 요소일 뿐이다. 하지만 미래의 안온한 행복에 부풀었던 이 가정은 실은 기만 위에 세워졌고, 그 바닥은 점점 위태롭게 흔들리기 시작하다가 어느 날 무너져 버린다.

가장 믿을 수 있는 사람이 실은 가장 믿을 수 없다는 사실, 우리가 모두 알면서도 흔히 실감하지 못하는 진실이다. 하지만 위험은 익숙한 곳에서부터 온다. 이것이 가정 스릴러의 전제였고, 『여자는 거기에 있어』는 이 공식을 충분히 따라간다. 이 장르에는 몇 가지 세부적 장치들이 있다. 그중 하나는 외부 사건의 추이와 더불어 주인공들의 내면을 따라가는 심리적 내러티브이다. 우리는 사건을 보면서 느끼는 주인공들의 감정을 공유한다. 여기서 또 다른 내면의 균열이 일어난다. 독자는 누구의 말을 믿어야 할지 알 수가 없고, 배신과 기만, 불신은 중층적으로 쌓이게 된다. 독자가 작가와 주인공을 신뢰할 수 없게 되는 문학적 경험은 다시 우리가 가장 신뢰해야 할 사람을 신뢰할 수 없다는 현실 인식과 이어진다.

그리고 필연적으로 가정 스릴러의 현대적 유행은 여성주의의 발달과 맞물려 있다. 여성의 자리를 가정 안에 두고 그 안에서 이루는 정상 가족이라는 환상은 이미 깨어진 지 오래고, 오히려 가정이라는 덫에 걸려 고통받는 여성이 많다는 관찰이 이런 장르를 현대적으로 발전시켰다. 현대 여성들은 이제 사회 각 분야에서 적극적으로 활동하고 큰 성취를 이루었지만, 여전히 여성을 둘러싼 물리적, 감정적 위험에서 쉽게 벗어날 수 없었다. 이런 여성들의 반격을 그리는 작품들이 가정 스릴러이다. 여기서 여성들은 영리하고 민첩하게 움직이고, 때로는 교활하게, 때로는 용감하게 눈앞의 위협에 대처한다. 남성이 음모를 꾸밀 수 있는 지력과 실행력이 있다면, 여성이라고 하지 못할 이유가 있겠는가? "고난에 처한 아가씨damsel in distress"는 고전문학에서부터 이어온 전통적인 플롯이었지만, 현대적 가정 스릴러에서는 여성을 구하는 건 다른 기사도적인 남자들이 아니다. 『여자는 거기에 있어』만 봐도 명확히 알 수 있다. 우연히 숲에서 발견된 여성을 구해주는 건 다른 여성 운전자이다. 사건을 맡아 해결하는 경찰들도 윈 경위와 로리스 경사라는 여성이다. 그리고 무엇보다도 지속해서 공격을 받는 클레어 본인의 용기가 자신을 구했다.

그리하여 결말에 이르면 독자는 어떤 쾌감을 느끼게 된다. 이 작품의 근저에 깔린 감정은 분노이다. 이는 소설 내에서는 트로이 전쟁의 향방을 바꾼 아킬레우스의 분노를 묘사한 『일리아스』의 첫 구절로 표현된다. 하지만 『여자는 거기에 있어』의 분노는 그것보다 더 직관적이고, 신체적이며, 동시에 자기 파괴적이었다. 이 분노는 독자 모두가 공감할 수 있는 것이다. 우리에게 그런 배신이 닥쳐오지 않았어도, 주변에서 목격하거나 실감할 수 있기 때문이다. 그리하여 마지막에 그 분노가 시적 정의를 실현할 때, 카타르시스가 찾아온다. 한편으로는 거기서 이 소설의 원제인 "마지막 거짓말The Last Lie"의 의미가 드러난다. 거짓말로 점철된 결혼 생활에서 구해주는 것도 어떤 거짓말이었다. 법으로서 판가름할 수 없는 정의의 심판이라는 개념은 또한 가정 스릴러가 던지는 철학적 숙제이기도 하다.

『여자는 거기에 있어』의 가장 큰 장점은 이런 장르가 쉽사리 빠지기 쉬운 함정인 냉소주의로 흐르지 않는다는 것이다. 인간은 물론 믿을 수 없다. 아무리 가까운 사람이라도 의심할 수밖에 없다. 결혼이라는 영혼의 결합도 많은 경우 기만이라는 베일을 쓰고 있다. 양쪽 부모와 아이가 함께 하는 정상 가족이라는 개념도 흔들린다. 그럼에도, 이런 거짓말의 세계 속에서도 이 소설은 행복을 추구할 수 있다는 생각을 포기하지 않는다. 세상이 처방해주는 일반적인 행복의 모습과는 다를지라도, 꾸준히 추구하는 사람은 자신만의 행복을 얻을 수 있다. 역설적이지만, 이것은 문학이 현실에 지친 우리에게 주는 마지막 거짓말일 수도 있다고 생각한다. 하지만 그 거짓말이 한편으로는 인생의 진실일 수도 있다고도 생각한다. 적어도 이것이 진실이 되리라는 희망이 남는다.

2019년 10월

박현주

여자는 거기에 있어

2019년 11월 29일 초판 1쇄 발행

**지 은 이** | 알렉스 레이크
**옮 긴 이** | 박현주
**펴 낸 이** | 서장혁
**책임편집** | 양정희
**디 자 인** | 정인호
**마 케 팅** | 한승훈, 안영림, 최은성

**펴 낸 곳** | 토마토출판사
**주 소** | 경기도 파주시 회동길 216 2층
**T E L** | 1544-5383
**홈페이지** | www.tomato4u.com
**E-mail** | support@tomato4u.com
**원고투고** | edit@tomato4u.com
**등 록** | 2012. 1. 11.
**I S B N** | 979-11-90278-10-2 (04840)
979-11-90278-09-6 (set)


- 이 도서의 국립중앙도서관 출판시도서목록(CIP)은 서지정보유통지원시스템 홈페이지(http://seoji.nl.go.kr)와 국가자료공동목록시스템(http://www.nl.go.kr/kolisnet)에서 이용하실 수 있습니다.
(CIP제어번호 : CIP2019041064)